编 委 会

☆ 当代文学经典研究丛书

丛书总主编

蒋 述 卓

陈 剑 晖

贺 仲 明

女性写作中的文学想象

王 宇 景欣悦 著

广东高等教育出版社
Guangdong Higher Education Press
·广州·

图书在版编目（CIP）数据

女性写作中的文学想象/王宇，景欣悦著．—广州：广东高等教育出版社，2021.12

（当代文学经典研究丛书/蒋述卓，陈剑晖，贺仲明主编）

ISBN 978－7－5361－7162－6

Ⅰ．①女…　Ⅱ．①王…②景…　Ⅲ．①女作家－文学－研究－中国－当代　Ⅳ．①I206.7

中国版本图书馆 CIP 数据核字（2021）第 242617 号

书　　名　女性写作中的文学想象

NÜXING XIEZUO ZHONG DE WENXUE XIANGXIANG

出版发行　广东高等教育出版社

地址：广州市天河区林和西横路　电话：（020）87554153

http://www.gdgjs.com.cn

印　　刷　佛山市浩文彩色印刷有限公司

开　　本　787 毫米×1 092 毫米　1/16

印　　张　20.5

字　　数　281 千

版　　次　2021 年 12 月第 1 版　2021 年 12 月第 1 次印刷

定　　价　52.00 元

总　序

中华人民共和国成立已经70多年，也就是说，我们通常所说的“当代文学”已经存在了将近四分之三个世纪的时间。对于当代文学的成就，文学界和学术界都存在着较大的争议。有学者认为中国当代文学的创作水准已经处于世界文学前列，并因此有人提出当代文学也应该有自己的“鲁郭茅巴老曹”。当然，也有对当代文学评价不高的看法。

我们以为，仁者见仁、智者见智，对当代文学成就存有不同看法很正常，只是这并不妨碍我们对其中的优秀作品展开深入系统的研究工作。我们主编这套书的目的就在于此。这套丛书被命名为“经典研究”，是因为我们不是试图全面系统地展开对当代文学创作的研究，而是重点研究其中的代表性作家作品，在一个较高的高度上展示中国当代文学的价值和方向。因为文学经典是一个时期文学中的最优秀部分，无论从文学史角度还是从文化建设角度，它都有特别重要的价值。它是确定文学史的排列秩序、思想艺术水准和学术品格的重要保证，并因此对该时期的文学发展产生深刻影响，而且，对于文学学术研究的深入推进，对于提升整个民族的文化素质，文学经典也有重要的意义。

也许有人不赞同使用“当代文学经典”这个词，这是因为我们很多人习惯于在接受了漫长文学史检验的前提下来理解“经典”这个概念。

但其实，在现代文化背景下，对“经典”的理解可以持更开放的认识态度。正如马克思在《共产党宣言》中对现代社会的概括：“一切坚固的东西都烟消云散了，一切神圣的东西都被亵渎了。”在现代社会中，很多习见正在改变，很多传统正在遭遇挑战。包括许多文学经典，在各种解构主义思潮的冲击下，其身上原有的神圣光环已经逐渐滑落。与此同时，一些新的作品改变了以往的卑微地位，获得了新的评价，成为新的经典。

这一点，西方文学是如此，中国文学也是如此，对于刚刚度过一个世纪诞辰的中国新文学来说自然更是如此。中国现代文学30年中，曾经高不可攀、令人仰视的经典作家“鲁郭茅巴老曹”，在近年来就遭遇到了学术界的巨大挑战。而沈从文、张爱玲、金庸、钱锺书等曾经被贬斥的作家，在近年来获得的赞誉已经绝不少于那些传统经典作家。当然，我们这里无意于探讨这些作家的经典地位，我们只是想说明“文学经典”并不是一个完全稳定不变的概念，而是始终处在发展和流动之中。

所以，尽管当代文学还只有四分之三个世纪的生命，但并不妨碍我们使用“经典”来指代其中的优秀作品。事实上，我们也不是从绝对的、永恒意义上确认当代文学的文学经典，而是在特定的语境中，从动态的进行时中确认相对的，甚至是有局限性的当代文学经典。换句话说，我们对这些作品的研究，本身就是文学经典化过程中的重要一部分，是在以自己的方式甄选、推举真正的经典作品，帮助文学史进行优胜劣汰，让那些经典之作汇入文学史的河流之中。而且，当代文学经典具有当代文学的独特性，它是中国古代的“大传统”和五四以来的现代文学“新传统”双重滋养的产物，具有传统文化与现代精神相融合的独特个性，也与中华人民共和国的独特政治、文化有着非常密切的关系。在今天，凝练、确认与阐释当代文学经典的过程，其实也是传承、转化和创新中华民族优秀传统文化的过程，也是阐释中华人民共和国文化精神的过程。另外，在某种意义上，当代文学经典具有更特别的独特审美和文化价值。它在当代文化背景下产生，与现实关系更近，更容易拨动当代读者的心弦，引发他们精神上、审美上的共振与心理上的共鸣。

一套有原创性、有自己特色和价值取向的丛书，必须有相对统一的体例和标准。尽管当代文学经典不是绝对的，而是处在经典化的过程当中，需要我们在不断的建构过程中去挖掘和展示经典的意义，但本丛书还是具有自己非常明确的文学经典标准。其一，思想价值的高度和普遍性；其二，艺术形式的完美性；其三，社会影响度和长效性。在这一思想前提下，我们所指的“经典”主要是那些在同时代文学思想艺术水准较为突出，并被广大读者喜爱的那些作品。具体点说，本丛书中的“经典”主要从两个角度来选择和确立。一类是“时代的经典”，即出版于特定时代的优秀作品，比如，中华人民共和国成立后“十七年文学”中的《红日》《红旗谱》《红岩》《创业史》《青春之歌》等，这一类作品的思想和艺术上都存在着时代的局限，但它们确实在特定的时代中影响、教育了一代人，因此作为一种“时代经典”，应承认其存在的合理性和价值，在写作文学史时应有它们的地位。另一类可称为“永恒经典”，如《诗经》《史记》《红楼梦》《阿Q正传》等，这一类作品不受时代和空间的局限，它们以思想上的原创性与超越性、艺术上的独创性、时间的永久性一代代传承下去，这是对“永恒经典”的高端要求。

总之，本丛书主张以理性高度客观地对待当代文学经典作品，既充分认可它们的成就和价值，又不将它们完美化，甚至不讳言其缺陷。我们希望这套“当代文学经典研究丛书”能够达到这样两个效果：一是帮助人们更深入地了解当代文学优秀作品产生的时代背景，以及其思想文化特征和艺术个性，从而更好地进行鉴赏和评判；二是给未来人们进行经典化甄选时提供坚实的基础，让我们能够成为未来文学史建设中的一部分。如果这两个目的达到了，我们这套丛书的初衷也就实现了。

蒋述卓、陈剑晖、贺仲明谨识

2020年5月18日

目　　录

绪论：新时期之初的女性话语及其知识背景

女性主义作为一种知识形态，已经被越来越多的人接受，并渐渐渗透入我们的文化生产/文学教育中，这是十几年来女性主义文学实践最令人鼓舞的成绩。现在，也许也是我们回溯几十年来女性主义文学实践的恰当时机，这样的回溯当然要从最原初的时刻开始。事实上，新时期文学的序幕甫一拉开，女性话语①就开始浮出历史地表。诗歌方面，1979 年 4 月，《诗刊》发表了舒婷两年前写的《致橡树》，紧接着，便有《惠安女子》（1980）、《神女峰》（1981）；小说方面，1979 年 11 月，《北京文艺》发表了张洁的《爱，是不能忘记的》，紧接着，便有张辛欣的《我在哪儿错过了你》（《收获》1980 年第 5 期）、《在同一地平线上》（《收获》1981 年第 6 期）、张洁的《方舟》（《收获》1982 年第 2 期）、胡辛的《四个四十岁的女人》（1983）等，这批文本呈现出完全不同于传统意义上女性文本的面貌，朦胧或清晰、自觉或不自觉地表达了女性这个性别一直被忽略、遮蔽的独特境遇与经验，形成新时期女性主义写作的第一浪潮。对这一浪潮中的女性主义话语的梳理与反思，近年来的研究并不鲜见，但却很少有人将新时期之初

① 这里的“女性话语”是个狭义的概念，特指具有女性独特性别立场的话语，即女性主义话语，而不泛指一切出自女作家的话语。

女性话语的浮现与这段历史时期另一个重要的文化现象挂起钩来，那就是新时期之初文化象征领域的“寻找男子汉”。本书力图以此为突破口，来介入新时期之初的性别文化语境，从而对中国当代女性主义话语最初缘起的知识背景、思想文化资源做一个尽可能详尽的考察。这样的考察可能会有助于我们理解这一话语潮流后来的发展轨迹、表现形态及其内在思想根源。

一、寻找男子汉与寻找女人：“女性气质”的提出及其本质化

在20世纪70年代末80年代初的文化空间中，曾发生过一系列非常有趣的“男子汉的事件”，至今可能还让许多人记忆犹新。先是日本电影《追捕》轰动一时，尤其是其中男主人公杜丘的扮演者高仓健冷峻刚毅的男子汉气概受到青年人的热烈追捧。此后“高仓健”俨然成了人们心目中旷日持久的男子汉样板。这样的男子汉被认为在现实生活、文化空间中都是极度缺乏的。① 一时间，“男子汉缺失”“男子汉绝迹了”，成为街谈巷议。于是，社会象征系统又悄然掀起一场以缺失焦虑为动机的“寻找男子汉”运动。到了1986年，沙叶新剧作《寻找男子汉》的上演所产生的轰动，再次显示了这一象征活动持久的社会效应。② 我们知道，男子汉气概/男性气质作为个体男性自然性别身份的社会文化建构，是建立在性别差异基础上与女

---

① 其实，从20世纪50到70年代，文化象征系统一直在塑造英雄形象。70、80年代之交的年轻人正是在这样的革命英雄主义的文化背景下成长的，为何到头来却痛感男子汉缺失，竟要从一个异国的影片中去寻找男子汉的样板。这其实是一个非常意味深长的文化现象，它表明主导意识形态规制下的革命英雄与人们心目中的男子汉并不是一回事。革命英雄是集体主义、民族国家意识形态的产物，它强调的是个人超常的品质对民族国家集体主体的意义。革命英雄只能有一个身份，那就是民族国家、革命共同体的成员，此外任何其他身份都是非法的，包括性别身份。参见王宇《新时期之初的男子汉话语》，《文艺研究》2006年第5期。

② 与“寻找男子汉现象”相伴生的是，由于“男子汉”缺席，大批大龄女青年徘徊于婚姻的门槛外，成为当时一个相当严重的社会问题。反映这一社会问题的话剧《寻找男子汉》演出的轰动一时，也足以说明这个问题受到社会关注的程度。

性气质相对的概念，并在与对方的联系中获得意义。而性别差异恰恰是1949年以后文化空间的盲点。于是，与“男子汉缺失”“男子汉绝迹了”相映成趣的是当时人们对长期以来的“女性雄化”现象的深恶痛绝，社会象征系统在开始“寻找男子汉”的同时或更早就开始了寻找女人。而无论是寻找男子汉还是寻找女人，都非常吻合新时期之初文学人性书写的逻辑。

在20世纪中叶相当一段历史时期，对马克思主义关于人的本质“是一切社会关系的总和”论述的庸俗社会学的理解，导致对“人”的理解仅只限于其社会性而忽略了其自然性，人性所有的内容都被历史填满，在个人与历史之间根本没有自由的间隙。人被架空为缺少本能、缺少血肉的抽象人，最后酿成对人的尊严、价值的践踏。出于对这种走向非人化偏执激进话语的反拨，新时期文学人道主义话语对人性的理解偏向于非历史的、自然的属性。张扬长期被压抑的人的自然本性、给人的食色之欲恢复名誉，成了新时期文学人性描写最重要的内容。在人性关怀的线路上，文学对性别的理解更多的是基于自然的生理、心理的差异上，倾向于建立二元对立的本质化性别差异。“20世纪80年代曾经是一个二元论世界观复兴的时代，现代新儒学和康德哲学在当代中国的兴起都是这一思想潮流的反映。那些最敏感的知识分子把专制主义理解为一元论世界观的结果，并进而在理论上划分出实然与应然、主体与客体的界限，建立一种二元论的世界图式。”①建立在心理、生理科学基础上的对男性、女性性别差异的本质化建构，显然是这种二元论世界图式的重要组成部分。用这种二元对立的性别理念来反思50—70年代“男女都一样”的一元化性别理念，批判“无性化”“非人化”的文化现实。

再者，新时期人道主义话语所针对的是极左意识形态“革命伦理”，因

① 汪晖：《死火重温》，北京：人民文学出版社，2000，第98页。

此，这一语境中的性别关怀话语，很容易将1949年以后的妇女社会解放话语指认为是极左意识形态的重要组成部分，从而导致对妇女社会解放话语的全面唾弃。于是，在强调女性的生命本体价值的同时，相对忽视女性作为社会历史中人的价值。其实，作为历史中存在的人，其社会身份的组成部分来自一系列的范畴，“社会身份这个概念，作为多种互不相同甚至互相对抗的文化结构（如种族、族裔、阶级、自然、性别、宗教、移民的原籍，等等）的交叉点，表示的是某种多因素所决定的多重主体位置。在这样的一种文化结构里，自我并不是单一的，而是复合的。它所占据的位置包含很多种地位。其中每一种地位又会由于同其他地位的交叉而产生某些微妙的变化”①。如果说过去用政治、阶级身份遮蔽、压抑性别身份，用社会存在遮蔽自然存在，而无法建构作为性别主体的女性自我，那么，现在，将女性的自然性别存在当成女性存在的全部现实，已然又从相反的方向再次跨入这一谬误。

众所周知，20世纪80年代，新启蒙主义的思想资源不再是苏联化的马克思主义，而是从青年马克思的思想，或者直接从早期的法国启蒙主义和英美自由主义中汲取灵感，依“托古改制”的方式，呈现为一种马克思主义式的人道主义思想面貌。西方启蒙主义中的科学精神或科学主义的价值观成为80年代文化建设的重要资源，科学主义成为一种普泛性的世界观。因此，西方现代文化从心理科学、生理科学的角度对性别的表述为新时期文学的性别关怀提供知性前提。当时，涌现了许多阐述女性特点的科学书籍，其思想资源往往来自19世纪末、20世纪初西方心理、生理科学理论对女性的论述（以弗洛伊德理论为代表）。例如，认为男人来自火星，女人来自金星；女性重感情、擅长形象思维、更带有主观性，而男性重理性、擅

① 苏珊·斯坦福·弗里德曼：《超越女作家批评和女性文学批评》，王政、杜芳琴主编：《社会性别研究选译》，生活·读书·新知三联书店，1998，第431页。

长抽象思维、更客观性；女性是肉体的、温柔的、依赖的，而男人则是精神的、勇猛的、独立的；等等。西方现代主流文化中固定化的男性、女性二元对立的刻板模式规范正是建立在这样的“科学论述”的基础上。这些以科学的面目、知识的形态出现的关于男性、女性的论述貌似客观的而实际隐含着深重的男性中心霸权机制。“我们受权力对真理的生产的支配，如果不是通过对真理的生产，我们就不能实施权力。”① “在西方中世纪以来一直把这种权力的效应赋予科学以及从事科学话语的人。”② 以科学的面目出现的关于性别差异的话语所构筑的正是曾经桎梏欧美妇女精神生长的“女性奥秘”。③ 英美主流社会性别意识形态的输出显然深刻影响了20世纪80年代初中国文化本文中的性别表述。这也是全球化时代第三世界文化的重要特征。当然，这样的影响也是基于上面我们提到的“文革”后，本土文化语境对性别差异的强烈期待。

这里还应该提到不太被人注意到的历史背景。20世纪的50—70年代，虽然在文化层面上消弭了性别差异，但有关性别差异的信息还是可以通过医学知识传达出来。例如，50年代初的《中国妇女》《中国青年报》等杂志或报纸上断断续续地开展的青春期生理卫生、发育、健康、生育、体育等知识的介绍、传播。④ 当然，这一时期科学领域中的性别知识并没有获得恰当的文化表述。这样一来，无形中科学领域性别知识就成了人们对性别的全

① 福柯：《权力的眼睛》，严锋译，上海人民出版社，1997，第228页。

② 同上，第220页。

③ 20世纪二三十年代以来以真理、知识的面目出现的英美主流文化关于女性性别本质化的定义曾招致英美女性主义者的猛烈抨击，例如，60年代贝蒂·弗里丹的《女性的奥秘》、70年代凯特·米利特的《性的政治》都是其中相当有影响的著作。60年代美国自白派诗人西尔维亚·普拉斯自传体长篇小说《钟形罩》就是揭露所谓的“女性奥秘”对女性精神自由的桎梏、绞杀，这本书问世以来在西方读者中反响巨大，被誉为“女性的《麦田守望者》”。

④ 如《新中国妇女》（即1949—1955年间的《中国妇女》杂志）1951年第1期开始开辟“妇女卫生知识讲话”专栏；1952年第1期发表《注意锻炼身体，做一个健康的新妇女》；1953年第8期发表《健康第一，反对束胸》等文章。

部理解。这实际上也为当性别差异重新得到强调的新时期之初，文化象征系统将性别差异看成是一种与生俱来的本质化生理特性提供了一个不为人觉察的潜在知识背景。

综上所述，如果说正是对人的存在的生理现实的重视导致了性别差异在新时期文化语境中的浮现，那么，也正是这样的浮现路线先在地、宿命般地决定了新时期文本表述性别的本质化路径。而这一切又与世界妇女运动、女性主义理论的错综复杂的思想脉络密切相关。

二、“女性意识”：一个尴尬的能指

在世界妇女运动中，实际上一直存在“求同”“求异”两种倾向。求同一派认为妇女运动的目标就是要争取与男人一样的权利、做与男人一样的事；求异的一派则强调男女的差异、去争取妇女特殊价值的实现，而不仅仅是男女平等。这一派承认妇女的特性，同时给予这个特性以正面的、积极的评价。尽管两种观点常常共时性地存在，但从世界妇女运动发展趋势而言，早期的妇女运动偏向求同，而 20 世纪 70 年代以来的西方妇女运动偏向后者。60 年代美国女权运动对性别“生理决定论”猛烈冲击曾导致完全无视性别形成的生理因素的倾向，因而 70 年代后半叶，一些西方女权主义者开始从正面强调女性的生理特质，推崇建立在此基础上的女性文化和价值观。这一思潮带有明显的本质主义倾向。这一思潮在 80 年代初的英美世界是很有影响的，80 年代后期开始受到后结构主义女权主义的有力颠覆。不难看出，这两种思想倾向隐藏着两种妇女解放的歧途。第一种抹杀性别差异，追求与男人一样、以男性为标准（实际上是类男人、准男人），使女性丧失有别于男性的主体意义。第二种，对性别差异的过分强调乃至本质化，又极易造成传统女性角色意识的借尸还魂，致使女性再次沦为客体。与这两种歧途相对应的是男权中心文化对女性这一性别的两种模塑：“或者是被排除在权力机制之外，或者是被同化在男性的阴影里，妇女独特的价值一直难以实现。”① 不幸的是，这两种歧途、两种模塑在20世纪后半叶中国的性别语境中，也宿命般地接踵而至。50—70年代的妇女解放运动走的是求同的路径，而80年代以后的女性主义话语实践则陷入求异、本质化的局限中。

通过上面的分析我们可以看出，80年代前期，人道主义语境中的女性主义话语实践（无论是理论实践还是创作实践），根本无法对“性别差异”做出知性的表述，而到了80年代中期以后，虽然大量引进的西方女性主义理论取代人道主义成为女性主义话语的主要思想资源，但是，80年代以来的文化语境恰恰又决定了我们对西方女性主义理论的接受很大程度上都是在本质主义的思潮框架内（比如，埃莱娜·西苏、伊瑞格芮的理论对中国女性主义话语的广泛、深刻的影响），② 性别本质主义的思想倾向在80年代以来的中国性别文化语境中是极易找到生长土壤的。正是在这样的知识背景下，“女性意识”这个概念应运而生。这个概念的诞生无疑是有意义的，它敞亮了长期以来被“男女都一样”这一主导意识形态妇女解放话语所遮蔽的女性独特的性别经验、生存状况。“女性意识”在这个概念的提出者那里也有着明确的所指，即“女性作为一个独特性别群体的社会主体意识”。这对建立作为性别主体的女性自我无疑至关重要。但是，把“女性意识”作为女性主义话语的“核心能指”又必然导致将性别差异作为这一话语的根本基点，那么，陷入我们上面提到的第二种歧途似乎就在所难免。加上80年代以来的文化语境对“女性意识”这个概念的特殊期待，终于使这个概念不仅日益丧失其产生之初针对男权文化的同化、遮蔽的反抗力量，而

① 李银河：《女权主义围绕性别气质问题的论争》，载荒林、王红旗主编《中国女性文化》（NO. 2），中国文联出版社，2001，第16页。

② 20世纪80年代以来强调差异的背景下，Feminism一词被翻译成“女性主义”，而不是像五四时期那样翻译成“女权主义”。

且其能指也与其原初的所指分裂，在男权文化的期待视野中渐渐滋生出负面意义。“女性意识”更多地被理解成是“对自然性别差异的意识”。“女性意识”中的社会主体意识渐渐被抽空，而性别的独特性获得前所未有的强调，并被本质化。“女性意识”渐渐等同于本质化的“女性气质”，甚至被窄化、矮化为“女性气质”“女人味”“做女人”等。而“女性气质”“女人味”“做女人”这些在80年代新鲜出笼的“能指”与传统男权秩序对女性的角色定位之间到底是一种怎样的关系，这个问题并没有得到及时的反思，相反的，前者在相当程度上挪用、复制了后者的一些文化表象。比如，在许多文化想象中，“女性气质”被等同于男权文化对女性的角色规约。女性的独特性（差异性）得到了强调的同时，对差异性的文化表述中所隐含的权力等级关系也不断升级。①

20世纪，80年代的性别语境就是这样的吊诡，“80年代文化强调性别差异，事实上是男权文化得以重建并复权的开端，但它同时成为女性群体得以获得自我意识和群体意识的契机。只有当女性作为一个差异性的群体重新聚集、浮现出来的时候，我们才有可能反身去考察‘平等’的表述之下掩盖着的不平等的现实”②。于是，一方面，“女性意识”、性别差异成为建构作为性别主体的女性自我的核心能指。另一方面，“女性意识”、性别差异由于其“所指”的含混，又重新“询唤”着传统女性的性别角色。

而这一切与社会象征系统对男子汉气概的强烈诉求形成深刻互动，抑或正是社会象征系统对男子汉气概的强烈诉求造就了“女性意识”这一概念的所指暧昧化、含混化。因为只有借助本质化的女性，才有可能塑造本质化的男子汉，只有借助客体化的女性才能重建被革命、国家意识形态中

① 王政：《“女性意识”、“社会性别意识”辨异》，《妇女研究论丛》1997年第1期。

② 戴锦华：《犹在镜中——戴锦华访谈录》，知识出版社，1999，第179页。

断已久的个体男性的主体身份。①

三、女性主义话语最初的困惑

从上面的讨论中我们知道，20 世纪 80 年代以来，在社会象征系统中，新的性别秩序悄然重构，这样的重构在当时的语境中已然具有了强大的历史与逻辑的合法性（“重续”“重建”一直是新时期文学最重要的话语动机），在人性人道主义思想脉络上萌生出的女性主义话语根本不可能去质疑这样的重构（犹如人不能抓住自己的头发离开地球），甚至这一时期的女性主义话语自身也在不期然间为这样的重构提供重要的象征资源。

被称为中国女性主义文学第一只报春的燕子的《致橡树》，事实上就是以言说性别差异来建立自己的性别精神立场，“你有你的铜枝铁干/像刀、像剑/也像戟/我有我红硕的花朵/像沉重的叹息/又像英勇的火炬。”“像刀、像剑，也像戟”的橡树与满树“红硕花朵”的木棉象征着建立在差异前提下的男女平等，这样的性别理念对于“文革”刚刚结束、还徘徊于长期以来无视性别差异的男女平等的惯性中的读者而言，其新鲜的意义就可想而知了。同样的，张辛欣的《我在哪儿错过了你》《在同一地平线上》，张洁的《方舟》等这些在新时期文学中最具女性主义色彩的小说文本，也不约而同地表现性别差异，她们还敏感到性别差异/女性独特性与女性主体性诉求之间无法重合的困惑，但这种困惑并没有导致叙事对本质化的传统性别模式的质疑，叙事只是自发、不自觉地表现了传统刻板的性别模式对女性个体精神自由的宰制、压迫，这被叙述为（同时也被读解为）做人与做女人两

① 在 50—70 年代的文化空间中，尽管国家意识形态、革命意识形态具有父性的特征，但作为个体的男性并不能从性别的意义上来分享这一威权。因此，从这个角度而言，男性的性别身份实际上是被中断了。参见王宇的《新时期之初的男子汉话语》，《文艺研究》2006 年第 5 期。

难的冲突。

《我在哪儿错过了你》中的“我”是一个主体意识强烈的女性，但这种主体意识并非性别主体，而是无性化的主体，是长期以来无视差异的男女平等话语的产物。一个偶然的机会“我”结识了一个被“我”认为是“真正的男人”的“你”，并爱上了“你”。“你”对“我”敬佩、尊重，但不喜欢“我”身上的过多的男性气质——一个准男人。作为一个“真正男人”，“你”喜欢的是“真正的女人”。于是，“我”开始按照“你”的期待来塑造自己，放慢走路的节奏，降低说话的音调，和“你”说话时压抑自己的个性，尽量使自己变得温柔、体贴、含蓄、文静……这一切全是为了“做一个真正的女子”，以博得“你”这个“真正的男人”的青睐。但在关键时刻，“渗入我天性中不肯轻易低头的血性冒了上来”，致使“我”终于错过了“你”。“我”为这样的错过而深深地忏悔。小说正是一篇女性冗长而感伤的内心忏悔。主人公实际上面临女性身份的双重镜像，社会所要求的中性化主体——类男人、准主体。男人所要求的“真正的女子”——客体、男权文化对女性的角色期待。一种镜像意味着一种性别主体的迷途。主人公最终选择第一种镜像，拒绝了第二种镜像——成为一个男人所要求的“真正的女子”，并因此而错过自己心爱的男人——“你”，为此感到深深遗憾。可见，在主人公和叙事者的心目中实际上也认为存在一个本质化的女人的标准。虽然主人公最后放弃践行这个标准，但还是认同这个标准，并根据这个标准判定自己不是一个“真正的女子”。小说的感伤基调不仅仅源自“我”错过了你，也源自“我”无法成为一个“真正的女子”的遗憾。

同样的遗憾也存在于张洁颇具反响的中篇《方舟》的女主人公身上。梁倩对千娇百媚的钱秀瑛又恨又羡慕。内涵丰富、事业有成的梁倩所以对浅薄、依附男人的钱秀瑛产生怨羡心理，是因为梁倩认为钱秀瑛才是真正的女人，而自己不是，她觉得这是自己生命中的缺憾。

与此相对应的是这些女性主义文本对当时文化象征系统所认可的模式化的男子汉气概的认同。《我在哪儿错过了你》中，“我”所心仪的“你”，既不像黄云的丈夫那样实惠、会过日子，也不是像李克那样四平八稳、毫不强悍。而是从内心到外表都是一个标准的男子汉。身上有一股“强悍、坚实的力量”，目光内含“自信和威慑力量”，“敦实的身材，宽宽的肩，短短的平头，一张线条饱满的脸。”就连“你”所钟情的事业也是充满阳刚气的航海事业。只有这样的男人才能代替离去的父亲给“我”依靠。《在同一地平线上》的女主人公虽然厌恶“孟加拉虎”似的男主人公弱肉强食的生存哲学、将妻子“绑在他的战车上”的霸道，但却不得不承认他的男子汉气概，这是她的另一个追求者、体贴细致的亚光所无法企及的。也正因此，她虽然一再被伤害却总也无法摆脱对“孟加拉虎”式的男子汉气概的依恋。相比之下，《方舟》中的真正男子汉形象似乎更加完美，老支部书记安泰不仅德高望重、气度非凡，“有一种威慑力量”，同时还非常痴情，年逾花甲依然执着追求爱请。

对性别的本质化建构，其实是男权文化的一个诡计。它支持了对女性僵化、低劣的文化定位并使这种定位获得科学支持——再也没有比为一种意识形态提供生物学的依据更能证明其合法性的了。克里斯蒂娃指出，“过分地强调‘男’‘女’之分是近于荒谬的……虽然我承认凸现女性的身份可以作为一种手段，但我还是要指出：较深入地来看，“女性”终究并不是一个本质性的存在，它与其他事物之间有着彼此联系、互相影响的关系。”① 事实上克里斯蒂娃就是在强调女性的多重主体位置及其彼此之间的互相关联性，反对将女性的性别身份非历史化、本质化。对性别身份的本质化建构，同样不利于男性，“在男女间界定一条鲜明的界限会加剧

① Julia kristeva, “An interview with Tle Quel ,” in New feminisms. eds. Elaine, Marks &Isabelle, de Courtivron. Amherst: University of Massachusetts Press, 1981: 157.

男性对被看成有女性味的恐惧，而这无益于改变现状，因为它强化了男人对男性刻板模式的迎合。"① 这样的迎合对男性主体的成长同样是一种桎梏。

当然，这并不意味着我们无视性别的解剖现实，"生物性固然事先规范出若干事实，但这些事实受到什么样的诠释，毕竟是社会根据它自身的目标来决定的。"② 性别、性别差异只是生理现实的社会建构。我们承认作为性别群体的男性、女性之间的差异（否则，将无法实现女性这一性别的独特价值，重又回到"男女都一样"的时代），即通常所言的性别差异，但也要承认性别共同体中每一个个体的差异，即男人与男人之间、女人与女人之间由于其他种种社会身份而导致的差异。不能把性别群体性间的差异绝对化、本质化，从而成为宰制个体行为的霸权模式。福柯主张用谱系学方法研究局部知识来对抗整体统一的总体性知识的意义正在于此。

通过上面三个部分的讨论我们可以得出这样的结论，一方面，新时期之初，文学沿着人性关怀的路线必然延展至对性别差异的关注，女性独特的境遇、经验历史性地出场，营造出第一波女性主义话语浪潮；但另一方面，这样的出场路线又先在地、宿命般地决定了中国当代女性主义话语与生俱来的具有本质主义化的潜在倾向。尽管构成第一波女性主义话语潮流主体的张洁、张辛欣的文本敏感到本质化的刻板性别模式/制度对女性个体精神自由的宰制、压迫，但没有相应的知识背景让她们去进一步质疑、挑战这种刻板的性别模式/制度。到了80年代中期以后，虽然西方女性主义理论取代人道主义成为中国女性主义话语的主要思想资源。但是，中国当代女性主义话语原初的宿命以及这一话语所置身的80年代以来的本土性别文

① 王政：《"女性意识"、"社会性别意识"辨异》《妇女研究论丛》，1997年第1期。

② 罗思玛莉·佟恩：《女性主义思潮》，刁筱华译，时报文化出版企业有限公司，1996，第375页。

化语境，恰恰又决定了它对西方女性主义理论的接受在很大程度上更倾向于接受本质主义即求异派的思想观念，甚至一些并不具有本质主义倾向的西方女性主义理论也被进行了本质主义式的误读。80 年代中叶以后的女性写作格外强调女性的独特性、差异性，以“异端”“他者”的形象来挑战男权文化。如，翟永明的《女人》组诗中的“黑夜”意象（这一意象后来广泛出现于女性主义文本中），90 年代初陈染、林白、海男等人的私人化的写作、身体写作等。但是，女性自诩、自塑的“异端”与“他者”形象与男权文化所定位的“异端”与“他者”两者之间到底是一种什么样的关系，这个问题一直没有得到很好的反思。在女性的自我表述与被表述中，这两者常常被有意无意混为一谈。这样一来，原本在西方女性主义语境中具有挑战性、解构性、批判性的性别精神内涵的“异端”“他者”形象，便迅速堕落、畸变为男权文化对女性的他者化、客体化的角色定位。90 年代女性文化空间中充斥的小女人散文、“宝贝”式的身体写作，正是这方面的典型例子。平心而论，这类写作除了商业噱头之外，在相当程度上是知性认识上的含混。这样的消极倾向在 90 年代中叶以后有所改观。1995 年北京世界妇女大会前后，80 年代后期以来流行于欧美女性主义学界的核心概念“Gender”① 一词被引入中国的女性主义学界，它被翻译成“社会性别”②，用来取代中国女性主义的核心概念“女性意识”。“Gender”一词带有反本质主义意味，抵制性别身份的生理决定论，更强调性别身份的社会文化建构。这个概念很快被史学界和社会学界接受，文学界由于“女性意识”的惯性，对这个概念的接受相对滞后。但到了 90 年代末尤其是进入 21 世纪以

① Gender 一词指“由社会文化形成的对男女差异的理解，以及社会文化形成的属于女性或男性的群体特征和行为方式”，参见谭晶常、信春鹰主编的《英汉妇女与法律词汇释义》，中国对外翻译出版公司 1995 年版，第 145 页。

② 考虑到汉语构词的特点，一些学者采用“性别”这个词作为 Gender 的汉语对应词，但也是在“社会性别”意义上使用“性别”这个概念，其所指与“社会性别”完全相同。本文作者就采用这种方法。

来，性别研究越来越多地进入文学界女性主义话语的理论实践中，女性文学研究也开始向性别文学研究转型，本质主义倾向得到有效的遏制，女性主义话语的理论实践进入一个崭新的时代。但在女性主义话语的创作实践中，本质主义的倾向却依然在蔓延。当然，对其中原因的探究，那已是另一篇文章的主题了。

上编

20世纪70年代末到80年代中前期的女性文学

第一章　文学主潮中的女性写作

20 世纪 70 年代后期，发生在中国大陆的政治变动带来了整个社会文化的深刻变迁，一个被称为“新时期”的时代拉开了序幕，文学艺术出现前所未有的繁荣景象。70 年代末 80 年代初，一场广泛的人道主义思潮波及社会生活的各个领域。在文学艺术领域，思想解放、文学创作多元化的提倡，对人性、人情、个人的关注，为作家的创作提供了广泛的空间。80 年代以来，女性文学创作的繁荣是中国文学史上前所未有的。一方面，女性创作与时代文学主潮同步，从“伤痕反思文学”开始，每一场文学潮流中都不乏女作家的身影，她们的创作构成文学主潮的重要部分；另一方面，几乎从新时期一开始，女作家的创作也存在着自觉或不自觉地游离于时代文学主潮，形成自己传统的倾向。

第一节　女性文学的复苏与发展

从 20 世纪 70 年代末 80 年代初开始，在新时期文学主潮中，一直活跃着女作家坚实的身影。她们的创作显示出蓬勃的艺术创造力和面向整个社会生活的积极姿态。

一、时代反思与人性关怀

20世纪80年代，最先在文坛上引起人们关注的是杨绛、韦君宜、宗璞、谌容、张洁、戴厚英、刘真等中老年女作家的小说创作。她们以深广的人道情怀积极参与新时期文学大潮，与男作家一起共同承担了对民族历史劫难的思考、对人性罹难的痛定思痛。其间比较重要的作品有：茹志鹃的《剪辑错了的故事》《草原上的小路》，宗璞的《三生石》《弦上的梦》《我是谁》，张洁的《从森林里来的孩子》《爱，是不能忘记的》，韦君宜的《洗礼》《心祭》，戴厚英的《人啊，人》以及刘真的《黑旗》等。事实上，女作家对创伤性历史记忆的书写一直延续到80年代末甚至90年代。例如，杨绛的《洗澡》、韦君宜的《露沙的路》等，但内涵已较新时期初年丰富得多，但也反向证明了新时期初期女作家创作的奠基性质及其对未来创作的深刻影响。

由于成长过程中思想文化背景及个人经历的关系，在这批作家中，多数人的性别意识并不十分明显。尽管如此，相比于同时期的男作家创作，还是存在一些差异，不仅表现在温婉、细腻等传统意义的“女性风格”上，还表现在更为内在的主题意蕴上。

首先，是叙事角度的不同。在反思、伤痕类的小说创作中，占主导地位的叙事惯例，基本上是自觉地从执政党或其诤友的立场，来反思以往的错误路线给革命事业带来的严重挫折，在个人苦难经历与民族、国家的劫难之间建立一种必然联系，以后者来定义前者。而部分女作家对民族、国家劫难历史的反思、讲述，却相对疏离于这样的主流立场。例如，《剪辑错了的故事》《黑旗》等作品，从底层民间视角反思、嘲讽“大跃进”的浮夸风；《草原上的小路》《人啊，人》《爱，是不能忘记的》《从森林里来的孩子》《弦上的梦》《三生石》《心祭》等，则从人性、日常生活、婚姻爱情的角度反思历史。《人啊，人》在“文革”后第一次大胆提出人性、人道主义命题。《爱，是不能忘记的》以感伤、细腻的笔触描写了超越一切的理想爱情，以不能忘记的爱去拯救历经劫难之后心灵的荒芜与贫瘠，在读者中引起广泛反响。小说对婚外恋情的赞美、对传统婚姻道德的挑战，在当时也引发了很大的争议。而 90 年代的《洗澡》《露沙的路》等作品，对知识分子历史命运的书写更是基于个人独立的精神立场。

其次，部分女作家文本凸现了知识女性作为“知识主体”的身份内涵，而在男作家相近题材的文本中，这一身份总是由知识男性垄断，知识女性只是在女人最古老的意义上被书写。当然，限于当时的时代语境，女作家们对女性的书写还不可能完全超越男权文化传统的定位。比如，《三生石》《爱，是不能忘记的》等作品，强调爱情在女性生活中无与伦比的分量，赞美女人不顾社会压力为蒙冤受屈的男人恪守坚贞；而《洗礼》，则通过女人在不同身份的男人之间位移、献身来标示历史的变迁以及各种政治力量之间的较量。

与此同时，年轻一代女作家则以“自我抒发”的面目出场，自觉不自觉间将女性独特的性别境遇带到小说中。新时期之初，竹林的《生活的路》、遇罗锦的《一个冬天的童话》等作品，以作家的亲身经历为底本，描写了“出身不好”的女主人公在惨遭政治迫害的同时饱受性别压迫的厄运。这是新时期女性小说对性别境遇最早的书写。不过，性别的罹难于此时还只能是在人性罹难的意义上被书写、被解读，如果超越这一意义就可能招致激烈的批评。这一时期，王安忆以《雨，沙沙沙》为起点的“雯雯系列”小说（包括《雨，沙沙沙》《命运》《广阔天地一角》《幻影》《一个少女的烦恼》《当长笛 solo 的时候》等），以少女的眼光看世界，描写女性成长过程中的痛苦、困惑和对未来的憧憬，带着淡淡的忧伤。主题相近的还有张抗抗的《夏》《北极光》以及《淡淡的晨雾》等。同样的，在这些作品中，女性精神世界及个人成长的经历，并没有在性别的意义上被特别凸现。

历史反思、人性关怀的时代主题在“朦胧诗”时期的女性诗歌中得到了较为全面的表现。70年代末80年代初，在思想解放和人道主义思想的激荡下，舒婷、傅天琳、王小妮、林子、林雪、谢烨等加入“朦胧诗”创作潮流。相比于北岛、杨炼等人诗作中的“受难英雄”“纪念碑”情结以及夸张、悲壮的情感宣泄，女性诗歌更关注个人的尊严和价值，关注日常生活，充满人们久违的温情、浪漫而又感伤的气息，在“文革”后的诗坛上拥有广泛的读者。代表性诗作如舒婷的《致橡树》《惠安女子》《呵，母亲》《赠别》，傅天琳的《绿色的音符》以及林子早年所作的《给他》等。

同时，女诗人们也不乏回应时代强音的诗作。她们不仅书写心灵的创伤、迷惘与无助，更呈现了迷惘与觉醒相纠缠的内心冲突、寻求人的解放的艰难历程以及对社会、时代的承担，如舒婷的《这也是一切》《土地情诗》《祖国，我亲爱的祖国》《一代人的呼声》、王小妮的《我感到了阳光》《日头》等。无论从思想意蕴还是从艺术表现上说，舒婷的诗歌都代表了这一时期女性诗歌的成就。她的诗歌创作复活了中国现代诗歌个体化书写的传统，诗风也深受中国古典诗词影响，诗质内涵渗透了本土深沉的传统文化积淀。作者在审美上倚重怀旧、送别等古典浪漫的情感形态，呈现出略带伤感的抒情风格，意象多从传统古典诗词转化而来，这也是她的诗歌能被广泛接受的一个重要原因。

此期，女性散文创作也融入了历史反思与人性关怀这一时代的文学潮流。例如，冰心的《记事珠》、杨绛的《干校六记》、丁玲的《“牛棚”小品》等对创伤历史的思考。而张洁的“大雁系列”散文中的《挖荠菜》《拣麦穗》等作品，则借助童年视角率先跳出时代语境，在充满温情的对于童年旧梦的追忆和想象中，表现了对“爱”与“纯洁”等美好的人情人性的怀念。显然，女性散文一开始就在艺术形式上努力挣脱当代“颂歌型”的散文模式，或以反思历史的姿态敞开了历史的存在之真，或转向“独抒性灵”式的审美表达，促进了新时期散文新风的开辟。女性散文对创伤性历史记忆的讲述也延续至 90 年代。戴厚英的《性格、命运、我的故事》、苏叶的《总是难忘》、黄宗英的《故我依然》、梅志的《往事如烟》、韦君宜的《思痛录》等作品，都堪称这方面代表之作。与同类题材的女性小说相比，这些作品更为注重讲述自身亲历的苦难、伤悼逝去的亲友等个人记忆。这批散文比起 80 年代同类题材的散文创作，更散发出一种知性的光辉和醇厚而隽永的艺术魅力。

二、介入变革中的社会进程

新时期以来，随着五四新文学干预社会现实传统的日益回归，在参与历史反思的同时，女作家们也积极关注现实中存在的种种社会问题。例如，张洁反映体制改革重大题材的长篇小说《沉重的翅膀》，谌容表现知识分子问题的中篇《人到中年》，都产生了很大的社会反响。从表面上看，《沉重的翅膀》有着重大的题材、全景式视角、开拓进取的理想男子汉形象、繁复抽象的议论以及正反对垒的人物设置，这一切似乎与当时蒋子龙、柯云路等人的“改革小说”并无二致，但在叙事中，作者却以对待女性的态度作为自己设置正反人物的依据。轻辱女性者必是那些反改革、愚顽、人格境界低下的保守派，而锐意改革、道德情操高尚者则无不敬重、挚爱、匡扶女性，同时也从女性那里得到高贵人性的滋润。《人到中年》在表现现实生活中普通知识分子生存的艰难、人的基本权利被漠视、践踏的同时，也隐约折射出对女性特殊的性别境遇——角色之累的关注。陆文婷是个好医生，但她还想努力做个好妻子、好母亲。生活的困顿、多种角色的重负，终于使她身心交瘁而倒下（这种女性生存的两难困境在《人啊，人》中也有所表现）。当然，女作家的性别关怀此时还相当朦胧、不自觉，几乎淹没在对更具有普遍性社会问题的关注中。陆文婷不是作为一个深陷性别生存困境的女性形象，而是作为一个忍辱负重、无私奉献的知识分子形象被塑造和接受。婚姻与恋爱问题也是作为重要社会问题从而成为谌容关注的重点。《懒得离婚》敏锐把握住现实生活中许许多多普通家庭的存在状态——没有爱情但又可以维持下去。主人公刘述怀在婚姻生活中疲惫、麻木、妥协的状态，很大程度上反映了芸芸众生的婚姻感受。《错，错，错！》宣告现实生活对浪漫爱情的无情粉碎，小说对女主人公惠莲内心世界、性格缺陷的审视达到一定的深度。《杨月月与萨特之研究》首次敞亮了长期以来被种种炫目光环所遮蔽的"革命女性""解放女性"生存中所蕴涵的悲剧性一面，这也是对"阶级解放我解放"的妇女解放观念的解构。在社会问题意识、历史反思意识、文化批判意识错综纠结中，性别意识隐约呈现，这是谌容和张洁这一时期的创作的共同特点。

而铁凝的《哦，香雪》《没有纽扣的红衬衫》，王安忆的《本次列车终点》《流逝》等小说，与那些单纯表现外部改革的作品显然不同，主要关注社会变革和转型所带来的普通人日常生活境遇和心灵世界变化。这些作品更具可读性和艺术性，也预示了新时期文学"向内转"的叙事倾向。

80 年代以降，女诗人陈敬容的《黎明，一片薄光里》、郑敏的《人和土地》、王尔碑的《镜子》、刘畅园的《啊！南海》等作品都是关注时代和现实人生的优秀之作，透露出老一辈知识分子特有的社会理想激情。90 年代，舒婷的《最后的挽歌》、翟永明的《周末与几位忙人共饮》等，也表现了对社会现实的关切。可见，新时期初期，女作家创作所形成的鲜明特质，构成了中国当代女性文学的重要"传统"。

此外，散文无疑是最切近现实生活的文体。新时期以来的女性散文不乏干预现实的社会关怀之作。宗璞的《哭小弟》为知识分子权利呼吁，冰心的《我请求》《我感谢》《无士则何如》《开卷有益》等诸多作品，对商品化时代的伦理道德、精神危机，女孩的受教育以及教育经费投入，国民文化素质等问题进行思考。张洁的《过不去的夏天》，以沉重而凌厉的笔墨审视形形色色的人性之丑的闹剧，《人间正道是沧桑》将解剖的笔锋直指卑鄙丑陋的社会毒瘤。韩小蕙以其敏锐的新闻触角创作了《最是隔膜》《不忍》等为代表的“社会世相散文”系列。张抗抗的《商品大潮与文化沙滩》、王英琦的《反俗感悟》以及斯妤的“荒诞系列”“心灵速写”系列等，与同期男作家同类题材散文相比，这类女性散文的审美追求通常不在反映社会事件本身，而在对心灵世界的抵达。在对社会现实与内在生命的有机融合中，与当下现实进行了最为切近的对话。

三、现代主义的文学实验

20 世纪 80 年代中期，社会现实的巨大变迁，在 50 年代出身的刘索拉、残雪等女作家那里引发了深刻的思考和独特的艺术表现。刘索拉的《你别无选择》《蓝天绿海》、刘西鸿的《你不可改变我》等文本对西方现代主义艺术的借鉴，已不再像新时期初年的一些作家那样，限于表现形式的探索，而更注重精神意蕴上的借鉴。当然，西方现代主义小说反抗的是非理性的现代社会，是对启蒙所许诺的“人”的怀疑，而这些作品表现的是走出“文革”阴影的一代青年人对流行的主流价值观念的怀疑、拒绝以及纠缠着孤独、绝望的骚动不已的青春激情、疯狂的创造欲望，宣告了作为个体的“人”的主体意识的觉醒、膨胀，其精神气质与真正的西方现代主义作品似是而非。因此，这些作品曾被一些评论家认为是“伪现代派”。

从这个角度说，残雪的《山上的小屋》《黄泥街》《苍老的浮云》《阿梅在一个太阳天里的愁思》等一系列文本，似更具备西方现代主义艺术的精神品格。残雪以变形的艺术感觉，呈现了一个梦魇般怪诞的世界：南方潮湿发霉的环境、猖狂飞舞的蚊虫、长出人发的枯树、吐出泥鳅的嘴、长着桂花树的耳朵、交媾的苍蝇、布满天花板的蜘蛛的脚……比外部世界更可怕的是人心的丑恶与卑琐，尤其是血缘、亲情中的算计与仇恨——长着“狼”一样眼睛的父亲、“恶狠狠”监视着女儿的母亲、像猿猴一样爬行的弟弟……残雪以近乎残酷的透视力，直抵个体存在的生存之恶与生命之痛。这自然是一种对世界之恶夸大、极端的表现，但却真实地折射出女性置身男权文化世界中，由于本体安全感的缺失而导致的焦虑与恐惧，以及疯狂、变态、反抗、挣扎，一种文化意义上的“歇斯底里”。

蚌病成珠，异端、病态的感觉，不仅造就残雪怪异、深刻的精神世界，同时也造就了残雪叙事另类的美学诉求和文体形式。对外部世界超验、变态的内心体验完全取代了对外部世界的客观呈现，在艺术上将小说“向内转”的倾向推至极端。新时期以来，在意识流小说、朦胧诗中，尽管已出现时空的跳跃、交叉，但界限依然明确；意象虽朦胧、含蓄，但内涵并不模糊。而残雪挑战了读者的阅读、审美习惯。她以晦暗模糊、混乱无序的时空、碎片化的幻象直接诉诸读者的审美感觉。其文本带来的审美冲击不是由明确的思想内容和真实的形象所引起，而是来自对这些无序、碎片化幻象的凝神观照。阅读残雪，犹如欣赏超现实主义绘画。不过，残雪文本的单调和重复，限制了她对生存、对人性挖掘的深度。残雪与同一时期的马原、格非、莫言、孙甘露、北村等男作家一道，开启了80年代中后期重要的小说潮流——先锋小说的叙事之门，也表明一份先锋的性别叙事立场。这一立场为90年代的陈染、林白等人所承继。而90年代中后期，西方女性主义理论成为文学批评的重要策略后，将陈染、林白的创作简单化的定位在“身体写作”“私人写作”，则显然是忽略了其在艺术追求层面的先锋气质。

80年代以来，相对于女性小说，女性诗歌更注重现代主义意识探索，这样的探索贯穿在不同世代女诗人的创作中。特别值得一提的是老诗人郑敏的诗歌创作。1985年以后，郑敏逐渐摆脱公共话语的限制，重新续接了40年代“九叶”诗人现代派诗歌的写作传统，呈现出向内在心灵世界和潜意识场景探秘的倾向。她持续关注童年、等待、死亡等哲理命题。她的《童年》《雪仗》等诗作，在童年记忆里寻找永恒的时间体悟，《早春的树》在

“等待”中凸显“寻找”的主题，组诗《诗人与死》，关注生与死的永恒（哲学）命题，组诗集《不再存在的存在》，表现了诗人对存在与虚无的沉思，充满存在主义的现代哲理内涵。她的《门》《渴望，一只雄狮》等都具有复杂的象征蕴涵。郑敏从意识潜入无意识，探询沉默与聆听、完美与残缺、记忆与遗忘、此岸与彼岸、个体与族群、生存与死亡、存在与虚无等（世界性）人类性的根本问题。当然，现代主义诗歌意识在更年轻一代诗人那里，有着更加充足的表现。例如，王小妮、傅天琳、梅绍静、马丽华、翟永明、伊蕾、唐亚平、尹丽川、陆忆敏、蓝蓝、李琦等人，在不同时期都有过不同程度的现代主义诗歌实验。

四、历史场景中的女性经验

1949 年以后，虽然国家以法律的形式赋予女性与男性在政治、经济、文化中的平等权利，但是由于历史、文化的原因，在现实生活中，女性并没有真正充分地享受到这个权利。但这样的性别生存真相一直处于民族国家叙事的遮蔽之下。尽管新时期初年的“伤痕文学”“反思文学”不断触及女性在特殊历史时期的经历，但这一切并没有在性别的意义上得以凸显。随着新时期“人”的主体意识的日益觉醒，女性性别意识也开始朦胧觉醒。

80 年代初，张洁的《方舟》《祖母绿》《七巧板》，张辛欣的《在同一地平线上》《我在哪儿错过了你》《最后的停泊地》等文本的出现，标志着女性主义这一新的女性写作姿态在小说领域的出现。这些文本表现了知识女性在事业、家庭以及个体生存中的苦苦挣扎，在挞伐造成女性悲剧人生的现实与历史的种种积弊中，初步触及了女性独特的性别生存境遇。在《方舟》中，三个离婚的女人共处一室，互相体恤，共同面对来自男权社会的各种冷遇、侮辱、歧视，犹如风雨飘摇中的一叶孤舟。“方舟”意味着救赎，也蕴藏着倾覆的危机。《在同一地平线上》将女性生存的艰难、与男性霸权的对抗置放在夫妻之间、家庭之内。两性关系及其载体“家”，无论有爱无爱，都成为女性自我的对立面。这两个文本还不约而同地涉及“做人”与“做女人”的两难，以及“女性雄化”“性别差异”等性别命题。《我在哪儿错过了你》《最后的停泊地》再一次集中而尖锐地探讨了这些命题。限于当时的时代语境，叙事主体与小说的主人公一样陷于性别困惑中。《祖母绿》《最后的停泊地》不约而同地以将男人放逐出理想国、以彻底摒弃两性之爱来为浓雾重锁的女性人生指点迷津。女人在抑制自我中升华出一种抽象的女性涅槃。这一阶段女性主义小说的性别立场尚未上升到理性的层面，这与现实生活中叙事主体往往不愿接受“女作家”的称谓相呼应。但这一阶段的女性主义小说毕竟率先敞亮了长期以来被掩盖的女性性别生存真相，正视了自身的文化处境，而这是女性辨明自身走向历史觉醒的前提。

新时期女作家“走向历史”的意识，还体现在寻根文学的创作之中。我们知道，在通常的文学史叙述中，80 年代中期蔚为大观的“寻根文学”潮流，是以男性作家的小说创作为主体的。而若从性别文化的角度观之，这一潮流的宗旨，实际上是要寻找、修复一个民族传统文化意义上的“父亲”，重建男性中心的文化秩序。“根”在汉语中本来就有男根的隐喻。这决定了女作家在这场寻根潮流中的尴尬状态。事实上，在 80 年代中后期，王安忆、铁凝、翟永明等作家创作的不少女性文本同样具有文化寻根的意味。不过，由于她们的寻根意向往往定位在对女性/母系生命、文化之根的寻访而不是朝向“父亲”，因而在有关寻根思潮的理论描述中常常被忽略，或是置于不那么具有代表性的位置上。男性中心文化对人们思维惯性的影响，由此也可见一斑。

王安忆的《小鲍庄》《大刘庄》，是以中性面目参与主流寻根潮流的。《小鲍庄》在一种虚化的时空中客观呈现了小鲍庄仿佛亘古不变的封闭的生存方式以及作为这种生存方式根基的仁义道德——一个儒家文化的隐性父亲形象。但小说最后仁义子（捞渣）的死却又预示了这一父性形象无可挽回的式微。也就是说，《小鲍庄》在参与主流寻根潮流的同时又疏离了这一潮流。在这场文化传统的探寻之旅中，王安忆将自己自觉或不自觉的女性经验融入了对历史的想象，将千百年来身处边缘的女性引入到历史的记忆之中，发出了微弱的“不同的声音”①。

总之，20 世纪 70 年代末期到 80 年代中期，是继五四第一批现代女作家“浮出历史地表”之后中国女性文学创作走向繁荣的又一个起点。处在时代转折期的女作家们以空前的热情展开多角度的文学实践：她们或是在政治意识形态的反思之作寄寓强烈人道主义的关怀，或是在现实题材创作中关注时代变迁和社会万象，或是在叙事艺术层面展开先锋的探索，或是在历史叙述中融入独特的女性经验。

① 该说法参见卡罗尔·吉利根《不同的声音：心理学理论与妇女发展》，中央编译出版社 1999 年版。

第二节　儒家文化与现代认同：重读谌容的《人到中年》

《人到中年》是女作家谌容的成名作，最初发表在《收获》1980 年第 1 期，随后由百花文艺出版社发行单行本。该小说曾在 80 年代的中国文坛与中国社会产生极大影响。不仅小说获得中国第一届全国优秀中篇小说奖，改编的同名电影更是一连斩获金鸡奖、百花奖、文化部优秀影片奖（政府奖）三项中国电影大奖。而谌容笔下的陆文婷也成为中国文学史、电影史上又一经典的女性知识分子形象，是一代人的难以磨灭的记忆。2005 年，由中国电影评论学会、中国艺术研究院影视艺术研究所和文汇报社联合举办的“中国电影百年百名经典银幕形象评选”中，《人到中年》的陆文婷，名列其中。正如评论家朱寨所言：“陆文婷的苦乐和悲欢，在相当一部分读者特别是中年读者中，引起了普遍的共鸣。这说明，陆文婷的命运里概括了普遍意义的时代内容，带有典型性。”①

实际上，中篇小说《人到中年》的叙事情节十分简单，主要讲述了一个挣扎在事业、婚姻、母职中的女医生陆文婷的生活和遭遇。一方面，小说具有朴素的现实主义风格，是对一代中年知识分子真实命运的艺术展现，因而引发了诸多读者的共鸣与赞誉。另一方面，处在历史转折期的小说又因触及一些敏感问题而备受争议。可以说，自发表之日起，小说便引发热议，可谓是褒贬不一，莫衷一是。小说发表后不久，便有评论者犀利地提出，“在可爱的陆文婷大夫身上，党的政策的阳光被一层可怕的阴影给遮住了。”② 与之相对，也有批评者认为：“这种阴影绝不是艺术给生活蒙上的，

① 朱寨：《留给读者的思考——读中篇小说〈人到中年〉》，《文学评论》1980 年第 3 期。
② 晓晨：《不要给生活蒙上一层阴影》，《文汇报》1980 年 7 月 2 日。

而是生活反映给艺术的。”① 而对于对陆文婷命运的安排，很多国内外读者也会通过写信的方式予以质疑，认为小说最后陆文婷痊愈是“光明的尾巴”或者反映“官方意图”② 等。此外，即便是红极一时的电影《人到中年》，也曾经历不小的波折。一些电影厂因为剧本的“调子太低，主题消极”而将其拒之门外，甚至认为它可能成为“第二个《苦恋》”。③《人到中年》这一小说所蕴含的社会文化意义，由此可见。

我们知道，《人到中年》叙事的起点是长期处于“超负荷运转”的女医生陆文婷，突发心肌梗死而命悬一线。在这紧张的抢救和“死亡门前”的回忆中，故事得以展开，陆文婷的生命足迹亦逐渐浮现。那么，这就需要正视一个绕不开的问题，即，究竟是什么“压垮”了原本应当年富力强的陆文婷。实际上，围绕这个问题的思考也构成了《人到中年》既有学术史和传播史的核心。长期以来，研究者、读者对于小说的研究和探讨主要聚焦于特定历史环境下知识分子的待遇与遭际。而陆文婷的生活苦难和悲剧命运也成为一代中年知识分子的“缩影”。

但文本认为，这样的研究思路存在两个问题。第一，讨论更多是关注外在环境（历史与现实）对陆文婷等知识分子的影响，却较少关注人物内心的挣扎，或者单纯将人物的内心活动视为时代语境“内化”。第二，研究更偏向于将小说视为典型的现实主义题材作品，对于现代主义的表现手法关注较少。因此，也较少追问陆文婷沉重的精神负担背后是否存在不同文化观念的纠缠与碰撞。有鉴于此，本节则尝试从既有研究的不足出发，重新探究陆文婷悲剧命运背后深层的思想文化脉络。

谌容在一次访谈中曾坦言“我从小受的教育是儒家传统教育，因此我

① 张炯：《作家有权提出生活中的矛盾》，《文艺报》1980 年第 9 期。

② 谌容：《从陆文婷到蒋筑英》，载《谌容随笔 · 中年苦短》，知识出版社，1994，第 222 页。

③ 肖尹宪：《〈人到中年〉的前前后后》，《电影艺术》2005 年第 1 期。

在对待许多问题时，包括道德、伦理、家庭等都是传统式的。”① 这句话点明了谌容文学创作的一个重要的思想文化资源，即儒家文化传统。而“儒家文化”也是洞察《人到中年》一个颇为重要但却又常常被忽略的视角。实际上，陆文婷的许多人生选择或是对理想人生状态的愿景，比如贤妻良母、君子之交以及家国情怀等，都不仅仅代表了现代知识分子的立场，同样蕴含着特定的传统文化。

一、贤妻良母与职业女性

虽是一部反映社会生活的问题小说，但《人到中年》在叙事层面却具备了不少现代主义小说的质素，比如意识流、比如对线性时间的破坏、比如复调叙事等。如此设计不仅增强了小说的艺术表现力，同时提升了文本所承载的信息量。小说以具体的突发事件为叙事起点，断断续续勾连起主人公 40 年的生命历程，进而反衬社会历史的变迁。这种叙事之所以可以实现主要得益于现代主义的表现手法。现代主义区别于传统的现实主义的主要特点在于对现代主体内心世界的格外关注，外部环境是内心世界的投射，感受真实要强于客观真实，最典型的例子就是卡夫卡的创作。这意味着，现代主义的叙事手法不仅具有结构功能，同时也可能隐含意义功能。

“仿佛是星儿在太空中闪烁，仿佛是船儿在水面上摇荡。眼科大夫陆文婷仰卧在病床上，不知自己是在什么地方。她想喊，喊不出声来。她想看，什么也看不见。只觉得眼前有无数的光环，忽暗忽明，变幻无常。只觉得身子被一片浮云托起，时沉时浮，飘游不定。”②

这段话是整部小说的开篇，也是一个颇具张力的叙事起点。一场突如

---

① 刘慧英：《文坛女杰心路探迹——访女作家谌容、王安忆、张洁、张抗抗》，《炎黄春秋》1992 年第 2 期。

② 谌容：《人到中年》，天津：百花文艺出版社，1980，第 1 页。引文均出自此版本，后不另注。

其来的疾病，一个生死未卜的谜团成为小说的主要叙事动力和悬念结构。而处于昏迷的陆文婷正是通过这种半梦半醒的感受与混乱的回忆展示她的人生和内心。通过这种“潜意识”活动可以发现，对“工作狂”陆文婷而言，爱情、婚姻与家庭始终占据着十分重要的位置。而由体贴的爱人和幼小的孩子所组成的四口之家也成为陆医生内心最为牵挂的对象。如果说现实中的陆文婷始终以严苛的职业操守全身心投入事业，是一个典型的职业女性的话，那么进入潜意识的陆文婷则展现了自己生活化的一面，凸显了她的家庭角色与家庭危机。

陆文婷的回忆从现实中多年好友姜亚芬即将出国开始，继而迅速转向了自己的成长历程。按照其碎片式回忆可知，她有着不幸的童年，单亲家庭让她饱尝人世的艰辛冷暖，而医学院的大学生活也是繁忙、平淡甚至枯燥的。正如小说所描绘的那样，“她把青春慷慨地奉献给一堂接着一堂的课程，一次接着一次的考试。”而傅家杰突然闯入带来的爱情则成为陆文婷单调乏味的青春岁月中唯一的亮色。正是这样一抹光亮，给她带来了前所未有的慰藉，成为她未来人生道路上的重要支持。然而，理想爱情越是美好，反衬出的现实便越是令人心酸。

相比专注于医学事业的陆文婷，丈夫傅家杰更具诗意情怀，总是用裴多菲的诗来表达爱意，鼓舞妻子。而“文革”期间，被剥夺了科研工作的傅家杰又主动承担起繁重的家务，成为妻子的坚实后盾。拥有这样一份爱情，陆文婷本应感到幸福、欣慰，但她却始终处在一种焦灼和痛苦之中。而这种焦虑的根源在于她认为自己不是一个合格的妻子，拖累了同样是科研工作者的丈夫。特别是“文革”结束后，陆文婷认为丈夫应该去追求自己的科学梦。因此，她开始兼顾更多的家务，甚至提出让丈夫住到单位，自己独立打理家庭生活的建议。可见，身为妻子的陆文婷也希望自己能够成为丈夫的“贤内助”，一个支持丈夫事业发展的妻子。只不过，眼科医生的工作与成为贤妻的理想很难调和。陆文婷在这样的撕扯中，感受着中年女性的疲惫。于此，陆文婷所面临的困扰不仅与知识分子的身份相关，更与传统的性别文化认同密不可分。

除了对丈夫的自责，陆文婷更是一个“惭愧的母亲”。整日忙于工作和研究的她，总是忽略孩子们的请求，缺席着他们的成长，即便小女儿发烧生病，也不能陪伴左右。一个整日医治无数患者的医生，却不能医治自己的孩子，这是多么大的讽刺。所以，当昏迷多日的陆文婷醒来之时的第一句话，便与孩子相关：“给圆圆……，买一双白球鞋……”；“给佳佳，扎，扎小辫儿”。在“鬼门关”挣扎的陆大夫，丢下这样两句含糊不清的话，便再次陷入昏迷。于此，我们既看到了平凡的母亲对于孩子的深情，同时也流露出其内心的惭愧与不安。母亲身份的自然体认与现代女性的职业追求，构成了陆文婷母亲身份的认同与失落。而在这种“鱼和熊掌不可兼得”的困境中，陆文婷独自体会着其中的茫然、艰辛以及深深的无措。正如她在“晚宴”中的独白：“我最自私了。我把丈夫打入厨房，我把孩子变成了‘拉兹’，全家都跟着我遭殃。说实话，我是个不称职的妻子，也是一个不称职的妈妈。”

由此可见，在工作中尽职尽责、任劳任怨的陆文婷对于家庭有着难以言说的愧疚之感。这种愧疚不仅源自小说中叙述的种种事故，更根植于自己理想家庭角色的“失格”。在陆文婷的潜意识中，她存有成为贤妻良母的欲望。至少，合格的妻子和母亲是她义不容辞的职责，而这种职责与传统文化对于女性身份的规范别无二致。但忙碌的工作和诸多现实问题最终剥夺了其家庭身份，构成了她内在的思想负担。于是，在小说中，我们看到颇为值得玩味的对照：手术台上的陆文婷是一个身经百战、处变不惊的成熟医生；而家庭中的她则是一个疲惫不堪却又茫然无措的母亲和妻子，正如小说中所描绘的：“陆文婷啃着干硬的冷烧饼，呆呆地望着这间十二平方米的小屋。”而这样一句话也是电影版《人到中年》中颇为经典的一帧画面。就这样，陆文婷在两种角色中笨拙转换、负重前行。“不论酷暑和严寒，陆文婷往返奔波在医院和家庭之间，放下手术刀拿起切菜刀，脱下白大褂系上蓝围裙”。所以说，陆文婷并非一个具有女性主义立场的独立女性，也非典型的社会主义劳动妇女，更称不上是传统意义的贤妻良母，但三者又同时出现在她的日常生活与工作之中。而这种生存状态也是社会转型期中国女性所面临的普遍困境。

二、君子之交与中年困顿

基于特定的历史语境，20 世纪 70 年代末到 80 年代初期的小说创作带着“问题小说”的印记，承担着意识形态转型与重构的社会文化意涵。彼时文坛主流的伤痕小说、反思小说、改革文学、知青文学等，均具有较为明确的社会指向性。具体来说，伤痕、反思文学更侧重于揭示“老一辈”的政治苦难，而改革文学、知青文学则展现了“文革”中成长起来的青年一代的迷茫，以及如何重构积极向上的富有青春色彩的意识形态。在这样的格局中，唯有“中年”的困惑较少被严肃的表达，而这同样是《人到中年》所具有的独特意义。这种中年困顿不仅表现在主人公陆文婷身上，也是小说中其他知识分子面临的共同的生存境况。

除了表现陆文婷的家庭生活，小说的另一个重要内容是描写陆文婷、傅家杰夫妇与姜亚芬、刘学尧夫妇之间的友情。小说以回顾陆文婷与姜亚芬二人的青葱时代始，以送别“酒宴”为高潮，并落脚于姜亚芬在首都机场给陆文婷写下的告别“长信”，可以说友情故事贯穿了整篇小说的情节走向。透过他们之间的友谊，我们可以再次感受到谌容文化理想中的传统因素，那就是“君子和而不同”的交友之道。

从五十年代一同在医学院求学，到六十年代共同分配到大医院工作，陆文婷和姜亚芬是“同窗共事二十余载的好友”，亦是性格迥异的知识女性。求学时代，姜亚芬热情、开朗、人缘好，追求者众多；而陆文婷文静、孤僻、不善言辞，“几乎是一个被人遗忘的少女”。工作后，姜亚芬聪明、能干、懂人情世故，而陆文婷则认真、耿直，一心扑在事业上。“文革”期间，两人的晋升之路阻断，十多年仍是主治大夫；“文革”结束，姜亚芬将同丈夫出国发展，而陆文婷则要继续为祖国的眼科事业奉献自己的人生。可见，有着共同的专业、相仿的年龄以及相似的历史遭际的一对友人，却有截然不同的生活状态和人生选择。这种差异，既是对当时知识分子复杂的人生道路和思想状况的呈现，也昭示出不同的人生观与价值观，而它们彼此的碰撞则形成了小说的复调叙事，尤其体现在“含泪的晚宴”上。

送别姜亚芬夫妇的“晚宴”是整部小说叙事的高潮，作者借助知识分子们的“酒后真言”呈现了特定历史时期知识分子的种种遭遇。例如，刘学尧对“文革”中遭遇的控诉，傅家杰对无法从事科研、沦为“家庭妇男”的自嘲，对于妻子工作过于繁忙的牢骚等。更重要的是，晚宴中的交谈指出了究竟何谓“中年问题”，即“他们最能出成果的黄金岁月，被林彪、‘四人帮’的动乱耽误了。”“现在，这批中年人要肩负起‘四化’的重任，不能不感到力不从心，智力、精力、体力都跟不上，这种超负荷运转，又是这一代中年的悲剧”。这段话，既是陆文婷日常生活的写照，同时回应了“人到中年”的题中之义。面对相近的处境，他们这对患难之交选择了不同的应对方式，姜亚芬夫妇带着对祖国的不舍，远赴他国；而陆文婷夫妇希望加倍努力工作，弥补此前虚度的时光，正如傅家杰所言：“找到了弊病，加以改进，社会才能进步。”四位知识分子开诚布公地袒露心声实则负载了一代知识分子的心路历程。

小说的最后，陆文婷依旧处在昏迷状态，姜亚芬却不得不登上远行的飞机。在离开祖国的最后一个小时，亚芬最放心不下、最牵挂的依然是自己的老友，于是在候机楼深情款款地写下一封长信，抒发自己内心的感受。在长信中，活泼开朗的亚芬向老友絮叨着自己内心的惶恐不安，并认为正是自己没有文婷的勇气，才选择了出国这条“错误”的道路。两位知识女性的差异和情谊再次得到体现。

尽管陆文婷和姜亚芬存在着诸多“不同”，但她们多年形成的坚固友情，却令人感动。她们在工作中互相帮衬，生活上彼此关照，更为重要的是，她们由衷地欣赏对方身上的差异，是一种惺惺相惜的女性情谊。在人类文学史上，女性之间的友谊向来是“空白之页”，而男人们的友谊则是经久不衰的创作母题。这样的现状自然与传统女性的社会身份和历史境遇相关。即便是现当代文学领域，关于女性情谊的书写也是极度缺乏想象力的。女性之间的嫉妒、仇恨，女性情谊的生活化、不稳定，依旧是文学中最常见的模式，正呼应着当前大众文化领域经常出现的“撕逼”“塑料姐妹情”等概念。从这个意义来看，1980 年的《人到中年》对于女性友谊的写作显然具有突破意义。在两位女性几十年的友谊中，我们可以感受到那种“君子和而不同”的真挚，以及彼此尊重、彼此成就的珍贵。然而，这种理想状态的友情终究难以抵抗社会历史的变迁。对于老友的不舍与尊重是陆文婷内心世界的一层伤痛，而这种挣扎背后是君子之交的理想范式与现实中年困境之间难以调和的矛盾。

如果说，顾城的“黑夜给了我黑色的眼睛，我却用它寻找光明”展现了“文革”结束后一代知识青年悲壮的勇气的话，那么当时的中年人则要肩负更复杂、更沉重的历史记忆。毕竟，所谓的“黑夜”对于尚未成熟的孩童和盛年遭变的中年一代，并不相同。而对于那些不堪重负的中年知识分子而言，“出走”也成为他们合乎个体情理的人生规划。即便这种“规划”与同时代所要重新树立的建设“四化”社会主义新人的意识形态诉求并不一致。实际上，将这样一条相对“敏感”的故事线纳入小说，谌容自己也曾“犹豫”，但她最终还是选择了书写。在她看来：“这是十年浩劫之后，在拨乱反正这个特定历史时期的一种特有的社会现象。这种现象将来也许不会再有，但现在确实存在。作者有责任把它艺术地再现于文学作品中，使作品更富有时代的印记。”① 话虽如此，在当时的语境下，陆文婷这个几乎完美的人物，却并没有对朋友的“出走”提出质疑，而是表达了尊重。这种表达依然是存在“风险”的，但谌容以“友谊”消解了这种源自立场的差异。由此，小说通过两对人到中年的知识分子的差异人生展现了当时复杂的思想状态与中年知识分子们所面临的诸多困顿。与此同时，小说也昭示出新时期文学的一些新的因素，即文学中的友情不再仅仅是基于相同阶级身份的革命友谊，而是可存在信仰的差异。

在中国当代文学史上，谌容是一个相对特殊的存在，她的《人到中年》是新时期文坛绕不开的经典之作，而因此跻身知名作家的谌容此后的创作却与主流文坛保持着疏离感。整体观照谌容的文学创作不难发现，其个人的写作历程同样经历着陆文婷式的中年困顿。谌容早些年所创作的长篇小说《万年青》（1975）、《光明与黑暗》（1978），虽可谓是呕心沥血的真诚之作，但却因为“小说的政治观念是错误的，不符合现行政策”，而面临“不会再版”② 的命运；《人到中年》的发表让谌容声名鹊起，但关于小说的探讨也侧重于社会症候的分析；此后谌容既没有追随文坛一味“求新”，也没有形成自己稳定的风格，而是在不断变化中“自由写作”，类似《减掉十岁》《懒得离婚》等作品中所呈现的“幽默”与“世俗化”差异于80年代文坛的精英立场。这样一来，身为中年作家的谌容实则面临较为尴尬的处境，一方面她没有杨绛、丁玲、韦君宜等老作家此前所积淀的文坛地位；另一方面她也不像王安忆、铁凝等青年作家那样能够紧跟时代潮流，接连创作出能够反映时代潮流的经典作品。逐渐远离文坛成为谌容文学创作不得不面对的趋势。中年问题的复杂性与特殊性，也可以从谌容自身的人生经验和创作历程得以呈现。时至今日，学界对于陆文婷的思考依然更多从知识分

① 谌容：《写给〈人到中年〉的读者》，载《谌容随笔：中年苦短》，知识出版社，1990，第218－219页。

② 谌容：《并非有趣的自述》，载《谌容随笔：中年苦短》，知识出版社，1990，第29页。

子或女性身份入手，却对“中年”这个最初的定位视而不见。实际上，重新审视新时期文坛的“中年问题”，不仅能够更贴近文学创作的实际情况，同样对 80 年代高扬的青春主题有所助益，而这才是历史更为清晰、完整的脉络。

三、医者仁心与社会现实

20 世纪七八十年代之交的意识形态变更使知识分子从社会权力结构的边缘走向中心，成为社会的启蒙者、引导者、代言人、民族国家大业的中流砥柱。知识分子的形象开始取代工农兵形象大量出现在小说中。“小说正面人物的构成发生了质的变化，有知识、有文化、有思想、有良知的人们，负载着作家们的主要审美理想。知识分子的形象在作品中占压倒优势。”① 在这“占压倒优势”的知识分子形象中，知识女性的形象是相当有限的。而这与此前情形恰好相反。在 20 世纪 50—70 年代的文学中，知识分子的形象是相当有限的，这其中知识女性的形象却占了很大的比例，其中最著名的形象，莫过于林道静；而在新时期文学中，知识分子的形象虽然具有压倒性的优势，但知识女性的形象却相当有限，比较具有代表性的知识分子往往是男性，比如章永麟。在新时期文学中作为社会的引导者、代言人的中性化的“知识分子”，实际上理所当然指知识男性。萨义德在批评班达的知识分子论时指出，“班达的知识分子不可避免地是一群少数、耀眼的人——他从未把女人算在内——这些人由高处向芸芸众生发出洪亮的声音和无礼的叱责。”② 这句话用来指称新时期小说中的知识分子形象的书写是非常恰当的。在这样的背景下，《人到中年》则彰显出其独特的文学史、文化史意义。

---

① 季红真：《文明与愚昧的冲突》，浙江文艺出版社，1986，第 59 页。

② 萨义德：《知识分子论》，生活·读书·新知三联书店，2002，第 14 页。

在小说中，陆文婷是一位技术高超、德才兼备的眼科医生，且性别为女。我们知道，古今中外，以“医生”为主要人物的经典小说作品不胜枚举。例如，狄更斯的《双城记》、帕斯捷纳克的《日瓦戈医生》、加缪的《鼠疫》、丁玲的《在医院中》、莫言的《蛙》等。加缪创作于1947年的长篇小说《鼠疫》，以突如其来的瘟疫为背景，塑造了一个包罗各类医者形象的形象群。其中，既有里尔沙这类的官员型医生，也有卡斯特尔这种专注医学学术研究的老学究，既有富有英雄主义情怀的志愿者塔鲁，也有坚守职业伦理操守的一线医生里厄。《人到中年》与之类似，同样塑造了一所具有百年历史的大医院中的形形色色的医生，有已经退出临床医疗的学术权威孙主任，有背负繁重行政职责的赵院长，也有日夜操劳在医疗第一线的中年骨干陆文婷、姜亚芬等。

然而，相比于呈现骨干医生陆文婷过硬的业务素质和医疗水平，小说更侧重于渲染她高尚的道德品质，正所谓“士不可以不弘毅”（《论语·泰伯章》）。对于治疗的一丝不苟与对待病患的一视同仁，让陆文婷不仅是一名“称职的医生”，更是富有人文关怀和人道主义精神的知识分子，她的医者形象也因此更加血肉丰满。如朱寨所言，我们“看到的不仅是医生职业的特点，而且看到的是有个性的丰满性格”①。这样的特点也让陆文婷更具人格魅力。

众所周知，中国传统文化对于知识分子（君子）的评价向来是重修为，轻技艺，重义轻利，正所谓“志士仁人，无求生以害仁，有杀身以成仁”（《论语·卫灵公篇》）。这一文化传统同样影响了《人到中年》对主人公陆文婷的塑造。例如，沉默寡言的陆文婷第一次得到孙益民主任的认可，是在查房时勇敢指出门诊检测报告中存在的问题。这个细节，不仅表现出陆文婷所具备的业务水平，同时也彰显出她耿直、认真、不畏权威的性格。与

① 朱寨：《留给读者的思考——读中篇小说〈人到中年〉》，《文学评论》1980年第3期。

之相对，姜亚芬则为好朋友这种“冒失”的行为感到担心，她心想：“你不会等会后再给孙主任看，万一你判断错了，就在全科闹下话柄；就算你诊断对了，那也等于说人家门诊的大夫不够仔细，人家可是主治大夫呀！”可见，陆文婷的言行举止遵循的是基本的道德律，而非医院体系内的等级秩序。

而且，陆文婷在工作中所面临的种种困境也并非源于技术问题或科学问题。相反，她的业务能力常常让她得到同行和病人的尊重、认可和信任。如书中所说：“眼科大夫的威望全在刀上。一把刀能给人以光明，一把刀能陷人于黑暗。像陆文婷这样的大夫，虽然无职无权，无名无位，然而，她手中救人的刀就是无声的权威。”于此不妨对比中国现代文学中的另外一个经典女医生形象：丁玲《在医院中》的陆萍。两位陆医生同样具有女性知识分子的身份，且各怀烦恼。陆萍所面对的主要是延安卫生所中强大的革命话语对知识分子话语的压迫，尤其表现在革命者对于现代医疗卫生的排斥和鄙夷。与之相对，陆文婷的先进医学观念和治疗方法不再受到压抑。这意味着，对于科学的尊重与重视已经悄然出现在新时期的文学创作之中。但陆文婷在医院工作中依然面临许多现实问题。一方面，医院青黄不接的医疗队伍，让她时刻处于超负荷的工作状态，疲惫不堪。另一方面，一些官僚会干扰正常的医疗秩序，而后者则是陆文婷尤为无法忍受的情况。

陆文婷与“马列主义老太太”秦波是一对具有对照意味的人物形象。有批评者指出：“马列主义老太太只是配角，着墨不多，可确实是一个杰作。”① 此话不假。长期以来，“马列主义老太太”都是作为“特权阶级”的转喻存在的。而小说正是通过这样一个漫画式的形象揭示出当时社会中存在的一些不良现象。不过，本文认为，不仅如此。如果将秦波置于小说的人物关系链条之中，会发现她不仅展现了当时的社会问题，更是代表着

① 劳柯：《形象的思维——读〈人到中年〉》，《读书》1981年第6期。

一种权力话语模式。可以说，陆文婷和秦波之间的矛盾，不仅仅是知识分子与特权阶级的碰撞，更隐含着传统士人人格与权贵之间的差异。平心而论，秦波这个角色虽有些“颐指气使”的派头和满嘴报纸社论的不合时宜，但本身并非完整意义的“负面角色”。只不过，其部长夫人的身份本身便对知识分子造成了一种居高临下的压迫感。特别是“秦波对她的挑剔和轻侮辱”，更是触碰到了知识分子的个人底线和传统士人的“傲骨”。于是，我们会发现，陆文婷对贫寒的张老汉照顾有加，对生病的孩子王小嫚百般迁就，但唯独对部长夫妇格外冷漠。而这种态度的排序是与传统儒家的观念不谋而合的。例如，孟子所言的“民为贵，社稷次之，君为轻。”荀子所谓的“从道不从君”等。所以说，陆文婷与马列主义老太太之间的矛盾不是当时时代的产物，而是千百年来，读书人和庙堂之人根深蒂固的“隔阂”。由此可知，陆文婷对于传统知识分子高洁人格的追求与现实生活中不得不做的妥协，构成了其内在心灵的困扰。

郜元宝认为：“《人到中年》显示出80年代盛行的‘问题小说’可能达到的最大的思想深度。”① 我想这并非是毫无根据的赞誉。《人到中年》的重要意义在于不仅展现了当时的诸多显性的社会现象，比如政治创伤、知识分子待遇、干部特权等，同时也关注了一些当时容易被人所忽视的文化问题，比如性别问题、中年问题等。此外，通过分析导致陆文婷生活困境的原因可以知道，使其陷入中年困顿的不仅有外在的社会因素，同时包括内在激烈的话语博弈，比如知识分子话语与政治话语的冲突；女性身份与社会认同的矛盾；理想主义与社会现实的落差等。总之，传统文化的人生理想与现代文明的身份认同之间的矛盾构成了陆文婷内在的精神困境，这也是小说所抵达的思想文化深度。

---

① 郜元宝：《〈人到中年〉简评》，《当代作家评论》1995年第3期。

第三节　双重现代性与传统文化认同：重读铁凝的《哦，香雪》

《哦，香雪》发表于 1982 年，是铁凝的成名之作。该小说不仅让初出茅庐的铁凝斩获全国最佳短篇小说奖，同时得到了诸多文坛前辈的认可和关注。比如，孙犁、沙汀、王蒙等。此后，小说曾被翻译成多国语言，而据其改编的同名电影曾获得了第四十一届柏林国际电影节儿童片最高奖，彰显出该作品的国际影响力。概括来说，关于《哦，香雪》的研究主要集中在两个方面，一是分析小说的诗性特征，二是探究作品的现代认同。前者聚焦于文本内部，着重解读小说的艺术品质，如孙犁认为："这篇小说，从头到尾都是诗，它是一泻千里的，始终一致的。这是一首纯净的诗歌，即是清泉。它所经过的地方，也都是纯净的境界。"① 将其搬上大荧幕的导演王好为称赞小说"空灵、淡雅"。② 而后者则将文学文本与历史语境相关联，探索该作品在新启蒙思潮下的时代意义。例如，王侃认为："当'现代性'在 1980 年代初上升为国家话语并成为当时的政治主流时，《哦，香雪》就成为其一个文学性的注脚。"③ 闫红更是提出："香雪是新时期文学中第一个真正意义上的'新人形象'"④。这些研究从内外两个角度对小说展开解读，进而从"人的觉醒"和"文的觉醒"来探究其具有的"结构性意义"。⑤ 另

① 孙犁：《谈铁凝的〈哦，香雪〉》，载《孙犁全集》第七卷，人民文学出版社，2004，第 91－92 页。

② 王好为：《在大山皱褶里采撷——〈哦，香雪〉导演随笔》，《电影》1991 年第 3 期。

③ 王侃：《"城/乡"性别化与现代性叙事逻辑——重读〈哦，香雪〉》，《社会科学战线》2015 年第 12 期。

④ 闫红：《"启蒙理性的审美置换"——论〈哦，香雪〉〈没有纽扣的红衬衫〉的现代性及其文学史地位》，《山东师范大学学报》（人文社会科学版）2007 年第 2 期。

⑤ 毕光明：《文明落差间的心灵风景——重读铁凝〈哦，香雪〉》，《名作欣赏》2008 年第 10 期。

外，随着研究者对该小说阐释的不断更新，学界出现了“重读热”现象①，《哦，香雪》在当代文学史上的经典地位得到巩固。

尽管该小说的“批评史”已经延续近四十年，但仍有两个问题有待进一步厘清。其一，从创作史的角度来看，不是处女作的《哦，香雪》反而常被视为是铁凝文学创作的“起点”，认为它“为铁凝以后的创作铺了一层清丽的底色”②。那么，除了艺术风格之外，小说在人物、叙事以及文化观念方面，是否与此后的写作存有关系？其二，近年来的研究偏重于历史化考察，以 1980 年代的文化语境为背景，将小说放置在传统与现代、落后与进步、愚昧与科学的二元结构之中，论证小说具有的主流意识形态功能。即是说，小说中的“现代”是作为“传统”的对应物而存在的，那么现代与传统的内在结构小说是否也有所表述？

一、“双女主”形象的设置

《哦，香雪》的一个颇为出彩的地方，在于塑造了香雪这个极富艺术感染力的文学形象。淳朴、善良、勇敢又自尊自爱的性格，借由一个简单、明朗的诗化故事得到了淋漓尽致的呈现。在铁凝建构的文学人物谱系中，香雪是十分重要的一个，她不仅代表了作者早期创作的精神特质，也成为其之后塑造的众多人物形象的“底色”，而且迥异于同时代其他文艺作品中的“青年”形象。

或许正是因为香雪的主人公光环过于强大，小说中的其他人物相形之下总是略显平淡。当人们“过度”关注香雪，讴歌其身上的时代气息和理想光芒时，便容易忽略文本中的其他角色，进而“错过”了小说蕴含的一些重要信息。实际上，香雪形象意义的生成并非个体角色的“单打独斗”，

① 以 CNKI 为例，截至 2020 年 12 月，以“重读《哦，香雪》”为题的学术论文共计 11 篇。

② 贺绍俊：《铁凝：快乐地游走在“集体写作”之外》，《当代作家评论》2003 年第 6 期。

而是根植于所有角色所编织的人物关系网络。为此，我们再来回顾一下香雪在小说中的“出场”。

> 如今，台儿沟的姑娘们刚把晚饭端上桌就慌了神，她们心不在焉地胡乱吃几口，扔下碗就开始梳妆打扮。她们洗净蒙受了一天的黄土、风尘，露出粗糙、红润的面色，把头发梳得乌亮，然后就比赛着穿出最好的衣裳。有人换上过年时才穿的新鞋，有人还悄悄往脸上涂点胭脂。尽管火车到站时已经天黑，她们还是按照自己的心思，刻意斟酌着服饰和容貌。然后，她们就朝村口，朝火车经过的地方跑去。香雪总是第一个出门，隔壁的凤娇第二个就跟了出来。①

为了烘托主要人物，铁凝先是描绘了一幅人物群像，即一群为了领略“五彩缤纷的一分钟”“风景”而用心准备的乡村少女。姑娘们庄重的梳妆打扮与火车极为短暂的停留，形成了一种微妙的对照。小说于此表现出长期生活在物质匮乏环境中的乡村年轻人对于现代文明往往有着难以遏制的憧憬与崇拜。多年后，铁凝回忆小说的创作时感慨道：“这一分钟就是香雪们一天最宝贵的文化生活了。为了这一分钟，她们仔细地洗去劳动一天蒙在脸上的黄土，她们甚至还洗脚，并穿起本该过年才拿出来的家做新鞋，也不顾火车到站已是夜色模糊。这使我有点心酸——那火车上的人，谁会留神窗下边这些深山少女的脚和鞋呢。然而这就是梦想的开始，这就是希冀的起点。”② 在所有追梦青年中，“总是第一个出门”的香雪显得最特别，也最积极，主人公的形象得到了凸显和确立。然而，作者紧跟着写道：“隔壁的凤娇第二个就跟了出来”。于是我们发现，“脱颖而出”的香雪其实是与凤娇结伴“出场”的。此后，小说的叙事虽以香雪为焦点，但凤娇始终

① 铁凝：《哦，香雪》，《青年文学》1982年第5期。本文引文均出自此版本，后不另注。

② 铁凝：《文学·梦想·社会责任——铁凝自述》，《小说评论》2004年第1期。

是相伴左右的“关系型”人物，形成了颇具特色的“双女主”设定。

从最基本的人物设计来看，两人在性格上相互补充，彼此衬托。虽然都是土生土长的台儿沟姑娘，但香雪和凤娇的性格却截然不同：香雪内敛、腼腆，不善言辞；凤娇则热情、奔放，喜欢说笑，两人一静一动，形成参照。如果没有泼辣大胆的凤娇，香雪内向胆小的性格便难以呈现，也就无法反衬最后夜行山路的坚毅与勇敢。在香雪用“鸡蛋”换“铅笔盒”行动中所表现出来的那股子执着，不仅在于她付出的种种“代价”，更在于其内在的“突破”，这是一个柔弱的少女迸发的巨大勇气。可见，在香雪完整的性格链条中，凤娇不可或缺。

与此同时，两人在行动上互推互助，共同服务于情节的展开。我们知道，香雪和凤娇的性格特征并不复杂，但绝非脸谱化的人物。小说通过诸多细节的措置来呈现人性的斑驳复杂。比如，香雪虽然是第一个出门的姑娘，但是“看火车，她跑在最前边，火车来了，她却缩到最后去了。”如果说，第一个跑出门是香雪渴望见识外在世界的“下意识”行动的话，那么“缩到最后”则流露出其天性上的敏感、怯懦。说到底，香雪对于那个庞大的吞云如雾般的巨大机器是感到极端恐惧的。然而，就在香雪欲“退缩”之时，凤娇悄然登场，这个大大咧咧的山里姑娘，开始用一双善于发现的眼睛，“推”着香雪继续“追逐”。

“香雪，过来呀！看那个妇女头上别的金圈圈，那叫什么?”凤娇拉过香雪，扒着她的肩膀问。

“怎么我看不见?”香雪微微眯着眼睛说。

“就是靠里边那个，那个大圆脸。唉！你看她那块手表比指甲盖还小哩!”凤娇又有了新发现。

香雪不言不语地点着头，她终于看见了妇女头上的金圈圈和她腕上比指甲盖还要小的手表。但她也很快就发现了别的。“皮书包!”她指着行李架上一只普通的棕色人造革学生书包。这是那种在小城市都随处可见的学生书包。

从这段描写中不难发现，正是凤娇“引领”着有些羞涩的香雪去发现新事物，欣赏山外的世界。值得玩味的是，她们一同探索未知，但关注点各异：对于凤娇来说，最具诱惑的是妇女头上的“金圈圈”，是“比指甲盖还要小的手表”；但香雪却对这些并无兴趣，她暗自发现了另一个“世界”，那里有城里学生背的“皮书包”。而率先登场的“皮书包”也为随后出现的重要意象“铅笔盒”埋下了伏笔。通过两个人物的“互动”，故事情节得以展开，同时也将小说引入了两条相对独立的叙事线索，一条是香雪用鸡蛋换“铅笔盒”的主线索；另一条则是凤娇爱慕列车员“北京话”的副线索。

双线索叙事意味着香雪和凤娇两个角色并非始终纠缠在一起，而是有着各自的故事。换言之，凤娇不仅仅是香雪的衬托，其本身也具有完整的角色意义，尤其体现在她与那个“身材高大，头发乌黑，说一口漂亮的北京话”的年轻乘务员的交往中。与“火车”“铅笔盒”“皮书包”相似，“北京话”也是闭塞山村的“闯入者”，代表着山外的先进文明。而且，相比那些沉默不语的象征符号，“北京话”存在的一个特殊功能，在于他是山里姑娘了解外部世界的“通道”。在那短暂的一分钟里，他总是要解答姑娘们千奇百怪的问题。因而，一些研究认为“北京话”是现代文明的“启蒙者”，而台儿沟的姑娘们则成为受到召唤的“被启蒙者”。但凤娇显然不甘心做一个“失语”的被启蒙对象，她从不遮掩自己对“北京话”的好感，也敢于质疑他的权威；她虽遭受了同伴的善意的玩笑，仍旧我行我素、固执己见；她主动和“北京话”做以物换物的生意，但又按照自己的规则使得他们的交往“和一般的做买卖有区别”。“北京话”与凤娇的这段纯洁、平等的情谊，展现了台儿沟姑娘的自尊，同时蕴含了两种不同价值观的碰撞。香雪憧憬现代知识的故事固然令人感动，而凤娇大胆向往新生的勇气同样显示着不凡的艺术魅力。这也是“双女主”设置的意义所在：她们能够在各自的故事中绽放不同的精彩，从而让乡村少女群像变得更为丰富、饱满。除了特定的美学价值和叙事功能，“双女主”的书写也显露出铁凝身为女性作家的独特性。波伏娃在分析传统男性文化时曾提出："神话思维以独一无二的、固定的永恒的女性去对抗女人分散、偶然的和多样性的存在。"① 而女作家们则不断用写作去打破传统中"永恒的女人"，力求呈现更为多姿多彩的女性面貌。

更进一步，香雪和凤娇在性格与行为上的差异，其实是两种文化观念的表达与对话。巴赫金在研究陀思妥耶夫斯基的诗学问题时，曾提出复调小说的概念，他认为："有着众多的各自独立而不相融合的声音和意识，由具有充分价值的不同声音组成"② 是复调小说的基本特点。即是说，所谓"复调"不单基于人物的数量，更在于他们是否能够传递出迥异的"价值"，并共存于小说之中。再次审视两位女主角所倾心的事物便会发现，凤娇所爱的"金圈圈""手表"以及一段朦胧的爱情是更偏重于物质欲望层面；而香雪所求的"铅笔盒"则代表了一套全新的知识体系，可归为精神层面。在改革开放初期，不论是物质文明还是精神文明，都是现代化的重要目标，难分伯仲。相应地，小说借由两个同样可爱的姑娘呈现了两种文明，但其间的优劣高低却并未评判。只不过，香雪身上所洋溢的理想主义气息更切合知识分子的话语体系，在崇尚知识的80年代自然更受青睐。

作为一篇颇为精致的短篇小说，《哦，香雪》不仅具有诗化的表达和清丽的风格，同时也有不俗的叙事结构。其不俗之处就在于铁凝非常看重"关系"之于文学表达的意义。她在一次讲座中谈道："'关系'这个词在小说中是美妙的，充满了挑战和诱惑。好的小说提供的是过程而不是结果，对'关系'的不断探究和发现，可能会有益于这过程本身的结实和可靠。"③ 而"双女主"显然是践行这种关系型创作的重要策略之一。总而言之，《哦，香雪》的重要意义在于开创了铁凝小说"双女主"叙事的先河。

---

① 西蒙娜·德·波伏瓦：《第二性 Ⅰ》，郑克鲁译，上海译文出版社，2011，第343页。

② 巴赫金：《巴赫金全集（第五卷）》，钱中文译，河北教育出版社，2009，第4页。

③ 铁凝：《"关系"一词在小说中——在苏州大学"小说家讲坛"上的讲演》，《当代作家评论》2003年第6期。

此后，她的很多经典作品实际上都是围绕“双女主”展开叙述。例如，《没有纽扣的红衬衫》中的安然与姐姐；《玫瑰门》中的司猗纹与姑爸；《永远有多远》中的白大省与西单小六；《笨花》中的小袄子与取灯等。“双女主”形象的设置不仅丰富了故事本身，同时为小说展现不同文化观念的碰撞与交织提供了可能。

二、双重现代性的缠绕

《哦，香雪》是一篇充满温情的乡土小说，但就其故事内核而言，它又与同时代的改革文学颇为相似。在小说中，现代文明的产物“火车”突然闯入了这个“掩藏在大山那深深的皱褶里”的闭塞山村，从而世界被割裂成山里与山外，并分别隐喻着传统文明与现代文明。台儿沟少女们仰望“火车”的深情、香雪对“铅笔盒”的执念，其实是对于大山之外的现代文明的憧憬与幻想，隐含“改变”乡村贫困落后的生活面貌的愿望，呼应着建设“四个现代化”的时代潮流。

与此同时，蕴含“改革”意涵的《哦，香雪》与经典的改革文学也存在显著不同。概括来说，新时期初期的改革小说主要可分为三种类型。一是呈现城乡差异以及农民“劣根性”与现代文明的对立，例如高晓声的“陈焕生系列”；二是描写农村经济体制改革中新旧思想之间的博弈，例如贾平凹的《鸡窝洼人家》；三是书写改革派与保守派的“斗争”以凸显荆棘丛生的工业改革之路上的时代“英雄”，例如蒋子龙的《乔厂长上任记》、张洁的《沉重的翅膀》等，这也是改革文学最为经典的写作范式。三类小说在表现“改革开放”时各有侧重，但较为一致的是突出了改革过程的“斗争性”和“复杂性”。

《哦，香雪》的“改革”故事则完全不同，铁凝笔下的人物都十分简单、纯粹，对人对事饱含善意，对于新生的追求往往出于质朴的情感逻辑，例如凤娇对“北京话”的爱慕。叙事的展开并不依赖于改革中激烈的斗争，而是建立在青年人对美好生活的期许之上。正如王蒙所言，香雪的独特价值在于用“一双善良、纯朴、充满美好的向往，而又无限活泼生动的眼睛”取代了同时期那些“冷峻严肃”、甚至是“不怀好意”的目光。① 这种差异意味着铁凝没有将小说的现代认同置于传统与现代的完全对立之中，而是通过参差对照索解了两者的内在矛盾以及各自的复杂。因而，小说并非一味地赞美和讴歌现代文明，也表现了少女们面对这种突然而至的外来文化所产生的担忧和困扰。例如，香雪对于“火车”的真实感受是：“她有点害怕它那巨大的车头，车头那么雄壮地吐着白雾，仿佛一口气就能把台儿沟吸进肚里。它那撼天动地的轰鸣也叫她感到恐惧。在它跟前，她简直像一叶没根的小草。”可见，在这场力量悬殊的文化竞争中，即便是台儿沟唯一考上初中的香雪面对这种迷幻的、庞大的外部文明，也依然会由衷地感到恐惧。这段描写将工业文明生产的大型机器与弱小的生命个体进行对比，营造出源自个体心灵的茫然感和恐怖感，其实便已经具备了现代主义的意味，现代性内部的暴力性因素亦有所显露。

在人类的历史经验中，现代文明的暴力性与进步性基本上是相伴而生的。《哦，香雪》超越时代的独特价值就在于其自觉或不自觉地呈现了这种现代性的内部悖论。如前所述，香雪和凤娇虽然都表现出对于现代化的高度热情，但“欲望”对象却并不相同。凤娇的欲望指向了由金圈圈、手表、纱巾等所建构的物质文明；香雪则更倾向于皮书包、铅笔盒背后的精神世界，而物质与精神恰好构成了现代性的两个重要方面。美国学者马泰·卡林内斯库在《现代性的五副面孔》一书中，将现代性的这两个方面概括为：“市侩现代性”与“审美现代性”，认为它们之间“发生了无法弥合的分

① 王蒙：《香雪的善良的眼睛——读铁凝的小说》，《文艺报》1985 年第 6 期。

裂”，“充满不可化解的敌意”①。铁凝将两条叙事线索并置展示出现代认同的多种可能性，揭示了现代性自身的分裂。而这种分裂也是新时期之后的当代文学中反复出现的重要内容之一。相比之下，香雪的追求显然更为高雅，更具情怀，契合千百年来中国文人的道德律条；而香雪换“铅笔盒”的故事经过铁凝的诗意转换，极富文学色彩和文化感召力，占据了叙事的“核心”，凤娇及其欲求则成为被忽略了的旁逸斜出的历史枝蔓。但如果回到80年代初期的历史现场，凤娇的欲望反而更贴近恢复与发展经济的社会心理动机以及普通百姓的日常生活，这同样是小说的题中之义。

虽然我们可以借助马泰·卡林内斯库的“两种现代性”理论去理解铁凝所表达的现代认同，但小说书写的两种文明却不存在所谓的“敌意”，而交织在一起，形成隐秘的缠绕。例如，凤娇的种种行为表明其存有强烈的物欲需求，但她与“北京话”做买卖时却恪守着民间的“仁义”，没有掺杂现代工具理性所秉持的利益至上原则，坦诚的、现实的个体欲望也更偏于古典的实用理性主义。无独有偶，香雪对于精神世界的探寻同样隐含着诸多现实层面的物质因素。香雪之所以急切地希望得到一个“铅笔盒”，最直接的原因是她在学校因没有“铅笔盒”而遭到同学们的“再三盘问”，并且“她第一次意识到这是不光彩的，因为贫穷，同学才敢一遍又一遍地盘问她”。即是说，香雪对于“铅笔盒”背后的现代知识理性体系的认知实际上是暧昧不明的，但因为“贫困”而自尊受挫的体验却是真切的、实在的。为了在学校不再被当作“异类”，她必须拥有一枚闯入现代文明的“门票”，那就是同学们都有的“泡沫塑料铅笔盒”。此时，“铅笔盒”不仅象征知识，更隐含着城乡之间的物质差距。可见，台儿沟姑娘们现代认同的内容是复杂的、多义的，新时期社会语境的错综复杂在她们的物质欲望和精神追求的彼此交融中得以展现。

---

① 马泰·卡林内斯库：《现代性的五副面孔——现代主义、先锋派、颓废、媚俗艺术、后现代主义》，商务印书馆，2002，第41－45页。

当然，正是由于铁凝自然而然地将物质与精神视为和谐共处的关系，忽略了两者的矛盾，因而使小说的文化表达过于理想化、简单化。我们知道，小说在表现凤娇和香雪欲望的差异时，故意让香雪看不到“金圈圈”等物质文明符号，而是执着于“皮书包”等精神文明符号。而两个小姐妹之间因观念分歧闹了别扭，也是拉拉手就算“和好”了。这就是说，小说对于物质与精神之间的诸多对抗性问题采取了“悬置”“和解”的表达方式。而事实层面，社会转型阶段所萌生的现代性的分裂显然不是通过“回避”便能解释或解决的。20 世纪 90 年后，商业文明不断冲击、排挤着 80 年代所高扬的理想主义和知识理性，而这或许便是铁凝在《哦，香雪》中已然提出但却并未深入展现的问题在现实中的延续。

这种现实层面的“延续”，也发生在了“台儿沟”原型所在地。当铁凝阔别多年再次回到那片土地之时，新的所见所闻令其震惊。她发现贫穷落后的小山村已经变成了著名旅游景点，而曾经那些少年身上的淳朴善良也逐渐被精于计算的商业观念所取代。村民们为了经济利益去“坑骗游客”“出售伪劣商品”，甚至“出卖自己的身体”。此时，物质欲望与精神追求之间的鸿沟与矛盾以更为激烈焦灼的状态出现在了铁凝面前，她不禁感慨道：“今天，我们对世界的理解不断加深，我们的生活水准不断提高，我们的物质要求也一再地扩大，写作者原本无话可说。我愿意拥抱高科技带给人类所有的进步和幸福，哪怕它天生有一种不由分说的‘暴力’色彩。但我还是要说，巨大的物质力量最终并不是我们生存的全部依据，它从来都该是巨大精神力量的预示和陪衬。而这两种力量会长久地纠缠在一起，互相依存难以分解，交替作战滚动向前。”① 不过，这种相对明确的判断在《哦，香雪》中尚未形成。

实际上，审美现代性隐含的知识理性及美学诉求与社会现代性的工具

① 铁凝：《从梦想出发》，载《铁凝自选集》，海南出版社，2006，第 465 页。

理性本身就存在难以调和的对抗性。在西方，资本主义文化逻辑衍生下的物欲也会挤压现代主体的精神空间，审美现代性或现代主义的出现就是以反抗市侩现代性为前提的。例如，毕加索的绘画、卡夫卡的小说、奥尼尔的话剧等。但对于并未经历资本主义充分发展的中国而言，现代性问题显得尤其独特、复杂，许多现代观念并非兴替出现，而是混杂交错。从这个角度来看，《哦，香雪》对于复义现代性的发现和表达恰恰是基于朴素的本土经验，而非理念先行的创作。而以反思意识形态或批判社会问题为意旨的写作实践，其实是新时期初期文学普遍的内在逻辑。

汪晖认为："传统/现代，中国/西方的二分法是中国现代历史中的持久主题，也是中国现代历史叙事的基本框架。"但这一思维容易遮蔽现代性内部的"悖论"以及反思现代性的多种价值取向。① 对《哦，香雪》来说，小说拥有一个极简的叙事结构和单向度的情感基调，但其对于现代性的呈现却是多元的、犹疑的。此时，在民族国家框架内对作为个体的主体地位、尊严、价值、自由的表述，构成了小说的基本内容和重要的意义空间。铁凝正是借助这样一个庞杂的叙事空间完成现代性的对比式呈现。

三、传统文化的潜在认同

"文革"结束后，"为工农兵服务"的一体化文学格局开始"松动"，知识分子话语广泛地重新出现在文学创作之中。与之相应，新时期初期的文学则常表现出对农村、农民的批判姿态。乡村所构成的文化空间也成为"归来"的知识分子们"启蒙"的对象之一。如王侃所言："1980 年代，在'新启蒙'的政治修辞与话语感召下，'乡土'继续扮演着丑陋不堪的历史角色，继续呈现着藏污纳垢的文化面貌，继续承受着被严正批判的文

① 汪晖：《死火重温》，人民文学出版社，2000，第 403－410 页。

学命运。”①

在这样的背景下，年轻作家铁凝对于乡村的态度显得与众不同。与同时代许多作家的人生轨迹恰好相反，当大批知青于七十年代末陆续从农村“归来”之时，铁凝却怀揣“文学梦”，主动下乡体验生活，与农村青年们一同从事农业劳动与生产。这段特别的人生经历成为铁凝日后进行文学创作的重要资源，奠定了其对乡土中国的基本情感认知和文化认同。在一次访谈中，铁凝曾这样回顾自己的乡村经验：“我四年的农村生活对我的小说创作有很重要的意义。当时年龄很小，接触到的人给我的关切，女孩子之间单纯的友谊点点滴滴渗透到我的生活和记忆里，我永远都不会忘记，他们的质朴本身就能够给我很深的触动，让我很难产生居高临下的感觉。我的视角是平视的，从未想过他们很无知或者自私或者我要去解救他们什么的。”② 这就是说，面对乡土中国，铁凝不愿以启蒙者自居，而是希望置身其中去描绘她所见、所感、所想的乡村及其背后的民间文化传统。而铁凝这段特殊的“逆行”及其对乡村秉持的“平视”态度也深刻地蕴含在《哦，香雪》的创作之中。

长期以来，人们将小说中这列经过台儿沟的“火车”视为现代文明对乡土世界的“闯入”，而乡村少女香雪对“铅笔盒”的憧憬和行动则被视为追求现代文明的大型精神朝圣。在“朝圣”逻辑的笼罩下，香雪充满惊险的山路具有了修灵和苦行的意味，反衬出其对现代知识体系的神往和虔诚，小说因此呼应了时代主潮。只不过，我们于此或许忽略了一个极为重要问题，那就是主人公“朝圣”或“行走”的方向。

我们知道，香雪之所以踏上所谓的“远行”多半是因为一个小小的“意外”。原本希望“以最快的速度用鸡蛋换回铅笔盒”的香雪却由于没来

① 王侃：《“城/乡”性别化与现代性叙事逻辑——重读〈哦，香雪〉》，《社会科学战线》2015 年第 12 期。

② 赵艳、铁凝：《对人类的体贴和爱——铁凝访谈录》，《小说评论》2004 年第 1 期。

得及下车，而被“关”在“又熟悉、又陌生的”火车上，并被“无情”地带到了下一站。车上人们纷纷劝小姑娘在西山口留宿，“北京话”也好心地为其张罗住宿，希望她不要冒险赶夜路。香雪面对诸多“好意”并不快乐，相反萌生阵阵的“委屈”，“一心一意”只想赶快回家。于是就有了占据小说四分之一篇幅的“三十里”山路的叙事。不难发现，香雪看似“远行朝圣”的行为其实是一个典型的“返乡”故事。她千辛万苦要抵达的“彼岸”是尚处于传统文明包裹下的“台儿沟”，而非充满诱惑、魅力的远方。这就形成了一个叙事逻辑的悖论，即追求现代文明的故事却隐含了回归乡土的文本情节。

香雪用四十个鸡蛋和三十里山路的高昂代价去换“铅笔盒”的情节是整篇小说的核心故事，也是铁凝所建构的诗意世界中最动情、最有感染力的部分。这种不惜一切追求现代文明的一往情深，是小说与时代紧密联系在一起的重量级“砝码”。铁凝在小说发表不久曾说：“一列列火车从山外奔来，使她们不再安于父辈那种坐在街口发愣的困窘生活，使她们不再甘心把自己的青春默默隐在大山的褶皱里。为了新的追求，她们付诸行动，带着坚强和热情，纯朴和泼辣，温柔和大胆，带着大山赋予的一切美德，勇敢、执着地向新的生活迈进，一往情深。”① 铁凝的这段话迎合了时代的主题，但作品本身的复杂性却超越了所谓的“一往情深”。这或许是 1983 年的铁凝都尚未感知的暧昧难明。

香雪懵懵懂懂“被”上了火车，并非出于自愿，更多是对于火车运行规则的无法把握。停留一分钟的火车确实可以作为现代文明的现象性符号而被阐释，但对“误”了火车的香雪而言，它更直接的身份则是现代化时间（一分钟）和现代化工具（火车），它所遵循的原则是工具理性原则，是按照既定的列车时刻表“一丝不苟”运转。这与千百年来农业文明遵循的

---

① 铁凝：《山野的呼唤》，《文艺报》1983 年第 5 期。

春耕秋收、日出而作日落而息的自然时间观形成了强烈的对比。香雪不谙熟于此，无可奈何便上了“贼船”。因此，她最初的情绪表达也是切近真实的惶恐无措，而不是终于可以换到“铅笔盒”的欣喜若狂。多年后，铁凝重新思考乡土文明与现代化、“火车”与“村庄”之间的关系时，她说“倘若我们跳出香雪当年仰望火车的一片深情，我们是火车上的一名乘客或者我们就是火车，也许我们会发现火车它其实也是一种暴力。雄壮的火车面对封闭的山谷是有产生暴力的资格的，它是一种强制的不由分说的力量。”①而“不由分说”不恰恰是香雪被迫“远行”的真实写照吗？香雪的恐惧、委屈、迷茫既是其切身的体验，也是时代的产物，这些都呈现在小说的具体表述之中。所以她的“朝圣”，不过是“误会”叠“误会”，非是“堂吉诃德”式的一意孤行。

正因内心的惶恐以及对家的依恋，下火车后的香雪没有听从车上人的建议，而是马不停蹄开始了“返乡”之旅。对于十七岁的少女来说，三十里的夜路着实不容易，而克服黑暗与恐惧的力量源泉也不仅仅是对现代文明的“一往情深”，而是有其复杂的面向：既有得到“铅笔盒”的心满意足，也有“将草茎插在小辫里”的民间信仰；既有对未来生活的幻想，也有对家人、朋友、故乡的思念。此时，香雪的文化认同便兼具了现代理性与传统伦理关怀。于是，我们便不难理解她对美好生活的双重想象：一方面，如果自己能够用上“宝盒子”，就意味着触摸到了先进文明，“就能一切顺心如意，就能上大学、坐上火车到处跑，就能要什么有什么……”这是现代文明之于香雪个体的意义，能够切实改变她的人生与命运。另一方面，将来的火车也会为崛起后的台儿沟“驻足”，“那时台儿沟的姑娘不再央求别人，也用不着回答人家的再三盘问。”而这显然是现代化对于家乡整体的意义。香雪的理想不单是向着现代文明“出发”，还有带着现代文明

---

① 铁凝：《文学·梦想·社会责任——铁凝自述》，《小说评论》2004年第1期。

“返乡”，并最终让家乡融入到现代化的发展进程，从而“改头换貌”。这种“返乡”心理是香雪对家乡的无限热爱与忠诚，流露出小说对于传统文明的隐秘认同。

为了进一步论证《哦，香雪》中的传统文化认同，我们不妨对比路遥《人生》中高加林的出走与返乡。从某种意义上，香雪和高加林的“出走”，都是受到了现代文明的启蒙与召唤，想改变贫困的生活状态和精神世界，这是二者的相似之处。但他们之后的“返乡”却截然不同，香雪是一种主动的“返乡”，因为她爱“养育她长大成人的山谷”，那里有她勤劳善良的爹娘，有她贴心的小姐妹，有她强烈的归属感。高加林则是由于在城市生活中迷失了自我后触碰现代规则的禁忌而被迫返乡。前者隐含着一种隐蔽的情感选择和文化选择，后者则是对现实社会问题的深刻反映。

此外，与香雪的“返乡”故事形成相呼应的是凤娇的“守乡”。作为台儿沟姑娘的凤娇，虽然同样过着清苦而单调的生活，但她却不似香雪敏感、浪漫，她对于外部世界的欲求简单明了，对于自我的认同显得坚定不移。因而，小说中的凤娇更像是香雪的“主心骨”和“后盾”。细读文本，凤娇作为守乡者的形象总是会出现在关键情节，起着不可替代的重要作用。例如，香雪不小心被开动的“火车”带走后，她第一个想到的就是凤娇，“她拍打着玻璃，冲凤娇叫喊：‘凤娇！我怎么办呀，我可怎么办呀！’”而小说最后迎接香雪“返乡”人群中的凤娇也是最为瞩目：“第一个是凤娇，凤娇身后是台儿沟的姐妹们。”在铁凝笔下，香雪在现代文明的感召下成为了“远行者”，而凤娇则是留在故乡的“守乡人”，为远行的人提供强大的精神支持和情感归宿。

除了地理意义的“守乡”，凤娇也坚守着家乡的文化传统与道德理念。《哦，香雪》中的现代文明图景是由轰鸣的火车、帅气的“北京话”以及能够自动开关的“铅笔盒”等众多具体意象所组成的，它具有雄劲、阳光、先进、充满活力等特征。相形之下的台儿沟则显得贫瘠、弱小、毫无魅力。

但铁凝并没有将“适者生存”的社会进化论法则高悬于叙事规则之上，而是对两种文明保持着相似的温情与尊重。对这场原本力量悬殊的文明竞争起到了“反抗”作用的不仅有香雪试图用外来文明建设家乡的期许，也有凤娇对传统文明的继承与坚持，尤其体现在她与“北京话”的交往之中。例如，“北京话”工作时对小姑娘们喊道：“喂，我说小姑娘们，别扒窗户，危险!”此时的“北京话”是一个现代秩序的维护者，相当具有权威性。但凤娇却敢于与之“对话”，她反驳说：“呦，我们小，你就老了吗?”又如，她在与“北京话”做买卖时坚持的是乡间的道义原则，而非利益至上的经济原则：如果他给她捎回一捆挂面、两条纱巾，凤娇就一定抽回一斤挂面还给他。“她觉得，只有这样才对得起和他的交往，她愿意这种交往和一般的作买卖有所区别。”凤娇这种做生意的方式不禁让人联想到沈从文《边城》中的那位不收渡船钱的爷爷。可见，凤娇与“北京话”的交往始终保持着平等、独立的关系，她固守着自己的观念，决定着“生意”的性质。即便对“北京话”确实产生了某种情愫，凤娇依然自尊自爱，“没想过跟他走”。于是，现代文明的入侵遭到了凤娇的有力抵抗。

相比因受政治迫害在农村改造的“归来”作家以及“文革”初期就上山下乡的知青作家，如张贤亮、张承志、史铁生、高晓声等，铁凝的乡村体验是特别的，她亲近乡村是出于自愿，对于乡村感受也尽是美好的、善意的。这也许便是铁凝所说的“对人生的一种体贴的情感”。① 她不会带着精英立场去审视农村、审判乡土文化，而是试图融入其中展开叙写。尽管《哦，香雪》对现代文明表现出极大的热忱，但对于传统文明的情感依赖同样隐约可见，而这种对传统文化的隐形认同也延续到了她此后的小说创作。不论是80年代的《麦秸垛》中的大芝娘，还是90年代的《孕妇与牛》中的孕妇，或是21世纪《笨花》中的向喜、同艾和取灯，铁凝反复书写“返乡”的

① 铁凝、王尧：《文学应当有捍卫人类精神健康和内心真正高贵的能力》，《当代作家评论》2003年第6期。

故事，展现了其对于中国乡土文明和传统文化的深刻认同。可以说，在铁凝的文化观念中，“笨花”的质朴、自然、纯粹远远要优于美丽、经济的“洋花”，这也是铁凝文学世界中最为幽深静谧的精神力量。

综上，《哦，香雪》不仅讲述了一个名叫香雪的乡村少女追求进步的时代故事，其所建构的双女主叙事极大扩展了文学表达的意义空间，也成为此后铁凝文学创作的重要策略之一。借助“双女主”的人物设定，小说呈现了现代认同的双重性，揭示出时代转折期多种话语资源的复杂纠缠。而小说关于香雪“返乡”与凤娇“守乡”的叙述则展现了铁凝以“平视”的态度去观察和描绘乡村，隐秘地完成了对于传统文化的深刻认同。铁凝对于传统文明及其隐含的人格、品性、修为的尊重和体认也构成了其文学创作的内在文化观念。正如铁凝本人对这部小说的评价：“它在我整个创作中不是价值高或低，分量轻或重，而是它本身具有一种不可替代性，后来的小说在叙事上更成熟，更像一个自觉作家的写作，但《哦，香雪》焕发出来的对人生，对情感，对生活，对希望那种透明的激情是不可替代的。”①

① 赵艳、铁凝：《对人类的体贴和爱——铁凝访谈录》，《小说评论》2004 年第 1 期。

第四节　性别身份与文学研究：20 世纪 80 年代女性批评主体的文学实践

从某意义上说，现代传媒语境下的文学创作与文学批评有着相伴相生、彼此成就的特殊关系。长期以来，批评领域女性主体的缺失是不争的事实。辨析女性主体在文学批评领域的实践情况，不仅关乎学术史研究，同样是索解女性文学创作的重要路径之一。

20 世纪 80 年代，女性文学创作的兴盛成为引人瞩目的文坛现象，对此，多年来很多学者进行了比较深入的研究；但与此同时出现的另一涉及性别与文学关系的现象则较少为人注意，这就是女性作为批评主体在 80 年代文学界的竞相涌现以及她们所做出的可贵努力。尽管后来一些影响较大的文学批评史著作或教材对女性批评家所做的工作有所提及，但批评主体的性别身份在文学实践活动中的影响很少为人关注；在有关 80 年代文学批评的论述中，性别意识作为女性/女性主义文学批评的逻辑起点和核心概念也往往被遮蔽。为此，学者林树明指出，“文学研究中的性别意识淡化，抑或无意识中的男性中心主义作祟”是造成“80 年代的女性/女性主义文学批评处于暧昧和尴尬的状态”的主要原因①。

既有的与 80 年代以来女性批评主体有一定关联的研究主要是两种情况：一是侧重于考察明显接受了国外女性主义思潮影响的文学批评活动，例如，80 年代以来女性主义理论在中国大陆的译介、运用以及本土化探求的轨迹；二是从理论建设、思想文化以及学术史等角度，对包括文学批评在内的女性文学研究加以审视。前者基于特定的研究目的，在对历史资料做出取舍时，淡化了不便纳入女性主义批评的实践；后者着眼点更侧重于从整体上

① 林树明：《论 20 世纪 80 年代我国文学评论中的性别意识》，《南开学报》（哲学社会科学版）2015 年第 2 期。

和理论上探讨女性文学研究的得失。两者的立意均不是将 80 年代女性批评主体的实践作为考察重点。鉴于此，本文在 20 世纪 80 年代原始资料的基础上，大略呈现当时女性批评主体参与女性文学研究活动的概貌，探讨其特色及价值。

需要说明的是，80 年代关注女性创作并积极参与文学研究实践的，当然不只限于女性，女性研究者也并非仅仅关注女作家的创作，而是往往同时在其他方面亦有成果。不过限于篇幅，本文的评述对象主要是 80 年代女性学人围绕女作家创作所展开的批评和研究实践。

一、80 年代女性批评活动概貌

在提及 80 年代女性的文学研究实践时，学界相对比较熟悉的，首先是朱虹发表于 1981 年第 4 期《世界文学》的《美国当前的“妇女文学”——〈美国女作家作品选〉序》。这是国内第一篇较为系统地介绍西方妇女运动以及文学创作、研究发展情况的文章，虽然主要是谈美国女作家的创作，但明确表达了对“妇女意识”“妇女文学”独特性的看法。其次，李小江主编的“妇女研究丛书”（河南人民出版社，1988—1989）。该丛书包括 8 部著作，半数出自女性之手，其中孟悦、戴锦华所著的《浮出历史地表——现代妇女文学研究》一书，在文学文化领域影响最为广泛。再者，白舒荣的《白薇评传》（与何由合著）和《十位女作家》也有一定影响。前者真实细腻地展现了五四女作家白薇的悲剧人生、创作生涯和她的文学个性；后者评述现代文学史上十位女作家的生平和创作，为后来的研究提供了可贵的资料和启发①。

① 孟悦、戴锦华：《浮出历史地表——现代妇女文学研究》，河南人民出版社，1989；白舒荣、何由：《白薇评传》，湖南人民出版社，1983；白舒荣：《十位女作家》，群众出版社，1986。

当然，80 年代参与女性文学批评和研究的女学人并不仅限于前面提到的数位，而是有数十人之多。例如，李子云、王淑秧、苏者聪、吴宗蕙、陈素琰、盛英、马瑞芳、金燕玉、牛玉秋、赵园、任一鸣、马婀如、钱荫愉、黄梅、张抗抗、吴黛英、钱虹、王友琴、乔以钢、赵玫、陈惠芬、季红真、翟永明、王绯、于青、艾云、林丹娅、姚玳玫、刘慧英、禹燕、吕红、施国英等。此外，还有部分女学人，当时虽然没有以女性创作为主要关注对象，但在其他方向的研究中取得了成绩。例如，应锦襄、乐黛云、吴小美、刘思谦、饶芃子、陶洁、陈美兰、艾晓明等。上述女学人大都在高校、作协、科研机构以及杂志社工作。她们之中，既有多年从事文学研究的资深批评家和学者，也有从高校毕业不久、开始迈上研究道路的年轻人。80 年代女性创作与批评研究的共同发展，几代女学人的积极参与，构成了前所未有的新景观。

在 80 年代前期，有关女性创作的研究较多的是以评论文章的形式出现。一些研究者对当时女性文学蓬勃兴起的现象做出了敏锐的思考和即时的回应。1982 年，刘慧英在《谈女作家作品的主题倾向》一文中指出，女作家崛起之因不仅在于社会时代的转型，更源于女性自身的诉求。她们的创作“标志着女性自我意识逐渐觉醒的过程，是女性要求有人的尊严、平等的表现”①。吴黛英发表的《新时期“女性文学”漫谈》，认为“我国新时期‘女性文学’的崛起，是一个复杂的历史现象和文学现象，它是多重因素作用的结果”，既离不开社会历史的转型，也有文学创作自身发展的因素②。对于产生了较大影响的王安忆的小说创作，陈惠芬以“从单纯到丰厚”加以概括。她捕捉这位年轻女作家小说美学特色的变化，指出“作为一个近年来在文坛上脱颖而出的青年作家，王安忆在艺术上的成长显然是和她审美

① 刘慧英：《谈女作家作品的主题倾向》，《当代文艺思潮》1982 年第 3 期。
② 吴黛英：《新时期“女性文学”漫谈》，《当代文艺思潮》1983 年第 4 期。

理想、追求目标的不断提高和延伸联系在一起的”①。陈素琰的《论宗璞》，以知人论事的方式评析宗璞创作，认为“她的创作和中国悠久的历史、文化传统，知识阶层的气质、情操以及生活方式”有着千丝万缕的联系，呈现出“特有的幽雅、淡泊、洒脱、内省的精神风貌”②。这些研究程度不同地融入了女性本体的生命感知。

除了跟踪新时期的女性创作之外，也有不少学者专注于考察现代文学史上的女作家及其创作。王淑秧的《〈太阳照在桑干河上〉的历史地位》一文，联系新文学史和丁玲的创作道路，对这部长篇小说在现当代文学发展上的历史地位做出了自己的评价③。赵园的《开向沪、港“洋场社会”的窗口——读张爱玲小说集〈传奇〉》，将张爱玲的小说创作视作洞察“近现代中国的重要历史侧面”的窗口，认为对人性、洋场生活特殊本质的艺术性追问，体现出张爱玲小说独有的深度与魅力，她在中国现代小说史上的位置不可替代④。林丹娅的《试论庐隐创作个性中的“自我”》，将五四的时代背景与女作家的创作人生彼此观照，认为庐隐小说最大的艺术特色是“自我”情绪的抒发与表达。这种“自我”的张扬表达出特定时代下人性诉求的文化背景，同时偏激的“自我”，也给她的创作带来局限。⑤

80 年代，文学期刊对社会文化生活颇具影响力。在此背景下，女性批评主体与文学评论期刊之间有着比较密切的合作。《新文学史料》《当代文艺思潮》《文艺评论》《文学评论》《读书》《上海文论》《文学自由谈》《批评家》《当代文艺探索》《当代作家评论》《女作家》《当代文坛》《小说评论》《诗刊》等刊物，均曾提供发表相关资料及成果的园地，体现了对“女性与文学”

---

① 陈惠芬：《从单纯到丰厚——王安忆创作试评》，《文学评论》1984 年第 3 期。

② 陈素琰：《论宗璞》，《文学评论》1984 年第 3 期。

③ 王淑秧：《〈太阳照在桑干河上〉的历史地位》，《中国社会科学》1982 年第 6 期。

④ 赵园：《开向沪、港“洋场社会”的窗口——读张爱玲小说集〈传奇〉》，《中国现代文学研究丛刊》1983 年第 3 期。

⑤ 林丹娅：《试论庐隐创作个性中的“自我”》，《福建论坛》（经济社会版）1983 年第 3 期。

这一议题所蕴含的价值的关注。这种合作促进了女性批评实践的持续发展，同时也使一些读者通过期刊注意到女性批评群体的出现。

评论者的文字以专栏的形式集中发表，往往更具影响力。1986 年，《当代文艺探索》第 5 期设置了“女批评家专辑”，并在文后附有作者小传，介绍了李子云、刘思谦、赵玫等人。1987 年，《当代文艺思潮》于第 2 期、第 5 期开设“当前女性文学探索与争鸣”专栏，刊载了包括钱荫愉《她们是全部世界史的产物——文学创作中妇女地位问题的再反思》、王绯《女性文学批评：一种新的理论态度》在内的多篇文章。内容涉及女性在文学中的历史境遇以及关于女性文学批评的探讨。特别值得一提的是，在陈惠芬的努力和主持下，《上海文论》1989 年第 2 期以接近整刊的篇幅，刊发了“女权主义文学批评专辑”。其中包括孟悦的《两千年：女性作为历史的盲点》、吕红的《一个罕见的女性世界——兼及〈金瓶梅〉的道德与美学思考》、施国英的《颠倒的世界——试论张贤亮创作中的两性关系》、王友琴的《一个小说“原型”：“女人先来引诱他”》等文。正如栏目标题所示，这些文章具有犀利而鲜明的“女权主义”锋芒，从宏观和微观的不同角度，结合文学中的性别文化现象做出阐述和分析。此期刊物还同时设有“妇女书架”，介绍了《女性的奥秘》《女性人类学》《女性的危机》《金色笔记》等相关成果。刊物专辑的推出，在 80 年代国内女性主义批评实践中具有代表性，产生了很大的影响。

在女性批评群体成长的过程中，学术争鸣的开展也起了重要作用。它为女性批评活动的参与者提供了学术讨论的场域，也促使她们在文学界为人关注。性别作为人类的基本属性之一，与每一生命个体相关；与此同时，作为复合型的文化符号，它又与社会、历史、民族、国家、阶级等诸多因素彼此勾连。这种状况，一方面赋予性别研究丰富性和独特价值，另一方面也增加了研究的复杂性。80 年代围绕女性文学展开的争鸣正是这种复杂性的反映。例如，吴黛英与王福湘就“女性文学”是否应具备女性特有的艺术属性持有不同的观点。吴黛英认为，女性文学迥异于男性话语下的传统文学，它具有“美”的特质，即“美的内容、美的意境、美的语言”，且女作家更擅长于内心描摹和细腻的情感表达①。王福湘质疑吴黛英提到的女性独特的艺术气质，认为艺术美、心理描写、意识流等并非女性所特有；新时期女性文学丰富多样，错综复杂，“对它的评价不能简单化、概念化，也不能感情用事，以偏概全”②。此后，李小江的《为妇女文学正名》、禹燕的《女性文学的历史与现状——兼论什么是“女性文学”》、顾亚维的《时代的女性文学》、陈惠芬的《性别——新时期文学的一种“内结构”》、朱虹的《妇女文学——广阔的天地》等文章③，可看作是关于这一讨论的延续和深化。这些基于对女性文学和性别问题不同认知展开的争鸣，促进了学理性的探索。

又如关于“文学创作中妇女地位问题”的讨论。1986 年，男性学者孙绍先对女性文学创作中出现的“寻找男人”这一文本现象提出批评，主张“妇女题材文学应该大力探讨妇女自身的独立价值，彻底冲破精神心理上的依附感”④。钱荫愉的《她们是全部世界史的产物——文学创作中妇女地位问题的再反思》对此提出商榷。她将妇女的历史文化背景和现实处境作为考察的重点，认为“两性的平等摆脱不了种种生理的、心理的、经济的、政治的、甚至科学发展等方面的限制，社会还没有为妇女单方面实现强者意识

---

① 吴黛英：《新时期“女性文学”漫谈》，《当代文艺思潮》1983 年第 4 期。

② 王福湘：《“女性文学”论质疑——与吴黛英同志商榷兼谈几部有争议小说的评价问题》，《当代文艺思潮》1984 年第 2 期。

③ 李小江：《为妇女文学正名》，《文艺新世纪》1985 年第 3 期；禹燕：《女性文学的历史与现状——兼论什么是“女性文学”》，《当代文艺思潮》1985 年第 5 期；顾亚维：《时代的女性文学》，《文艺评论》1986 年第 2 期；陈惠芬：《性别——新时期文学的一种“内结构”》，《上海文论》1987 年第 1 期；朱虹：《妇女文学——广阔的天地》，《外国文学评论》1989 年第 1 期。

④ 孙绍先：《文学创作中妇女地位问题的反思》，《当代文艺思潮》1986 年第 4 期。

提供普遍性的可能”①。孙绍先再次发文，指出单纯强调女性性别的特殊性，实际上就是默认了传统性别文化的男性霸权，从而使女性沦为“第二性别”“特殊性别”。女性文学的目标之一便应是打破这种传统性别观念。② 这一讨论所聚焦的问题重要而复杂，关系到女性文学研究的历史观和方法论，在90年代以后的女性文学研究界仍然一再被提出。

关于“两个世界”的讨论同样如此。1986年，女作家张抗抗提出女性文学创作要同时面对“两个世界”，即外部宏大的社会历史世界和妇女独特的内心世界。不论男性还是女性，首先是人，面临着“共同的生存和精神的危机”，而妇女的解放也不是一个简单、孤立的“妇女问题”③。吴黛英则认为，男女两性在心理、生理以及由此而导致的对于认识世界、改造世界等方面的看法是存在差异的。承认性别意识、性别特征的存在是定义女性文学的基本前提④。这一讨论提出的问题关联着如何理解“女性”与“人”的关系，如何看待两性之间的差异，以及女性解放是否应当纳入人类解放的框架之内，具有重要的理论内涵。

值得一提的是，这些不同观点之间的争鸣，是在相互尊重的氛围中展开的，热烈而理性。尽管讨论所涉及的话题本身在当时并无定论，但它不仅激发、调动着参与者的思维，而且引发了对性别与文学之间关系这一议题更多的关注。直到21世纪的今天，相关思考仍在延续，这也从一个侧面映现出，性别问题来自社会历史深处，颇具理论和现实意义。

① 钱荫愉：《她们是全部世界史的产物——文学创作中妇女地位问题的再反思》，《当代文艺思潮》1987年第2期。

② 孙绍先：《从女性文学到女性主义文学——兼与钱荫愉等人商榷》，《当代文艺思潮》1987年第5期。

③ 张抗抗：《我们需要两个世界——在西柏林妇女文学讨论会上的发言》，《文艺评论》1986年第1期。

④ 吴黛英：《女性世界与女性文学——致张抗抗信》，《文艺评论》1986第1期。

二、批评活动中女性主体意识的体现

1981 年，夏衍在为李子云的评论集《涓流集》作序时，特别提及了女性批评家的稀少，他遗憾地写道："有了这么多的女作家，却很少听说有几位女评论家。"① 这的确是不争的事实。古代文学批评史上极少有女性的身影，类似李清照《词论》那样的著述实属凤毛麟角。明清之际江南才女参与文学批评活动稍多，但总体而言，女性的声音微乎其微，在批评史上是无足轻重的存在。晚清以降，现代中国的女权思想以及女性主体认同"在'人权'与'国家'的张力中被建构"②，女性的社会性别身份与民族国家的现代性诉求形成了某种同构关系。在这种同构中，女性主体性很大程度上仍处于缺失状态，文学领域的研究主体也以男性知识分子为主。80 年代，女性批评群体的出现改变了这一局面。特别重要的是，现代意义上的女性主体意识在文学批评中得到体现。

一些女学人尖锐指出女性创作长期以来被遮蔽的历史文化境遇。王友琴的《中国现代女作家的小说和妇女问题》聚焦了女作家的小说创作与妇女问题的关系，认为如果忽略了这些创作，就"失掉了现代小说中一个很有光彩的部分，遗落了一份来之不易的历史财富，并且也难以为当代文学的有关问题找到一个恰当的起步点"。文章还清醒而深刻地指出，"就妇女问题而言，事关切身利益，然而女性作者未必就持有更正确的看法，她的作品也未必体现出更多的'妇女意识'"；"妇女的处境是妇女问题的一个基本方面，在这种处境中形成的妇女的心理状态是高一个层次的问题"③。钱虹

---

① 李子云：《涓流集》，四川文艺出版社，1985，第 1 页。

② 须藤瑞代：《中国"女权"概念的变迁——清末民初的人权和社会性别》，姚毅译，社会科学文献出版社，2010，第 207 页。

③ 王友琴：《中国现代女作家的小说和妇女问题》，《北京大学学报》（哲学社会科学版）1985 年第 3 期。

在《关于中国现代女性文学的考察》中写道："迄今为止，《中国现代文学史》勾勒的中国现代女作家的概貌，是极不完整又粗陋不堪的。"该文在重审文学史的思路下，以较为翔实的史料阐述了陈衡哲、绿漪、白薇、方令孺、苏青等长期为文学史所忽略的现代女作家的文学贡献和影响。① 苏者聪在《略论中国古代女作家》中指出，古代特定的社会文化是导致颇具才华的女作家们悲惨命运的主要原因，同时也造成了妇女在文学史上几乎是空白的现象。②

女性批评活动的主体意识还体现在立足于具体的文学作品及其所建构的艺术世界，关注人类妇女解放以及现实语境中的妇女问题。李小江在《夏娃的探索——妇女研究论稿》一书中认为，现代意义上的妇女文学由于中国特殊的历史境遇，承载着文学的双重使命："一重是解放妇女的社会责任，另一重是坚定女性主体的艺术使命。"作者十分关注现实生活中的妇女问题，她的《当代妇女文学中职业妇女问题——一个比较研究的视角》一文，讨论了"有知识的职业妇女"在"女性雄化""多元角色冲突"等现实处境中的性别体验及其文学表述。③ 季红真在分析新时期小说主题时概括说："许多作家，主要是女作家特别敏感地意识到，妇女解放的程度是衡量一个社会文明化程度的标志。她们对现存社会伦理关系及由此而产生的道德观念的思考，就自然地集中在对妇女命运的关注上。"④ 刘慧英在《社会解放程式：对女性"自我"确立的回避——重读〈白毛女〉及此类型的作品》一文中，对妇女解放文学表述的内在话语逻辑进行了思辨性的考察，指出《白毛女》等作品中的"妇女解放"是置于政治话语之下的，而女性自身的诉求，即"个体的存在价值、自觉的行动选择以及自我意识等"，则被社会、政治

① 钱虹：《关于中国现代女性文学的考察》，《上海文论》1989 年第 2 期。

② 苏者聪：《略论中国古代女作家》，《武汉大学学报》（社会科学版）1987 年第 6 期。

③ 李小江：《夏娃的探索——妇女研究论稿》，河南人民出版社，1988，第 280 页；李小江：《当代妇女文学中职业妇女问题——一个比较研究的视角》，《文艺评论》1987 年第 1 期。

④ 季红真：《文明与愚昧的冲突》，浙江文艺出版社，1986，第 173 页。

的强势话语所掩盖①。

处于相对敏感的社会文化转型期，对历史的反思和新的时代精神的建构成为 80 年代文化活动的重要维度。一些女学者在处理历史与现实的关系时，立足于女性主体，剖析所谓“雄性化”和“女性气质”。金燕玉在《论女作家群——新时期作家群考察之三》中指出，1949 年以后，文学作品中的女性形象通常偏于“刚气”，而“文革”更是将这种“男女都一样”的“女性雄性化”推向极致。新时期女作家创作的突出价值就是逐渐恢复了女性自我意识。论者认为，“中国新时期女作家的女性自我意识具有独特的内涵与深度。它来自对长期以来社会女性意识淡薄的反抗，又在对人、对个性的思考中获得深化”②。盛英的《爱的权力·理想·困惑——试论新时期女作家的爱情文学》一文，从“强权政治对于爱情的扼杀”这一视角来认识新时期女作家爱情文学的特点及创新，认为爱情在女性生命体验中的复位是女性主体摆脱了“雄性化”“无性化”的历史束缚，重获爱的权力和自我价值的重要表现③。女诗人翟永明在诗论《黑夜的意识》中提出，女性文学从来就内蕴着三个不同趋向的层次。在女子气——女权——女性这样三个高低不同的层次中，真正具有文学价值的是后者。“女性”的文学才是最高层次。“进入人类共同命运之后，真正女性的意识，以及这种意识赖以传达的独有语言和形式，构成了进入诗的真正圣境的永久动力。”她将个人、宇宙的内在意识称之为黑夜意识，认为黑夜意识是女性的思想、信念和情感承担者，女诗人将这种承担注入诗中。几年后，她在《“女性诗歌”与诗歌中的女性意识》一文中，对相关问题又有更为深入的思考。④ 王绯的《女性气质

① 刘慧英：《社会解放程式：对女性“自我”确立的回避——重读〈白毛女〉及此类型的作品》，《中国现代文学研究丛刊》1989 年第 3 期。

② 金燕玉：《论女作家群——新时期作家群考察之三》，《当代作家评论》1986 年第 3 期。

③ 盛英：《爱的权力·理想·困惑——试论新时期女作家的爱情文学》，《当代文艺探索》1987 年第 1 期。

④ 翟永明：《黑夜的意识》，《诗歌报》1986 年 11 月 15 日；《“女性诗歌”与诗歌中的女性意识》，《诗刊》1989 年第 6 期。

的积极社会实现——读〈女人的力量〉兼谈女性文学的开放》、李小江的《寻找自我——当代女性创作的基本母题》等文章，也从不同角度涉及了“女性气质”对于女性文学的意义与影响①。

80年代女性批评的主体性，尤为突出地体现于对传统性别文化的质疑、颠覆和反抗。孟悦在《两千年：女性作为历史的盲点》一文中指出，在父权文化体系中，男女两性之间的关系始终处于统治者/被统治者的对抗性二项关系；“在两千年的历史中，妇女始终是一个受强制的、被统治的性别”，生存在“黑暗、隐秘、喑哑的世界”②。吕红在《一个罕见的女性世界——兼及〈金瓶梅〉的道德与美学思考》一文中，对小说《金瓶梅》做出了颠覆性的解读。文章认为小说中的女性人物“金瓶梅”们作为艺术形象的特定价值，不应被传统道德观判了死刑的“淫”的表象所掩盖和抹杀；而对人物的道德批评也不可代替对文学的“历史”与“美学”的评价。“金瓶梅”们的出现，为中国文学开辟了一个纯粹从自然而非道德角度描写女性世界的新领域。③ 朱虹的《〈简·爱〉与妇女意识》则是针对男性书写的历史的批判与反驳。在论者看来，历史记载和文学描写中的妇女形象（比如，“家庭的天使”）渗透着男性的偏见与臆想；而“简·爱不承认传统的妇女美德，不肯扮演女人的传统角色”的人物塑造构成了某种意义上的“女权主义宣言”④。黄梅在《“阁楼上的疯女人”——“女人与小说”杂谈之三》中，对男性传统阅读经验中女性人物类型的两极——“不是贤媛，便是荡妇；不是天使，就是恶魔”，提出了反思⑤。王绯的《缠足文化的迫力——说说

① 王绯：《女性气质的积极社会实现——读〈女人的力量〉兼谈女性文学的开放》，《批评家》1986年第1期；李小江：《寻找自我——当代女性创作的基本母题》，《文学自由谈》1989年第6期。

② 孟悦：《两千年：女性作为历史的盲点》，《上海文论》1989年第2期。

③ 吕红：《一个罕见的女性世界——兼及〈金瓶梅〉的道德与美学思考》，《上海文论》1989年第2期。

④ 朱虹：《〈简·爱〉与妇女意识》，《河南大学学报》（哲学社会科学版）1987年第5期。

⑤ 黄梅：《“阁楼上的疯女人”——“女人与小说”杂谈之三》，《读书》1987年第10期。

〈三寸金莲〉》、于青的《两性世界的对立与合作——谈女性文学的社会接受与批评》、刘慧英的《淫荡乎，贞洁乎——两种传统女性类型的对立和转化》等文，也从不同侧面表达了对传统男性文化及其衍生的性别压迫的质疑和批判①。

对妇女研究/女性文学批评本身的自省，同样是女性主体精神的反映。其中，隐含了女性批评主体在理论建设方面的自觉。朱虹的《美国当前的"妇女文学"——〈美国女作家作品选〉序》，可视为自觉地从性别视角出发思考文学理论建设的滥觞。王绯的《批评：多轨道的向心运动——兼谈女性批评家的批评意识》一文，讨论了"女性文学批评"存在的合理性及独特性，认为在至今还是以男性为中心的批评界，最应得到这种自我暗示的应当是女性。女性批评应该作为一种特殊的文化现象而存在，应当提出女性批评的自觉意识和自主意识的问题。② 李小江在《妇女研究与妇女文学》一文中，主要探讨针对具体社会问题展开的妇女研究与伴随女性文学发展而兴起的女性文学批评两者之间的关系。文中指出，80 年代以来女性文学批评存在的问题，如缺乏宏观的把握、缺乏历史感、理论素养欠缺、具有深度的研究较少等③。这是来自 80 年代女性批评实践现场的反思，显示出女学人对研究中存在问题的清醒认识以及努力提升自身研究水平的愿望。

三、女性主体批评实践的特点和价值

女性文学研究的高潮出现在 20 世纪 90 年代，特别是 1995 年联合国第

---

① 王绯：《缠足文化的迫力——说说〈三寸金莲〉》，《当代作家评论》1986 年第 6 期；于青：《两性世界的对立与合作——谈女性文学的社会接受与批评》，《小说评论》1988 年第 6 期；刘慧英：《淫荡乎，贞洁乎——两种传统女性类型的对立和转化》，《文学自由谈》1989 年第 4 期。

② 王绯：《批评：多轨道的向心运动——兼谈女性批评家的批评意识》，《批评家》1986 年第 6 期。

③ 李小江：《妇女研究与妇女文学》，《文艺评论》1986 年第 4 期。

四次世界妇女大会在北京召开前后。与之相比，80 年代的文学批评作为其先声，时效性更为明显，与文坛之间的联系也更为紧密。此期一批优秀女学人以“对话”的姿态介入文学批评，与文学创作之间形成了良好的互动。此为特点之一。

其间，两位资深批评家李子云和盛英具有一定的代表性。李子云在 80 年代文坛颇具影响力，一批年轻学人和作者在成长的过程中受到她的热情鼓励和帮助。她的部分文学评论，1984 年辑为《净化人的心灵——当代女作家论》一书出版。作者对张洁、王安忆、茹志鹃、张抗抗、戴晴等在当时文坛引起关注的女作家的作品进行解读，细致分析女作家创作中的优点和不足，以读者身份诚恳地对作家创作提出建设性意见。比如，“希望张洁的创作道路开拓得更广阔些，现实意义更强烈些，作品的容量更大些”；希望文坛新秀王安忆体会和理解现实生活的复杂性，追求精神上的深刻和艺术表达上的“力度”，而戴晴则需要在未来的写作中尽量克服太过“粗糙”“直白”的缺点①。李子云还与同时代许多女作家保持通信交流，例如，《致铁凝——关于创作的通信》《关于创作的通信——与程乃珊谈创作》《同一社会圈子里的两代人——与女作家李黎的通信》②等。这些“通信”既有针对作为收信人的作家及其创作的评说，也不乏关于其他作家的创作以及文学文化现象的讨论和交流。借助“通信”，实现了批评家和作家的直接对话，也为读者提供了更多认识和了解当代女作家及其创作的机会。

盛英也是 80 年代较早开始关注女性创作的批评家。作为文学期刊的编辑和创作研究者，她热情扶植当时刚刚崭露头角的年轻女作家，在文学批评中体现了敏锐的观察力和出色的审美判断力。她的《真诚的追求——读部

① 李子云：《净化人的心灵——当代女作家论》，生活·读书·新知三联书店，1984，第 33、48、214 页。

② 李子云：《致铁凝——关于创作的通信》，《当代作家评论》1984 年第 1 期；《关于创作的通信——与程乃珊谈创作》，《读书》1984 年第 7 期；《同一社会圈子里的两代人——与女作家李黎的通信》，《读书》1986 年第 5 期。

分青年女作家小说随想》一文，论述了王安忆、张抗抗、铁凝等青年女作家在知青题材、爱情题材创作中展现的柔美、细腻、浪漫和温情，认为这些年轻女作家以鲜明的女性气质彰显了自己的性别身份，同时“愿站在女性立场，呼吁妇女的自立、独立精神，赞美妇女的自我牺牲情操”①。盛英还就柯岩、韦君宜、王安忆、陆星儿等一系列女作家的创作发表了评论，体现了对女性文学创作发展的深切关切和期许。她的 25 篇评论收入后来出版的《中国新时期女作家论》一书中。② 特别具有学术史意义的是，从 1985 年开始，盛英秉持在文学活动中凸显女性意识、倡导性别平等的理念，主持进行《二十世纪中国女性文学史》③的编写。这是一部具有填补现代女性文学史空白意义的厚重之作。尽管因出版经费原因，该书迟至 1995 年世妇会召开前夕才得以问世，但主要的编写工作 80 年代末已基本完成。

特点之二，这一时期的理论资源、批评观念和研究方法具有多元并存、新旧杂糅的特点。首先，马克思主义文艺理论观点特别是美学与历史相统一的批评原则，在部分女性批评主体的实践中仍占有主导位置；其次，在思想解放的时代背景下，人道主义、新启蒙思潮对女性批评群体产生了普遍而深刻的影响；最后，一些女性批评主体尝试吸收和借鉴包括女性主义在内的现代西方理论和批评方法，运用于女性创作研究，呈现了文学批评的新形态。

翻阅当时女作者的文学评论和学术论文可以看到，在 80 年代后期的女性主义理论热出现之前，以女性为主体的研究实践尽管在对象的选择、作家作品的分析和解读等方面自觉不自觉地融入了一定的性别意识，但大多并未真正建立起文学研究的性别维度。一些时候，研究者面对女作家的创作，采用的仍是偏于“传统”的思维和评价尺度，“性别”没有能够作为文

① 盛英：《真诚的追求——读部分青年女作家小说随想》，《朔方》1984 年第 3 期。

② 盛英：《中国新时期女作家论》，百花文艺出版社，1992。

③ 盛英主编《二十世纪中国女性文学史》，天津人民出版社，1995。

学批评的有效范畴发挥作用。然而，这并不意味着此类研究一定就是过时的、“落伍”的，失去了存在的意义和价值。如果我们静下心来认真品读，或许可以感受到，这些今天看来似乎已经不再应时的研究成果，仍有着值得汲取的优长。一方面，特定历史文化语境中的女性批评活动留下了具有时代现场感的思想文化材料，其中不乏颇具历史价值和现实意义的信息；另一方面，批评个体在实践中结合各自的生活阅历、知识结构、审美眼光、理论兴趣以及研究意图等所做出的阐释和判断，理所应当是丰富的存在。

特点之三，此期女性主体展开的文学批评在关注作品内容的同时，比较普遍地注重文学的审美特质和艺术表现。比如，李子云非常关切女作家的创作个性和表现力。她说，“读宗璞的作品，是一种高度的美感享受”，能够“提高人的情操，净化人的心灵”，这便是文学作品的价值所在；她强调“艺术必须首先是艺术，必须以艺术形象本身的力量感人，仅仅动人以理是不行的，必须先动人以情，在使人动情的过程中引人思考”①。她的《女作家在当代文学史所起的先锋作用》一文，将文学创作的思想内涵和艺术品格作为一个整体来论述女作家在当代文坛的独特贡献。② 其他很多研究者也是如此。比如，牛玉秋的《女作家在中篇小说创作中的新探索》、陈素琰的《美丽的忧伤——舒婷的〈惠安女子〉》、王绯的《在梦的妊娠中痛苦痉挛——残雪小说启悟》、任一鸣的《女性文学一种新的审美流变——“荒诞”》、季红真的《精神被放逐者的内心独白——刘索拉小说的语义分析》、艾云的《把女人的性别发挥到极致——论〈玫瑰门〉中的司猗纹》等文章的侧重点，均在

① 李子云：《净化人的心灵——读〈宗璞小说散文选〉》，《读书》1982年第2期；《有益的探索——张抗抗的小说读后》，《文艺理论研究》1982年第2期。

② 李子云：《女作家在当代文学史所起的先锋作用》，《当代作家评论》1987年第6期。

于作品的艺术特色和质地。①

特点之四，部分研究实践具有较强的历史意识和反思精神。例如，乔以钢的《中国古代女性文学创作的文化反思》一书，从多方面分析了古代女性创作的历史文化土壤，在传统思想文化的脉络中把握古代女性创作的特征，指出深层文化心理建构对创作产生的影响值得探索。② 于青的《来自历史深处的关注——对女性文学女性视角的思考》，关注女性文学创作如何审视历史。作者认为，女性文学作品通常是“从社会文化中寻找女性的社会化原由及其生成”，缺少“从女性自身去反射和反馈社会文化”。而张爱玲、施叔青、刘西鸿等人的作品能够以女性独有的视角探讨和审视女性意识的文明进化与变革，体现出对深层历史意识的探寻和思考，是女性文学发展脉络中不应忽视的重要收获。③ 针对当时研究实践中逐渐兴起的在女性主义等西方理论框架下阐释本土文学的现象，马婀如在《对“两个世界”观照中的新时期女性文学——兼论中国女作家文学视界的历史变化》中提出，“目前，在对女性文学的研究中，有研究者把西方女性文学作为研究参照，这对开扩人们的视野、更新研究的方法，自然是大有裨益的。但西方女性文学是在西方特有的政治、文化、妇女生态土壤上开放的文学之花，它们不是中国女性文学的楷模，更不会是中国女性文学的归宿。中国女性文学完全有条件、有理由具备我们时代和民族的特点”。④ 其他一些女学人也有相

---

① 牛玉秋：《女作家在中篇小说创作中的新探索》，《文艺报》1985 年 7 月 6 日；陈素琰：《美丽的忧伤——舒婷的〈惠安女子〉》，《名作欣赏》1987 年第 1 期；王绯《在梦的妊娠中痛苦痉挛——残雪小说启悟》，《文学评论》1987 年第 5 期；任一鸣：《女性文学一种新的审美流变——“荒诞”》，《艺术广角》1988 年第 1 期；季红真：《精神被放逐者的内心独白——刘索拉小说的语义分析》，《上海文学》1988 年第 3 期；艾云：《把女人的性别发挥到极致——论〈玫瑰门〉中的司猗纹》，《当代作家评论》1989 年第 6 期。

② 乔以钢：《中国古代女性文学创作的文化反思》，《天津社会科学》1988 年第 1 期。

③ 于青：《来自历史深处的关注——对女性文学女性视角的思考》，《东岳论丛》1989 年第 1 期。

④ 马婀如：《对“两个世界”观照中的新时期女性文学——兼论中国女作家文学视界的历史变化》，《当代文艺思潮》1987 年第 5 期。

关阐述。虽然此时女性主义理论本土化的命题尚未十分明确地提出，但她们对于如何恰当地借鉴西方理论已有自觉的思考。

总的来说，80 年代女性批评主体并非以对抗性的姿态出现在文学场域，而是基于逐渐建立起来的性别自觉，一定程度上调整和改变着传统的批评格局。反映在批评文本上，女性评论者既可能与男性批评家持有相近的批评理念和审美判断，也可能在研究对象的选择、理论方法的运用以及文本的解读乃至语言风格等方面有所不同，而女性批评群体内部同样存在着这样那样的差异。80 年代女性批评主体的研究实践所呈现的特征，所提供的经验，今天仍具有一定的启发性和建设性。与此同时，80 年代实践过程中的不足也是明显的。首先，女性批评主体关于文学创作特征的理解，往往在男女两性的二元结构中偏向本质主义（前述批评实践中便不乏这样的倾向）。其次，由于批评主体的性别身份与研究对象之间关联密切，在未能自觉拉开必要距离的情况下，有时出现批评者主体意识过强，影响理性判断的现象。最后，批评主体的理论修养不足，影响到研究的深度。

当年，曾有女学人这样谈到 80 年代以女性为主体的文学批评实践："在我国活跃在批评领域的女性批评家的队伍还是十分弱小的一支，就整体而言，两性批评家在视野的成就上也存在着比较明显的差异，但是批评的世界里毕竟有了越来越多、越来越大的女性的声音，这预示着女性文学批评将作为一种特殊的批评文化，向世人表明新理论态度的可能"①。这里所说的"可能"显然并非无足轻重，因为它关乎未来。而它是借由一批先行者的努力出现的。

① 王绯：《女性文学批评：一种新的理论态度》，《当代文艺思潮》1987 年第 5 期。

中编

20世纪80年代后期到90年代的女性文学

第二章　浪尖潮头的女性写作

20 世纪 70 年代末 80 年代初，新时期文学沿着人性关怀的路线向前演进。从非人到人、从集体的人到个体的人，而作为个体的人总是以其特定的性别身份存在于历史中，于是，性别的觉醒成为必然。70 年代末，舒婷的《致橡树》《神女峰》《惠安女子》等诗作，反映出女性性别意识的朦胧觉醒。80 年代初，张洁的《方舟》、张辛欣的《在同一地平线上》等小说，则显示了性别关怀终于明确地进入文学视野。女性独特的生存境遇第一次被醒目地呈现在文本中，并引起广泛的注意。而这一切标志着女性文学的一种新形态——带有女性主义意味的女性写作开始出现。部分女作家以自觉不自觉但却明确的性别立场，尝试在创作中建构性别自我，解构男权社会的传统文化秩序。80 年代初是女性主义写作最初的尝试阶段，其意义诉求倾向于披露长期以来为“男女平等”这一国家话语掩盖下女性生存的真实面貌，在性别的意义上关注女性的现实境遇。80 年代中叶以后，进入渐趋成熟阶段，大致呈现双向的意义诉求。其一，解构男权社会文化秩序。其二，建构女性自我——从对女性外部命运、社会历史处境的关心，转向对性别存在的生命意义和文化意义的内在探寻。在西方女性主义思潮影响日深的背景下，女性主义写作进一步溢出新时期人道主义文学框架，显现出新的文学质地。女性主义文学潮流在90年代日益高涨，成为女性文学的浪尖潮头。陈染、林白、海男等人的小说创作以及翟永明、伊蕾等人的诗歌创作，被看作这一潮流的代表，王安忆的“三恋”和《岗上的世纪》、铁凝的“三垛”和《玫瑰门》也是这一潮流的重要篇章。

第一节　性别差异性文化想象的尴尬及其原因

性别差异性，构成女性的性别意识，所以性别差异性是女性主义理论一个基本范畴和研究视角。同时，对性别差异性的肯定或否定也构成女性主义理论长久以来关注与争论的焦点。性别差异性同样为我们提供了一个审视90年代具有自觉性别意识的女性写作的视角，这样的写作可以命名为“性别差异性文化想像”或“性别差异性文化书写”。我们将选择90年代富有代表性的女性本文来审视这一文化想象的样态。

一、对性别差异的多元想象/书写

如果说“只有当女性作为一个差异性的群体重新聚集、浮现出来的时候，我们才有可能反身去考察‘平等’的表述之下掩盖着的不平等的现实”①，那么，正是对“差异性”的关注带来新时期女性性别意识的觉醒。但由于“男女都一样”这一关于男女平等的“宏大叙事”长期的覆盖，也由于80年代以来男权成功地利用差异性疯狂地反攻，“差异性”在80年代初的语境中，身份十分暧昧，它在被带入文学本文的同时又常常遭遇否定。以张洁、张辛欣为代表的80年代早期的女性写作就常常陷入做人与做女人

① 戴锦华：《犹在境中》，北京：知识出版社，1999，第179页。

两难这一古老的悖论中不能自拔。

尽管 70 年代末那场人道主义启蒙思潮在与五四思想对接时，有意无意地忽视了作为后者不可分割的组成部分——妇女解放这一重要内涵，但毕竟随着人道主义话语的深入，人性的幽深与丰繁在文本中徐徐展开，对性别差异性的知性认同终于姗姗来迟，80 年代中后期“三恋”、《岗上的世纪》、《玫瑰门》、《女人组诗》、《静安庄》等一大批女性文本正是基于这一认同的出色的文化想象。

90 年代的文化语境如春风化雨喂养了更加缤纷芜杂的性别差异性想象。这不仅是一种历史的必然，也是一种历史的必须。因为正是性别差异性奠定了女性作为独特的文化群体的类的本质，而这一本质又是女性作为一个相异于男性的性别主体的历史性出场所必需的。

从哲学层面而言，所谓类的本质是对某类人某类事物的抽象概括。“通过实践创造对象世界，即改造无机界，证明了人是有意识的类存在物”。①妇女作为类的存在，其类的本质在千千万万的个体那里既有千差万别的一面又有普遍共同的一面。“人是一个特殊的个体，并且正是他的特殊性使他成为一个个体，成为一个现实的、单个的社会存在物，同样地他也是总体、观念的总体、被思考和被感知的社会的主体的自为存在”。② 那么，90 年代女性个人化的写作正是在作为性别差异性的本质与女性个体生命独特性的对立统一中建构女性的主体性的。事实上，80 年代的王安忆、铁凝们的性别想象同样也包蕴这一内涵，只不过，90 年代的女性写作呈现更加尖锐的个体的姿态。

作为这个姿态最鲜明的表现的无疑是以陈染、林白、海男、徐小斌等为代表的“私人写作”。她们以自我生命最隐秘的经验，叩问作为性别个体

① 马克思，恩格斯：《马克思恩格斯全集　第 42 卷》，中共中央马克思恩格斯列宁斯大林著作编译局译，人民出版社，1979，第 96 页。

② 同上，第 123 页。

的女性的深层意义。这是对80年代性别差异性想象的延展与深入。这种延展与深入在90年代获得一个完全崭新的想象空间——女性自我的生命之躯。“躯体写作”和性话语成了陈染、林白这一支脉女性写作确立自己独立性别精神立场的重要路径，但遗憾的是，90年代的女性“躯体写作”几乎普遍遭遇误读，成为男权文化消费的热点。

90年代出现的另一种性别差异性文化想象的景观是对一向为主流中心话语所忽视与无视女性边缘性琐碎生存经验的书写，《长恨歌》无疑是其中最出色的段落——以张爱玲式的“琐碎政治”来追问男权社会中心化生存的意义，从而对后者充满了“绵里藏针”的解构意味。但这一想象的空间在90年代的独特语境中大量繁殖歧变为闲适平庸富态的小女人散文：津津乐道于闲妇们梳妆打扮，养尊处优，恋爱性事，女性琐碎的生存经验在这里不仅已然丧失了边缘性所应具有的个性与追问式的解构意味，而且衍化为对男性把玩心理的一种潜在的召唤。

与这一流脉性别差异性相关联的还有这样一种性别书写——在对旧时代闺阁文学的重新的认同中想象性别差异性，这里固然有对性别历史经验的体认，也有汉语写作的语体自觉，却更有对繁复凄艳、慵懒娇憨、千娇百媚的闺阁风情的仿制与复归。就在这仿制与复归中，古老的父权文化规约得到又一次优雅的默认。

就这样，90年代的女性写作在以缤纷的态势丰富着性别差异性文化想象天空的同时，也频频成为男权文化消费的热点与装饰。以建构与男权文化相抗衡的女性独特的文化价值为旨归的差异性文化想象，何以在纵情飞翔的同时又重新落入男权的藩篱，暗合父权秩序对女性的规约？这正是90年代女性写作的宿命，也让人想起90年代初，林白的谶语般的命名“致命的飞翔”。

二、对性别差异想象/书写何以陷入尴尬

造成90年代女性写作尴尬的原因到底是什么？除了一些文学之外的原

因，是否女性写作本身就存在着内在的逻辑悖论？女性主义文学评论界的解释一直十分暧昧，这就给男性话语霸权对这一写作姿态的非难留下了许多口实。实际上导致 90 年代写作尴尬的原因除了宿命般存在商业话语和男权话语这两个巨大的阴影外，更为内在的原因是知性认识的含混性。这种含混性几乎是西方女性主义漫长历程中的理论宿命。在这一理论话语本土化的过程中，这种含混性一直没有得到很好的清理，势必影响到了创作。比如，直接造成上述写作尴尬的原因主要是女性主义理论内部对两个基本概念的模糊认识。

首先是对“身体”这一概念的含混认识。以埃莱娜·西苏为代表的后现代女性主义躯体修辞学，无疑对 90 年代女性躯体写作产生深刻的影响，陈染、林白们的躯体写作显然有很自觉的理论意识。后现代女性主义认为父权制文化秩序中女性的躯体只是用以建构男性主体性的场所，一种不是主体性的物的存在。因此，尽管这一文化秩序有着无比丰富的关于女性躯体的代码系统，但这只是“空洞的能指”，真正的女性躯体始终是历史与文化的缺席者，这也正是菲勒斯（phal－lus）得以统治的原因。“躯体‘作为女性的象征，被损害、被摆布，然而却未被承认。’”“躯体这一万物和社会发展的永恒源泉，被置于历史、文化和社会之外。”① 那么，由女性自己把躯体带入本文进而带向历史与文化的空间，无疑具有性别意识形态的意味。同时，身体写作在后现代女性主义看来也是别无选择的书写策略。因为，现存的语言系统正是菲勒斯中心语言系统，妇女用这样的语言写作是无济于事的。“妇女必须通过她们的身体来写作，她们必须创造无法攻破的语言，这语言将摧毁隔阂、等级、花言巧语和清规戒律。”②“写你自己，必须让人们听到你的身体。只有到那时，潜意识的巨大源泉才会喷涌。我们的

① 玛丽·伊格尔顿：《女权主义文学理论》，胡敏等译，湖南文艺出版社，1989，第 359 页。

② 埃莱娜·西苏：《美杜莎的笑声》，载张京媛主编《当代女性主义文学批评》，北京大学出版社，1992，第 201 页。

气息（Naphtha）将布满全世界……”①

由上面的引述我们不难看到，在以埃莱娜·西苏为代表的后现代女性主义的身体修辞学中，女性的躯体被看成与女性的主体具有统一性的。这显然受到德国哲学家梅洛庞蒂的《知觉现象学》对躯体认识的影响。“对梅洛－庞蒂来说，身体取代了思想实体的认识论至上性，身体是我们在世界中的存在的关键，是我们的知觉被设定性的关键，也是我们获取经验和意义的能力的关键。身体代表着外在世界和我思得以发生接触的内在世界场所……所有的主体性都是一种被设定的或被肉体化的主体性；因此，是身体而非关于某个纯粹自我的科学构造开启了我们同对象以及其他（肉体化）主体性或自我的关系样式。”②“人类的意义和审美的意义只有通过感性肉体的本体论中介才能得到自我揭示”。③

与此同时，后现代女性主义又深受福柯关于身体（Body）理论的影响。比如，后现代女性主义者莱克勒克（Annie Leclerc）在谈到身体快乐时说：“我身体的快乐，既不是灵魂和德行的快乐，也不是我作为女性的这种感觉的快乐。它就是我女性的肚子、女性的阴道、女性的乳房的快乐，那丰富繁盛令人沉醉的快乐，是你完全不可想象的。”④ 正如特里·伊格尔顿所指出的那样，“从梅洛庞蒂到福柯的转移，是作为主体的身体向作为客体的身体的转移。对于梅洛庞蒂来说，正如我们已经看到的，身体是有事情可做的地方，对于新的身体学来说，身体是有事情——观看铭记规定——正在做给你看的地方。”⑤ 这种对身体认知的理论暧昧无疑影响了90年代的女性躯体想象。即便是在90年代最严肃的女性本文的躯体想象中，我们也不难发现歧义与疑义。这种暧昧到了90年代末的一些女性书写中成了一种有意

① 张京媛主编《当代女性主义文学批评》，北京大学出版社，1992，第194页。
② 理查德·沃林：《文化批评的观念》，商务印书馆，2000，第171页。
③ 同上，第172页。
④ 转引自李银河：《女性权力的崛起》，中国社科出版社，1997，第128页。
⑤ 特里·伊格尔顿：《后现代主义幻象》，商务印书馆，2000，第83页。

策略。这正为受众的误读和男性期待提供了绝好的素材。

另一个充满暧昧性的概念是性别差异性，这一概念对女性主义理论体系的意义已在前面提到过。长期以来，女性主义理论界一直存在本质主义与反本质主义之争。性别差异性有时被当作父权文化对女性的规约而招致否定，有时又被看成足以与男性文化相抗衡的女性独特的文化意义而被强化与张扬，这种强化与张扬又时常导致对差异性的异化。

事实上，父权文化秩序所认同的并不是女性的性别（差异性），即性别意识，而是这一秩序为这一性别所规定的职能（对差异性的文化价值定位），即通常所谓的女性角色意识。比如，封建时代的妇女根本没有性别意识，只有角色意识，为女，为妻，为母。当然，性别意识的某些基质往往会被畸变异化后包裹于角色意识中。例如，作为女性合理的生命欲求的母性却异化为传宗接代的工具性。于是，面对性别历史经验，我们往往需要非常小心地加以甄别。这样的甄别过程几乎如履薄冰，歧路丛生，随时都可能在认同差异性的同时也认同对差异性的价值定位，即父权文化秩序的规约。这正是 90 年代女性写作的性别差异性话语遭遇尴尬的内在原因。其实在 90 年代最出色的性别差异性书写之一的《长恨歌》中，作者就颇具用心地甄别过女性的角色意识与性别意识，刻意将主人公的性别身份确认置于新旧种种女性角色意识的层层剥离中。① 遗憾的是，在对《长恨歌》的众多女性主义解读中，却鲜有注意到这一点的。

当然，在甄别角色意识与性别意识的过程中也可能导致将婴儿与脏水一同泼掉的结局——否定差异性的反本质主义。这也是西方从经典女性主义到后现代女性主义漫长的历史过程中经久不息的声音。国内的女性主义理论界越来越多的人开始呼应这种声音。

我们固然赞同波伏娃那个著名的论断："女人不是天生的而是后天变成

① 参见王宇：《主体性建构：对近 20 年女性主义叙事的一种理解》，《小说评论》2000 年第 6 期。

的。”反对对女性本质的先在性预设，反对西方传统文化对男性/女性二元对立划分的刻板模式。但倘若根本不存在着女性本质，那么，女性主义理论的立足点又何在？女性的独特性别主体性又何以建构？其实，反本质主义并非简单地否定一切本质，而只是否定先验的、超历史的、普遍的、永恒不变的本质。

“对性别差异性的更完整的女权主义理解不否认两性之间可能存在的深刻的差异，但它不假定这些差异是妇女处于普遍明显的不平等和从属地位的确凿原因”，① 西方经典女性主义认为不平等的两性关系的形成经历三个转变阶段。首先是从生理差异向社会差异的转变，然后是社会差异产生价值关系，价值关系引出不平等观念。比如，女人生孩子，男人不能生孩子。这是最明显的生理性别差异（Sexual Difference）。既然女人能生育哺乳就适合于家里照管抚育孩子，男人外出干活，这便导致社会性别差异（Gender Difference）或者说社会分工。在这种社会分工中，男人所承担的工作被认为是重要的，而女人所承担的部分则是次要的、附属的。这便导致价值差异，最终导致不平等。这便是传统自由女性主义的社会性别差异论（Gender Theory）的理论基础。② 这里我们不难看到，差异本身并不会必然导致不平等，而对可见的性别差异性的评价，才可能既是不平等的原因，又是不平等的结果。

“最初出现的是人的一系列潜在的特性和性情的分化，变成男性和女性。后来男性的支配地位导致主要用那种肯定男性性别特征的优越性的语言来规定真正的人的品格。这样，人类的成就就被视为主要是由男性决定的（Realization Of Maleness）”。③ 但我们也可以换一个角度，赋予女性的性

① 王政、杜芳琴主编《社会性别研究选择》，生活·读书·新知三联书店，1998，第202页。

② 参见鲍晓兰：《西方女性主义研究评价》，生活·读书·新知三联书店，1995，第2页。

③ 郝大维、安乐哲：《汉哲学思维的文化探源》，江苏人民出版社，1999，第84页。

别特征以优越性的社会评价。比如，前面所说的女性的孕产能力一向被看成次要的附属的，不如男性在外的工作有价值。而马克思主义女性主义者戈尔・卢宾（Gayle Rubin）就认为人类本身的再生产方式先于任何人类生产方式和社会关系。也就是说，“人类社会行为开始于人类自身的再生产，这时建立的关系比生产过程中建立的关系更重要。”① 因此，分娩是女性特有的创造生命价值潜力的体现，同时分娩的潜在价值还在于“导致具有潜在特点的看待世界的方式，而这种方式可为女权主义的重建提供基础”。②

王安忆 80 年代的文本《小城之恋》，正是把女性精神上对男性的僭越，从而获得的救赎与提升建立在对生命的孕育上。母性的价值并非如男权秩序所界定的那样是为家族提供后代而获得的。在这里，母性是一种女性的性别意识而非男权秩序所指派的角色意识。所以，郑敏在谈到女性诗歌时说过这样的话：“女性最伟大的特点是母性，女性诗歌要尽可能地展现母性景观。”把母性作为性别差异性文化想象的一个基点并不意味着主张性别差异的生理决定论，但人性毕竟是生理基质与历史文化深刻而久远的嵌入与缠绕，生理的差异毕竟导致男人与女人的不同性别境遇并因此对两性的心理结构、行为方式产生影响。

三、如何理解性别差异

当然，其实人的自然属性中也已然包含了社会历史内容，恩格斯说：“妇女的皮肤是历史发展的，妇女头发是历史发展的，如果把她身上一切历史形成的东西一起统统去掉，在我们面前所呈现的原来的妇女，还剩下什么呢？干脆地说，这就是雌的人类。”③ 因此，我们不能脱离历史来看待性

---

① 鲍晓兰：《西方女性主义研究评价》，生活・读书・新知三联书店，1995，第 6 页。

② 王政、杜芳琴主编《社会性别研究选择》，北京：生活・读书・新知三联书店，1998，第 203 页。

③ 恩格斯：《致保尔・恩斯特》，载《马恩全集》第 37 卷，人民出版社，1988，第 407 页。

别差异。差异性文化想象中应该包含女性不仅作为话语主体而且作为历史实践主体的内涵。女性自我的生成应当被置放于社会历史的联系当中，“如果说自我在本质上是关系性的东西，那么缺乏构建这种关系的可能性必然会阻碍自我力量的发展。无论是从缺乏深层次自我的女性联系当中还是从缺乏深层次联系的男性自我当中都不能产生出一个具有稳固基础和丰富关系的自我”。① 认同女性琐细边缘的性别生存经验（包括身体的经验），追述那个古老的岁月中“苍凉而莞尔的手势”（张爱玲语）固然能够彰显特定的“女性对繁华与毁灭的审视，对文明的质疑与彻悟”。② 从而具有多重的文化意义。但假如性别差异性文化想象仅有这样一些逼仄的翱翔地，却又是对那个古老的规约的默认，即男人/女人，主外/主内，也许我们要做的既不是花木兰式的化妆进入历史，也不再是一味地规避“历史叙事”，而是改写和重构“历史叙事”。正如伍尔夫所说的，女性写作与男性写作的本质区别“不在于男人描写战争、女人描写生孩子，而在于两个性别都表现自身”。③ 如果说80年代范小青的《杨湾故事》，90年代初王安忆的《叔叔的故事》，90年代中后期徐坤的《狗日的足球》《先锋》《游行》等都是以性别书写的立场对现实历史事件进行迥异于男性叙事惯例的书写，呈现出对男性文化精神的坚硬与虚妄的颠覆与戏弄。同样出现于90年代后期的须兰力作《纪念乐师良宵》，则是对以往历史叙事的一种回应式的补充，文本以少有的心灵力度，以女性对生命独特的理解与张望，将南京大屠杀的这一惨绝人寰的历史场景衍化为一个民族乃至人类所遭遇的永生永世心灵的杀戮与劫难。这样一种有着女性独特精神内涵的历史与现实的叙事向度，在90年代末，70年代出生的女作家的“另类”写作中下滑为“现时性”，“这个现时性如此的膨胀，如此的泛滥，以至于把过去推到我们的地平线之外，将

① 凯瑟琳·凯勒：《走向后父权制的后现代精神》，载大卫·雷·格里芬编《后现代精神》，中央编译出版社，1998，第111页。

② 戴锦华：《奇遇与突围——90年代的女性写作》，《文学评论》1996年第5期。

③ 玛丽·伊格尔顿：《女权主义文学理论》，湖南人民出版社，1989，第395页。

时间缩减为唯一当前的分秒”。[①] 真正的现实在她们的叙事中是沉默的。所谓的“另类”事实上也只是一种自我作态的时尚表演并不是真正具有解构性的性别精神立场。在现实与精神双向度上同时被抛的写作只能是一种轻虚的时尚写作，并没有为 90 年代性别差异性文化想象提供新的话语空间。

性别差异性的历史内涵，还应指涉“它与其他从属历史群体的交叉是如何形成并继续形成两性差异以及我们看待和评价这些差别的方式”。[②] 我们承认性别类群的特性同时也不否认亚群体的差异性。即妇女群体的内部关涉到种族阶级及族裔的差异性。在 90 年代的本土语境中，性别书写理应关注不同阶层妇女性别境遇的差异，关注分别基于中西方传统宇宙论的两性关系阴阳互补关联模式和两性关系二元对立排他模式之间的差异，并以此作为性别差异性文化想象的重要延伸点。遗憾的是，90 年代的女性写作在这些方面都不尽如人意。90 年代写作女性更多地把目光投向自身或“类自身”——都市的白领女性（文化或商业白领），抑或是古老岁月中庭院深深、帘幕低垂的女人们。在两性关系式的书写上大都呈现出一种对抗与决绝的模式化状态。也许王安忆写于 90 年代末的长篇《富萍》是个很例外的文本。

尽管人们大可以把《富萍》看成是始于《长恨歌》的关于上海这座大都市叙事的继续，但毕竟《富萍》讲述的是上海最底层的劳动妇女——保姆与运送垃圾的女船工们的生存境遇（底层劳动妇女的境遇几乎是 90 年代女性叙事的盲点）。而且，虽然相比于 90 年代其他的女性文本，《富萍》似乎并没有十分明确的性别立场，文本中还出现了一些有血有肉的男性形象，如舅舅、戚师傅等（这的确不同于 90 年代性别叙事惯例中男人不是面目模糊就是面目可悲可憎），但《富萍》中那《长恨歌》式的鸡零狗碎、絮叨繁复的叙事

---

① 米兰·昆德拉：《小说的艺术》，上海三联书店，1992，第 18 页。

② 王政、杜芳琴主编《社会性别研究选择》，读书·生活·新知三联书店，1998，第 202 页。

方式，那对琐碎边缘的日常生存经验的诗意认同，都在指认着王安忆式的独特的性别叙事立场，也许正因为这样一些独特性，使它从20世纪末性别叙事符号化类型化的惯性滑行中凸现出来。这种凸现似乎更得力于文本叙事对本土性别气质的指认。它表现女人对苦难命运的挣扎与抵抗、承受与包容，也表现女人与男人互相以自己卑微而韧性的生命支持着对方，点点滴滴共同求取生存之光。弄堂街巷，灶间柴房，低矮破旧的棚户区，苍蝇成堆跟随的垃圾船……但你只要看看船两边河岸“遍地的油菜花，瓦兰的天”，那“炊烟四起，饭香四起连成一片”的棚户区院落，一股股民间本色的生存的暖意与诗意便从文本中冉冉升起，那样的亲切而久远，正如这天地间的女人和男人，生生不息……

性别关怀衍化为一种民间关怀，也许这正是西方女性主义这一“他者”话语的本土化。女性叙事与民间叙事已然成为共谋，毕竟两者有着共同的边缘化的文化境遇。这一叙事倾向在《长恨歌》中已经存在，在这里作者兴许有意延续与拓展。

如果说90年代中后期以来，性别想象日益面临资源枯竭的危机，那么，王安忆的叙事立场是否为新世纪的性别想象开启了一个更加广阔的话语空间？当然了，在这广阔的空间中飞翔，该如何保持自身的独立的路径，这又是一个必须小心翼翼的关口，否则，将又会是一次“致命的飞翔”。

第二节　女性主义成长叙事：重读林白的《一个人的战争》

1963年2月11日，在一个伦敦阴冷的冬日早晨，美国自白派诗歌代表人物、著名女诗人西尔维亚·普拉斯抛下熟睡着的一双年幼的儿女，自杀身亡，年仅三十一岁。普拉斯谜一样的死因，她过人的才华和美貌，以及她与丈夫、后来荣膺桂冠诗人称号的英国诗人特德·休斯之间的惊世恩怨，这一切使普拉斯在其身后的四十多年间，一直成为英美文坛持续的热点。1981年，她的作品获普利策奖（过世诗人极少能获此殊荣），2003年传记影片《西尔维亚》风靡全美……普拉斯的死，她的丈夫特德·休斯固然负有不可推卸的责任①，但普拉斯留下的大量诗歌、日记，尤其是在她自杀前三个星期出版的自传体小说《钟形罩》，却提示着她的死，有着更加深刻的文化原因。《钟形罩》几乎是我们阅读林白《一个人的战争》的楔子。

一、两个女人的故事

《钟形罩》因忠实地记录了一个女人在男权社会令人窒息的“钟形罩”中孤独、绝望与挣扎的心灵历程，而风靡20世纪60年代的美国校园。几十年过去了，在美国女性读者中，它依然具有很大的影响。同为女性主义成长叙事，《钟形罩》无疑为我们阅读90年代中国大陆女性主义写作的代表人物林白轰动一时的自传体小说《一个人的战争》，提供了一个绝佳的比较阅读的视角。这种比较不仅源自普拉斯创作对中国当代女性写作的影响，更

① 1962年休斯抛下普拉斯和年幼的儿女与朋友之妻同居，普拉斯一个人带着儿女迁居伦敦，一边写作，一边照顾孩子，并等待办理离婚。几个月后，普拉斯终于不堪生活、精神上双重重负而选择死亡。

源自东西方女性经验的共通性。

《钟形罩》以作者自己早年的生活经历为蓝本，采用第一人称回忆的方式讲述了女大学生埃斯特·格林伍德大学时期的一段生活与心灵的历程。19岁的埃斯特因在征文比赛中获奖而被聘为纽约一家杂志社的见习编辑，从而得以经历纽约繁华喧哗、光怪陆离的生活。尽管她也一度难以抵挡这种生活的诱惑，但在内心深处终究拒绝这种生活中女性扮演的角色。见习结束她回到故乡——波士顿郊区一个保守封闭的小镇。小镇上婚姻美满、儿女成群的"幸福主妇"的生活又让她感到窒息。她渴望凭借过人的天资与勤奋过另外一种生活，但她曾寄予很大希望的一个写作讲习班拒绝录取她。一时间，从小到大全优的成绩、雄心与抱负，仿佛都化为泡影，剩下的便是嫁给一个男人，侍奉他，生儿育女，做个"幸福的主妇"。埃斯特看不到继续活下去的意义，精神崩溃。自杀获救后，她被送往精神病院接受治疗。小说结束时，埃斯特正准备出院回大学继续学业。"钟形罩"的意象来源于埃斯特在医学院见到的浸泡在钟形玻璃瓶中死去的胎儿，象征着女性在男权社会中所处的一种永远被抑制生长、被扭曲的状态。"钟形罩里的酸腐空气像填塞衬料似的将我四周的空气塞得满满实实，叫我动弹不得。"①

林白的《一个人的战争》也带着浓厚的心理传记的色彩，同样采用第一人称的回忆方式来讲述作者自己早年的生活经历。主人公林多米和埃斯特一样，自小具有过人的天资和出人头地的雄心，甚至也和埃斯特一样幼年丧父、与母亲隔膜、酷爱写诗。她的成长过程孤独而抑郁，进入社会以后又处处受到男权的压抑与暗算。小说的最后多米为了"出息"出卖了自己。"一个人的战争"意味着一个女人与男权社会的战争，又意味着一个女人自己内心纵横交错的撕裂。多米最后只是出卖自己的肉体，灵魂的撕裂并没有结束。

---

① 西尔维娅·普拉斯：《钟形罩》，杨靖译，译林出版社，2003。本文涉及《钟形罩》的引文均出自该版本，以下不另加注。

二、两种角色的困境

埃斯特和多米的精神危机首先来自女性所面临的角色困境。埃斯特成长的时代是 20 世纪 50 年代的美国，社会舆论积极鼓吹让那些在二战期间接替男人、在各个领域大显身手的妇女放弃一切工作，回到适合自己的领域——厨房和育婴室，以便为大批退伍的男人腾出职业位置。传媒倾力打造快乐、满足的家庭主妇形象。专家们热衷于指导年轻女孩怎样去勾住一个男人并且守住他，怎样科学地育儿、怎样穿着、美容以更显“女人味”。心理科学推波助澜，将这一切称为所谓的“女性奥秘”、符合女性自然本性的身心健康状态。而将那些有事业抱负的女性视为没有女人味、神经质，甚至有精神障碍。这样的文化背景，给埃斯特的成长造成了巨大的心理压力。小说中为埃斯特治病的精神病专家戈登、埃斯特在精神病院接受的电休克疗法，都具有明显的象征意味。

多米成长的背景与埃斯特正相反。20 世纪 60、70 年代的中国，是个“男女都一样”的无性化时代，而多米恰恰从小就有明确的性别意识。因此，多米事实上面临与埃斯特同样的角色困境。男权社会是不允许女性既保有自己的性别身份，又施展自己的才华抱负的。要么，永远隐身于社会之外，做个“幸福的主妇”；要么以雄性化的面目进入社会，追求事业。当然，男权社会还为女性提供了另一种角色，即依靠女性魅力成为男性主宰的公共领域的花瓶和点缀——这其实是将女性在私领域的角色复制到公领域。这三种角色类型在两篇小说中都各有代表，但埃斯特和多米显然不愿意成为其中任何一种。

埃斯特拒绝成为“幸福的主妇”，也拒绝学习速记当秘书。她不愿成为男人（不管这个男人是她的丈夫还是雇主）“射向未来之箭”的出发点，她自己就要做一支“往四面八方射出”的箭。这不仅因为她特立独行的个性，还因为她深知，箭一旦射出，“出发点”将被视若敝屣。埃斯特也曾被“花瓶式”生活所诱惑，想方设法装扮自己吸引异性，但来自男性的伤害终于使她顿悟这种生活的危险。离开纽约前夕，埃斯特将自己所有的时髦服装从窗口扔下，服装随风而逝，象征着她对这种角色的彻底唾弃。而事业成功但颇为男性化的杰·西，在博得她尊敬的同时却难得到她的认同。多米的情形与此相仿，她总是左右摇摆，“一会认为女人的智慧是最要紧的，一会又觉得女人只需美貌就够了。”“有所作为好还是幸福好，幸福是不是就是一切呢？有所作为是不是就会有幸福感呢”。显然，无论埃斯特还是多米，都渴望成功，却又都不愿抵押自己的性别，换得个人发展。这是她们与男权社会“战争”的根本所在。幻想“在一个又一个互相排斥的事物之间展翅飞翔”，而这被断定是“绝对的神经质”。没有人能理解她们内心深处的战栗与痛楚，她们是人群中的另类，她们飘扬的长发，“翻卷着另一个世界的图案”（林白语）。

三、两种身体的反叛

这两部作品对男权社会的挑战，还表现在对性爱和女性身体的描写中。性贞操观念源自对男性后代血缘纯正性的维护（以免财产落入异姓之手），它当然只针对女性。“女人只能有一种生活，必须清清白白，而男人却可以过双重的生活，一种清白，一种不清白，这种想法我没法接受。”埃斯特得知男友威拉德与女招待有染，便在图书馆的台阶上随意找到年轻教授欧文，借助他让自己摆脱“像磨石一样沉沉压在我脖子上”的处女贞操。如果说，埃斯特以主动的失身来挑战男权社会的性贞操观念，那么，在《一个人的战争》中，失身却是女性失败的创痛。多米被一个猥琐男人诱奸而奉送初夜，“这个初夜像一道阴影，永远笼罩了多米日后的岁月。”多米第二次失身是一场“傻瓜爱情”，她全身心投入对 N 的爱，而 N 却一直在欺骗、利用、盘剥多米纯真的情感。多米由此彻悟“爱比死残酷”。而林白的《致命的飞翔》中，北诺用自己的身体和一个秃顶老官员交换一张表格。最后，忍无可忍的北诺，终于杀了这个将她作为性奴隶的丑陋男人。喷射的血柱灿若焰火，宣泄了复仇的快慰、涤荡着北诺的屈辱和多米的屈辱。而埃斯特却在自己体内汩汩涌出的、标志着处女身份终结的鲜血中，体验到反叛的快慰。由此，足见东西方不同的女性生存境遇。埃斯特感受到的更多的是一种文化压抑，而多米们则面临着现实中实实在在的男性性专断。这种性专断还常常和政治、经济权力纠合在一起。

无论在普拉斯还是在林白笔下，异性间的性事都不具有任何美感、快感，它总是伴随着女性身体的残损——出血、剧烈的疼痛以及非人的感受。50 年代的美国文化鼓吹女性通过性满足来体现自我价值，在性中获得一种充实的幸福感。这种论调在 90 年代以来的中国社会也颇有市场。普拉斯和林白对异性爱的决绝，正是对这种论调的极端性的颠覆。

女性身体对于男权文化的全部意义在于它的性价值和生育价值，因此，埃斯特憎恨自己的女性之躯。因为正是这副躯体给予男性可乘之机，她多次自杀，一方面是由于精神危机，另一方面也是想“用我所剩无几的心智给我的身体一个伏击，不然的话我就会被困在它那愚蠢的牢笼里，五十年，神志尽失”。埃斯特在精神病院被治愈后，第一次面对镜中自己那副丑怪的面容，她不是惊诧、伤心，而是快慰地笑了。林白对女性身体的态度与普拉斯截然不同。对于女性只拥有身体的社会而言，埃斯特对女性身体的拒绝是一种反抗；而对于女性被抹杀身体的社会而言（如当时样板戏中的女性人物），多米对女性身体的接受也是一种反抗。多米自幼非常认同自己的女性之躯，呈现在她眼中的其他女性身体也总是美轮美奂、流光溢彩。童年时见到的姚琼，恍惚中穿越半个多世纪时光见到的朱凉……

两部小说都出现女性的生育场景。埃斯特眼中产妇怪诞的形体，瘆人的呻吟，刑架似的产床，令人毛骨悚然的生产过程，无疑表明普拉斯对男权文化关于生育的美丽神话的无情颠覆。而林白则通过童年多米和女伴们一起玩生孩子游戏（多米始终没有偷看到真实的生育场面），来表现女性对自己身体、自己性别的强烈探求欲望。

由于文化背景和现实境遇的差异，面对令人窒息的“钟形罩”，埃斯特的挣扎更显凌厉与决绝，而多米则总在挣扎中陷落，又在陷落中挣扎。小说结束时，多米身穿黑风衣，幽灵般地游荡在象征地狱入口的地铁中。而《钟形罩》结尾却预示着主人公的“新生”。但这种“新生”却相当可疑——“我怎么知道有一天——在学院，或者欧洲，某个地方，任何地方——那个钟形罩，还有它那种种叫人透不过气来的扭曲视像，不会再度降临呢?”“钟形罩”中，勇敢坚强的普拉斯，终难承受诗人、知识分子、母亲、妻子种种角色的撕扯——这些女性生命中不能承受之重；特立独行的普拉斯终难超越情感——这个女性生命中永恒的炼狱。她年轻美丽的生命成了“钟形罩”中的又一个牺牲品。而“钟形罩”中多米的“战争”也远没有结束……

第三节　私人写作与公共话语：重读陈染的《私人生活》

1996 年，陈染的第一部长篇小说《私人生活》出版。随后，针对私人写作、女性主义、身体写作、性描写与商业文化等问题的争论与反思日益升温。私人写作与女性意识之间的“联姻”，不仅成为女性文学发展脉络的重要转型，也作为 20 世纪 90 年代中国文学的表征之一，进入了文学史的书写秩序①。然而“文学制品的历史文本”往往需要通过“压制或贬低一些事情而突出强调另一些事情；描述特征，重复主题，改变风格和视角，转换描述策略等”② 方式完成历史的建构，同时将历史的遮蔽性、可能性、多元性留在了疑云密布的历史迷雾中。在此，本文尝试通过挖掘《私人生活》叙事中的公共性质素，对长期以来关于作品的“私人/身体写作”的“重复主题”提出质疑，分析该称谓对于文本内部经验丰富性所造成的遮蔽与影响。

一、“性别化私人写作”之辨

对于 20 世纪 90 年代的中国女性文学而言，作为重要文化符号的“陈

① 实际上，对于陈染文学创作的研究并非局限在女性文学和私人写作两个领域，而是涉及了文本的诗性特征、超性别意识、孤独意识、同性爱书写、存在主义困境等多个层面，然而不论以何视角切入，基本上建立在对于其私生活、个人心理、个人意识的分析之上，陈染“私人写作”的标签被普遍接受，并进入到文学史的书写中。例如，洪子诚在《中国当代文学史》中认为：“由于小说采取的叙述方式带有自传色彩，而表现的内容往往是女性个体成长经历中的涉及性别问题的部分，陈染的小说被称为‘私人写作’”。（参见洪子诚：《中国当代文学史》，北京大学出版社，1999，第 365 页。）陈思和也认为“90 年代之后，女性写作终于形成了与此前截然不同的新向度：一种着重于表现女性自身特征、并且更加个人化的写作倾向，其中所表达的女性意识已不是与男性可以共享的公共意识。”（参见陈思和：《中国当代文学史教程》，复旦大学出版社，2006，第 351 页。）

② 海登·怀特：《历史的转义》，董立河译，大象出版社，2011，第 91 页。

染、林白”总是并列出现。《私人生活》和《一个人的战争》亦成为彼时文坛彰显女性意识、突破书写禁区、抵抗男性中心主义的代表性文本。性别/女性化的私人写作成为当时文学生产场域的重要文化现象之一，被纳入到文学史的建构中。然而，在陈染小说被不断“经典化”“概念化”的过程中，一些重要的现象和变化却常常游离在研究视野之外。

现象一：“蝴蝶效应”与文学批评的断裂与急速转型。在《私人生活》发表之前，陈染已经写出了诸如《凡墙都是门》《沉默的左乳》等一系列气质独特的中短篇小说，并形成了其文学创作的基本风格。不过，当时的陈染并未被划归到“私人写作”的阵营，而被认为是“不入流”的“先锋派”“现代派”作家。① 陈染本人也曾表示说：“我的创作的确更多地体现出先锋文学的品质”。②《私人生活》出版后，陈染及其小说立即引起了评论界的关注，小说发表当年的研究文章几乎超过了前几年的总和，且极具争议性③。尽管观点各异，然而“私人写作”“女性主义”两个较为鲜明的文本特征却被着重突出，并逐渐成为研究《私人生活》以及陈染小说的重要概念和导向。其中，戴锦华的《陈染：个人和女性的书写》一文，具有典型意义。该文从多个层面论述了“个人化写作”与女性体验、女性意识之间的关联，并认为“个人，或曰个人化，是陈染小说序列中一个极为引人瞩目的特

---

① 1996 年之前，对于陈染小说的批评主要围绕着艺术形式和叙事模式的内部研究展开，对作者本人的定位也基本上属于现代派或先锋派作家。例如，李劼：《现代主义童话作家陈染》，《当代作家评论》1988 年第 9 期；陈俊涛：《寂寥和不安分的文学探索——陈染小说三题》，《文学评论》1992 年第 12 期；赵毅衡：《读陈染，兼论先锋小说第二波》，《文艺争鸣》1993 年第 3 期；汪民安：《文学先锋派的当下境况》，《文艺评论》1994 年第 4 期；等等。

② 陈染：《陈染文集 4 · 女人没有岸》，江苏文艺出版社，1996，第 247 页。

③ 支持者丁帆说“我断言，在 20 世纪的中国女作家之中，陈染的思想阵痛是最为猛烈的，因而她胎生出的思想孤儿亦是最为深刻的”。（参见丁帆：《逃逸“战争”的谵语——读陈染的〈私人生活〉》，《雨花》1996 年第 11 期）；批评者王小波则认为：“作为小说，《私人生活》不够好”，“拙劣的场面描写夹杂着一些没来由的感慨，倒像出自中学生的手笔”。（参见王小波：《〈私人生活〉与女性文学》，《北京文学》1996 年第 12 期）。

征”，并具有“极为浓重的性别写作色彩”①。此后，陈染的文学定位迅速“被转型”，成为私人写作、身体写作的“领袖”之一。然而，这种文学批评的急速转型一方面容易造成对文学艺术演变规律、惯性的盲视，另一方面也难以对作品本身的复杂因素进行全面的考察与阐释。

现象二：“男卑女尊”与身份主体的埋没与炒作。90 年代文学场域中的私人写作与其说是文学的艺术风格，不如说是一种高扬的创作理念。在它的指引下，作品试图消解传统的宏大叙事，让文学从侧重于群体性、公共性的代言式叙事转向对个体生命经验、生存困境的探寻。其中的“个体”“私人”显然不单指女性，更不能简单概括为女性作家的“性描写”。事实上，私人写作的创作主体通常以个体对抗群体、私人空间对抗公共话语为目的进行创作，并没有预设和强调某种特定的性别身份。一批男性作家同样是私人写作的推崇者、实践者②。韩东在为朱文小说集《弯腰吃草》所写的序言中公开表示“我认为小说方式是以个人经验方式为源头的，是个人经验方式的延伸”③。只不过，在商业文化和大众媚俗心理等因素作用下，私人写作渐渐沦为女性作家的“专利”。于是，“凡以女性私人经验为叙述中心，大胆袒露女性肉体和心灵隐秘的写作，在一段时间内被称为私人化写作”④。陈染小说正是在这样的文化语境下被包装、炒作。出版商、媒体在利润驱动下，从中尽拣“私”与“性”来大做文章，怀有此类阅读期待的消费者，则推波助澜，共同将小说推向私人写作、身体写作的泥潭之中。面对这种局面，陈染说：“我希望能把交谈时语言和思想的光辉留在纸上，但是有时难尽人意，局面很难控制，特别是发表时新闻媒体为了制造热点，

① 戴锦华：《陈染：个人与女性的书写》，《当代作家评论》1996 年第 3 期。

② 一般来说，“晚生代/新生代”作家，例如东西、鬼子、朱文、韩东、刁斗、张旻等人创作也属于“个人化写作”或“私人写作”。

③ 朱文：《弯腰吃草》，华艺出版社，1996，第 2 页。

④ 雷达：《近三十年中国文学思潮》，兰州大学出版社，2009，第 275－276 页。

会添枝加叶弄出‘美女作家’‘私小说’这种没有界定清楚的东西出来”①。如此一来，《私人生活》失去了原有的内在丰富性，趋向物化，成为暴露女性隐私、招人窥视的“私小说”。总之，在私人写作兴起、发展的脉络中，男性作家的主体身份因为缺少“商业契机”和“炒作噱头”被埋没，女性及其身体则在性别歧视和商品物化的双重围困中成为被关注的核心。

现象三：“边界模糊”与女性私人写作的历时性悖论。“历史并非一成不变，它总是在史家和史实之间双向互动，永无止尽的古今对话”②。于是，曾经言之凿凿的论断和评析会随着时间的推移、事物的更迭而难以成立，形成共时性历史的历时性悖论。进入21世纪，网络技术逐渐普及③，网络文学、在线阅读等方式有效地削弱了传统的文学创作、接受体系。随着个人主页、网络日志、博客以及微博、微信等公共社交平台的研发，传统意义上的“私人生活”在网络媒介的推动下开始向“公共化”方向发展。例如，一个名为“极地阳光”的网络博客，其博文内容均为个人生活记录，但访问量却高达一亿以上；又如新浪微博粉丝数高达七千万的影视艺人姚晨，其个人化的生活体悟将凭借极具公众影响力的网络渠道予以传播。加之文学艺术领域的视觉文化转向，曾经私密的生活方式能够通过图片、视频、影视作品等形式得到更直观的呈现。此外，“御宅族”“低头族”等人群日益增大，私人写作中幽闭、神秘的个体空间也失去了往日陌生化的震撼力。时至今日，个体经验和公共话语之间的界限在时代演变中发生了剧变，私人空间的界限日益模糊。当年陈染笔下的“私人化”场景，如今已成为网络公共生活的基本元素。质疑由此而生：当私人写作的范围、界限

---

① 荒林：《花朵的勇气——中国当代文学文化的女性主义批评》，九州出版社，2004，第210页。

② Edward Carr：What is history，New York：Knopf，1964．P35.

③ 截至2013年12月，中国网民规模达6.18亿（中国手机网民规模达5亿），互联网普及率为45.8%。参见《中国互联网络发展状况统计报告》，中国互联网络信息中心，2014年1月。

发生变化之时，那些建立在此之上的女性意识表达是否面临着无法诠释的尴尬？性别化的个人写作是否在历时性的演变中失去了存在的基本逻辑？再度审视《私人生活》时，其中的女性意识表达是否仅仅建立在个人化、私语化的叙事之中？

二、历史的叛逆者——历史性

通过细读文本，我们不难发现这样一个现象：作品中的男性形象，一般具有较明确的历史背景，且他们的性格、命运与历史发展有着紧密的关联。例如，“我”的父亲“是一个傲慢而且专横的官员，多年来，自我出生开始，他一直受着压抑和排挤，这加剧了他的狂妄、烦躁与神经质”①。“当中国的政治格局发生巨大转折的 1976 年”到来时，“他的处境终于也因此有了好的转折”。又如 T 老师——“他是老三届的知青，一九六六年他作为一个倒台的高干子弟的叛逆者的形象，成为了一名东北生产建设兵团的战士，一扎根就是八年，直到一九七四年他父亲平反，他才终于得以返城”。因此，他常常“满腹的怀才不遇”并恼羞成怒地说：“这是中国历史强加于我的残酷的纪念”。而作品中的女性人物看起来则与公共领域中的历史事件关系不大，对于她们的介绍也多为生活性、日常性的描述。例如，禾寡妇“祖上家境富有、知书达理”，因此“祖上的遗风也使她的骨血里透出一股没落的贵族和书香气息”；一只眼睛的奶奶“另一只眼睛早年被她的男人打瞎后，再也没有睁开过”。或者索性淡化女人们的历史背景，例如“我”的母亲、邻居姓葛的女人等。在此，小说不仅通过父亲、T 先生等男性形象将宏观历史予以一定的呈现，同时也暗含着更为深刻的历史文化隐喻：作为历史创造者的男人，其性别身份具有特殊的象征意味。

---

① 陈染：《陈染文集 3 · 私人生活》，江苏文艺出版社，1996，第 15 页。本文涉及《私人生活》的引文均出自该版本，以下不另加注。

那么作为女性的主人公倪拗拗，又是怎样对待历史及其创造者的？是否只是一味地逃避，并将自己封闭在私人世界中？从主人公对于男性的态度便可以看出，她对于历史始终具有一种主动参与、对抗的精神。例如，对于把自己看成"问题儿童"的T老师，倪拗拗说"他的粗胳膊上肯定留下了我十一岁的牙痕，那是我用眼睛咬的"；当所有人都在为T老师"歌功颂德"之时，"我却把头深深埋着或者扭向了墙壁，一声没吭"；而对于专制暴戾的父亲，"我"则"拿起剪刀，直奔我床上的毛料裤子，对准平展展的裤腿就是一剪子"。倪拗拗剪裤子的行为，不仅是对父亲的宣战，也是对父亲所象征的"历史"及其隐含的菲勒斯中心主义的叛逆与挑衅。

波伏娃曾经这样评价女性的历史境遇："在任何情况下，她都以特权的他者出现，通过她，主体实现了他自己"①。在人类文明漫长的历史记忆中，女性长期都以男性"他者"的形象出现。在《私人生活》中，倪拗拗则以决绝的姿态试图彻底颠覆历史给定的"他者"地位。这样的博弈与对抗深刻地体现在两性关系上。在倪拗拗与T老师发生性关系时，她反被动为主动，高居主体地位，将女性在历史中受到压抑的期待、欲望自然流露出来。"她对他并没有更多的恋情，她只是感到自己身上的某一种欲望被唤起，她想在这个人身上找到那神秘的、从未经验过的快感，她更喜欢的是那一种快感而不是眼前这个人"。此时，陈染笔下的倪拗拗显然不再是《无处告别》中徘徊于灵与肉、情与爱却始终无所适从的黛二小姐，同样也不是《与往事干杯》中被困于缺少父亲的成长之路而最终"死于年华"②、逃遁尼姑庵的肖濛，是具有主体精神的独立女性。在此，男性不再是两性关系的主体，性别文化维系的历史秩序亦在女性的反戈一击中崩溃、瓦解。

小说不仅在两性关系的置换与对抗中呈现了宏大历史及其隐含的性别文化，也借由主人公独特的情绪感受和生命体验表达出她对于历史的看法

① 西蒙·德·波伏娃：《第二性》，陶铁柱译，中国书籍出版社，1998，第286页。
② 陈染：《陈染文集1·与往事干杯》，江苏文艺出版社，1996，第60页。

和思考。实际上，作品中的倪拗拗并非单纯地背对历史、回归心灵，而是始终以较为广阔的公共视域观照历史、反思历史，“文革”、上山下乡、拨乱反正、改革开放等重大社会历史事件均在文本有所体现。对于倪拗拗而言，“无论纸页上那些短篇残章是日记，是永无投递之日、也无处可投的信函，还是自言自语般的叙述”都是她“内心对于外部世界发生的冲击的产物”，是她“在这个世界上的呼吸”。就这样，小说通过所塑造的人物的观察、评价和记录，将公共视域中的宏大事件转化为女性个体感知下的历史体悟。

整体观之，《私人生活》所呈现出的女人与历史的关系为女性既主动参与历史，同时坚持女性对历史的个体化感知。其中所表达的性别认同，也凭借作品对于历史的深刻洞察、反思得以彰显。在此，个体与女性构成了探索历史的双重维度，而并非以个体或身体的表达完成女性身份/历史的建构。私人空间、身体欲望不能等同于女性意识的表达，因为“你无法整齐划一、按规则编码、分等分类地来谈论女子性特征”①。

三、孤独的守望者——社会性

《私人生活》的开篇即写道：“我的问题在别处——一个残缺的时代里的残缺的人。”作为小说的叙事起点，它既确定了小说的叙述主体，也点明作品所具有的社会关怀。小说一面着力描述密闭空间中“残缺的人”，一面经由此人的感知与反馈来表现那个“残缺的时代”。小说的叙事是通过个人与社会的双向互动展开的。残酷的社会现实和崇高的个人理想之间的落差造成了个体的损伤与失重；反过来这种失重感连同其引发的焦虑、自闭、孤独等又将具体的社会现实予以呈现。于是，个体经验的理想建构与公共性

① 埃莱娜·西苏：《美杜莎的笑声》，载张京媛主编《当代女性主义文学批评》，北京大学出版社，1992，第 189 页。

的社会现实之间的疏离、对抗与反驳，成为小说内在叙事的重心。如陈染所言：“有的人把《私人生活》当成私人的东西，我觉得不妥。他们没有看到象征和社会化的关系，这是很微妙的关系”①。

孤独是《私人生活》的一个重要主题。在小说中，陈染用凝聚着哲思的语言创造了一个执拗而怯懦的孤独者形象——倪拗拗。卢卡奇在分析小说文本中的孤独者形象时认为“孤独在这里既不是偶然的，也不是个人产生的”，而中心人物在向往本质意志之时，“想把自己内心深处的东西在世界上真正加以实现”②，求而不得时，孤独形成。《私人生活》中的倪拗拗正是这类在现实中难以达成自我意志的孤独者形象。倪拗拗看似大胆前卫、偏执果敢，敢于质疑和抵抗集体性的社会秩序，然而实际上她却是时代的落伍者。20 世纪 90 年代，“‘精英文化’已经过去，‘后现代革命’追求轻松和肤浅，你故作深沉，假装深刻，你是无耻的人”。然而大众狂欢的时代，倪拗拗的“精英化”诉求却让她坚定地做“无耻”之人。在她看来“这个世界大多数人是用脚趾头来选择世界和选择道路的，如果有人偏要用头脑和思想选择道路，那么就应该承担起不合潮流的孤寂”。这时，她所搭建的私人空间也便成为对公共场域中的媚俗文化的抵抗。

在陈染笔下，我们看到的不是知识女性自怨自艾的哀叹，也不是“幽闭症”患者的乖戾行径，而是对社会、时代充满批判和反思并将这种反思转化成个人体验的知识女性。倪拗拗用私人化的方式，去努力实现一个具有公共领域身份的“世界公民”所应尽的责任。在她看来“一个人凭良心行事的能力，取决于她在多大程度上超越了她自己社会的局限，而成为一个世界公民……最重要的素质就是要有勇气说一个‘不’字”。这种敢于说“不”的精神恰恰体现在倪拗拗对于社会生活的关注中。例如，倪拗拗对于

---

① 荒林：《花朵的勇气——中国当代文学文化的女性主义批评》，九州出版社，2004，第 212 页。

② 卢卡奇：《小说理论》，燕宏远、李怀涛译，商务印书馆，2012，第 125 页。

高考制度恢复的看法并不是当时主流社会的“尊重知识、尊重人才”，而是以自我体验为基础进行反思——“我亲身经历了七十年代至八十年代初高考制度恢复后的中国，所有高中毕业生残酷地你争我夺、一窝蜂往大学里挤”；“竞争中，分数就是一切”；“集体主义观念正在被强大的个人主义死角一点一滴的吞没”。又如，当她听到一个女人为一名身患绝症的博士生孩子而被当作美德宣传报道时，不禁反问道“那个女人怎么办？这样的事迹还要赞美吗？也就中国会为这样的事大唱赞歌”。以上例子可以看出倪拗拗的“私人生活”，绝非是对公共性社会生活的简单逃避。其中对于“个人主义”的批判也有力地证明了她对于公共生活、世界公民身份的渴望与追求。这里的“世界公民”并不等同于站在广场发言的公共知识分子，在某种程度上它更倾向于“有理性的人”①。这种理性不是简单的公共政治话语，而是在于“公开运用自己理性的自由”② 以实现自我启蒙。诚然，我们在《私人生活》中已看不到五四时代广场式的布道宣言，然而却仍可以通过这种个人化的方式看到知识分子对于社会的关注。并且，这种建立在对社会深入观察基础上的私人写作，无疑“刺痛”了转型期中国“社会肌体的某一根敏感的神经”③。

此外，作者对于社会政治生活也有所关注。“尹楠”的形象颇具象征意味。小说对于该人物的描写一改之前阴霾、冷峻的格调，将其刻画得纯净而阳光，理想色彩浓郁。除了对尹楠英俊的外貌和爱情中的克制进行了正面描摹外，小说还有大量细节描写暗示着尹楠的社会身份属性。例如，他兴办诗社并宣称：“我们的诗社是专门说‘不’的”；他充满社会参与精神，“我们这样年轻，世界正向我们招手”；最后为了追求自己神秘的理想，他

---

① 康德：《世界公民观点之下的普遍历史概念》，载《历史理性批判文集》，何兆武译，商务印书馆，1990，第2页。

② 康德：《答复这个问题：“什么是启蒙运动?”》，载《历史理性批判文集》，何兆武译，商务印书馆，1990，第25页。

③ 张新颖：《也说私人写作》，《文学自由谈》1997年第12期。

选择离开中国远走他乡。这些细节与其所处的时代有着密切关联——80年代末，中国年轻的知识分子高扬着一种批判社会的乌托邦情绪。这一切都深深地隐含于文本之中。当然，与宏大叙事不同，陈染对于政治生活的感知，就如同“一颗来路不明的流弹不偏不倚从我的左腿肚内侧钻入，又从另一侧穿出”。然而，流弹所带来的创伤却是无人可以掩盖的。

四、人类的思考者——群体性

《私人生活》以主人公倪拗拗的成长经历作为时间线索贯穿全篇，成长本是个人经历的呈现，属于私人范畴，也是将作品定义为“私小说”的主要依据。但本文认为，作品并非单纯的成长记录，而是将成长过程中的个人境遇转化成形而上的思考。“写小说意味着在人生的呈现中把不可言诠和交流之事推向极致”①。在“推向极致”的过程中，作者通过对自我精神世界的拷问，将成长中“不可言诠和交流”的个人体验升华为具有普遍意义的终极探索。此时，小说中的叙述已不再是个人独语，而是借由自我与世界的对话，传达出具有普世价值的哲思。

《私人生活》的叙事时间呈现明暗两条线索。表面来看，小说以倪拗拗对童年的回忆为开端，以治愈“幽闭症”的当下生活做结尾，叙事时间与现实时间吻合，成直线状。深入文本，我们还可以发现倪拗拗在经历女性成长的同时也完成了一次精神之旅。在隐性时间叙事中，小说以“时间流逝了我依然在这里”的现实疏离感开启个人生命体验之旅，并以“孤独的人是无耻的”这样决绝姿态悲剧收场，心灵的成长呈现出颇具特色的环形结构。在漫长的人生中，主人公经历了人生的悲欢离合、生死别离：父母离异、与T老师做爱、禾寡妇家失火、与尹楠恋爱、母亲去世、患“幽闭

---

① 本雅明：《讲故事的人》，载汉娜·阿伦特编《启迪：本雅明文选》，张旭东、王斑译，生活·读书·新知三联书店，2008，第99页。

症”等，人人事事都在时间的流转中更迭变迁，而唯一没有改变的便是倪拗拗对于自我灵魂的追问与思索。例如，童年的“小麻雀事件”，不仅给她留下了一段真切的记忆，同时也奠定了她对生活的基本态度——不喜欢猫那样“见人就摇尾示好，有奶便是娘”，更欣赏小麻雀为了自由宁可饿死的固执与坚强。又如，临近毕业时，T 老师留下她单独扫雪，大雪未停，新雪不断将清出来的地面覆盖，仿佛永无终结之时。这本是件平常琐事，但是在倪拗拗看来却意义非凡：“在那一刹那间，我一下子把眼前扫不完的雪夸大地看成了我未来生活的一种象征、一种命运”。最终，倪拗拗“猛地一转身”丢下扫把，也抛弃了命运的重负，创造了“西西弗斯的新神话”；再如，当得知邻居“葛女士得了乳腺癌”，“我”并没有把它当成与己无关他人之事，而是通过它实现了“我”对于死亡的体验与理解——“死亡就是把生命咬碎……死亡就是一种不可更改的结束”。在陈染笔下，成长已不再是一个人的现实经历，也是对人类精神世界的遥望与探索。

此前研究更侧重于关注小说中的私生活描写，而忽略了文本中那些细腻而深邃的心灵独白。还有部分研究者认为，大量的议论性文字破坏了小说整体的叙述，让文本变得支离破碎。本文认为，这种叙述风格非但不是陈染的创作失误，相反是《私人生活》中最富个性的体现。零碎的只言片语是将自我感知与人类思想彼此沟通的桥梁。通过对话，倪拗拗完成了对自我的认识和定位，女性所应有的内省精神和思考意识也因此得以彰显。

在封闭的房间里面苦思冥想几乎成为作品中最具代表的场景，也是主人公独立思考、建立自我与世界关联的基本方式。这种生活模式让人自然联想到伍尔夫的代表作《一间自己的屋子》。为了翻转女性在历史中被书写的地位，女性首先要自己从事写作，“一个女人要想写小说一定要有钱，还要有一间自己的屋子”①。这里的“屋子”不仅构成女性生存的物质基础，

① 伍尔夫：《一间自己的屋子》，王还译，生活·读书·新知三联书店，1989，第 2 页。

更象征着女性进行精神活动的独立空间。对于物质基础获得较大改善的中国知识女性而言，如何改变精神世界的匮乏，如何对传统性别秩序提出质疑是更值得关注方向。就这点而言，陈染是和伍尔夫一脉相承的，正如小说中倪拗拗一直以来的愿望："我一直渴望着单独的住宅，因为这是可以内心生活的前提"，是激发女性内在潜质的途径，也是陈染实现文学表达从个人到人类飞跃的前提。

《私人生活》是陈染创作的第一部长篇小说。不论批评家还是读者都对她接下来的文学创作充满期待。正当人们信誓旦旦地质疑、猜测、预言之时，她却秉持着"不写作的自由"①，悄然告别文坛。此后，随着个人创作的锐减，陈染也逐渐退出了动态的文学生产——批评领域。"陈白"现象及其所代表的女性主义私人写作的观点得到普遍接受。真可谓是"自觉的反抗成就着不自觉的沦陷"②。然而，通过以上论述可以发现《私人生活》既有个人生活的描写、私人体验的表达，也有对公共生活、宏大历史的呈现。公共化叙事中所隐含的性别文化认同，是建立在私人生活与公共领域双重体验之上的社会性别观念，并非单纯生理性别或女性身体的个人化表达。

---

① 陈染：《时光倒流——陈染散文集》，新华出版社，2003，第 162 页。

② 戴锦华：《涉渡之舟——新时期中国女性写作与女性文化》，北京大学出版社，2007，第 360 页。

第四节　历史场景中的女性命运：重读铁凝的《玫瑰门》

中国的近现代历史缠绕着复杂的政治、经济、文化变迁以及不计其数的革命与战争。这些促成了中国现代社会或大或小的转型，同时影响着与现代化进程同构而生的妇女解放运动。在此过程中，中国女性开始从传统的家庭角色（女儿、妻子、母亲）向社会角色（学生、战士、革命者）转变，她们的命运被深刻地嵌入了历史之中。对应文学创作，当代女作家不但关注这一历史时期的整体发展或重要转折，并且倾向于以艺术的形式呈现时间绵延中女性的生活变迁以及她们遭遇的性别困境。例如，杨沫的《青春之歌》、韦君宜的《露沙的路》、王安忆的《长恨歌》、张洁的《无字》等。

在围绕 20 世纪中国现代历史与女性命运展开叙事的小说中，铁凝的《玫瑰门》（1989）具有一定的代表性。这部 36 万字的小说是铁凝写作生涯中的第一部长篇。从某种意义而言，它是对作者过去十余年文学创作的一个总结，同时标志着其在创作理念和写作风格上的转变。通过对司猗纹、庄晨、眉眉三代女性命运的书写，小说将 20 世纪中国的历史相勾连，并涉及诸多具体的历史事件，如学生运动、战争、“解放”、社会主义建设、“文革”、改革开放等。除了在故事的铺陈中展现历史，小说还运用议论、抒情以及独白的方式表达对革命、政治、性别、人性等问题的理解和思考。因而有评论者认为：“《玫瑰门》是铁凝最个人化、也是结构最为复杂的作品。”① 铁凝本人则认为，“从《哦，香雪》到《玫瑰门》，对人性的探究更深、更广、更丰富，我不会后悔自己的这种变化”②。

---

① 戴锦华：《涉渡之舟——新时期中国女性写作与女性文化》，北京大学出版社，2007，第 253 页。

② 朱育颖：《精神的田园——铁凝访谈》，《小说评论》2003 年第 3 期。

除了主人公司猗纹，小说还塑造了另一个重要的女性角色——姑爸。在众多研究者看来，“铁凝《玫瑰门》的成功在很大程度上须依赖于小说对司猗纹这一典型形象的发现与塑造。”① 因此，《玫瑰门》的研究往往侧重于对司猗纹的探讨，关于姑爸及其悲剧人生的分析相对较少。实际上，姑爸同样是铁凝所着力塑造的人物，如其所言，姑爸“是我很爱的一个文学形象，虽然她活得不久，在作品中所占的篇幅也不长”，“而作为一个文学形象，我在她身上倾注了非常重的心力，一想起她，我的灵魂就有深深的钝痛”，“她是一个时代的另类，也是一个时代的奇迹”②。如果说司猗纹是一个积极向时代靠拢的具有进攻性的新派女性，那么姑爸显然是一个被动的传统妇女，她为小说展现特定时代背后的历史复杂性提供了重要的视角。

一、被现代文明抛弃的传统女性

李欧梵在《世纪末的华丽》一文中分析中西现代性的差别时提出，中国现代化过程蕴含着多重文化的交织与对抗，中国的现代性和旧文化之间存在一种吊诡的关系，一方面，现代性的需求是要维新，要迎接新的时代和文化；另一方面，中国的传统文化却依然根深蒂固，难以被新的事物所取代。故而他认为：“虽然，以新破旧、崇新抑旧的观念也逐渐流行，到了五四时期更变成了一种主要的意识形态，但旧的文化传统，非但挥之不去，反而构成了一种不可或缺的文化土壤，从西方传来的诸多新的事物和观念，就在这种旧的土壤中发酵，再逐渐开花结果，演变而成中国的现代文化。”③

李欧梵对现代性的理解是基于中国历史的特殊性，昭示出20世纪文化演变复杂的一面。在文学领域，经过20世纪80年代对现代启蒙意识的热烈

① 王春林：《人世的倾斜与畸变——评论铁凝〈玫瑰门〉》，《当代作家评论》1989年第6期。

② 赵艳、铁凝：《对人类的体贴和爱》，载于可训主编《小说家档案》，郑州大学出版社，2005，第89页。

③ 李欧梵讲演，季进编《未完成的现代性》，北京大学出版社，2005，第65页。

追求，90 年代后的历史题材小说逐渐表露出对现代性的反思和一定的文化守成倾向。例如，《白鹿原》《笨花》对传统文化和乡土秩序的推崇，《空山》《额尔古纳河右岸》对少数民族文化的精神溯源以及贾平凹、莫言、张炜等人对地方文明的挖掘与认同等。这类作品通过书写历史演变中传统与现代的纠葛，对现代文明提出质疑和追问。值得关注的是，这样的反思已经蕴含在 80 年代末期出现的《玫瑰门》之中，并通过姑爸这个形象得以表达。

姑爸首次出场便已成为不男不女、半疯半癫的老女人，至于人物背后的身世和经历则暂未交代。小说用眉眉的视角呈现了这位亲戚的特殊形象。

> 她看见一个人正倚在门框上。那是一个男人，不，那是一个女人，不，那是一个男人。她不能立刻确定他的年龄，他个子偏高，驼背，无胸，留一个连耳朵也遮盖不住的分头，耳垂儿肥大；他的眼不精神，却不失洞察一切的神色，眉毛不黑但是宽阔，离眼稍显远些。
>
> 眉眉还特地注意了一下他的下巴，那是一个少见的很有分量的下巴，偏宽偏长，像半截鞋底子。一件褪了色的三只兜蓝学生服下摆箍着他的胯，眉眉还是从他那稍显宽大的胯上对他的性别作了最后的肯定。
>
> 她是个女人，是个不算年轻的女人。①

从这段表述中，我们可得到这样的信息：姑爸的性别特征较为模糊，“是姑又是爸”，半男半女。而且，她长得不好看，有个奇丑无比的大下巴。从外表来看，这位姑爸已经显得与众不同，而她怪诞的言谈、粗鲁的举止以及专门爱掏别人耳朵，还把耳屎收藏起来的嗜好更是增添了角色的妖魔意味和神秘感。

随着小说的叙事从当下转向历史，姑爸的个人历史亦逐渐清晰。颇具

① 铁凝：《玫瑰门》，作家出版社，1989，第 34 页。引用原文均出自此版本，后不另注。

反转性的是，这样的女巫式角色曾经却是一位中规中矩的传统女性。20 世纪 20 年代，出生于大户人家的姑爸正值“豆蔻年华”，有着两条乌黑的大辫子和惹人“爱怜”的丰满胸脯，虽不似司猗纹容貌姣好，但也不高不矮、不胖不瘦。更重要的是，姑爸有着难得的“好性格”。在摩登女性逐渐成为时尚的岁月，姑爸还是坚守着传统观念，不喜欢“那种被称为自由恋爱的卿卿我我”，更不会像司猗纹一样少女失节，唯愿听从父母之命媒妁之言，走入一个平凡而稳定的婚姻。家里为她说了一门亲事，她看着挺满意，就认真地准备着未来的婚姻生活。

然而，传统的姑爸并未遇到同样传统的丈夫。她的新娘子身份只持续了三天便仓皇落幕。新郎和同时代的许多新青年一样，在婚礼当天离家出走，从此了无踪迹，留下了年轻的新娘子茫然无措。三天后，遭受打击的“半昏迷的姑爸”被抬回庄家，回到了“做姑娘时的闺房”。

五四以来，中国传统文化受到前所未有的冲击。其中，最有话题性的影响之一就是提倡用自由恋爱取代包办婚姻，提倡“新妇女”反抗“旧家庭”①。“娜拉”出走就是响应这一时代号召的实际行动，并反复出现在相关的文学叙事之中。在姑爸的故事里，“娜拉”的角色被设定为男性；姑爸则是被“男娜拉”丢在家中的女版“海茂尔”，象征着被“新文化”所抛弃的“旧人”。在新文学传统中，小说对娜拉事件的表述通常是立足于出走人的视角，却鲜有观照被留在家中的旧人。而这些旧人就成为“阁楼上的疯女人”，隔断了自我与世界的关联。同许多旧事物一样，“姑爸”们消失在社会进化的道路上，无声无息。而铁凝围绕姑爸的叙述则弥补了这一视角的缺失，对历史的复杂性有着更为深刻的体察，并不乏特定的文学史意义。

---

① 郭妙然在《新妇女与旧家庭》一文中对两者的概念进行了界定：“新妇女是有完全人格，为社会上一个有用的人；旧家庭是厉行专制，束缚自由，为社会进步的障碍物。”妙然：《新妇女与旧家庭》，《新妇女》1920 年第 1 卷第 2 期。

代表“现代精神”的新郎逃婚事件无疑给了姑爸致命的打击，但毕竟是“半”昏迷，接下来的现代媒体对个人私生活的介入则彻底摧毁了接受传统教育的姑爸。随着“《小小日报》”上的“豆腐块大的消息”和“《世益报》”的“寻人启事”传到昏迷的姑爸耳中，这份强烈的羞耻也随着现代传媒而扩散出去成为街谈巷尾热议之事。这一系列的刺激让姑爸的婚姻梦破灭，毁掉了她的自我认同。她剪掉了辫子，梳上了分头；用西装马褂代替了旗袍、长裙；“穿起平跟鞋并且迈起四方步。”从此，庄家小姐正式与女性身份分裂，成为了“姑爸”。

“在毒水里泡过的司猗纹如同浸润着毒汁的罂粟花在庄家盛开着”，而庄家精细培养的姑爸如温室的花骨朵未曾开放就草草凋落。从庄家小姐成为姑爸的这段故事中，我们清晰地看见了社会转型中新旧文化之间的对立和难以调和的矛盾。小说并未对传统文明或现代文明流露出偏爱，只是客观呈现这段历史的复杂及其如何影响个人的生活。旧式妇女的局限性在某种程度上已经预示了姑爸在现代社会可能面临的诸多困难。但现代文明对旧式妇女的伤害同样是历史的重要侧面，且难以回避。一方面社会为青年人提供了自由恋爱的选择，造成了传统婚姻制度的松动；另一方面民间却充斥着传统文化的道德场域。比如，对姑爸外貌的评价、对她婚姻失败的评头论足等。在传统与现代的双重夹击下，变成不男不女的妖怪成为了婚姻失败的庄家小姐唯一的生存选项。《玫瑰门》正是通过姑爸的悲剧命运展现了文学作品容易忽略的历史面向和社会转型期旧式妇女所处的两难处境。

二、革命旋涡中的旧妇女

《玫瑰门》对于姑爸的人生并未做全面铺陈，只是选取一些重要片段，其中“姑爸之死”的描写尤其震撼人心，颇具象征意味。1949 年之前的姑爸是传统妇女的代表，1949 年后的姑爸依然是需要被革命的旧人典型。相比于积极投身新社会劳动建设的司猗纹，姑爸拒绝与时代同步，在家坐食山空，与一只“男猫”大黄相伴度日。她以自己的怪癖、孤独抵抗着社会变迁，那么势必将要被时代排挤出去。

胡同和棉花地是铁凝创作的两个重要地理空间。《玫瑰门》中的响勺胡同凝聚了她对于胡同的回忆和想象。胡同的开放性和邻里文化有别于其他居住地，具有一定的公共性特征。来自不同背景的人家聚在同一个胡同便形成了一个微型社会。“文革”期间，根壮苗红的“贫下中农”罗大妈一家搬来响勺胡同促成了小说叙事的转折，将家庭叙事引向了革命叙事。

相比司猗纹等人千方百计巴结、谄媚罗大妈，生怕得罪这位特殊时代的街道“当权者”，姑爸则完全无视这些变化，如小说所写“全院只有一个人不理会罗大妈的存在，那就是西屋的姑爸。她照样喂猫，照样晚起，照样早开灯，照样在院子里旁若无人地行走，照样拽住人掏耳朵，照样狠泼脏水，她的耳挖勺竟然也瞄准了罗主任的耳朵眼儿。”罗大妈被姑爸的怪癖举动吓得不知所措，只能任其摆布，心里却埋下了仇恨的种子。司猗纹等人的恭敬和顺从让她体验到穷人翻身做主人的快感，而姑爸的挑衅行为隐含着阶级敌人对贫下中农的敌对。于是，罗大妈借着大黄偷肉吃的把柄，对姑爸展开了无情的打击报复。

罗大妈一家对姑爸的进攻是从虐杀她最心爱的大黄开始的。书中用了将近三页的篇幅来描写这场血腥残忍的虐猫事件。皮带抽打、悬空吊打、拳打脚踢以及最后的五马分尸，小说用极为冷峻的语言描述着这场强权者对弱小者泯灭人性的虐待和屠杀。最后，在“加把劲儿呀拉紧了拽呀！拽紧了拉呀别撒手哇！拽拽拽呀吃猫肉呀！别他妈撒手呀大卸八块呀……”的口号声中“大黄被车裂了，他像破烂堆儿一样散在树下”。这段“虐猫”叙事将特殊时代背景下人们的疯狂和残酷描写得淋漓尽致，入木三分。王彬彬在《小说中的“历史性细节”——以打狗为例》一文中，曾对同样书写“文革”历史的《邢老汉和狗的故事》中的“打狗”细节进行分析，他写道：

“无论谁以历史学家的身份写‘文革’的历史，都难以把这打狗运动写进去。但当张贤亮以小说家的身份，写了一只狗因为没有及时死于主人之手而成了被‘窝藏’的‘阶级敌人’，并最终死于民兵的枪口时，我们便感到，这打狗运动或许比那些重大的政治事件，更能显示‘文革’的本质。我们不妨说：邢老汉的这只狗，以‘阶级敌人’的身份，带着惊惧的眼神和流血的伤口，进入了历史。”① 同理，铁凝笔下的大黄猫以相似的方式走入了历史，并接近了特定历史的某种“本质”。

将短篇小说中的片段用于长篇小说是铁凝常用的写作方法。铁凝曾说“马原说他喜欢海明威把长篇小说写得充满了短篇感，这恰恰与我的看法不谋而合。”② 熟悉铁凝创作的人会知道，这段“虐猫”的书写源自她发表于1985 年的短篇小说《银庙》。关于虐猫的原因，小说是这样描写的：“罗大妈对狸崽的敌视是由来已久的。因为时代变了，北屋的主任变了，连过去一向独门独院的奶奶都迎合着罗大妈一家说话，可狸崽仍然缺乏必要的眼力。”③ 狸崽因此遭受了革命之名的虐杀。小说中奶奶对应着司猗纹，叙述者孙女三三对应着眉眉，街道主任罗大妈甚至名字都是一致的。稍有不同的是，《银庙》中并未塑造“姑爸”这个角色，对“三代贫农”罗主任无礼冒犯的是奶奶养的猫“狸崽”。因而可以说，《银庙》中“缺乏必要的眼力”的狸猫表面上对应着大黄，其特点则指向了不识时务的姑爸。于是，“虐杀大黄”在罗大妈看来不过是引蛇出洞的计谋，对姑爸而言则是精神崩溃的开端和走向灭亡的序曲。

在大黄被虐待的过程，院中人怕引火上身保持着一致的沉默，姑爸也始终没有出现，只是在结束后落寞地收拾残局。

---

① 王彬彬：《小说中的“历史性细节”——以打狗为例》，《小说评论》2011 年第 1 期。

② 铁凝：《优待的虐待及其他》，载《铁凝文集 5　女人的白夜》，江苏文艺出版社，1996，第 166 页。

③ 铁凝：《银庙》，《人民文学》1985 年第 3 期。

院里空无一人时，姑爸才开门出来。她直视着那堆破烂儿奔了过去，蹲下来解绳子收殓。她收着，举起大黄的胳膊、腿安插着。当她确信大黄不再缺什么，才托起它回了屋。她哪也不看，什么也不说。

小说关于姑爸沉默的设计营造出强烈的悲剧感，并烘托出大黄之于姑爸的重要意义。如小说所写，“大黄是她的盼头”，是“她的一切”，“自从她被称作姑爸后，是大黄又给了她一个机会，一个能关怀、能爱的机会”。现在这个唯一的精神寄托死了，并死得如此悲惨。姑爸彻底绝望了，绝望到无以言表。沉默啊沉默，姑爸在沉默中爆发了，也终究灭亡了。

姑爸的沉默好像是为随后的爆发积蓄力量。后半夜，“一声尖细而又凄厉的嚎叫”打破了沉默。姑爸开始对罗大妈一家展开了“言辞激烈且滔滔不绝”的咒骂和控诉。姑爸对“贫下中农”的咒骂为罗家公报私仇找到了合法化的解释：半夜发生的邻里纠纷事件最终被定性为“阶级报复之一种”。于是，二旗带着红卫兵小将们展开了对姑爸的疯狂“进攻”。小说关于虐待场景的描述触目惊心，所流露的人性之恶令人不寒而栗。

姑爸被架出屋来，她裸露着上身赤着脚，被命令跪在青砖地上。有人在她脖子上挂了一块砖，砖使姑爸深深低着头。……

姑爸的不说话自然要激起来人些愤怒，于是皮带和棍棒雨点般地落在姑爸身上，姑爸那光着的脊背立刻五颜六色了。之后他们对她更是信马由缰的抽打：有人抬起一只脚踩上她的背，那棍棒皮带落得慢悠悠。这是一种带着消遣的抽打，每抽打一下，姑爸那从未苏醒过的干瘪乳房和乳房前的青砖便有节奏地摇摆一下。

如前所述，小将们认为，他们对姑爸的暴力并非是单纯的个人恩怨，而是鲜明的阶级对立，是革命。“在政治、思想和认识的建制之中，暴力扮演者结构性的角色。”① 因此，关于姑爸的暴力书写不仅构成美学意义上的冲击和震撼，同时发挥了秩序建构的意义。

铁凝的暴力叙事并未停留在肉体层面。被打得体无完肤的姑爸陷入疯狂，回到家后开始生吃大黄。她一边啃食猫的尸体，一边向这个世界道歉、请罪，直到吃掉了整整一只猫，姑爸死了，嘴里塞满了猫毛。可见，这场灾难给她带来的是肉体创伤和极大的精神刺激，它甚至可以改变人之为人的底线。此时的姑爸就如同《木樨地》②里面临灾难反而狂喜的于老万、《死刑》③中平反后却故意犯罪的林先生，在时代的挤压中走向疯狂。在铁凝笔下，这些人物共同成为“一个荒诞时代的回声，一个暴行制造出的疯子、狂人的故事。”④

“最吓人的原本就是最诱人的”。⑤《玫瑰门》将可怖的暴力叙事发挥到了极致，其中既有极具冲击力的血腥场面，也有一些不动声色的人间悲恸，更有震撼心灵的表现主义式的疯狂书写。人性的丑陋被小说纳入到了人物的真实命运之中，并映射出特定时代的历史。于此，小说没有将特定历史背景下的疯狂归结为抽象的人性之恶，而是试图在历史的舞台上表现人性究竟如何渐渐沦落，并成为具体的恶。如何在具体的生命悲剧中探索社会历史背后的权力秩序，这或许是《玫瑰门》中姑爸这个形象的意义所在。

---

① 伊丽莎白·格罗兹：《时间的旅行——女性主义，自然，权力》，胡继华、何磊译，河南大学出版社，2012，第 68 页。

② 铁凝：《死刑》，《长城》1987 年第 5 期。

③ 铁凝：《木樨地》，《长城》1987 年第 1 期。

④ 戴锦华：《涉渡之舟——新时期中国女性写作与女性文化》，北京大学出版社，2007，第 243 页。

⑤ 铁凝：《文学·梦想·社会责任》，于可训《小说家档案》，郑州大学出版社，2005，第 78 页。

三、两次疯狂背后的性别问题

相比男性作家暴力叙事中女性被审视、被观赏的位置，如，《白鹿原》中被压在六棱塔下的田小娥，《丰乳肥臀》中被强暴、虐待的大地母亲上官鲁氏，《玫瑰门》在表现女性遭受暴力时流露出更多的女性意识，呈现了丰富的性别问题。贺绍俊这样评价小说："以女性觉醒意识而言，《玫瑰门》是新时期文学以来的第一部长篇小说。这是《玫瑰门》所具备的最重要的文学史意义。"① 这个判断是否成立或许值得商榷，但是小说确实较为深刻地表现了中国现代化进程中的诸多性别问题。

我们知道，《玫瑰门》表现女性身体遭受苦难的同时，力求凸显她们的精神创伤。作为受难女性，姑爸短暂的一生共有两次疯狂的举动：一次是结婚初夜被新郎抛弃后的疯狂，那一次她放弃了女性身份；第二次出现在革命小将将铁条插入她的阴道后，她绝望地啃食死猫。

所谓"士为知己者死，女为悦己者容"，在传统性别文化下的女性处于被评判的他者地位，其本质近乎商品，需经女德、女红、女容的精心"包装"，并以被"悦己者"选中为志业，"以出嫁为一生标准"②。在这样的性别秩序和文化氛围内，姑爸被新郎抛弃的原因就注定要被归结到她女体的不完美。比如，姑爸被婆家送回后，司猗纹背地里曾对着女仆丁妈絮叨："你信不信是她那个下巴的缘故？"于是，姑爸失败的婚姻背后隐含了这样的文化逻辑，样貌丑陋意味着被男性嫌弃，被男性嫌弃意味着没有好的婚姻，没有好的婚姻意味着身为女性的失败。从这个角度而言，姑爸决绝地告别女性身份，与其说是对男权社会的反抗，倒不如说她对于这一性别文化的深信不疑和被男性厌弃后的自我放逐。既然无法成为一个合格的女性

① 贺绍俊：《铁凝评传》，郑州大学出版社，2005，第107页。
② 陈东原：《中国妇女生活史》，商务印书馆，2015，第8页。

（获得男性认可），那就主动“人间失格”①，成为“不男不女”的姑爸。

姑爸以男性化的装扮来否定生理性别的行为不是对男性权力的向往和颠覆，而是试图掩盖自己女性身份的失败。在此，不妨与新中国劳动妇女进行比照。同样具有去性别化的特点，劳动妇女是在生产劳动等公共领域展现与男性一样的能力，追求“半边天”式的性别平等，姑爸的“变性”背后则不存在任何诉求，只是一味地回避。“解放”后，她拒绝任何公共事务，仅于外在形象上追求男性化。此外，小说还叙写了她因欲望受阻所呈现出的诸多变态人格。例如，她整日与一只名为大黄的“男猫”相伴，将爱欲转移到动物身上，以获得情感补偿。又如，她对家庭的极度渴望和依赖，当有家庭成员来临，她总是希望能够被“郑重其事”地“介绍一番”，获得家人的尊重和认可。此外，姑爸有严重的“厌女症”，她会偏激地认为“世上沾女字边的东西都是一种不清洁和不高雅。”这种厌女症正是自我厌恶和性别焦虑的表达。

可见，姑爸的第一次疯狂看似是一场婚姻生活的意外事件，而其背后却是千百年来传统文化对女性的严格规范。

如果说姑爸第一次疯狂体现的是传统性别文化对女性的制约，那么第二次疯狂则表现出现代文化对女性的戕害。与司猗纹不同，“文革”期间的姑爸并未试图以伤害他人的方式挤入时代。然而，这样一个远离社会和革命生活的女性却遭受了以革命之名的虐待和性羞辱，如小说所叙述。

> 打，骂，罚跪，挂砖也许已是老套子，他们必须以新的方法来丰富自己的行动。因人制宜，因地制宜。人是姑爸这个半老女人，地是这间西屋这张床。他们把“人”搬上床，把人那条早不遮体的裤子扒下，让人仰面朝天，有人再将这仰面朝天的人骑住，人又挥起了一根早已在手的铁通条。他们先是冲她的下身乱击一

① 出自日本作家太宰治的小说《人间失格》，意为失去做人的资格。

阵，后来就将那通条尖朝下地高高扬起，那通条的指向便是姑爸的两腿之间……

姑爸发出了一声凄厉的惨叫，那叫声和昨天相比，只多了绝望感。

革命小将们将肉体的摧残、人性的丑陋和政治的狂欢都施加在一个女性的身体。那个插入阴道的通条是他们别出心裁的“创意”，让试图改变掩盖性别身份的姑爸再次回归了“女性”身份。于此，我们可以看出女性不论如何去面对历史、面对新旧社会的转型，她们以及她们的性别特征始终是暴力针对的对象。正如《棉花垛》里被“拍打自己的光腚”的日本鬼子“游戏”① 的乔、被国强奸后击毙的“小臭子”；《笨花》中被挖掉乳房、豁开阴部的取灯……这些处于特定历史场景（革命、战争）中的人物，都在暴力事件中还原成“女性”。

展现社会历史与女性身份之间的复杂关系是铁凝文学创作的主要内容之一。在不同的历史背景下，女性所遭遇的困境不同，但对女性伤害的方式却总是少不了与性别相关的“特别”手段，从而造成受害者的双重伤害。一是历史中作为人的苦难，一是超越历史的女人的苦难。通过姑爸的悲剧可以看出，《玫瑰门》没有将女性“关”进自己的房间，进行纯粹的性别自审，而是通过描写女性与外在世界的接触时产生的问题展开关于性别文化的反思。此时的姑爸已经是走下阁楼的“疯女人”。

福柯在研究人类疯狂史时强调，疯狂不是一种单纯的现象，其背后隐含着权力秩序，“曾经可能被视为人的狂暴本性的东西，不过是无止境的非本性。”② 以此分析《玫瑰门》会发现，姑爸的两次疯狂都基于其女性身份受到侮辱。看似男性化的姑爸内心有着强烈的女性身份认同。与之相对，司

① 铁凝：《铁凝文集1　青草垛》，江苏文艺出版社，1996，第115页。

② 米歇尔·福柯：《疯癫与文明：理性时代的疯癫史》，刘北成、杨远婴译，生活·读书·新知三联书店，1999，第264页。

猗纹一生不乏类似的伤害，她却用强烈的生命韧性去抵抗此间的困惑。小说中，司猗纹的现代文化认同与姑爸传统的文化观念形成区别，并通过她们不同的命运体现出来。

“疯女人”是人类文明历史上经久不衰的艺术形象，不论是西方的美杜莎、奥菲莉亚、伯莎·梅森，还是中国的婴宁、蘩漪、颂莲，她们都是文学史的经典，蕴含着丰富的文化意味。可以说，“疯女人”既是传统文明的受害者，也是既有文化秩序的僭越者，其生命轨迹容纳着不同的权力话语资源的交织和碰撞。由此观之，铁凝笔下的“姑爸”呈现出中国妇女解放运动中女性遭遇的种种苦难，更昭示出中国女性在传统向现代转型中面临的特殊境遇：既有传统性别文化对女性精神世界的深刻雕琢和潜在规范，同时存在现代文化对女性的新的规训。

第三章 女性文学的“广阔腹地”

20 世纪 80 年代后期到 90 年代的女性写作潮流其实是多元共生的。如果说以女性的个人、自我、躯体为中心的女性主义写作构成本时期女性写作的浪尖潮头的话（参见第二章论述），那么，更多具有广阔、丰富社会生活内涵的女性写作，则以沉厚的面貌构成本时期女性写作开阔而坚实的腹地风景。对于中国女性写作发展而言，两者都不可或缺。前者张扬尖锐的性别立场所以引人瞩目，后者并不特别张扬性别立场，但不等于没有这一立场，甚至在一些超越性别、女性议题的女性文本中，性别立场也昭然若揭，如王安忆的《叔叔的故事》等。学界往往过于关注前者外露张扬的性别立场，而忽略了后者含蓄隐蔽的性别立场，而恰恰是后者所带有的女性主义本土化意味，为后来新世纪女性文学的转型奠定了基础。

第一节 女性文学主题的延展

正如我们前文提到的，20 世纪 80 年代中后期到 90 年代是中国当代女性写作的自觉、成熟阶段，也是繁荣、高涨的阶段。在刻意张扬尖锐性别立场的浪尖潮头和内蕴隐蔽性别立场的广阔腹地的互动中，呈现出以下几种基本主题类型，或者说写作姿态。

一、解构男性中心文化霸权

新时期早期的女性小说，如张洁《爱，是不能忘记的》、王安忆“雯雯系列”、张抗抗的《北极光》等，总是执着于对带有父性特征的理想男性的期待，但在随后出现的具有女性主义立场的小说中，这个理想轰然倒塌。张洁从《方舟》开始，到《他有什么病》《只有一个太阳》，再到《红蘑菇》《上火》《她吸的是带薄荷味的烟》，不仅不再钟情于理想男性形象，也不再塑造带着痛苦的光辉的理想女性形象，而且以审丑的姿态，老辣、粗粝甚至粗俗的风格（这是对父权文化期待的女性文本的文雅、精致风格的极端反抗），揭示了男性的虚妄自大、猥琐自私以及整个男权世界的种种卑劣、丑陋与荒诞。这种审丑的姿态同样指向男权文化强大阴影中女性人格的异化与畸变。如，《七巧板》中的金乃文、《只有一个太阳》中的“她”等。在拆解男性霸权机制方面，池莉似乎有自己的叙事策略。在《你以为你是谁》《云破处》《小姐你早》《生活秀》等小说中，她总是先塑造一个代表着金钱、地位、权力的男性，再塑造一个外表看起来十分符合男权社会期待、内心却潜伏强大颠覆性的女性，最终则让道貌岸然的男性以及男权社会游戏规则颓败如泥、土崩瓦解。林白的《致命的飞翔》，血腥而诗意地讲述了一个女性极端的复仇故事：北诺以自己的身体向秃顶官员交换一份就业的表格，但北诺最终忍无可忍，杀了对她进行性虐待的秃顶官员。“致命的飞翔”式的血腥情节，一再出现在许多具有尖锐女性主义立场的女性文本中。例如，新世纪初年严歌苓的《谁家有女初长成》、葛水平的《甩鞭》，性别霸权也总与现实的政治、经济霸权相纠结，这也许正是本土女性经验的特点。

徐坤以《热狗》《狗日的足球》《先锋》《游行》《遭遇爱情》《厨房》《相聚梁

山泊》等小说作品确立了自己明确的女性主义立场。她以“泼皮精神”游戏诸神，无情地拆解当下语境中包括知识精英、竞技体育、官僚机构在内的诸种男性神话。诙谐而老到的反讽与调侃使这类作品显得“男性化”，但这已不再是花木兰式的模仿，而是带有某种“俯视”意味的戏仿。正是这种戏仿使她的小说获得了强大的解构力度，这在当代女性主义小说中是少有的。与此同时，徐坤也从超越性别的视角对知识分子当下处境进行思考，因此她的写作又常被指认为“知识分子写作”。徐小斌的《双鱼星座》表现了女性对男性中心的现代工商社会的决绝与抵抗。铁凝的《永远有多远》、蒋子丹的《绝响》《桑烟为谁升起》等作品，指控了男权文化有关“贞女”与“荡妇”的叙事定规以及“永恒爱情”“幸福家庭”等诸种神话对女性的宰制。铁凝的《对面》揭示了男性窥视癖造成女性“被看”的困窘及其对女性生命的扼杀。此外，铁凝的《无雨之城》、迟子建的《向着白夜旅行》等也从不同侧面拆解了男权文化的面具。

80年代中期以后，一些女性诗歌创作也出现鲜明而自觉的性别立场。首先是对“男性神话”的否定，翟永明在《臆想》中，对舒婷诗歌曾憧憬过的作为“男子汉”理想象征的“橡树”提出质疑。海男《女人》组诗之一，将解构之笔直指男性神话中的“上帝”形象。唐亚平《黑色沙漠》组诗中，男性被指控为造成女性悲剧的毁坏性存在。启蒙叙事以来的种种男性中心神话。例如，被赋予种种神圣光环的爱情、婚姻、家庭，也难逃女性主义诗歌的质疑目光。例如，翟永明的《绝对的爱情》中对爱情世俗性的逼视；唐亚平的《走神的正午》中有关“白头偕老”美名下“明争暗斗”婚姻场景的书写。她的《主妇》《黑色沙漠》和伊蕾《给一位女诗人》《被围困者·9》、翟永明《女人》组诗中的《黑房间》等诗作，都表达了对父权文明最基本单位的“家”的解构，对被书写的历史的窥破，对男权文化秩序的批判。

二、建构女性/母性文化谱系

80 年代中期，女性主义小说的叙事视点开始向内转，即从对女性外部命运、社会历史处境的关心转向对女性性别存在的生命、文化意义的探寻。王安忆的“三恋”（《小城之恋》《荒山之恋》《锦绣谷之恋》）和《岗上的世纪》等，有意疏离历史场景，张扬生命的感性欲求、本体生命力以及性爱之于人行为的支配作用，尤其注重将男人作为参照物，以观照、探寻女性的生命形态和性爱体验。《小城之恋》中，男人与女人同时沉入本能欲望的深渊，但对生命的孕育与持守，率先将女人从深渊中剥离出来获得救赎，而男人却永陷沉沦。《荒山之恋》《锦绣谷之恋》以及《岗上的世纪》展露了性爱带给女性的深层生命体验和精神生长。在这样的性爱实践中，女人真正爱的并不是现实生活中的“那个男人”，而是自己的爱情。她们在这样的爱情中，僭越男人、升华自我。

同一时期，铁凝的“三垛”（《棉花垛》《麦秸垛》《青草垛》）和《玫瑰门》在文化与生命相互纠缠中，同样对女性存在进行了深度审视，与王安忆前述文本构成了深刻的互文性，共同标志着中国女性主义小说的成熟。“三垛”带有浓厚的女性文化溯源倾向。类似女性乳房的“垛”，正是孕育生命的母性文化的原型意象。《麦秸垛》通过普通农妇大芝娘与知青沈小凤两代女人命运的轮回，不仅揭示了男权文化对女性的深度内化，并且探究了与此密切相关的女性生命中的母性原欲心理。《棉花垛》更多地在社会历史框架中表现女性人生沉厚的宿命感，这个带有“新历史主义”意味的文本，还尖锐地指涉了 20 世纪革命战争背景下性别政治与历史叙事之间的共谋。女人永远是历史大叙事中的“他者”。

这种“他者”的生存景观，在长篇小说《玫瑰门》中得到更充分的展示。主人公司绮纹也曾有过“池水般清澈”“睡莲般纯洁”的岁月，也曾奋不顾身地追求过美好的爱情、理想，一次又一次尝试新生的可能，然而社会秩序的拒绝、命运的戏弄，挫折感及精神上的流离失所，终于酿成她一生疯狂的自虐与他虐。她在变态报复公公，窥视、操纵儿媳中耗费自己，生命“如同浸润毒汁的罂粟花”，如火如荼。就在这“恶之花”的光影里，又一代女人——外孙女苏眉悄然成长。她单纯的眼睛、幼小的心灵不得不收录女性人生许多的残酷与丑陋，积攒为性别成长过程中的创伤性记忆。这一切无不应验着“女人不是天生的，而是被变成的”。“玫瑰门”作为女性生殖产道的诗意形象（它与“垛”的意象互相呼应），既意味着强大的生命力，又意味着无尽的苦难，不愧是女性人生意味深长的象征。对压榨、异化女性的男权文化的犀利解构，对女界文化的严厉自审以及强烈的女性生命意志，这一切构成丰繁深厚的女性人文意蕴，标示了《玫瑰门》中女性主义叙事的意义深度。

徐坤的《女娲》、池莉的《你是一条河》等小说，也是在对男权文化与女性自身的审视中完成对女人/母亲历史的审视、改写；张洁的《无字》、迟子建的《秧歌》和《旧时代的磨坊》、蒋韵的《栎树的囚徒》、须兰的《红檀板》等作品，则更多地沉湎于家族记忆，在一个漫长的历史时间中书写一个家族几代女人的性别罹难史。徐小斌的《羽蛇》，讲述了一个家族五代女人百年间与世隔膜的幽闭神秘的生存方式，以女性内心的历史对抗外部的大历史，充满迷离、绝望的诗情。在铁凝发表于20世纪末的长篇小说《大浴女》中，主人公似欲探明女性获救之途，而她历经千万次的浴洗，终于抵达的涅槃圣地，却是自己心灵深处万籁俱寂的花园。作者对女性人生的洞察和感喟融于其中。

王安忆的《纪实与虚构》和《长恨歌》的叙事立场在90年代女性“寻根小说”“家族小说”系列中，显得相对特殊。《纪实与虚构》展开的是对母系家族历史的搜寻，然而最终找到的却是男性的历史——杀戮征战、胜者为王败者寇。叙事者有意以此显示构建母系谱系努力的虚妄。《长恨歌》同样书写女性的苍凉历史，但回避了性别对抗的书写模式。作者以一种民间化的叙事视角，表现了女性在男性中心社会中的另一种生存态度。主人公王琦瑶是一个上海里弄的市民妇女，她对女性在（现实）男权社会中的处境有着非常清醒的认识，明智地在男性霸权宰制的夹缝中，一点一滴营造属于自己的生活，为自己做女人。叙事所展现的平易日常状态中女性个体生命的世俗形式及其意义，构成对“妇女解放即妇女走向社会”这一认知的质疑与追问，也显示了一种更具本土都市生活色彩的女性经验。

毕淑敏 90 年代以来发表的《生生不已》《预约死亡》《女人之约》《红处方》《拯救乳房》等一系列作品，以对生命的体悟与守望表达自己独特的女性主义立场。她将自己漫长的从医经历、在雪域高原上的生命体验以及女性对生命的独特理解和关怀融进文本，来书写生命，尤其是女性的生命。通过深层次展现女性生命中的原欲、生存的物欲、生与死、生命的孕育与传承、尊严与价值，构筑起对女性丰饶生命的想象，流淌着祥和、知性、博大的母性光辉。

80 年代中期，翟永明的《女人》组诗及《静安庄》《人生在世》等作品，以深度内省的姿态，对女性这一性别进行文化与生命的探寻。翟永明诗歌奇诡瑰丽的语言风格、惊世骇俗的女性立场，无不昭示着一种成熟的女性主义诗歌面貌。在《女人》组诗中，翟永明创造了象征女性本体性存在的“黑夜”意象。如果说彪炳千秋的父权文明史是“白天”的话，那么被作为文明与历史的无意识以及“他者”的女性就是“黑夜”。而正是这样“黑夜”的异端立场，赋予女性一份对文明的质疑与反叛。“外表孱弱的女儿们/当白昼来临时，你们掉头而走。”翟永明在 90 年代的《十四首素歌——致母亲》等诗作中，对苍凉而晦暗不明的母性家园所做的痛楚回望，再一次诠释了“黑夜”意识。翟永明对此有非常自觉的理性认识，“一个个人与宇宙的内在意识——我称之为黑夜意识——使我注定成为女性的思想、信念和情感承担者，并直接把这种承担注入一种被我视为意识之最的努力之中。”①“黑夜”这一意象，也一再出现在唐亚平、伊蕾、海男等人的女性主义诗歌中，用以表征女性的生命与文化境遇。

80年代以来的一些女性散文，同样以对女性/母亲生命与文化谱系的寻访来确立自己的女性写作立场。叶梦从早期的《羞女山》到后来的《不能破解的密码》《潮》《今夜，我是你的新娘》等散文，构成一个完整的“性爱”和“创造”系列。作者将女性性爱体验和生命创造感受作了狂放恣肆的展示与率真而诗性的宣泄。到了90年代，女性散文这一表意倾向更加自觉、明晰和深化。例如，冯秋子的《婴儿诞生》、铁凝的《河之女》、陈丹燕的《中国少女》等作品，是对生命的创造、对女性之躯的关注与认同。而张洁的《世界上最疼我的那个人去了》、宗璞的《花朝节的纪念》、艾晓明的《在树下》、刘思谦的《昨夜梦见母亲》、筱敏的《血脉的回想》、蒋子丹的《岁月之约》、丹娅的《心念到永远》、周小娅的《岁月如圆》等篇章，则以非常个人化的记忆表达了对母系血缘的深情追溯。与此形成呼应的是筱敏追怀圣女贞德、居里夫人、玛丽娜·茨维塔耶娃、秋瑾等东西方女先贤的系列散文。无论是对女性自然生命之根的认同，还是对精英女性精神传统的追溯，都体现了女性散文建构女性文化谱系的自觉。

此外，陈染和林白用她们的“私语”性散文，叙说女性生命和生存与现实世界的紧张对峙以及由此而生的孤傲、愤激和无奈。陈染的《我的“个人化”》《神不守舍》，林白的《怀想水稻》《以血代墨》等文本，或执着于内心自省，或恣意扩张飞翔欲望，都用作者灵魂的独白表达了女性对自由自主的生命家园的执着追寻。

不难看出，解构男性中心文化霸权与建构女性/母性文化谱系，实际上是无法分开的。女性主义写作的解构之剑不仅指向男权文化秩序，同时也

① 翟永明：《黑夜的意识》，载吴思敬编选《磁场与魔方——新潮诗论卷》，北京师范大学出版社，1993，第140页。

指向这一秩序对女性本体的再生产，而这样的性别自审意识恰恰反映了女性文化建构的自觉。

三、关于女性身体的书写

如果说，性别历史传统及经验的匮乏，是女性成长为性别主体道路上不可逾越的结构性空白，那么，前面提到的女性文本，分别通过从现实社会层面或历史、文化、生命层面来书写女性经验，填补了这一空白，从而标明了女性作为性别群体存在的特殊性。90 年代以来，林白、陈染、海男等人的类自传成长叙事则偏向于从非常私人化的领域，即通过对自我身体经验的书写来追问作为性别个体的女性存在。独身女性幽居中的情绪感受、精神臆想、隐秘的身体经验、大胆的性爱场面摹写，使她们的此类文本颇为引人瞩目。

传统的父权文化秩序发展出一整套关于女性身体的代码系统，但真正的女性身体却是缺席的。女性的身体除了作为男性欲望与权威的对象外，实际上很难进入文化中。因此，女性主义范畴内的身体书写同时具有了颠覆与建构的双重意义。这也使“身体写作”成为 90 年代女性文学的一个关键词。然而，在男权文化的巨大阴影下，具有女性主义诗学意味的“身体写作”经常被有意无意地曲解和误读，这其中不排斥在商业利益的驱动下，一些女性文本中的身体书写也越来越有意无意地去迎合男权文化的期待。

陈染的一系列中短篇小说（如《嘴唇里的阳光》《与往事干杯》《无处告别》《在禁中守望》以及长篇小说《私人生活》），一再讲述女性创伤性的个人成长记忆，书写了背对公共生活空间的女性个体生命体验。《私人生活》中的女主人公倪拗拗与贯穿陈染数篇小说的女主人公“黛二”一脉相承。童年时代家庭的破裂、父亲的缺席使她无法顺利完成成长。她孤僻、自闭，长久地徘徊于“弑父”与“恋父”相纠缠的心理痼疾中。她极为厌恶卑琐的T先生，但又积极配合了这个比她年长许多的男人无耻的诱奸。这里不仅有女性幽暗的生命欲望，更有源于内心深处长久以来对父亲般男人的渴望，反映了女性在男权社会中生存的困境——在对男性巨大身影的反抗与迷恋的互相撕裂中饱含痛楚的成长。小说中，正是T先生无耻的诱奸轰毁了倪拗拗心中两性之爱的诗意，致使她成年之后沉醉于自恋与准同性恋中。在这里，“女同性恋的存在不是作为一种性的选择或另一种生活方式，甚至不是作为少数人的选择，而是一种对统治秩序的最根本的批评，是妇女的一种组织原则。”① 即一种用以抵抗男权秩序所强加的压抑与孤独的“姐妹情谊”。这也许是理解陈染以及90年代其他一些女性主义文本中颇受争议的“同性之爱”描写的关键。林白带有一定自传色彩的长篇小说《一个人的战争》，也讲述了女主人公性别自我成长的经历。多米的成长同样遭遇对男权阴影反抗与迷恋相纠缠的悖论。“一个人的战争”既意味着一个女人和男权中心社会的战争，又意味着一个女人自己和自己的战争——在男权巨大的阴影里，女人内心纵横交错的撕裂。小说对女性灵魂的自我拷问以及对男权文化宰制力的指控达到一定的深度。90年代后期，林白的小说《玻璃虫》，再次讲述了女性自我成长的经历。

陈染和林白的创作文体特征相当突出。陈染的小说充满哲理化的生存之思，人生场景和女性场景纠结于她笔下的主人公身上。事实上，陈染始终以知识者和女性的双重身份面对世界，构筑自我与世界的紧张与对抗，文本感伤而晦暗。而林白的女性世界则散发出坦荡流丽、富有震撼力的美感。这一点在她的《回廊之椅》《致命的飞翔》《同心爱者不能分手》《子弹穿过苹果》《说吧，房间》等小说中均得到充分体现。她特别注重对成熟的女性之躯的诗意展现。一些以故乡亚热带边陲小镇（沙街）为背景的小说充满了诡秘、悲凉的异域情调。林白有建立女性诗学的愿望，非常注重通过语

① 玛丽·伊格尔顿编《女权主义文学理论》，胡敏、陈彩霞等译，湖南文艺出版社，1989，第4页。

言让平凡的生活场景显得不同凡响。“流水”与“飞翔”是林白文本中常见的两个意象，同时也可以用来喻指她的文体特征。如果说她文本的结构如流水一样的散漫、灵动，那么她的语言则是一种诗性的飞翔，丰繁、流美而富有质感。海男的《我的情人们》《私奔者》《疯狂的石榴树》等作品，用充斥着片断、凌乱的梦境的文本世界暗示女性现实生存的模糊性和不确定性，以及女性存在犹如梦魇一般难以摆脱的宿命色彩。她的文本叙事带有女性小说常见的零散化特征。

从 1998 年 7 月《作家》推出“70 年代出生女作家小说专号”始，短短几年间，70 年代出生的女作家已经形成了一个不小的群落。这一群落主要包括棉棉、周洁如、魏微、戴来、朱文颖等。棉棉的《糖》等作品，基本上反映出这一群体创作的大致面貌。从表面上看，这一拨 70 后女作家的创作与陈染、林白这一支脉的女性写作有许多相似之处。如类自传色彩的女性生活场景、隐秘的身体经验、散漫情绪化的叙事方式等，但她们笔下的主人公已经由抑郁孤独的知识女性转换为隶属“都市新人类”的狂野的“另类”女孩。叙事空间已由幽闭的“自己的房间”转换为酒吧、迪厅。女主人公们已不再作痛楚的精神漫游，而是沉湎于酒精、爵士乐、性、甚至大麻的疯狂刺激中。文本叙事显然试图竭力表明这种“另类”生存方式的反叛意义，但对现代消费都市物质性相的过分沉湎（比如常津津乐道于世界名牌商品和白领化的消费趣味），又大大销蚀了这种反叛性。一定程度上，“另类”和反叛沦为自我作态的时尚化表演，一种以反媚俗的姿态出现的隐蔽的媚俗，丧失了其应有的批判性精神立场。“身体写作”和性话语曾是陈染等人确立性别精神立场的重要路径，但在这一拨 70 后女作家的叙事中却因精神向度的缺席而滑落为欲望化书写。而文化消费市场打出“美女作家”“公众玫瑰”的旗号及其他种种包装炒作的行为，也使一些这类女性写作很容易落入对男权文化规约自觉不自觉的默认以及与当下商业现实的共谋中。

80 年代中期以后，女性主义诗歌领域也出现了“诗到女性为止”的

“躯体诗学”理念，部分创作由关注女性人格价值（人格）转向透视自身的生命本质，用倾诉和“自白”的叙述方式袒露女性隐秘的生理、心理经验，甚至宣泄怪诞乖戾的性行为、性欲望和死亡意识，启用炫目的身体意象与语词，对世界进行欲望化书写，表达对男性中心秩序的无情颠覆。其穿透力极强的语句营造出一泻千里的叙述气势，结构方式具有意绪化、弥散化特点。伊蕾的《土耳其浴室》《独身女人的卧室》《我的肉体》、张烨的《暗伤》、林祈的《浴后》、海男的《女人·垂下手臂》、唐亚平的《黑色沙漠》以及申爱萍的《裸体艺术之过错》等，都是这方面的代表性文本。这些诗作以从感觉、思维到话语完全躯体化的写作姿态，改变了女性被书写、被铭刻的历史，具有浓厚的文化反抗意味。但正如我们前面提到的，“身体写作”也好，“躯体诗学”也好，在大众化、商业化语境中都面临下滑与畸变的风险。值得注意的是，在新世纪郑小琼的《耻辱》《蝙蝠》等诗作中，底层女性突兀而坚硬的身体经验，其中所蕴含的对阶层与性别霸权联盟的决绝反抗，显示了女性主义身体写作的另一种形态，女性主义话语与底层经验恰当融合的可能性。

四、日常性书写

在80年代后期“新写实”小说创作潮流中，女作家身影相当活跃，如池莉的《烦恼人生》《不谈爱情》《太阳出世》《冷也好热也好活着就好》、谌容的《懒得离婚》、范小青的《杨湾故事》等作品，王安忆书写上海弄堂凡俗人生的一系列作品，如《好姆妈、谢伯伯、小妹阿姨和妮妮》《鸠雀一战》《逐鹿中街》，以及“三恋”（《小城之恋》《荒山之恋》《锦绣谷之恋》）等。

一般来说，新写实潮流中的男性文本大体基于这样的叙事立场：呈现物质性日常生活不可缩减、不容忽视的自在力量，并对此表现出无奈和愤激，与此同时，又将女性人生叙述成庸常、琐碎的物质性日常生活的异质同构体，将女性宣判为造成男性人文理想深度沦陷的罪魁。正是通过主体精神与日常生活、男人与女人的二元对立的建构，男性叙事主体完成了知识分子的自我身份认同。女作家池莉的小说《烦恼人生》显然也符合这样的叙事立场，但她很快放弃了这样的立场。继之在《不谈爱情》中，毫不留情地让那些鄙视日常生活的、貌似高大的知识精英主体意识变得可疑、虚妄。对知识精英主体的解构还突出表现在《冷也好热也好活着就好》中一个典型细节上。知识分子猫子对小市民青年四侃侃而谈人生理想，四却睡着了。“爱情”曾是新文学最美丽的神话，在新时期初年的创作中也占有重要位置。然而，在有关它的神话中，“两情相悦”的表象往往遮蔽了“两性平等”方面存在的问题。在这个意义上，“不谈爱情”可视为对 80 年代知识精英意识形态的背离。《冷也好热也好活着就好》《太阳出世》，则消弭了主体精神与日常生活的紧张对峙这一知识分子自我中心的叙述模式，欣欣然融入日常生活。这里没有烦恼、没有无奈、更没有愤激，有的是普通人在日常生活中的普通感受。表明了池莉对正在崛起的市民意识的认同。不过，对市民意识中所包含的男权意识形态，池莉似未能足够警觉。范小青的《杨湾故事》，通过几个女中学生竞争一个女兵名额的连环套故事，表现了世事的无常、命运对人的戏弄以及人的努力之无谓。范小青的文本一再描写个体生存中无可逃遁的定数，从而质疑了人的主体性，这其实与池莉的《不谈爱情》异曲同工，都从不同方向表达了对 80 年代知识分子超越性的主体意识的怀疑。王安忆的《好姆妈、谢伯伯、小妹阿姨和妮妮》《鸠雀一战》《逐鹿中街》等作品，书写小市民卑微的生存状态和执着的生存本能，而“三恋”则从女性爱与性的本能中升华出一些精神性的内涵，性别立场也相当明确。不难看出，“三恋”尽管也被看作是新写实小说的重要作品，但其实“三恋”独树一帜，与新写实小说潮流间是一种若即若离的关系。

90 年代的到来，意味着一个世俗化时代的到来。新写实小说所表现出来的对日常生活的无奈与愤激，显然是 80 年代知识精英激情与梦想的流风余韵，而90年代文学对日常生活的态度要平和得多，也许日常性才是一个社会的常态，日常性其实是90年代文学的一个共有特征，最能体现这种日常精神的无疑是女作家的都市小说。

张欣以的《爱又如何》《首席》《亲情六处》《掘金时代》等一系列小说，书写的是现代商业都市一个新兴阶层——白领女性的日常生活。现代商业都市的游戏规则无疑是一种赤裸裸的男权伦理，在这样的规则下讨生活的“白领丽人”们尽管美貌、智慧、精明，也有着现代大学教育所赋予的独立自主意识，但她们却无不处处陷落。即便侥幸逃脱，也是遍体鳞伤。而两性之爱本已无力庇护女人，更何况都市的爱情也许处处包裹机心。一些时候，似乎唯有姐妹之邦才是都市荒漠中唯一的绿洲，像《爱又如何》中的可馨与爱宛、《首席》中的飘雪与梦烟……张欣以通俗言情小说的姿态诉说的却是在现代都市中性别生存的并不通俗的话题。而进入新世纪，潘向黎以《我爱小丸子》《奇迹乘着雪橇来》《白水青菜》《永远的谢秋娘》等都市白领女性情爱故事引起广泛关注。潘向黎小说的独特，在于提供了一个个人们久违了的温婉的古典淑女形象，已然是浮躁现代都市中的稀罕物。无论是《白水青菜》中不动声色、以“白水青菜”煲汤利器赢得婚姻保卫战的妻子，抑或《永远的谢秋娘》中绵里藏针打拼商场，将情殇婚变看得云淡风轻的谢秋娘，其实内心深处都有一道痛斥肺腑的苍凉，化蛹为蝶、委身成蛇。这不是要煞费苦心讲述陈词滥调的爱情故事，而是一份对女性人生深致的悲悯。潘向黎文字有传统闺秀文学的余韵，带给读者别样的阅读体验。

80年代后期，女性诗歌在顺应宏大叙事退场、文学多元化的时代文化精神走向和对自身局限性的反思中，进入相对平和与成熟内敛的创作阶段。女诗人们逐渐挣脱各种“主义”束缚，也放逐先锋性的技巧实验，走向日常经验的书写。她们把诗歌创作等同于一种生命和生活方式。例如，王小妮的《活着》，是对凡人俗事、卑微琐屑生活“形而下”的俯视和诗性体察。翟永明的《小酒馆的现场主题》是通过穿越酒馆的灯红酒绿，发现都市现代人精神的贫乏以及在困境中的无望。海男的《翻开今天的报纸》、邵薇的《过日子》《女人》、林珂的《酒这东西》，都表现了女性诗歌对日常生活的关注。青睐凡俗生活细节的审美视野，冲淡平和的情感基调，细致入微的观察视角，以及小说化或戏剧化的场景描写、视觉性极强的画面组接、叙事性的大量启用、口语化的修辞等，是此类诗歌的鲜明文体特征。应该指出的是，在众多关注日常生活叙事的诗人中，存在着诗质内涵和审美表现良莠不齐的情况，有些诗歌远离诗歌本体，沉迷于日常生活的游戏式写作姿态，被称为“口水诗歌”。

90 年代女性散文领域最具日常性特征的已然是名噪一时的“小女人散文”，代表性作家及代表性作品有黄茵的《咸淡人生》、黄爱东西的《花妖》、张梅的《猫趣》、素素的《心安即是家》、石娃的《时髦表情》等。创作主体的都市白领的特殊身份，使这些作品的审美视野倾向于世俗关怀，表现为重视生命体验、热衷家常琐事中的小情小调。“小女人散文”因其情感基调闲适幽雅，文体类似都市小品，语调冲淡平和，篇幅短小；文字近乎口语，蕴涵显豁，适应了快节奏的当代都市生活，并在 90 年代的大众文化空间中迅速传播，成为文坛热点之一。作为一种散文现象，“小女人散文”的存在自有其独特的文学文化内涵，其世俗关怀的精神向度使之参与了 90 年代大众文化的建构，并接续了五四以来“闲适”一派散文传统，客观上构成对传统宏大散文模式的消解。但作为一种时尚性的大众文化产品，它又不同程度存在着媚俗倾向。而一旦陷于媚俗的氛围，女性琐碎的日常生存经验就不仅已然丧失了边缘性所应具有的对中心的解构、批判的意味，且还衍化为对男权文化之于女性角色定位的自觉认同。而评论家在所谓“小女人散文”的命名中所隐含的女“小”男“大”意识，本身就是一个具有性别文化意味的话题。

五、超越性别的性别写作

伍尔芙曾说过，女性写作与男性写作的本质区别“不在于男人描写战争女人描写生孩子，而在于两个性别都表现自身”。女性主义性别立场并不意味着女性创作只局限于女性议题中。相反，一味地局限女性议题，不仅使女性主义的话语空间日益逼仄，而且根本无法实现女性主义将自己“嵌入历史”（埃莱娜·西苏语）的文化目标。90 年代以来，不断有女性文本尝试性别叙事的新路径，通过对宏大历史事件进行迥异于男性叙事惯例的改写，来实现对坚硬而虚妄的男权文化的颠覆与戏弄。王安忆《叔叔的故事》就是其中一个典型例子。“叔叔的故事”实际上是一个关于父（叔叔）与子（“我们”）的寓言。叔叔原本是信奉“子”的律法的文化精英，最终却不顾一切打败了儿子，“一个将儿子打败的父亲还有什么希望可言?”而一个被父亲打败的儿子就更没有什么希望可言了。小说从而宣告了理想的父子秩序难以为继，以及建基其上的 80 年代精英神话的破灭，由此显示了一份坚定却隐秘的性别立场。

须兰的《纪念乐师良宵》，以女性对生命独特的理解与守望，越出民族主义的边界，将南京大屠杀这一惨烈、屈辱的民族历史场景衍化为一个 16 岁少女极为个人化的创伤记忆，在对历史再叙述的过程中彰显出令人战栗的心灵力度。

迟子建的大部分作品都呈现出超越性别书写性别的立场，她一直眷顾着东北乡野，执着地表现黑土地上卑微而艰难的人生。转型期乡村的颓败、贫困与辛酸，在她笔下并没有呈现为残酷的荒原景观，相反，乡土之美总是在修复、抚慰着乡土之痛。她以女性特有的悲悯表现乡土大地上朴素的人生，尤其是孩子和女人这两个更为弱势的人群。《疯人院的小磨盘》《雾月牛栏》《没有夏天了》等作品写出了孩子本真、率性的天性与成人世界的隔阂，以及由此造成的心灵伤痛。对儿童世界的关注，是迟子建对 80 年代以来女性小说创作的独特贡献。迟子建书写乡村女性命运也颇具特点。例如，《逝川》中男权文化规范造成主人公吉喜一辈子孑然一身，但她平静豁达地在日出日落间劳作，一次又一次迎接新的生命，一年又一年安慰逝川上游来的泪鱼。对自然和生命的挚爱，对命运的承受与包容，成就了女性存在的尊严与高贵，这其中包含了一份对男性的宽容与理解。事实上，迟子建从不把女人的悲剧归罪于作为个体的男人。在她看来，男人同样是受害者。《日落碗窑》《亲亲土豆》《白银那》等作品都表现了在艰难生活中夫妻之间、亲人之间、乡亲邻里之间的温情。他们互相以自己卑微而韧性的生命支持着对方，点点滴滴共同求取生存之光。迟子建的小说还特别善于描写灵性、诗意的自然形象，唤起读者对家园的记忆。坚忍、包容的人性之光和宁静、悠远的大自然，构成迟子建乡土世界的温情、伤怀之美。她的创作与半个多世纪前同样生长在这片黑土地上的女作家萧红在精神气质上具有某种关联性。迟子建新世纪初年的《伪满洲国》，既不同于正统的历史叙事，也不同于 90 年代以来男性作家传奇化的“新历史”叙事，而是着意表现历史巨变中脆弱、渺小的个体对生命和日常生活的顽强持守。实际上，恰是这样的持守成就着历史的绵延。而同样出现在新世纪初年的铁凝的《笨花》，则找到从女性经验出发重返大历史的秘密通道，以日常生活精神收纳大历史，《笨花》依然是一部大历史，却是一部全新的大历史，一部阴性化、女性化的大历史，彰显出典型的超越性别又书写性别的文化姿态，或者说一种隐性的性别立场。

超越性别又书写性别的立场在 21 世纪初年崛起于文坛的女性乡土叙事潮流上表现得更加明显。这股潮流的出现首先表明，20 世纪 90 年代以个人、自我、躯体为中心的新锐的女性主义写作潮流，在世纪之交之时发生了转型，但转型不等于放弃性别立场。这批小说大都超越了女性议题，有的作品甚至主人公都是男性人物。例如，铁凝的《笨花》、王安忆的《悲恸之地》、范小青的《赤脚医生万泉和》，但性别立场却衍化为一种内在的叙事尺度，制约着对更广阔的社会生活、历史的叙述。其次，从来就不存在一个同质性的女性经验，女性经验也会因为民族、空间、阶层等多重身份的差异而呈现出不同的色彩。新世纪女性乡土叙事潮流将乡村/底层经验带入女性文学中，从而呈现女性经验的多元复数形态，这也是来自西方的女性主义理论与本土女性经验的一次成功结合。上述两点实际上都意味着新世纪女性乡土叙事潮流正在为资源日益逼仄的中国女性主义写作开辟出更广阔的话语空间和更多的写作可能性。新世纪的中国文坛，女性主义写作不再是一股新锐的创作潮流，却放低姿态，衍化为一种更具普泛性的创作视角、话语资源，被更多的女作家所接受，也越来越多地参与到新世纪中国文学中来。①

在女性散文领域，同样出现了这样超越性别的写作姿态，实践着对女性视角和人类普泛精神双重关注的写作理想。例如，年轻一代女作家崔卫平和筱敏有关历史苦难的散文，则侧重从文化心理层面反思历史。崔卫平的《幽深的，没有阳光的日子》、斯妤的《真实梦境》以及筱敏的《1789 年原则》《群众汪洋》《这一代以及那一代的理想》等系列文本，表现了女性对历史蒙昧和“激情岁月”的理性审视，反映了女性个人生命体验和知识分子的独立思考的共谋，拓展了鲁迅所提出的“改造国民性”的启蒙话题，具有寻求人类精神康复之路的深沉意味。

90 年代后期以来，张抗抗的散文集《鹦鹉流浪汉》、唐敏的《等雪》、周晓枫的《它们》《焰火》、叶广芩的散文集《老县城》、韩春旭的《寻找家园》等关注自然、生态的女性散文，表现了人与自然之间的平等、兼容，生命的多元以及对日益陷入能源、生态危机的现代文明的质疑与反思，可以看作是生态女性主义这一世界性文化思潮在中国的回响。这一切表明，中国

① 王宇：《国族、乡土与性别》，中国社会科学出版社，2013，第 242－255 页。

女性作家开始以一种超越而又忠于自身性别的主体立场对具有人类性的问题发言，这已然是一种崭新的超越性别的女性写作姿态。

总之，80 年代中后期以来的女性创作丰富而芜杂。尽管由于种种原因，特别是由于宿命般存在着男性中心文化巨大的阴影，女性的创作总是歧路丛生、荆棘密布，但它毕竟是继五四女作家群体之后，女性再次以性别群体的面貌浮出文学的历史地表。无论是作家的队伍，作品的数量、质量，还是时间的持续性、影响力，都是前所未有的。这些创作通过对女性独特的性别文化身份的建构，深刻影响着时代的文化精神，促使社会文化在原本单一的性别构成中加入女性的经验。当下中国，如果说女性主义作为一种文化姿态已经为越来越多的人所理解，那么，这其中四十多年的女性主义文学实践功不可没。

第二节 遭遇乡村：铁凝《小黄米的故事》的互文性分析

众所周知，知识分子与农民是五四以后新文学最重要的两类形象，而知识分子与农民/乡村的关系也一直是新文学生生不息的重要命题。根据笔者的研究，尽管不同历史阶段对这一命题有不同的表述，却常见一个共同的表述模式，那就是这一命题常常被纳入两性关系中来展开①。因此，在中国现当代文学不同历史阶段几乎都会出现一些涉及知识分子与乡村/农民之间两性关系的著名文本。如，1920、1930 年代，柔石的《二月》、郁达夫的《迟桂花》，1950—1970 年代萧也牧的《我们夫妇之间》《三里湾》《创业史》《艳阳天》②，1980 年代张贤亮的《灵与肉》《绿化树》、古华的《芙蓉镇》《爬满青藤的木屋》、路遥的《人生》、张承志的《黑骏马》、莫言的《白狗秋千架》、贾平凹的《浮躁》，1990 年代王安忆的《叔叔的故事》、贾平凹的《高老

① 这其中隐含这样的文化逻辑：近代以来的中国，知识分子一直缺乏一个足以影响并制约政统的学术道统，作为安身立命之本。社会缺乏一个鼓励独立运用知识的评价体系来确认知识分子的身份，知识分子只能作为一个社会的人，依附于政治文化体系中获得身份认同。这个政治文化体系就是民族、阶级的政治，其核心能指就是民族国家，以此为中介，知识分子才可以获得明确的身份。五四以后处身社会底层的工农大众，尤其是农民，被认为是构成民族国家的主体、现代性社会运动主要承担主体。于是，知识分子与工农大众（尤其是农民）之间的关系，作为知识分子与民族国家关系的另一种表达方式，实际上就成了现代中国知识分子身份建构/想象中无法回避的问题。相关论述可参见王宇的《性别表述与现代认同》（上海三联书店 2006 年版），135－136 页。

② 《三里湾》《创业史》《艳阳天》的主题并非探讨知识分子与乡村/农民关系，但其中人物关系都涉及将知识分子与乡村/农民关系纳入两性关系描写中这个叙事传统。如，《三里湾》中，中学毕业生范灵芝选择没什么文化程度不高，但热爱集体、政治进步的王玉生，《创业史》中徐改霞虽然只有高小文化，但身上颇有知识女性的色彩，可她就是喜欢“泥腿子”梁生宝，《艳阳天》中想当诗人、对革命充满幻想的回乡知青焦淑红最后选择文化程度不高、但“闪烁着共产主义思想光辉”的党支部书记萧长春作自己的恋人。类似这样两性关系模式在这一时期小说中十分常见。

庄》、铁凝的《小黄米的故事》、21 世纪初年贾平凹的《秦腔》、毕飞宇的《平原》，阎连科的《风雅颂》、葛水平的《地气》、董立勃的《米香》等。笔者曾多次著文探讨过这一表述模式与知识分子自我身份想象之间的深层关联性。① 本文选择 20 世纪八九十年代张承志的《黑骏马》②、莫言的《白狗秋千架》③和铁凝的《小黄米的故事》④三个文本，通过对文本细节及其互文性的细读并联系三个文本所赖以产生的知识背景，以及其中所牵涉到多层面的文化内涵再一次来探讨知识分子与农民/乡村关系这一古老的五四命题。"任何文本都处在若干文本的交汇处、都是对这些文本的重读、更新、浓缩、移位和深化。从某种意义上讲，一个文本的价值在于它对其他文本的整合和摧毁作用。"⑤ 那也就是说，某种意义上，文学研究就是对文本互文性的研究，正是从互文性中我们才得以窥见隐秘的文化逻辑，这正是本文的学理基础。

一、似是而非，还是戏仿

张承志发表于 1982 年的《黑骏马》和莫言发表于 1985 年的《白狗秋千架》，两篇小说在情节、结构、叙述人称等诸多方面都存在着惊人的相似

---

① 笔者曾从不同侧面论述过这一命题，参见王宇的《性别表述与现代认同》（上海三联书店 2006 年版），第 54－55，135－137 页；《"改造＋恋爱"叙事模式的文化权力意涵》［厦门大学学报（哲学社会科学版）》2005 年第 6 期］；《在知识男性与乡村女性之间：启蒙叙事的一个支点：〈在酒楼上〉〈春风沉醉的晚上〉〈二月〉〈迟桂花〉的互文性阅读》［《南开学报（哲学社会科学版）》2011 年第 4 期］。

② 张承志：《黑骏马》，《十月》1982 年第 6 期。

③ 莫言《白狗秋千架》创作于 1984 年冬天，发表于《中国作家》1985 年第 4 期，发表时叫《秋千架》，后改为《白狗秋千架》。本节有关这个小说的引文来自莫言《莫言小说全集之一：白狗秋千架》，上海文艺出版社，2009 年．后不另注。

④ 铁凝：《小黄米的故事》，《青年文学》1996 年第 3 期。

⑤ 这是索莱尔斯对克里斯蒂娃"互文性"概念的重述，转引自秦海鹰：《互文性理论的缘起与流变》，《外国文学评论》2004 年第 3 期。

性。如，都包含了游子返乡赎罪的原型，都叙述一个阔别乡村多年的游子返乡寻找青梅竹马恋人的故事，都是第一人称叙事人“我”讲述的故事。“我”自幼生长在草原/小村庄，与清纯美丽的草原/乡村少女索米娅/暖青梅竹马，后来“我”离别草原/乡村，去城市上大学，毕业后留在城市工作。而在“我”离去后，索米娅/暖历尽磨难，嫁了一个粗暴彪悍没文化的丈夫，生下一大群孩子。索米娅的丈夫是个粗野的赶车人，而暖的丈夫则是一个粗野的哑巴农人。多年后“我”重返故乡，重逢在贫穷与劳作中苦苦挣扎的索米娅/暖，激起心灵的震撼。两篇小说都有一个与主人公相依为命通人性的同时又贯穿故事始终的动物形象：在张承志笔下是一匹名叫钢嘎哈拉的神勇的黑骏马，而在莫言笔下则是一只白狗。两篇小说的题目都来自这个动物形象，一黑一白，互相对称。①

尽管有这么多的相似之处，但不难看出，《黑骏马》俨然承袭了20世纪非常典型的原乡想象脉络，在《黑骏马》中，原乡是作为一个人性、道德、审美的高地而呈现；而《白狗秋千架》则是对这种想象的彻底颠覆，甚至让人怀疑是对《黑骏马》的刻意戏仿。这样的颠覆或戏仿主要来自两个乡村女性主人公形象之间的似是而非。在《黑骏马》中，索米娅虽然历经磨难、贫穷、厄运，但依然保持高贵的内心，对命运的承受与包容、对苦难的淡定与坚忍，对草原、孩子、亲人、世间一切的博爱，俨然是地母的化身。记忆中那红霞般的草原少女沙娜（索米娅的小名）虽然已经逝去，但眼前的草原母亲索米娅依然美好，“我”偶尔还能从她的脸上看到“复活的美丽神采”。面对眼前的索米娅，“我”依然一往情深，最后“我”在心里深情地

① 这两部小说还有一个共同的之处就是都在多年之后被著名导演改编成电影，并多次获得国际国内大奖。即谢飞的《黑骏马》（1995）与霍建起的《暖》（2002）。《黑骏马》获1995年第18届加拿大蒙特利尔世界电影节最佳导演奖、1996年俄罗斯第5届圣彼得堡电影节组委会特别奖等5个奖项；而《暖》获得第16届东京国际电影节最佳影片“金麒麟奖”。电影《黑骏马》基本忠实于原著，而电影《暖》与原著天差地别，它所呈现的原乡想象形态恰恰是小说《白狗秋千架》所极力要解构的。

喊道“再见吧，我的沙娜……让我带着对你的思念，带着我们永远不会玷污的爱情，带着你给我的力量和思索，也去开辟我的前途……”

在《白狗秋千架》中，“我”记忆中的暖一如《黑骏马》中“我”记忆中的索米娅一样美好，但眼前的暖却截然不同了。小说一开始就写到离开故乡多年后返乡的“我”与劳作中的暖在故乡桥头狭路重逢的情景。当认出“我”之后，暖“用左眼盯着我看，眼白上布满血丝，看起来很恶。”而接下来的情景更加残酷。

> “这些年……过得还不错吧？”我嗫嚅着。
>
> 我看到她耸起的双肩塌了下来，脸上紧张的肌肉也一下子松弛了。也许是因为生理补偿或是因为努力劳作而变得极大的左眼里，突然射出了冷冰冰的光线，刺得我浑身不自在。
>
> “怎么会错呢？有饭吃，有衣穿，有男人，有孩子，除了缺一只眼，什么都不缺，这不就是‘不错’吗？”她很泼地说着。
>
> 我一时语塞了，想了半天，竟说：“我留在母校任教了，据说，就要提我为讲师了……我很想家，不但想家乡的人，还想家乡的小河，石桥，田野，田野里的红高粱，清新的空气，婉转的鸟啼……趁着放暑假，我就回来啦。”
>
> “有什么好想的，这破地方。想这破桥？高粱地里像他妈×的蒸笼一样，快把人蒸熟了。”她说着，沿着漫坡走下桥，站着把那件泛着白碱花的男式蓝制服褂子脱下来，扔在身边石头上，弯下腰去洗脸洗脖子。她上身只穿一件肥大的圆领汗衫，衫上已烂出密麻麻的小洞。它曾经是白色的，现在是灰色的。汗衫扎进裤腰里，一根打着卷的白绷带束着她的裤子，她再也不看我，撩着水洗脸洗脖子洗胳膊。最后，她旁若无人地把汗衫下摆从裤腰里拽出来，撩起来，掬水洗胸膛。
>
> 汗衫很快就湿了，紧贴在肥大下垂的乳房上。看着那两个物

件，我很淡地想，这个那个的，也不过是这么回事。正像乡下孩子们唱的：没结婚是金奶子，结了婚是银奶子，生了孩子是狗奶子。我于是问："几个孩子了？"

"三个。"她拢拢头发，扯着汗衫抖了抖，又重新塞进裤腰里去。

"不是说只准生一胎吗？"

"我也没生二胎。"见我不解，她又冷冷地解释，"一胎生了三个，吐噜吐噜，像下狗一样。"

让我们对照一下《黑骏马》中"我"重逢索米娅的情景。

她变了。若是没有那熟悉的脸庞，那斜削的肩膀和那黑黑的眼睛，或许我会真的认不出她来，毕竟我们已阔别九年。她身上消逝了一种我永远记得的气味；一种从小时、从她骑在牛背上扶着我的肩头时就留在我记忆里的温馨。她比以前粗壮多了，棱角分明，声音喑哑，说话带着一点大嫂子和老太婆那样的、急匆匆的口气和随和的尾音。她穿着一件磨烂了肘部的破蓝布袍子，袍襟上沾满黑污的煤迹和油腻。她毫不在意地抱起沉重的大煤块，贴着胸口把它们搬开，我注意到她的手指又红又粗糙。当我推开她，用三齿耙去对付那些煤块时，她似乎并没有觉察到我的心情，马上又从牛车另一侧再抱下一块。她絮叨叨地和我以及前来帮忙的炊事员聊着天气和一路见闻，又自然又平静。但是，我相信这只是她的一层薄薄的外壳。因为，此刻的我在她眼里也一定同样是既平静又有分寸。生活教给了我们同样的本领，使我们能在那层外壳后面隐藏内心的真实。我们一块儿干着活儿，轰轰地卸着煤块；我们也一定正想着同样的往事，让它在心中激起轰轰的震响。①

《黑骏马》中的“我”因为不能忍受城市势利、庸俗，才回到草原寻找那“红霞般”的草原少女沙娜（索米娅小名）。虽然现在的索米娅已经不再是过去的沙娜，饱经岁月磨难，容颜已经美丽不再，但却焕发出另一种的诗意，淡定、包容而慈爱，这是一种母性的诗意光芒。正是这种诗意光芒照亮“我”的返乡之旅。而在《白狗秋千架》中，“我”的返乡之旅却因为现在的暖而黯淡无光。尽管“我”与暖之间同样有着诗意的过去，但过去的诗意已经荡然无存。葬送“我”对故乡、往昔美好怀想的不仅是眼前暖的“恶”与“泼”，更重要的是她的丑——外形的巨大改变，她的独眼、她的邋遢，尤其是她毫无顾忌地暴露出的丑陋不堪的肥大下垂的乳房。“看着那两个物件，我很淡地想，这个那个的，也不过是这么回事。正像乡下孩子们唱的：没结婚是金奶子，结了婚是银奶子，生了孩子是狗奶子。”而在《黑骏马》中，虽然“我”也注意到索米娅外表的不再美丽——“袍襟上沾满黑污”“手指又红又粗糙”“声音暗哑”，这些细节始终与性无关，而且“我”也更关注索米娅的神情，而不是身体。如果说，过去红霞般的少女沙娜是一首诗，那么，现在地母般的索米娅则是另一首诗，或者说是一支苍茫的古歌，在辽阔的草原上低回流转。这无疑折射了 1980 年代知识分子作为一个人文主体的诗意内涵。而《白狗秋千架》中的“我”对眼前的暖身体的评议，表明“我”相当世俗化的身份。这样的世俗化还体现在另两个细节上，如“我”对自己在城里高校将被提为讲师的前景非常憧憬，一见面就特意和暖提起这事，而且此次返乡还特意穿一条标志城市物质现代化的牛仔裤。“知识分子”身份显然只是“我”的职业身份，并没有赋予“我”多少精神性的内涵。这个身份也可以被置换为京城大学的准讲师。标志这个身份的是校徽（返乡也佩着）、牛仔裤、送给暖的哑巴丈夫和儿子的自动

① 张承志：《黑骏马》，《十月》1982 年第 6 期。引用原文均出自此版本，后不另注。

伞、高级糖等外在物质性的、世俗化的现代化物件。而在《黑骏马》中，我们始终看不到从城里来的“我”身上有任何提示城市、知识分子世俗身份的物质标志，相反的，“我”对城里的一切充满厌倦，但精神性诉求却非常强烈，整部小说充满男主人公丰繁细致的内心感受，感伤、抒情而浪漫，一种典型知识分子根性。同是创作于1980年代前期，但两篇小说的这些惊人差异着实让人震惊。

需要隆重提到的是，两篇小说结尾对两位乡村女性主人公的描写更是似是而非。在《黑骏马》结尾，“我”翻身上马即将离去的一刹那，索米娅突然抓住了“我”的缰绳，急切地说出了她最后的请求。

> “我有一件心事，不，有一个请求，我不知道是不是该说——”她满怀希望地凝视着我的眼睛，犹豫了一下。突然又用热烈的、兴奋的声调对我说：“如果，如果你将来有了孩子，而且……她又不嫌弃的话，就把那孩子送来吧……，把孩子送到我这里来！懂么？我养大了再还给你们！”她的眼睛里一下涌满了泪水。“你知道，我已经不能再生孩子啦。可是，我受不了！我得有个婴儿抱着！我总觉得，要是没有那种吃奶的孩子，我就没法活下去……我一直打算着抱养一个，啊，你以后结了婚，工作多，答应我，生了孩子送来吧！我养成人再还给你……”

而在《白狗秋千架》中，暖也在“我”离去的半道截住了“我”，向我提出最后的请求。

> “……我正在期上……我要个会说话的孩子……你答应了就是救了我了，你不答应就是害死了我了。有一千条理由，有一万个借口，你都不要对我说。”

索米娅与暖的请求从表面上看似乎大同小异，都是想要一个孩子。不同的是索米娅是要求替“我”抚养孩子，当然是“我”与别的女人（城市女人）生的孩子，养大了再送还“我”，而暖的要求是要和“我”生一个孩子。同样都是要求一个孩子，但索米娅的请求被叙述成一种地母般的品格、母爱的本能——“没有那种吃奶的孩子，我就没法活下去……”，没有任何现实的实际目的。而暖的要求则非常现实，她想要一个正常的会说话的孩子，她已经和哑巴生了三个不会说话的孩子了。暖是经过深思熟虑才提出这个问题，她抓住了“我”对她的旧情和愧疚，以此作抵押，提出这样的要求，并不容拒绝。而这一要求的确大大出乎“我”的意料，不仅深度拷问了“我”对她的情义，也将知识分子/男性与乡村/乡村女性的关系这一五四以来中国文学的历史命题推向了死角。小说并没有写“我”听完暖的请求后的反应，就戛然而止。这意味着这个问题不可能有任何答案。而在《黑骏马》的结尾答案是非常明确的：结束返乡之旅，“我”从索米娅、草原（这两者是合而为一的）身上悟出了生活的真谛：“让我带着对你的思念，带着我们永远不会玷污的爱情，带着你给我的力量和思索，也去开辟我的前途……”这同时也是作者对现代化前景的激情、浪漫想象——汲取了乡村营养的现代化必然更加美好。

二、想象还是发现原乡

在 1980 年代前期的文化语境中出现的《黑骏马》《白狗秋千架》这样两个似是而非却又截然不同的文本真是匪夷所思。《白狗秋千架》创作于 1984 年的冬天，这个时节，政治和文化意义上的诗意原乡几乎是所有中国作家乡村叙事的重要内涵。在政治层面上写改革给乡村带来希望、生机，如贾平凹的《小月前本》《黑氏》《鸡窝洼的人家》《腊月正月》、张炜的《声音》《拉拉谷》《一潭清水》《芦清河告诉我》；与此同时，也出现久违了的对乡村文化传统的守望，书写乡村山民古朴自在的生存方式。如汪曾祺的《大淖记事》《受戒》、贾平凹的《商州初录》等，或把上述两种主题互相穿插。而莫言竟然毫不留情地终结上述种种原乡想象的诗意，无论是政治的还是文化的。正如王德威在评价莫言这篇小说时说道："《白狗秋千架》未必是莫言最绚丽炫目的作品，却能切中迩来寻根、乡土情结的要害。"① 他特别提到"我"与暖在桥上重逢的那段场景："当代文学里，再没有比这场狭路相逢的好戏更露骨地亵渎传统原乡情怀，或更不留情地暴露原乡作品中时空错乱的症结。"②《白狗秋千架》出现在莫言大红大紫的成名作《红高粱》之前，在当时并在没有引起太多的关注，但莫言却非常看重这篇小说，声称这篇小说对他的整个创作具有非同一般的意义。③ 这其中大有深意。这篇小说游离出了20世纪乡村叙事的所有传统，指示着乡村不仅不是政治改造、文化启蒙的对象，不是文化寻根的对象，甚至不是心灵皈依的对象，从而还原出了一个自在的乡村面貌——乡村是美好的，乡村也是丑陋的、世俗的。这就是后来《红高粱》中那句著名的话，"我"的故乡高密东北乡是"最英雄好汉同时也是最王八蛋"之地。这是乡村的发现，也是民间的发现。当然，在《红高粱》中，乡村的美丽连同丑陋一起被神话化、传奇化，莫言还是走上营造、建构原乡传奇的道路，而且越走越远，越走越成功，因为全球化时代需要这样的原乡传奇，它可以抚慰现代性带来的文化乡愁。全球化是对地方感的最大威胁，出于对这一威胁的克服引发了持续不歇的对地方特色的建构。对"地方"的象征性建构正是1980年代中期寻根文学以来的乡村叙事一个非常重要的文化诉求。"高密东北乡"便是这方面典型例子。如果说在《红高粱》中莫言发明了原乡——建构了一个能够提供强烈地方感的传奇神话之地，那么，在《白狗秋千架》中，莫言实际上是发现了原乡，一个与

---

① 王德威：《想象中国的方法：历史·小说·叙事》，生活·读书·新知三联书店，1998，第241－242页。

② 同上，第241页。

③ 莫言：《感谢那条秋田狗——日文版小说集〈白狗秋千架〉序》，《西部》2007年第9期。此文中莫言还提到，正是在《白狗秋千架》中第一次出现"高密东北乡"字样。有论者误认为"高密东北乡"最早出现在发表于1984年第8期《奔流》的短篇小说《秋水》中，是因为《白狗秋千架》发表的时间迟于《秋水》。

知识者种种原乡想象全无干系的自在之地。主人公的返乡之旅实际上是发现之旅，而这一切都建立在“暖”这一非常特别的乡村女性形象上。

五四以来乡村女性形象一般有这样的几个谱系，乡村之痛的象征、愚昧落后乡村的投影、启蒙者哀其不幸怒其不争的对象。如，鲁迅《祝福》中的祥林嫂、《明天》中的单四嫂，叶绍钧的《这也是一个人?》中的像牛一样被出卖的“伊”，台静农的《烛焰》中被逼嫁给弥留之际的男人冲喜的乡村少女翠姑，柔石的《为奴隶的母亲》中被典租的春宝娘，启蒙叙事中的乡村女性大凡都属这一类型；乡村之美的象征，质朴纯洁人性形式的象征——如废名的《竹林的故事》中的三姑娘、沈从文的《边城》中的翠翠；旺盛蓬勃的生命力的象征——如许地山的《春桃》中的春桃，郁达夫的《迟桂花》中的莲姑；含辛茹苦、博爱、母性/地母的象征，如《黑骏马》中的索米娅、莫言的《丰乳肥臀》中的上官鲁氏；柔情似水又深明大义的妻子——如孙犁笔下的水生嫂们。当然，上述分类常常是交叉的，很多乡村女性形象同时兼具上述几种象征意义。如索米娅的形象兼具质朴纯洁人性形式（少女时代的索米娅）与含辛茹苦、博爱的母亲象征意味（中年索米娅）。而暖的形象却很难被纳入上述任何类型，她不具有上述种种乡村女性的本质化特征——这些特征其实是被建构出来的，本质化的乡村女性是本质化原乡的载体。而暖的出现却宣告了这样的原乡想象的虚妄。如果说在《白狗秋千架》中，莫言实际上是发现了原乡，那么，这一发现源自对乡村女性暖的发现。

祛除一切象征诗意之魅，游离出知识分子（男性）的种种原乡想象的惯例之后，暖呈现出一个女性个体真实的生命欲求——身处四个哑巴包围中的暖内心深处一直有个强烈的愿望——“要个会说话的孩子”。暖对孩子的要求并非出于索米娅式的母性本能、地母情怀（这是乡村女性最经常被赋予的“本质”，像多年之后的《丰乳肥臀》中的上官鲁氏那样），她不是只要一个孩子而是要一个会说话的孩子，一个对话者和倾听者，“哪怕有一个哃巴，和我作伴说说话”，她要求的实际上是一份开口说话的权利。她知道尽管自己是正常人，具有开口说话的能力，但是如果没有对话者和倾听者，也就无从真正拥有话语权。而“我”的到来让她看到了实现这一愿望的可能性，她不顾一切抓住这个可能性。暖的主动献身也并非出于性爱本能（像多年之后的《丰乳肥臀》中的上官鲁氏和女儿们那样，这也是乡村女性经常被赋予的一种功能、“本质”），更与同时期张贤亮笔下的马樱花们不同，后者出于对知识、知识分子的膜拜，实际上是讲述话语的年代知识分子对自我身份一厢情愿的想象。而暖的“主动献身”恰恰无情终结、嘲弄了这种想象。“我”在暖眼里只是个具有优越生育条件的男人，身体健全没有残疾，比她的哑巴丈夫强，而且完事之后就消失走人——回到遥远的北京，不会对自己的生活造成任何不良影响，这比在村里找其他男人更合适。从来都是男人将女人视作传种的工具，知识分子将农民视作传种的工具（如柔石的《为奴隶的母亲》中秀才租用农妇为自己传种），而这回暖竟然企图借用男性知识分子“我”来为自己生育一个健康的后代。这是暖向“我”主动献身的全部原因，它彻底粉碎了“我”一直潜在的知识分子身份优越感。暖看起来惊世骇俗的行为恰是对命运的不甘与挣扎，从而呈现出一个特殊的主体位置，一种另类主体性。由此可见，不同的空间位置对女性的主体性有着不同的模塑。乡村女性暖不再是知识分子“我”身份想象的衍生物，而是一个自在自足的主体。

三、身份误认

如果说在《黑骏马》中，知识分子“我”当年的出走源自对草原/奶奶/索米娅的误解，他无法理解奶奶和索米娅所代表的古老的草原生活法则，将它们判定为愚昧、落后，那么，许多年之后的返乡之旅不仅是赎罪之旅，同时也是理解之旅。“我”重新理解了索米娅和奶奶，并在精神上皈依她们所象征的草原。而《白狗秋千架》的返乡之旅则是一个误解之旅，不仅眼下暖的所作所为大大出乎“我”对她的想象，而且，暖对“我”的身份也充满误认。从京城的高校返回愚昧落后的穷乡僻壤，“我”原本是带着知识分子的优越感的，但万没料到“我”在暖眼里只不过是个比她的哑巴丈夫健全、生育条件良好的男人，至于“我”自己最看重那些文化方面的优越性，暖则根本看不见，抑或视而不见。十年后，铁凝的《小黄米的故事》却以另一个故事再一次呈现了的知识男性与乡村女性相互间的身份误认，这表明这一叙事逻辑并非偶然。

《小黄米的故事》叙述了一个发生在城里来的画家老白与山区公路路边店从事色情行当的 17 岁乡村女孩之间的故事。当地人管从事这一行当的女孩叫“小黄米”。整个情节的展开，实际上就是老白和小黄米互相对对方身份进行误认的过程。首先，在画家老白的想象中，乡村女性茁壮的身体，是“人的最美的瞬间”，是人性美的极致，如同古希腊的“掷铁饼者”。并构思了一个“炕头系列”油画框架，为此不惜风尘仆仆地来到深山公路的路边店，企图在小黄米们身上寻找素材。但他付了钱让小黄米赤裸着身体摆出各种造型，拍了整整一卷胶卷，却始终没发现他一直心仪的“最美的瞬间”。他让小黄米假装缝被子，小黄米随口答道，“现时谁还缝那个，买个网套一罩不得了。”① 眼前小黄米的所作所为俨然与老白的想象大相径庭。小说显然无情地嘲讽了知识分子对乡村女性本质化想象的虚妄。

而小说似更细致地写了小黄米们对老白身份的误认：老白一出场，小黄米还有对面店里的另一个小黄米就立即认定他的身份，他神色的迟疑，说话不懂行，让她们一准认定他是个初入港的客人。紧接着出场的老板娘对老白的身份更有一番精彩的认定，“反正不是领导干部。您没车，您这身衣服当领导的也不穿，他们穿西服，清一色鸡心领毛衣。还有您这包，里头准有照相机。”老板娘虽然一眼辨识出老白的知识分子身份——“……还

① 铁凝：《小黄米的故事》，《青年文学》1996 年第 3 期。引用原文均出自此版本，后不另注。

有您这包，里头准有相机”，但在她眼里带着照相机的人的规格显然不如领导，没有任何优越性。老白反复表明自己只是要小黄米摆摆姿势，拍拍照，并不想做别的，“希望她们能理解‘他的事业’”比她们想象的事要高尚得多，但她们谁也没有理会这种声明。她们坚定地认为他和来到这里的任何一个客人并无差异。这让人想到《孔乙己》中的细节，穿长衫而站着喝酒的孔乙己一心想让人看到他是站着喝酒的客人中唯一穿着长衫的，因此与众不同，高人一等，但人们看到的却是他也是站着喝酒，与众人并没有什么不同，至于他那件破旧的长衫基本可以忽略不计。

及至老白进入小黄米做生意的房间，开始实施他自以为“高尚”的事，要小黄米摆出各种造型拍照，小黄米不仅不觉得这比一般客人直接“办事”高尚，还非常不耐烦，觉得他远不如其他客人简单干脆，始终在等待着他像其他客人那样开始正儿八经地“办事”。最后老白拍完照，不“办事”就给钱走人，小黄米更是觉得匪夷所思。从小黄米房间落荒而逃的老白，彻底陷入身份危机中。首先是小黄米粉碎了他一贯的有关乡村女性身体有着“人的最美的瞬间”的艺术理想，平白无故地浪费他一卷胶卷。再者，虽然并没有“办事”，只为高尚目的而来，但在老板娘特殊的注视下，老白便“觉得自己倒真像位刚办过事的人”。就这样，老白陷入嫖客不像嫖客、画家不像画家的身份暧昧中。

事实上，老白的形象一开始就和中国现当代文学传统中那些体恤底层、带有民粹倾向的启蒙知识分子的形象大相径庭。他并不为公共关怀而来，只为了收集自己的“炕头系列”油画素材而接近小黄米，他是一个敬业的职业画家，专业人士，而不是所谓的公共知识分子。老白对小黄米们的生活并不关心也不想关心，更没有要启蒙、拯救小黄米的意图。显然，老白的出现，预示着一个世俗化时代的到来。① 而小黄米也不需要这样的启蒙、拯救。她并没有因为老白的知识分子身份就对他格外优待，她甚至根本不关心老白的社会身份，在她眼里，他只是一个有奇怪要求的客人。她关心的是老白最后给的一沓钞票。老白和小黄米，彼此生活在自己的世界中，尽管偶然相遇，但互相隔膜，互不沟通。小黄米有自己的生活世界、生存方式，不会因为老白的到来而有任何改变。在这个层面上，《小黄米的故事》似乎有意与 1980 年代张贤亮的《绿化树》形成深刻的对照。《绿化树》中的马缨花原本也是一个地下的“小黄米”，经常接收村里一些男人暧昧的馈赠，但一旦遇见章永璘，她立即重新做人，开始另一种人生。为他守身如玉，为他含辛茹苦，对他顶礼膜拜，只因为章永璘有知识、有文化。显然，在这点上，《小黄米的故事》有意无意地解构了《绿化树》一类的叙事。

如果说，《黑骏马》以诗意感伤的笔调延展了 20 世纪中国文学中的那种将知识分子与乡村/农民关系纳入两性关系的叙事传统②，那么，无论是《白狗秋千架》还是《小黄米的故事》都是对这个传统的戏坊，这样的戏坊不是要诉说知识分子对乡村的背叛（像许多文学作品所表现的那样）③，而是呈现

① 学界一般认为 1980 年代的中国，是知识分子的公共文化和公共生活最活跃的年代，而 1990 年代正是公共知识分子被专业与媒体知识分子所取代的年代。（参见许纪霖《从特殊走向普遍——专业时代的公共知识分子如何可能?》，载许纪霖主编的《公共性与公共知识分子》，江苏人民出版社 2003 年版。）而知识分子的转型实际上源自时代的转型，相对于 1980 年代，1990 年代的到来意味着一个世俗化时代的到来，因此，老白的形象的出现实际上有着典型的时代意义。

② 这篇小说不仅延续了将知识分子与乡村/农民关系纳入两性关系中这一新文学绵延久远的叙事传统，同时还牵涉到现代文明与传统文明、汉文明与少数民族文明之间复杂的文化权力纠葛，提示着在现代性实践中，似乎不能一味地将古老的文化形态简单地判定为愚昧、落后，文明与愚昧、现代与传统之间并非单向度的二元对立，而是可以兼容。这实际上隐讳地质疑了当时的时代主题“文明与愚昧的冲突”。这在当时实属可贵创见。

③ 80 年代以来，小说中频繁出现知识分子对乡村/乡村女性背叛的书写，已引起许多研究者的注意，如乔以钢的《近 30 年“城乡交叉地带叙事”中的“新才子佳人模式”》（《南开学报》2011 年第 4 期）、孟繁华的《新世纪初长篇小说中的知识分子形象》（《文艺研究》2005 年第 2 期）。

两者之间的毫无干系。背叛，从来都是相对于忠诚而言的，而毫无干系的两者之间就无所谓背叛。当然，在这两篇小说中，知识分子与乡村到底还是发生了一些干系，那就是彼此都想将对方当作可利用的资源，暖企图将“我”是当作生育健康后代的工具，而老白则企图将小黄米当作完成“炕头系列”油画的材料。结果谁也没有得逞，这可能是这两篇小说区别于同类题材小说的意义所在，它宣告了知识分子与乡村/农民关系这一新文学生生不息的重要命题也许压根就是一个伪命题。

附带要提到的是，这三个文本实际上还牵涉到20世纪中国文学中一个著名的叙事原型，即“外来者故事”：一个从外面世界/城市空间返乡或路过乡村的知识分子/外来者，与乡村人事间发生种种纠葛。笔者曾多次著文讨论过这一叙事模式及其所隐含的文化意义，① 在此就不再赘述。

① 相关论述参见王宇专著《性别表述与现代认同：索解20世纪后半叶中国的叙事文本》（上海三联书店2006年版）第151－172页，以及论文《另类现代性：时间、空间与性别的深度关联——中国现当代文学中的“外来者故事”模式》（《学术月刊》2009年第3期）等。

第三节 传统与现代：宗璞《南渡记》中的知识分子形象辨析

知识分子始终是活跃在抗日战争中的重要群体之一。对此，历史学家李侃认为“在这场战争中，广大的知识分子和中国人民一起经受了血与火的锻炼，不仅又一次起到了先锋作用和桥梁作用，而且在民族觉醒、动员规模和思想政治境界上，也达到了空前的高度。”① 然而，在 1949 年以后的战争题材文学中，知识分子较少被列为主要描写对象。基于特定的政治原因，关于西南联大师生从军以及滇北正面战场的文学描述更是曾被尘封多年。20 世纪 50—70 年代，革命历史小说几乎都以描写中国共产党领导的敌后抗日活动为主要书写内容。80 年代的战争题材小说中吸纳了更多的民间话语，出现了例如土匪抗日、地主抗日、国民党抗日的内容，但知识分子形象依然相对欠缺。从这个角度而言，女作家宗璞创作于 1987 年的《南渡记》具有不容小觑的文学史意义。

1937 年 7 月 7 日，日军在北平城郊挑起“卢沟桥事变”，二十九军奋起反抗，全面侵华战争由此开始。在这场波及整个中华民族的战争中，现代大学教育面临着前所未有的危机。日本学者石岛纪之的《中国抗日战争史》中，记载“大部分空袭都以无防备的城市为对象，特别是有意识地以大学等文化教育设施为破坏目标。”② 伴随着平津京沪等现代大学教育集中的地区相继沦陷，中国的教育事业损失惨重。有数据显示，“到 1938 年 8 月底，我国的 108 所高校，有 91 所遭到破坏，10 所遭完全毁坏，25 所因战争而陷于停顿；教职员工减少 17%，学生减少 50%；高等教育机关直接财产损失

① 李侃：《抗日战争与知识分子》，《抗日战争研究》1993 年第 1 期。

② 石岛纪之：《中国抗日战争史》，郑玉纯、纪宏译，吉林教育出版社，1990，第 61 页。

3360 余万元”①。在此背景下，为存续教育资源的各个大学开始了内迁逃亡之旅，“截至 1939 年底，全国有 76 所大专院校迁移”②，占战前大学总数的四分之三。其中，迁居西南的北大、清华、南开在昆明组成了西南联合大学，成为战时规模最大、合作时间最长、影响力最为深远的高校。

关于西南联大的内迁过程，冯友兰在《国立西南联合大学纪念碑碑文（1946 年 5 月 4 日）》中曾做如下概述。

> 二十六年，平津失守，三校奉命迁于湖南，合组为国立长沙临时大学，以三校校长蒋梦麟、梅贻琦、张伯苓为常务委员，主持校务，设法、理、工学院于长沙，文学院于南岳，于十一月一日开始上课。迨京沪失守，武汉震动，临时大学又奉命迁云南。师生徒步经贵州，于二十七年四月二十六日抵昆明。旋奉命改名为国立西南联合大学，设理、工学院于昆明，文、法学院于蒙自，于五月四日开始上课。③

40 余年后，冯友兰的女儿宗璞以这次抗战时期的“文化大迁移”为历史背景，创作了多卷本长篇小说“野葫芦引”的第一部《南渡记》。

长期以来，战争叙事多围绕着军人、革命者、农民、土匪等形象展开。大学教授、大学生等知识分子较少被纳入战争题材的小说创作。宗璞在《南渡记》中以具体鲜活的文学故事修复了西南联大的历史记忆，同时塑造了一系列忧国忧民的高级知识分子形象。而“作者写的一些高级知识分子在我们的文学画廊中并不多见，能见到的也往往是一点轻薄而已。”④ 例如，钱锺书的《围城》所塑造的知识分子。因此，正如卞之琳所言，“就题材而论，

---

① 苏智良：《去大后方：中国抗战内迁实录》，上海人民出版社，2005，第 198 页。

② 程朝云：《抗日战争时期人口内迁研究》，中国社会科学出版社，2013，第 41 页。

③ 冯友兰：《国立西南联合大学纪念碑碑文（1946 年 5 月 4 日）》，载《三松堂全集（第 14 卷）》，河南人民出版社，2000，第 153 页。

④ 王蒙：《谈宗璞的两本书》，《文艺报》2001 年 11 月 6 日。

这部小说填补了写民族解放战争即抗日战争小说之中的一个重要空白。”① 需要补充的是，《南渡记》对于西南联大历史的追忆，不仅在文学领域具有一定的开创意义，甚至早于学术界对西南联大的关注。②

小说虽以“南渡”为题，却不尽是对这段内迁旅程的描写，而是主要书写了不同知识分子面对战争的态度和选择——是走是留，是屈服还是抵抗。透过人生十字路口的抉择以及明伦大学众学人内心世界的描摹，小说更为深刻地挖掘了这次具有悲壮意味的文化长征背后的精神资源。这些知识分子的选择以及命运沉浮也构成理解抗日战争历史的一个视角。

以艺术的形式表现知识分子国家意识和爱国精神是宗璞创作《南渡记》的初衷所在，如其所言：“民族情感只要不囿于狭隘，实在是很神圣的。它浸透了我们的祖、父辈的灵魂。”③ 因而，小说是以一个孩子的视角描写了老中青三代知识分子，关于他们的基本情况列表如下。

类型	姓名	职业身份	选择	结局
传统	吕清非	前政府官员	留守北平 以死明志	自杀殉国

① 卞之琳：《读宗璞〈野葫芦引〉第一卷〈南渡记〉》，《当代作家评论》1989 年第 5 期。

② 国家较早关注西南联大研究的谢泳曾总结：到 20 世纪 90 年代末，西南联大慢慢得到重视，影响开始普及。参见谢泳：《西南联大与中国现代知识分子》，福建教育出版社，2009，第 141 – 142 页。

③ 金梅、宗璞：《一腔浩气吁苍穹》，《文学自由谈》1991 年第 1 期。

续上表

类型	姓名	职业身份	选择	结局
综合性 传统与现代	孟樾	明伦大学 历史系教授	南渡昆明 教育救国	回归北平 教育事业
	庄卣辰	明伦大学 物理系教授	南渡昆明 教育救国	出国 科学研究
	李涟	明伦大学 中文系教授	南渡昆明 教育救国	赴台湾大学 教育事业
	澹台勉	华北电力公司 副总经理	南渡武汉 实业救国	出国
自由主义 个人主义	凌京尧	益仁大学 法国文学教授	留守北平 出任伪职	汉奸罪 病亡
革命 共产主义	卫葑	明伦大学 教师	陕北抗日	奔赴延安 继续革命
	李宇明	明伦大学 教师	陕北抗日	抢救运动 跳崖自杀

如表所示，小说塑造的第一代知识分子的代表是已经从工作岗位退下来的吕清非，第二代是以孟樾、凌京尧等中年人为主体的大学教授，第三代知识分子是以卫葑为代表的青年教师。

吕清非是小说着力刻画的悲剧英雄，拥有几乎完美的人格。少年时，他接受传统教育并中举人；年轻的他参加同盟会开启革命生涯。中年丧妻后，逐渐参透人生的吕清非索性丢掉所有功名归隐田园。从吕清非老人的人生阅历来看，他身上既儒家的入世精神也有道家的出世情结，他所从事的种种现代化工作（革命者，国会议员）背后其实有着难以忽视的传统文化的力量。在家庭关系中，他是不怒自威的“大家长”形象。作为吕家的一家之主，他宅心仁厚，对晚辈体贴关爱，对仆人宽厚仁慈，因而备受女儿女婿的尊重，更是孙辈的楷模。最能体现吕清非人格的是他面对战争的选择，为了不给女儿增添负担，他选择留守北平过着压抑的殖民生活。他经常陷入对过去时光的追忆中。比如，他经常回忆年轻时候的革命勇气和炙热爱情，但回到了现实他“意识到中国民族现在正值生死存亡的关头。抗战救亡，就是中华民族的出路”①。因此，他坚决拒绝出任伪职并以死殉国。吕清非这种宁死不当汉奸的人生抉择彰显出强烈的爱国精神，传递出传统士大夫的风骨和气节。吕清非老人是“隐喻式”的存在，他的所作所为不妨看作是现代战争语境下中国传统士大夫精神的复位。

相比之下，孟樾这一代知识分子成长成熟于中国社会的巨变期，传统与现代的纠葛构成了他们复杂的人格特点和行为准则。这样的复杂性在战争背景下得到凸显，一方面他们坚守传统士大夫忧国忧民、以天下为己任的精神传统，面对民族危亡积极奔走；一方面他们崇尚现代意识，尊重人的价值和启蒙的意义。这样的特点首先体现在孟樾对“祖国”的界定上。

> 祖国这个至高无上的词，是明白贴在人心上的……它不是政府，不是制度，那都是可以更换的。它包括亲人、故乡，包括你们所依恋的方壶，我倾注了半生心血的学校，包括民族拼搏繁衍的历史，美丽丰饶的土地，古老辉煌的文化和沸腾着的现在。它不可更换，不可代替。②

由引文可以看出，孟樾是结合个人感受（亲人、故乡、事业）去理解和界定“祖国”，它不是“政府”“制度”等抽象又宏大的概念，而是与历史文化、日常生活与精神资源等密切相关。据此为前提，作品中关于爱国

① 宗璞：《南渡记》，人民文学出版社，2004，第58页。
② 同上书，第37页。

的文学表达既包含国家主义意识形态在战时的宣传或征召，也根植于深层的道德伦理。例如，孟樾之所以支持明伦大学南迁是基于爱国意识和个人事业发展的双重需要，即“学问与事功并进”。所以，小说中的孟樾有两副面孔，一是公众场合宣传抵抗精神和爱国主义传统的教务长，一是在艰苦环境中坚持学术创作的优秀学者。

通常被认为是孟樾的现实原型的冯友兰，在《赞中华》一文中曾对现代化与传统伦理进行过分析，他认为“我们是提倡所谓现代化底。但在基本道德这一方面是无所谓现代化底，或不现代化底。有些人常把某种社会制度，与基本道德，混为一谈，这是很不对底。某种社会制度是可变底，而基本道德则是不可变底。”① 这与上文所提到的国家是“可以更换的”，而祖国却“不可代替”的观念形成了呼应。知识分子接受现代教育让其在职业或学术训练等方面实现了现代转型，但其内在的精神资源和伦理观念却可能保持一定的历史惯性。例如，遵循现代教育理念的孟樾在家中却提倡“长幼有序”；又如，北平沦陷后，是“天下兴亡，匹夫有责”的传统让他冒死南渡，守卫祖国的教育资源。简言之，孟樾这一代知识分子所具有的爱国精神延续了五四以来的西方人文主义传统，也根植于“士志于道”“修身齐家治国平天下”的“士”文化传统。

“当孟弗之在明朗的晨光里踏上征途时，凌京尧和岳蘅芬正在带有棉缎帐顶的软床上拌嘴。”凌京尧是小说塑造的另一类知识分子，不同于孟樾、庄卣辰这些具有“社会的良心”② 特质的“学人志士”。曾留学法国的他追求“自由自在”的生活状态，对于民族国家等大事并不上心。他痴迷于戏

① 冯友兰:《赞中华》，载《三松堂文集（第四卷)》，河南人民出版社，1986，第364页。

② “今天西方人常常称知识分子为‘社会的良心’，认为他们是人类的基本价值（如理性、自由、公平）的维护者”。“所谓‘知识分子’，除了献身于专业工作以外，同时还必须深切地关怀着国家、社会，以至世界上一切有关公共利害之事，而且这种关怀又必须是超越于个人（包括个人所属的小团体）的私利之上的。”参见余英时:《士与中国文化》，上海人民出版社，1987。

园子，觉得戏中的故事“比真实的世界更真实”，“可对身边的事倒很漠然。”同时，他生活懒散“起居从无定时”，教书也很随性“高兴起来能讲几个小时，有时连着几星期不上课。”至于“学问只停留在兴之所至”。

凌京尧这个人物一登场就显现出与其他知识分子不同的气质。在卫葑的婚礼上，当别人都在讨论国家大事之时，他却进行了一场关于“爱情的崇高意义”的演讲，成为那场激昂着爱国思想的婚礼上唯一的不和谐因素。北平沦陷之后，其他知识分子都抱着宁死不当亡国奴的信念舍家弃业地踏上生死未卜的南渡之旅，而性格软弱的凌京尧则犹豫中留在了北平，并被日本人物色为伪政府的成员。经过日本人的种种折磨，他终究还是屈服了，并开始出任华北伪政府的官员。此后，凌京尧开始抽烟片，过上了躯壳般的生活，女儿雪妍也与其脱离了父女关系。凌京尧这类文人汉奸，是特定时代的产物，他并非不爱自己的祖国，从他的挣扎和沉沦即可窥见。然而，接受了自由主义式西方文明的他，更重视个人意愿，缺乏坚定的民族立场，“落水”也自然成为他无法逃脱的宿命。

小说还描述了年轻一代的知识分子卫葑和李宇明，他们和孟樾等人一样坚决支持抗战并选择了更为激进的方式参与抗战——革命。卫葑是具有共产党员身份的进步青年，精明能干又立场坚定。小说将其与岳父凌京尧进行对比，“京尧有多懒散，他就有多严谨，京尧有多粗心，他就有多精明”。面对日本的侵略，他放弃了安逸的生活和前途光明的学术研究，奔赴延安参加革命。为此，他还忍痛离开了自己的新婚妻子，因为“他有较诸爱情、家庭、学问都要更高一层的事业，他以为那是极为神圣的，关系到全人类的幸福和进步。”他甚至还曾认为自己的伴侣应是志同道合的同志而不是不谙世事的小姐。就这样，年轻一代的知识分子为抵抗侵略，斩断了一切个人情感，走上了革命之路。实际上，卫葑的这个故事还与宗璞的成名作《红豆》有所关联，她曾说“《红豆》写的也是一次十字路口的搏斗。那主题还可以用另一个故事来表现。那故事是：男主人公下决心离开了一个动摇不定的女学生，奔向革命。也许以后我还会把那故事写出来。”① 宗璞没有食言，这个故事出现在了《南渡记》中。

“南渡”是历尽艰辛，九死一生的逃亡之旅，更是国难当头知识分子们的心灵抉择。不论是愿为先觉的孟弗之、坚持抵抗的庄卣辰，还是奔向革命的卫葑，《南渡记》通过描写学人们在战争开始后的生活选择，展示了特定历史语境下中国知识分子的人格操守、道德理想、文化品性。相比“南渡”，留守北平同样是战乱时代的抉择之一。他们或像吕清非一样舍生取义，或像凌京尧一样甘为人奴。而选择背后是历史的复杂，以及知识分子话语、国家话语、阶级话语之间的复杂纠缠。

他们的人生转折和心路历程在一定程度上与中国现代历史的转折（卢沟桥事变后的全民抗战）形成呼应。他们选择了抗争的历史潮流，历史的潮流也裹挟着这些具体而鲜活的个体生命继续发展。在不同的人生选择中，小说清晰地浮现了爱国知识分子的群像，他们大多有着相似的人格和尊严，与中国士人传统中的家国情怀一脉相承。实际上，描写社会巨变中的心灵挣扎不比描写战场上的生死搏斗轻薄，它同样沉重，是一代人潜藏于内的心灵史。这段心灵史记录了中国知识分子在中日战争中独特的参与，恰好对着钱穆对于知识分子与历史之间的关系的一种理解：“中国智识分子，此乃中国历史一条有力的动脉”②。

“南渡”这段历史对于作者来说是一段真实的童年经历。从个人经历中回忆历史，个体情感或多或少会影响历史叙述的客观性，对于父辈的歌颂是《南渡记》较为突出的情感基调。但小说在表现知识分子的爱国精神时，也出现了一些局限性。比如，只从“正面的角度去写”③ 知识分子，造成了部分人物塑造的刻板化和概念化，缺少对人性的深度探索。

① 宗璞：《〈红豆〉忆谈》，载《风庐缀墨》，上海远东出版社，1998，第75页。
② 钱穆：《国史新论》，新华印刷股份公司，1956，第65页。
③ 贺桂梅：《历史沧桑和作家本色——宗璞访谈》，《小说评论》2003年第5期。

下编

21世纪以来的女性文学转型

第四章　21 世纪女性文学的乡土叙事

女性乡土叙事是新世纪头十年一个重要文学现象，一股崭新的创作潮流。其表现形态、文化意蕴，与以往的女性文学或以男作家为创作主体的“乡土文学”相比，都有很大差异。一方面，它将性别意识带入一向由男性垄断的乡土叙事领域，呈现被遮蔽、被修改的女性乡土经验，提示乡土经验的复数形态；另一方面，它又将乡土/底层经验带入女性文学中，提示女性经验的复数形态。女性乡土叙事潮流的崛起标志着女性写作的转型，但转型不等于放弃性别立场，而是超越性别书写性别，将性别视阈引向广阔的乡村生活领域，在性别与乡土的互动中构筑了乡土叙事的别样空间。这对于新世纪女性文学和乡土文学的未来走向都具有前瞻性意义。

第一节　21 世纪女性乡土叙事潮流的崛起及其意义

在 20 世纪八九十年代，除了迟子建、铁凝等少数几个女作家外，乡村，几乎是女性写作的盲点。但九十年代末直至新世纪这一状况渐渐得到改变。

愈来愈多的女作家开始介入一向由男作家主宰的乡土叙事①领域。其中，较具影响的作品②数量就相当可观。首先是迟子建、孙惠芬、葛水平等专事乡土叙事作家的诸多作品。如迟子建的《额尔古纳河右岸》《花牤子的春天》、孙惠芬的《民工》《歇马山庄》《歇马山庄的两个女人》《吉宽的马车》《上塘书》、葛水平的《喊山》《甩鞭》《地气》《黑口》、邵丽的《明慧的圣诞》等；而以往并非专事乡土叙事的女作家们也纷纷推出她们的乡土力作，如王安忆的《天仙配》《喜宴》《富萍》《上种红菱下种藕》《发廊情话》、铁凝的《笨花》、林白的《万物花开》《妇女闲聊录》、严歌苓的《第九个寡妇》《谁家有女初长成》、范小青的《赤脚医生万泉和》《城乡简史》、魏微的《大老郑的女人》、北北的《寻找妻子古菜花》、盛可以的《北妹》、王建琳的《风骚的唐白河》……显然，女性乡土叙事不仅是新世纪女性文学的重镇，甚至也是新世纪头十年一个重要文学现象，一股崭新的创作潮流。其表现形态、文化意蕴，与以往的女性文学，或以男作家为主体的“乡土文学”，都有很大差异。作为一股崭露头角又有独特而积极文化诉求的新生创作潮流，迫切需要评论界、研究界的介入，为其命名、评介，宣告其存在、关注其动向，与创作界一同谋求其持续稳定的发展、提升。

---

① “乡土叙事”是从“乡土文学”中派生出来的一个概念，主要指乡土小说。笔者认为随着社会文化语境的变迁，应该在一个宽泛意义上来理解“乡土文学/叙事/小说”，在新世纪文学语境中它应该包括“底层叙事”中以进城农民工生存状况为表现内容的作品，这部分作品应该看作乡土叙事的特殊变体。换一句话说，“乡土文学”是个大概念，而新世纪的“底层叙事”以及20世纪50—70年代的“农村题材小说”都是乡土文学的一个特殊发展阶段。

② “较具影响”指引起社会反响，如引起读者、评论界广泛关注、获得各种大奖项、进入权威小说选本、排行榜等。部分新世纪女性乡土叙事作品获各种大奖的情况有：《额尔古纳河右岸》获第七届茅盾文学奖、《发廊情话》《大老郑的女人》获第三届鲁迅文学奖、《歇马山庄的两个女人》获第三届鲁迅文学奖和第一届“仰韶杯”最佳中短篇小说奖、《笨花》获第三届《当代》长篇小说年度（2006）最佳奖、《城乡简史》《明慧的圣诞》获第四届鲁迅文学奖、《喊山》获第四届鲁迅文学奖和2005年人民文学奖、《地气》获《黄河》2004年“雁门杯”优秀小说奖、《妇女闲聊录》获第三届华语文学传媒大奖年度小说家奖、《花牤子的春天》获广东佛山新乡土文学征文大赛一等奖。

一、乡土经验的女性形态

20 世纪 90 年代中后期，随着三农问题的日益凸现，“乡村”也成为公共文化空间的热点。在文学领域，出现了以阎连科、刘醒龙、尤凤伟、李佩甫、李锐、周大新、关仁山、何申、张宇等为代表的新乡土叙事潮流，这股潮流进入新世纪，加入底层文学的大潮中，在新世纪的头十年更是蔚为大观。它传达了八九十年代文学语境中多少被忽略的、转型期本土经验中一个重要部分，即乡土/底层的经验。但这里并不存在一个同质性的乡土/底层经验，经验会因为经验主体、表述主体性别身份的不同而呈现不同的色彩。事实上，从二三十年代的乡土文学到 40 年代至 70 年代的农村题材小说，再到新时期以来的新乡土文学，近百年主流乡土文学所传达的看似中性的乡土经验，实际上是男性的乡土经验（底层文学的情形也类似）；同样的，看似中性化“农民形象”，实际上是男性农民形象。当然，另一方面，也不存在一个同质性的女性经验，女性经验也会因为民族、空间、阶层等等多重身份的差异而呈现出不同的色彩。

尽管正是对经验主体的性别差异性的关注奠定了 80 年代以来中国女性主义话语的立根基础，但这一话语自身却深刻忽视由性别之外其他社会身份的差异而带来的女性群体内部的差异。因此，新世纪女性乡土叙事潮流的崛起有着不容忽视的双重意义。一方面，它将性别意识大面积地带入一向由男性垄断的乡土叙事领域，呈现一脉一直被遮蔽、被修改的女性的乡土经验，从而提示乡村经验的复数形态；另一方面，它又将乡村/底层经验带入女性文学中，从而呈现女性经验的多元复数形态。新世纪女性乡土叙事潮流，既是女性的，又是乡土的，但二者并非简单相加，而是在互动中构筑了女性乡土叙事的别样空间。既标志着中国女性文学发展不同于以往的全新转向，又标志着新世纪乡土文学不容忽视的新特质。对女性文学和乡土文学的未来走向都具有前瞻性意义。但是，这股文学创作潮流却一直处于学界与批评界的盲点中，个中缘由，大致有下面几个方面。

众所周知，主流文学研究、批评界对现当代乡土文学的研究历来非常充分，在90年代中后期到新世纪初年语境中甚至达到一个高潮，但极少见到专门针对女性乡土文学（主要是乡土叙事）的研究。虽然不同时代的女性乡土叙事都会以个体面目吸引批评、研究的目光。如学界对萧红、丁玲、铁凝、迟子建等人的乡土叙事的持续关注，但很少有研究者意识到女性乡土叙事彼此之间存在着的历时性或共时性互文关系，及其所包含的重要文化意义。因此，尽管新世纪女性乡土叙事蔚为大观，并一再以个体面目引起评论界的关注，甚至成为一时间的热点（如本文开头我们提到的新世纪女性乡土叙事文本频繁得奖就是一个有力的明证），但却从未被作为一个具有新特质的文学潮流、创作倾向来看待。已有的研究存在这样的偏颇：在研究格局上，新世纪女性乡土叙事一直在新世纪乡土小说整体格局中被提及（如新世纪头十年有关孙惠芬、葛水平创作的评论），这样的研究格局当然有意义，但也容易淹没女性乡土叙事的异质性；同时由于在新世纪头十年乡土小说格局中，女作家的创作相对处于边缘，因此，获得关注度必然也有限，常常处于被附带提及的位置。

而女性主义学界对这股创作潮流也始终处于盲视状态。这还得从这股创作潮流的滥觞说起。任何一股文学潮流的产生，都始于涓涓细流终至蔓衍成潮。新世纪女性乡土叙事潮流也如此，除了外部社会文化语境的催生外，实际上有其自身内在的必然逻辑，其滥觞早已出现。

尽管中国女性主义写作最初发端于知识女性对自身经验与境遇的切肤之痛，如80年代初的那批女性文本，张辛欣的《我在哪儿错过了你》《在同一地平线上》、张洁的《方舟》《祖母绿》等，① 但随着这一写作立场的深入，一些敏锐作家开始从反思乡土生活、乡村女性的经验、境遇中来展开性别的议题。其中，最具代表性的是铁凝 80 年代中期到 90 年代中期的“三垛”。② “三垛”不仅是对造成乡村女性悲剧宿命的乡村传统文化，乃至 20 世纪各种名目的现代文化中男权机制的审视、反思，也是对女性文化谱系的溯源、寻根、自审。“垛”的意象已然是女性乳房的隐喻，是孕育生命、包容万物、藏污纳垢的母性文化的原型，同时这一来自乡野的意象俨然又是一个母体性的乡村形象。90 年代初，徐坤的《女娲》、池莉的《你是一条河》同属这一路径，仍然是将性别议题承载于对 20 世纪中国乡村女性独特的生存方式、性别境遇的反思、批判中。当然，反思与批判的姿态远要比铁凝的“三垛”尖锐。这一叙事路径实际上在性别视角下延续了同时又超越了五四启蒙文学将国民性问题与对乡村女性的叙述挂钩的思路，以及 80 年代中期的“寻根文学”以乡土作为文化溯源、自审的最主要场域的思路。而铁凝在 90 年代推出的一组短篇小说《小黄米的故事》《秀色》《孕妇和牛》则转向以一种悲悯、包容甚至认同的姿态去面对乡村女性的性别生存经验，但与此同时，在对都市、知识女性的生存经验表达中，铁凝则展开对男权文化以及在男权文化阴影下女性生存自身的尖锐解构与批判的性别立场。如 80 年代末的《玫瑰门》、90 年代的《对面》《无雨之城》《永远有多远》等。铁凝的两种姿态实际上表明她开始在意特殊的空间与阶层的身份是如何影响了乡村/都市女性不同性别经验、主体位置的建构。

在这方面特别应当提到迟子建的创作。迟子建在八九十年代的创作绝

① 张辛欣：《我在哪儿错过了你》，《收获》1980 年第 5 期；张辛欣：《在同一地平线上》，《收获》1981 年第 6 期；张洁：《方舟》，《收获》1982 年第 2 期；张洁：《祖母绿》，《花城》1984 第 3 期。

② “三垛”包括《麦秸垛》（1986）、《棉花垛》（1988）和《青草垛》（1995）。这里还应该特别提到的是王安忆 1989 年具有强烈女性主义立场的《岗上的世纪》。作品以知青的乡村生活为背景，探寻女性的身体和性所具有的超越性的精神向度。

大多数涉及乡村生活，尤其是乡村女性的生存境遇。同铁凝一样，她也非常注意乡村女性的独特性别位置，如短篇小说《逝川》。乡村男权文化传统造成漂亮能干的吉喜一辈子孑然一身的悲剧，但她平静豁达地在日出日落间劳作，在对自然和生命的大爱、对命运的承受与包容中，吉喜超越了男性、超越了苦难，成就一份乡村女性生命的尊严与高贵，这其中包含了对男性的宽容与温情。事实上迟子建的乡土叙事总是充满温情，《亲亲土豆》《日落碗窑》《白银那》这三部作品都表现了在艰难生活中夫妻之间、亲人之间、乡亲邻里之间的温情。他们互相以自己卑微而韧性的生命支持着对方，点点滴滴共同求取生存之光。但迟子建更多将这种温情归于人性本身的高贵，而不是归于乡村传统伦理。90 年代以男作家为首的乡土叙事中有一种美化乡村传统伦理（包括父权秩序）的文化守成倾向，迟子建的写作显然不能简单地归于这一倾向，实际上她的很多作品呈现了乡村传统伦理、文化对自然生命（特别是对女性和孩子）的压抑、宰制。由此可见，铁凝与迟子建在八九十年代的一些乡土叙事文本实际上标志着女性主义叙事本土化的苗头。

这样的梳理让我们惊奇地发现，在八九十年代的女性写作中，乡土叙事虽不占主导地位，但其脉络却一直没有中断，性别立场对乡土叙事的渗透也一直存在。但这样的写作脉络却一直处于无名、自在的状态，得不到应有的辨识、梳理与命名。尽管女性主义批评话语持续不断地倡导女性主义的本土化，但对身边其实一直存在着的女性乡土叙事细流却始终熟视无睹。90 年代被认为最具有女性主义立场的写作是以林白、陈染为代表的表达都市知识女性经验的写作，所有女性主义批评的目光几乎都集中在这一脉女性叙事潮流上。甚至到了新世纪头十年，女性乡土叙事已经蔓延成潮，但依然没有引起女性主义批评话语的注意。

主流学界与女性主义学界的上述盲视其实可以归咎于两方面原因。一方面，女性主义作为一种源于西方的方法论、知识论，实际上很难向包括乡土文学在内的其他研究领域渗透，因此无法与其他话语建立对话关系；另一方面，一再被拒绝的女性主义话语也只能满足于自说自话。这就造成在乡土/底层文学研究视野中，女性乡土叙事在乡土/底层层面上被阐释，其性别视角带来的独特内涵被忽略；而在女性文学研究视野中，女性乡土叙事又仅限于性别层面上被阐释，其更丰富的内涵被忽略。在前一个视角下，女性乡土叙事被归入乡土叙事潮流；在后一个视角下，女性乡土叙事又被归入女性写作潮流，而忽略了探寻性别视角与乡土视角之间的互动及其给女作家的乡村表述带来的新质，更未曾意识到女性乡土叙事在对 20 世纪的乡土文学传统与 80 年代以来的女性文学传统的继承、融合与超越中可能成长为一种新的叙事倾向。

二、转型不等于放弃性别立场

熟悉中国现代文学史的人都知道，以知识女性的青春、爱情、自我为书写内容的五四女性文学到了 20 年代中期渐渐衰落，陈衡哲、苏雪林、凌叔华、庐隐的创作或中止或停滞。从 20 年代末到 40 年代，事实上是女作家的乡村叙事在延续着女性文学的血脉①。如冰心的《冬儿姑娘》《张嫂》《分》、罗淑的《生人妻》《桔子》《刘嫂》《井工》等，白薇的三幕话剧《打出幽灵塔》，丁玲的《阿毛姑娘》《庆云里的一间小房里》，包括她转型后创作的《田家冲》《水》《奔》《东村事件》，更不用说萧红的《生死场》《呼兰河传》《牛车上》等。女性乡土叙事并没有放弃五四女性的性别立场，只是做了转换，将女性性别意识带到更广阔的社会生活领域，这在萧红的全部创作以及丁玲 40 年代的《我在霞村的时候》《新的信念》等作品中更有突出的表现。历史时常有惊人相似的一幕，类似的文学史逻辑同样出现在 20 世纪 90 年代末到 21 世纪

① 参见乐铄：《现代女作家乡土作品及其地位》，《中国现代文学研究丛刊》2001 年第 3 期。

初的女性文学的发展逻辑中。

我们知道，发端于20世纪80年代初的女性主义写作潮流到90年代上半叶达到高潮，被视为高潮标志的是林白、陈染、徐坤、徐小斌、海男以及诗歌领域的翟永明、伊蕾等人表达都市知识女性经验，以个人、自我、身体为中心的写作。这一高潮在90年代后期渐渐消歇，尽管仍有一些颇有分量的新作问世，如世纪之交铁凝的《大浴女》、张抗抗的《作女》，但作为一股创作潮流已渐渐失去先前群体性的整齐阵容、迅猛的发展势头和新锐的精神锋芒。即便像《大浴女》《作女》这样的佳作也没有开辟出女性主义写作新的话语场地、呈现更丰富的叙事可能性。这里似乎还应该提到20世纪90年代后期70年代出生“都市新人类”女作家们的写作。① 从表面上看，这一群体的创作似乎延续女性主义写作的路径（当时的批评界也不乏这样的期待甚至论断），成为女性主义写作潮流的后续力量。同样是类自传色彩的女性生活场景、散漫情绪化叙事方式，但主人公已由抑闭孤独的知识女性变成隶属“都市新人类”的狂野的“坏女孩”，叙事空间已由幽闭的“自己的房间”转换为酒吧、迪厅，女主人公们已不再作痛楚的精神漫游，而是沉湎于酒精、爵士乐、性甚至大麻的疯狂刺激中。这一创作群体虽然竭力要表明这种“另类”生存方式的反叛意义，但“另类”和反叛在这个群体的语境中更多的是自我作态的时尚化表演，一种以反媚俗的姿态出现的隐蔽媚俗，并不具有先前的女性主义写作特有的独特的性别精神立场。这一群体的写作可以看成以陈染、林白为这一脉的女性主义写作潮流在资源日益枯竭背景下的下滑与陷落。

于是，一时间中国女性主义写作陷入沉寂、停滞、困境等断言纷至沓来。恰恰也正是在这个时候，女性主义写作的转机悄然来临。世纪之交，底层文学潮流兴盛一时，女作家也加入这一潮流中，王安忆的《富萍》

① 1998年7月《作家》推出70年代出生女作家小说专号始，短短的两三年间，70年代出生女作家已然形成一个不小的群落，这一群落包括棉棉、周洁如、魏微、戴来等。

(2000 年)、《上种红菱下种藕》（2002），严歌苓的《谁家有女初长成》（2002），孙惠芬的《歇马山庄的两个女人》（2002）、《民工》（2002）等作品相继问世，并引起评论界的广泛关注。正是出于本节第一部分论述的原因，这些作品理所当然地首先在底层文学/乡土文学的语境中被接受、解读。当然，它们也会在女性主义的性别视角下被解读，但从没有人以乡土与性别相兼容的双重视角来看待这批文本，因而也就很难意识到这批文本之于中国女性主义写作转型的意义。直到 2004 年，林白推出被称为“最胆大包天尝试”的另类乡土叙事文本《妇女闲聊录》，评论界联系她此前的《枕黄记》（2001 年）、《万物花开》（2003 年）时，才异口同声惊呼林白的转型。① “从一个崇尚个人的女性主义作家转向对中国民间大地的热烈关注”② 这样的评价，在对《妇女闲聊录》的众多评价中颇具代表性。林白创作的新变被认为是中国女性主义写作转型的标志性事件。我们姑且将林白创作的新变以及评论界对此的反应称之为“林白事件”。

“林白事件”至少有两点值得我们注意。首先，为什么选择林白创作的新变作为女性主义写作转型的标志？这其中最重要的原因就是林白一直被看作是 20 世纪 90 年代中国女性主义写作的标志性人物，在人们的意识中所谓“女性主义写作”就是指林白式的以个人、自我、躯体为中心的写作。这就涉及我们对 90 年代女性主义写作潮流的理解。事实上，90 年代的女性主义写作潮流是多元共生的，陈染、林白的创作只是其中一个方向。如果说，林白、陈染这一脉以女性的个人、自我、躯体为中心的特立独行的文

---

① 评论界对林白转型反映强烈，参见张新颖：《如果文学不是“上升”的艺术而是“下降”的艺术》，《当代作家评论》2004 年第 6 期；贺绍俊：《叙述革命中的民间世界观——读林白〈妇女闲聊录〉》，载《长篇小说选刊》2005 年第 1 期；施战军：《让他者的声音切近我们的心灵生活：林白〈妇女闲聊录〉与今日文学的一种路向》，《当代作家评论》2005 年第 1 期；陈思和：《“后”革命时期的精神漫游——略谈林白的两部长篇新作》，《西部文学》2007 年第 10 期等文章。

② 陈思和：《“后”革命时期的精神漫游——略谈林白的两部长篇新作》，《西部文学》2007 年第 10 期。

本实践构成这个潮流的浪尖潮头，那么，王安忆、铁凝、迟子建、池莉等人具有更广阔社会生活内涵的创作，则以沉厚的面貌构成这一潮流广阔而坚实的腹地风景。作为一种文学潮流，两者都是不可或缺的。相比于前者，后者似乎并不特别张扬女性主义的叙事立场，但不等于就没有这一立场，而是将这一立场带向更广阔的社会生活，从而使这一立场变得隐蔽却更显坚定而沉着。甚至在她们的一些超越性别议题、女性议题的作品中，性别的立场也昭然若揭。如王安忆90年代初的《叔叔的故事》，以男性叙事人的口吻讲述一个父辈（叔叔）与子辈（“我们”以及“叔叔”的儿子）的故事，小说最终结束于这样的追问：一个“将儿子打败的父亲还有什么希望可言?”而一个被父亲打败的儿子的前景就更可想而知了。叙事从而不动声色地宣告了以权力为中心的父子秩序的颓圮。[①] 这已然是一分坚硬无比的性别立场，却鲜被识别。在如何界定一个作家、一个文本、抑或一种写作潮流是否具有女性主义立场问题上，似乎不能看写了什么，而要看怎么写。

伍尔夫曾经说过，女性写作与男性写作的区别并不在于男人描写战争而女人描写生孩子，而在于两个性别都表现自身。超越性别来书写性别才是女性主义写作的最高境界。而正是这种超越性别又书写性别的文本实践才启示着女性主义写作广阔的话语前景，为这一写作潮流提供了个人、自我、躯体之外的叙事可能性，并最终酿成这一写作潮流在新世纪的转型。其实，具有文学史意味的转型发生在林白身上，而不是发生在同样被看作90年代女性主义写作标志性人物的陈染身上，个中原因也莫不如此。比较林白、陈染两人在90年代的创作，不难发现林白的性别化叙事并非如评论者（甚至包括林白自己）所认定的那样极端封闭、自恋，而是不乏个人、自我、躯体之外的内容。如故乡亚热带边陲小镇（沙街）上的各色人情风土、乡野的诡异传奇、底层民间的悲凉经验。而在陈染的作品中却很难见

① 王宇：《性别表述与现代认同》，上海三联书店，2006，第194－196页。

到个人、自我、躯体之外的内容。因此，林白创作的转型契机实际上早已孕育于她在 90 年代的写作中。

“林白事件”另一值得我们注意的地方是，形形色色欢呼林白转型的话语实际上都不言而喻地包含这样的论断，那就是转型后的林白已经放弃先前女性主义的个人化立场，回归主流叙事。似乎大有浪子回头的意味。这实际上也是主流文学界对以林白为代表的中国女性主义写作转型的期待。①如果事实果真如此，那么，这样的转型就意味着性别精神立场的后撤、女性主义写作血脉的中断，中国女性主义文学的终结。但事实上，无论是林白本人的创作，还是新世纪女性乡土叙事潮流都没有放弃女性立场，而只是做了转换，从而将女性性别意识带到更广阔的社会生活领域。正如我们上面一再提到的，超越以个人、自我、躯体为中心的写作并不等于就放弃了女性主义的立场。超越性别但依然要书写性别，而不是超越性别最后抹去性别，回到以男性笔墨来书写的原初状态。女性写作的乡土转向，是否定之否定后的提升，而不是简单的后撤、回归。

三、将性别视阈引向广阔的乡村生活

与以往女性文学相比，新世纪女性乡土叙事最大的不同点是超越女性/性别的议题，将性别视阈引向更广阔的乡村生活。《笨花》《额尔古纳河右岸》《第九个寡妇》《赤脚医生万泉和》《妇女闲聊录》《上塘书》等新世纪头十年最重要女性乡土长篇小说，除了《第九个寡妇》较多展开乡村背景下的女性/性别议题外，其他作品的叙事域都面向更广阔乡村的历史与现实，甚至有的作品最重要的主人公都不是女性人物。性别视角有意无意的介入，致使这批作品对乡村的历史与现状的叙述呈现出不同于传统中性化（实际上

① 一个典型的例子是，2007 年 10 月 5 日的《北京晨报》甚至以“林白，不再做女性主义斗士”为题来推介林白的另一长篇《致一九七五》。

是男性化的）乡土叙事的崭新特质。这样的特质首先表现在对琐碎丰饶的乡村日常性的还原上。日常性也是新世纪女性乡土叙事表现乡村生活的最重要的切入点。当然，日常性并不是新鲜的话题。90 年代的新写实小说、新历史小说中也不乏乡村的日常性，甚至新世纪男作家的乡土叙事也刻意凸现乡村的日常性，以此来呈现总体性终结后的乡村面貌，颇具代表性的是贾平凹的《秦腔》。那么，性别视角的介入又使得女性乡土叙事对乡村日常性的表述呈现怎样独特的内涵？也许《秦腔》正可以为我们提供一个参照。

尽管《秦腔》的作者一再声称自己所写的是“一堆鸡零狗碎的泼烦日子”，评论界也一致认为《秦腔》呈现的是总体性终结之后的碎片化的乡村，但在文本叙事层面，《秦腔》实际上潜藏着一种重返总体性的努力。这集中表现为叙事对象征、隐喻的热衷。首先，小说总体叙事框架极富象征意味。叙事以疯子引生对白雪的痴恋开端，最后终结于引生目睹白雪在七里沟崖崩轰鸣中倒地。在白雪倒地前的一刹那，引生看到她身后佛光万丈，“如同墙上画着的菩萨一样，一圈一圈的光晕在闪”。白雪作为诗意化、纯洁化的传统乡村的化身，她的倒下暗示着传统乡村的香消玉殒。除了白雪，其他的人物也都有象征意味，执迷秦腔的乡绅型人物夏天智和执迷占卜的巫师型人物中星爹，象征着包含宗法伦理、民间戏曲、鬼神信仰在内的一整套乡村传统文化谱系，两人先后死去意味着整个乡村文化传统的终结。夏天智、中星爹寿终正寝，是现代化过程中乡村文化的自然宿命，夏天义却死于一场意外的崖崩，而这场崖崩与夏天义不顾自然规律、人心，近乎偏执地在七里沟淤地不无干系。不难看出这样的情节设置中所包含着的对 20 世纪后半叶乡村政治历史的隐喻。甚至那些鸡零狗碎的泼烦细节也充满象征隐喻色彩。如白雪和夏风的女儿牡丹生下来就没屁眼，暗示着传统乡村文明无法在与现代文明的融合中获得自新的动力，纳新却不能吐故。夏天智四兄弟名字为“仁义礼智”，而下一辈夏天义的五个儿子的名字却分别名为庆金、庆玉、庆满、庆堂和瞎瞎，象征着原本散佚乡野的儒家传统的消亡、乡村迅速的功利化、世俗化。① 类似这样例子还有许多。由此可见，《秦腔》并没有真正回归自在、本真的日常生活。

与此密切相关的是小说的叙事姿态。虽然，小说第三人称叙事人价值立场中立，但小说并不缺乏价值判断，这个判断由另一个叙事人自我阉割的疯子引生来完成的。引生生理上的去势并没有导向叙事姿态的放低，除了痴恋白雪时陷入一种癫狂状态外，疯子引生在其他时候基本上思路清晰，价值判断明确，引生其实是具有知识分子身份的乡村代言人（作者自己）的化身。

同样描写当下乡村中的日常性，《妇女闲聊录》则完全不同。在这部作品中，乡村的日常生活与其说是被表述不如说是被呈现。小说以一个在北京打工的乡村妇女木珍滔滔不绝的闲聊，来呈现她的家乡王榨村庞杂的日常生活景观。作者只是一个忠实的记录者，不是表述者，从而最大限度祛除了表述（话语）中所隐含的权力机制。木珍的叙述没有精心设置的叙事框架、象征隐喻，甚至价值立场含混，王榨村的鸡零狗碎就是鸡零狗碎，没头没尾，无始无终，但就是这样看起来支离破碎暧昧含混的鸡零狗碎，其实恰是日常生活最原初的状态、最完整的面貌，让人从中得以窥见长期以来乡村一直被各式各样的话语遮蔽的自在面貌。

林白的《妇女闲聊录》选择呈现而拒绝表述，孙惠芬的《上塘书》却不拒绝表述，“上塘书”意味着要为上塘做书立传，这俨然是传统宏大叙事的姿态。再看小说的章节，似乎也是按照方志、村史编撰方法，以政治、地理、交通、教育、贸易、历史、文化等分类来表述上塘村。作者并不抵抗宏大叙事逻格斯化的命名与分类方式，而是承认这套分类、命名方式，同时又赋予它完全不同的意义。以“上塘的交通”一节为例，从上塘到歇马镇上的山道、甸道、镇上唯一的柏油马路，到村里通往坟地为死人走的道路，

① 这些细节的象征意味在多名学者针对《秦腔》评论中已被反复提及、论析，在此不再一一赘述。

再到上塘男女身体的交通，最后到上塘人心灵之间的交通；从赶集的女人们在甸道上的叽叽喳喳，到瘫在炕上多年被叫作燕子的老婆婆50年后第一次由儿子推着从村道上回娘家，再到上塘男女在僻静村道上偷情寻欢……这一切都被命名为“交通”。原来鸡零狗碎、飞短流长也可以被堂皇地命名为“交通”？这是和“交通”、和历史、和逻格斯开了一个玩笑，就在这玩笑中拯救了上塘，使它不至于被政治、地理、交通、教育、贸易、历史、文化这些僵硬无情的分类框框宰割成支离破碎、无血无肉，从而还原了一个鸡零狗碎却有血有肉的上塘，这是日常生活的原初状态，也是上塘的原初状态。

无论是《妇女闲聊录》，还是《上塘书》，在叙事的姿态上，无疑都拒绝代言，非常低调，并由此造就各自独特的文体形态。

与林白的断然拒绝、孙惠芬的“阳奉阴违”相比，铁凝的《笨花》似乎最接近人们熟悉的宏大叙事式的乡村史诗，但却只是“在宏大叙事和家常日子之间找到一种叙述的缝隙，并展现了我内心想要表达的东西”①。这种东西，正是铁凝所理解的笨花精神，笨花精神就是日常生活精神；笨花村的秩序也就是日常生活的秩序。这样的秩序兼容了“笨”（沉重）与“花”（轻盈），宏大叙事与鸡零狗碎，风云与风月，前者不能覆盖后者，后者也不能拆解前者。笨花村的历史就是日常生活的历史，这样的历史没有中断只有绵延，没有突变只有渐变，不是除旧布新，而是以旧纳新。《笨花》叙事并非以鸡零狗碎来颠覆宏大历史，像以往的女性主义小说、新历史小说那样；而是让两者纷然并置，甚至消弭两者之间的界限，回归日常生活最原初兼容并包状态，呈现乡村混沌、包容的母体特征，这就是铁凝所心仪的“笨花精神”。

无论是《妇女闲聊录》中的王榨，还是《上塘书》中的上塘，实际上都具

---

① 铁凝、王干：《花非花、人是人、小说是小说——关于笨花的对话》，《南方文坛》2006年第3期。

有这种“笨花精神”，一种从原初的日常生活中升腾而起的自足的乡村精神，这也是一脉女性版的乡村精神、一片女性的乡土。而这恰是传统乡土文学中少见的。

通过上面的分析，我们不难看到，90 年代末以后，女性主义写作作为一股新锐的创作潮流已经不复存在，却衍化为一种更具普泛性的创作视角，被更多的女作家所接受。也就是说，女性主义开始作为一种知识谱系参与了女作家们的多重叙事视角的营构，进入更加广阔的叙事领域。正是在这样的知识背景下，新世纪女性乡土叙事潮流崛起，它超越性别但依然书写着性别。如果说，中国文化的现代性转型关键在于乡土中国的文化自觉与重建，在今后相当长时期内，乡土文学依然可能是中国文学的重镇，那么，女性主义向乡土叙事领域的渗透其意义将是不容小视的，它不仅意味着女性文学的新动向，同时意味着乡土文学的新动向。

第二节　日常生活精神与医疗、疾病书写：铁凝《笨花》新论

我们知道，与20世纪八九十年代的女性小说相比，进入21世纪以来，女性小说最大的不同点是将性别视阈引向更广阔的社会现实与历史。无论是否关注性别议题，都没有放弃性别立场，因而表现出一种超越性别的性别写作立场，或者说潜在的性别立场。①《伪满洲国》《笨花》《额尔古纳河右岸》《赤脚医生万泉和》《第九个寡妇》《白雪乌鸦》《天香》等在21世纪第一个十年陆续问世的长篇历史小说，无疑也是21世纪第一个十年最具分量的女性小说，也最能代表上述写作立场。本文选择其中的《笨花》作为个案，并兼及其他作品来讨论这种潜在性别立场及其意义。《笨花》自2005年出版以来好评如潮，十多年过去了，当我们回过头来重新阅读这部作品时，会发现它的一些一直没有被热闹的评论所注意到的特质，而这些特质对于我们理解21世纪以来女性写作、甚至整个21世纪文学的开局，可能都具有症候性的意义。本文的论域将围绕作为《笨花》叙事逻辑的“日常生活精神”（而不仅仅是日常生活），以及在《笨花》叙事中占据重要位置，却从未被众多研究者注意到的医疗、疾病书写来展开。

一、日常生活与日常生活精神的不同

从20世纪80年代中期的第三代诗歌、新写实小说开始，文学日益告别

---

① 很多人注意到21世纪女性写作超越性别的倾向，但却没有意识这并非回到中性写作立场，而实际上是一种超越性别又书写性别的写作立场，超越的只是女性、性别的议题。有关这方面的论析，参见王宇：《新世纪女性乡土叙事潮流的崛起及其意义》，《南开学报》2013年第2期。

詹明逊所谓的“民族寓言”体式①，向日常生活回归。到了 21 世纪文学中，日常生活叙事已然成为一种常态。《笨花》被认为是这方面非常有代表性的作品。“日常生活”可能也是迄今为止有关《笨花》评论中最经常被提到的关键词。评论界一直认为《笨花》的意义在于将日常生活与大历史完美融合，从而书写了一部日常生活中的大历史，“这是大历史，小故事；大写意，小情调；大气象，小细节。惟其如此，这部小说才显示出它的饱满和丰富。怀着历史冲动，又企图逃离它，这就是在这部作品中贯穿始终的大历史与小故事的紧张关系。”② 这样的阐释也吻合了铁凝自己对这部作品的定位，“在宏大叙事和家常日子之间找到一种叙述的缝隙，并展现了我内心想要表达的东西。”③ 铁凝想要表达的“东西”，在小说中被命名为“笨花精神”：它兼容了“笨”——大历史的沉重和“花”——日常生活的轻盈。其实，20 世纪无论哪个时段的历史叙事，都在某种程度上都兼容了大历史与小故事。但《笨花》对大历史与小故事的兼容既区别于 20 世纪中叶的宏大历史叙事，又区别于 90 年代以来常见的碎片化的历史叙事（这种倾向最典型体现在《长恨歌》等女性历史叙事中）。

20 世纪中叶的宏大历史叙事，也并非没有日常生活，即便“文革”的样板戏，反复修改、高度提纯都无法彻底祛除日常生活的成分。其中，《白毛女》《沙家浜》《红灯记》所残留的日常生活细节还相当可观。最好的比照可能还是梁斌的《红旗谱》。这部无论在“话语所讲述”故事的时间、还是空间上都与《笨花》十分接近的宏大历史叙事，也花费大量篇幅来表现乡村

---

① 詹明逊在《处于跨国资本主义时代的第三世界文学》一文认为，“第三世界的文本甚至那些看起来好像是关于个人和利比多趋力的文本，总是以民族寓言的形式来投射一种政治：关于个人命运的故事包含着第三世界的大众文化和社会受到冲击的寓言。”即第三世界的文学宿命般带有“民族寓言”体式。詹明逊：《处于跨国资本主义时代的第三世界文学》，载《晚期资本主义文化逻辑》，张京媛译，生活·读书·新知三联书店，1997，第 523 页。

② 陈晓明：《〈笨花〉：烂熟于心的预谋》，《中国青年报》2006 年 3 月 28 日。

③ 铁凝、王干：《花非花、人是人、小说是小说——关于笨花的对话》，《南方文坛》2006 年第 3 期。

的人伦情感、饮食起居、婚丧嫁娶、风景风俗，只对白洋淀锁井镇一带乡村俚俗的表现就让人叹为观止。如年俗中的祭祖祈福、撒芝麻秸、烧柏枝、齐跪磕响头，丧葬习俗中的穿装裹、煮倒头饭、做供献、缝孝衣、门楼挂纸钱、街坊四邻吊棺、执幡摔瓦……林林总总不一而足。也就是说，任何宏大叙事其实都在不同程度地兼容了大历史、小故事。《笨花》与它们的区别，不在于对日常生活和大历史的兼容上，更不在描写日常生活细节的多寡上，而在于日常生活被置于本体性位置，成为最根本的叙事逻辑和叙事动力。而在《红旗谱》式的宏大叙事中，根本的叙事逻辑、叙事动力则由历史理性的必然性与合法性来提供，日常生活并不具有本体性的意义，因此，即便有再多的日常生活细节，也不过是大历史的花边和点缀。换句话说，《红旗谱》式的宏大叙事是将日常生活纳入历史理性的轨迹——例如，将人伦情感改造成阶级情感，将家族仇恨纳入阶级仇恨框架。而《笨花》恰恰是将历史理性纳入日常生活的轨迹，日常生活俨然上升为一种精神，即小说中所谓的“笨花精神”。日常生活与日常生活精神是不一样的。《红旗谱》式的宏大叙事缺少的并不是日常生活，而是日常生活精神。尽管保定二师学潮、高蠡暴动、《北方红旗》杂志，冀南的游击战争、抗日根据地等在《红旗谱》中正面展现的波澜壮阔的历史事件，在《笨花》中也屡屡被提及。笨花并不是世外桃源，但是具有合法性和必然性的历史理性要进入笨花，却必须经过“笨花精神”的改造。这得从乡土社会结构性特征说起。

费孝通认为，“在社会学里，我们常分出两种不同性质的社会。一种没有目的的，只是因为在一起生长而发生的社会；一种是为了要完成一项任务而结合的社会……前者是礼俗社会，后者是法理社会。”① 他认为中国乡土社会当属前者。乡土社会既是自然生长的礼俗社会，必然依赖习俗、经验、血缘关系、自然情感为其组织原则。而日常生活正是以传统习俗、经

① 费孝通：《乡土中国、生育制度》，北京大学出版社，1998，第9页。

验、血缘关系、自然情感等自然主义、经验主义因素为其立根基础，是最接近自然或类似自然的，自在、重复的领域。因此，农业文明、乡土文化传统在本质上就是立根于自在自然日常生活的文明。① 而现代革命则是一种带有强烈历史目的论诉求的新文明，最终目的就是要建立一个法理社会。但是在《笨花》的世界里，旧传统与新文明之间并不抵触。笨花尽管也存在贫富、等级差异，但这并不足以自发导致革命，革命是外来新事物。笨花的革命纯然就是以向文成为代表的开明乡绅对外来新事物的接纳、对新文明的追求，甚至干脆就是主动进行的温和改良。这样的革命，不会像《红旗谱》或《白鹿原》所展现的那样导致对整个乡村文化传统的毁灭，② 相反，是为后者引入一泉活水，使古老乡土文明焕发新生机。不是非此即彼的二元对立，而是亦此亦彼的多元并存。这是《笨花》既不同于《红旗谱》，也不同于《白鹿原》的本质所在。向文成与甘子明创办的抗日夜校，正是融合了乡土社会礼俗传统与外来革命思想、抗日主张的产物。所以甘子明称夜校为“笨花精神”。取灯下葬的细节典型体现外来革命与乡土社会礼俗传统互相的通融与协商。按笨花习俗，取灯的死属于孤女早丧，不能进向家坟茔。但取灯是为抗日而死，向家破例将她埋在家族墓地，却又要等待着一个合适的死去的男人来倒插门，以完成冥婚配，这样，取灯才得以在家族墓地里长久安息。在五四启蒙叙事中，“冥婚”与“水葬”“典妻”“械斗”“冲喜”“超度”等都被认为是宗法乡村的陋习，传统文化劣根性的集中体现，而备受批判、挞伐。但在《笨花》叙事中却变得颇具人性色彩，而且被安置在革命烈士取灯身上。宗法的、宗教的、阶级的、民族的、启蒙的、改良的、革命的……种种情感都得到尊重，这就是“笨花精神”。因此，笨花的历史没有断裂只有绵延，没有突变只有渐变，不是除旧布新，而是以旧纳新。

① 衣俊卿：《回归生活世界的文化哲学》，黑龙江人民出版社，2000，第 235 页。
② 《白鹿原》为旧传统的毁灭痛心疾首，《红旗谱》则讴歌旧传统废墟上诞生的新文明。

在这种“笨花精神”的照耀下，宏大的历史事件总是显示出其不宏大、凡俗日常性的一面。叱咤风云的一代北洋新军将领向喜，却没有多少军人的襟怀抱负，本质上完全是个农民，当兵就为了挣饷寄回老家笨花买地造屋、添置驴和水车，“打仗就像背井离乡卖力气拿工钱，都一样。”上战场的动力完全来自拿了“主家的工钱”，所以将打战叫干活。

向龟山总攻之前，向喜又想到干活，他寻思既是干活，就有个下工的时候。他抚摸着胳膊上仍在淌血的伤口，心想，其实这会儿他完全有理由佯装重伤，叫卫生员把他抬下火线——他下工了。可是他转念又想，他是拿了主家的钱的，开拔时他还拿出双饷的一半——五十块现大洋寄给弟弟向桂，叫他买头驴再买挂水车，笨花的地，不能光旱着。没有双饷的工钱，家里哪会有驴和水车？想到这些，向喜才又打消了下工的念头，把伤口勒紧，再次朝武昌城举起了手枪。向喜的一营终于攻下了龟山。

龟山之战是辛亥革命武昌之役中举足轻重的战斗，清廷北洋新军与革命起义军的生死决战。但担此重任的北洋陆军营长向喜，却根本不关心时代的走向、历史的是非，在他看来不过是一次挣工钱的“干活”，拿人钱财，替人消灾。这一心态俨然是典型的乡土民间产物。在民间传统戏文中，君王处于危难之中，臣子救驾前还要讨封。例如，《呼家将》《二进宫》。在农民眼里，君臣关系几乎就是雇佣关系、交易关系，“皇帝也不能白使人”，“学成文武艺，卖与帝王家。”这当然是典型的小农意识，也可以看作是一种消极的“笨花精神”。

而在对另一个更为宏大的历史事件——抗日战争的叙述中，小说极力彰显“笨花精神”积极的一面。抗战叙事基本在后方的日常事务中展开，办夜校、改进鸡兔同笼、建乡村集市、创办八路军后方医院等。战争也不能中断日常生活顽强的秩序。向文成、西贝时令两人都是笨花村抗日的中坚，但文成的抗日显然和时令不同，前者温和宽厚，兼容并包，抗日是出于对美好日常生活的坚守，“事变了，事变咱也得过日子。这是在咱笨花，笨花还是咱们的。日本人横竖把笨花搬不走，站得住的还是咱笨花人。”笨花抗日夜校开张，向文成上台讲话，自作主张，认为“政治目的是个慢慢贯彻的事”，眼下得“先讲识字的重要性”，讲着讲着就满世界跑题，什么“茅房文明”、保定火车站的瓷茅坑、纽约的橡皮街都来了，底下听讲者笑得前仰后合。战争近在咫尺，向文成却为大家偷得片刻的祥和。显然，向文成的抗日行径更具乡土根性，更符合“笨花精神”。而西贝时令则“个拧”，冷酷，不近人情（这最突出地表现在他处决小袄子的事件中，整个过程令人不寒而栗）。①“平时笨花人就怵时令”，不怵文成，但他们遇事都爱找文成拿主意，而对西贝时令则敬而远之。尽管西贝时令也是笨花土生土长，却代表着一个与笨花完全不同的外来秩序，笨花日常生活中从不见他的身影，他更像笨花世界的局外人。而另一个从外地来笨花的抗日干部、县长伊率真，反倒充满“笨花精神”，人情味十足，对聊斋、三国、河北梆子、人体经络津津乐道，对诸如写对联、拉风箱、制酱等乡村日常生活细节也兴趣浓厚，“日本人虽然就在几里之外，可咱们的日子还得过。”在繁忙的抗日工作间隙还不忘教向文成母亲制作西瓜酱，甚至讲究品尝西瓜酱时“吃着、吃着，再不断吐出几个西瓜籽，那滋味就更不同一般了。”伊率真没等吃上西瓜酱就牺牲了，而另一个为抗日大义慷慨赴死的人物向瞎话，平时却爱胡说八道、瞎话连篇；抗日组织最忠诚的交通员走动儿，竟然长期和别人的媳妇相好。这就是真实的日常生活，英雄和凡人其实没有界限。战争的罪恶在于它中断了美好的日常生活，守护、重建日常生活，正是向文成、取灯、伊率真，所有奋不顾身投身这场战争的笨花人的动力，也是小说叙事的基本动力。它不是来自任何抽象的历史理性的必然性与合法性。这是铁凝对老师孙犁所恪守的战争叙事逻辑的遥远致意。在孙犁笔下，生命的美善、世俗生活的幸福始终是革命者斗争、牺牲的内在动力。《风云初

① 在《棉花垛》中，国（即《笨花》中的西贝时令）在处决小臭子之前先和她发生了关系，《笨花》尽管删除了这个相当尖锐的细节，但没有改变对西贝时令的态度。

记》中，长工老温半辈子受苦劳碌，抗日政权让他成了家，但在新婚第二天他就参军上了战场，“有了妻子，就有了牵连，也就有了保卫她们的责任，生活幸福，保卫祖国的感情也就更深了。”① 当然，在孙犁的时代，日常生活的逻辑总时被要求纳入宏大历史的逻辑中，而两者间的抵牾、矛盾，曾让孙犁长久深陷精神与创作的困境。

从日常生活启程，似乎注定无法抵达大历史。这是孙犁那个时代宏大历史叙事总要想方设法摆脱日常生活的根本原因。反过来，大历史的逻辑似乎又总要遮蔽日常生活，这是自1990年代以来的日常生活叙事总要摆脱大历史的原因。两者遵循的其实都是二元对立逻辑。而铁凝似找到了从日常生活出发重返大历史的秘密通道，这就是日常生活精神，即“笨花精神”。不是日常生活，而是日常生活精神才是《笨花》最为本质的特征。如果说，鸡零狗碎的日常生活容易将历史碎片化，那么，日常生活精神则具有对碎片化进行重新整合的功能，解构之后再建构，否定之否定。《笨花》依然是一部大历史，却是一部全新的大历史。从这个角度而言，《笨花》又与1990年代《长恨歌》《羽蛇》式以琐碎日常生活逃离、解构大历史的女性历史叙事区别开来。当然，前者的再建构是建立在后者解构的基础上。其实，王安忆从1995年的《长恨歌》到2010年的《天香》，走过的同样是对历史的解构到建构的历程。而21世纪以来其他女性历史小说，也各自开发出自己作为叙事逻辑的“日常生活精神”。不过，相比于《笨花》包罗万象的日常生活大历史，它们更多围绕一个支点来建构日常生活精神。在《额尔古纳河右岸》中，这个支点便是人与自然的关系，即围绕人与自然关系来展开日常生活中的大历史，这也是这部小说对1990年代以来盛行的日常生活叙事的新拓展。而《天香》《赤脚医生万泉和》《白雪乌鸦》，则类似历史学科中的专门史叙事，分别围绕明代天香园顾绣技艺的历史、20世纪后半叶农村合作

① 有关孙犁抗战叙事的论析参见王宇：《空白之页与变异转型：孙犁乡村女性叙事的复杂性》，《南开学报》2014年第4期。

医疗的历史，以及1910年前后哈尔滨傅家甸的瘟疫来展开独特的日常生活中的大历史。

二、作为日常生活细节的医疗

从小说记录日常生活史的角度而言，对疾病医疗事件的书写，可能比对任何社会事件的书写更具绵远的意义，因为疾病和医疗正是本源意义上的日常生活。弗吉尼亚·伍尔芙说过，“生病是如此司空见惯，而它所带来的精神变化是如此巨大，当健康之光降临时所泄露的尚未被发现的领地又是如此令人惊讶……当我们想起这些就像我们经常被迫去想及他们时，发现生病没能在文学的基本主题中与爱情、战争以及妒嫉一样占据一席之地，就变得确实有些奇怪了。”① 当然，20世纪的中国小说，并不缺乏对疾病与医疗的书写。从标志着五四新文学开端的《狂人日记》到七八十年代之交、标志着新时期文学开端的《伤痕》，疾病与疗治无不象征着国族现代性转型中的种种纠葛，甚至形成一个强大的象征隐喻系统。这种重视疾病医疗的附加意义即象征隐喻，而轻视其事实层面意义的书写传统，与现代父权文化本身轻视身体的传统密切相关。21世纪女性历史叙事中的疾病医疗书写却在很大程度疏离了这个传统，疾病医疗更多地在事实层面，而非隐喻层面被书写。因为只有事实层面上的疾病医疗，才是日常生活重要组成部分。只有在具有日常生活精神的叙事中，疾病医疗才能回到其本来的状态，换一句话说，只有当疾病医疗回到其本来的状态，文学才具有日常生活精神。这样说并不意味着疾病医疗只具有生物医学层面的意义。“疾病并不只是科学可以测量的生理病变，同时也是病人的体验、科学话语、社会制度和文

① 弗吉尼亚·伍尔芙：《论生病》，载林石编《疾病的隐喻》，花城出版社，2003，第60页。

化观念等共同参与的文化建构……无论疾病和医疗都深深具有文化的意义。"① 那也就是说，疾病医疗除了生物层面的意义，也具有社会文化层面的意义。文学文本不同于医学文本之处正在于对后者的关注。当然，疾病的社会文化意义说到底就是象征隐喻意义，因为文化在本质上就是以象征符号为基础。但象征隐喻可以指向非日常生活，也可以指向日常生活。20世纪中国文学中的疾病隐喻，更多指向非日常生活层面，更少指向日常生活层面。在前一种情形中，能指与所指之间的联系是在文化系统中慢慢生长出来，具有较长时段的意义。例如，不同文化系统会赋予同一疾病的不同文化意义。在后一种情形中，能指与所指之间的联系常常是在特定历史时期被临时建构起来。例如，《狂人日记》中癫狂的隐喻，伤痕文学中"伤痕"的隐喻。当疾病医疗事件在事实层面上被叙述时，它自然折射出日常生活层面的象征隐喻，带有民族志叙事、地方志叙事的意味。这也是为什么21世纪多部女性历史小说不约而同将疾病和医疗作为其历史叙事的重要支点。这在以往历史叙事相当少见。范小青的《赤脚医生万泉和》和迟子建的《白雪乌鸦》，是明确的疾病医疗史和瘟疫史叙事，前者聚焦20世纪后半叶农村合作医疗史，尤其是赤脚医生制度的历史，后者聚焦发生在1910年哈尔滨的大鼠疫。而《额尔古纳河右岸》虽然不以疾病医疗为主体情节，但涉及大量萨满巫医特殊的民俗医疗活动。这对于这部小说的主题——驯鹿鄂温克族群身份、文化身份建构至关主要，因为萨满巫术医疗几乎是驯鹿鄂温克萨满文化最重要的内容，而萨满文化又是驯鹿鄂温克最重要的文化形态。

回到《笨花》个案上来。很多人认为，《笨花》的主人公是父亲向喜，其实，正如前文所论析的，作为"笨花精神"化身的儿子向文成才是笨花历史真正的主人公、《笨花》的灵魂人物。而父亲向喜其实是笨花历史的缺席

① 余新忠：《医疗、社会与文化读本·导言》，北京大学出版社，2013，第4-5页。

者（容后详述）。为此，作者相当刻意地将向文成的身份设定为乡村医生——笨花世界身体与生命的守护者，而身体、生命的细节就是日常生活。显然再也没有比一个乡村医生更适合担当乡村日常生活历史的主人公了。但几乎所有对《笨花》的研究都不太在意向文成的乡村医生身份。向文成的医事活动在小说中占据一个相当重要地位，这个人物的精神面貌的很大程度上也体现在他的医事活动中。例如，他的新知旧学兼容并包的文化姿态，除了稍稍提及他在笨花村两级小学既教旧学中的“修身”，又教新学科目“常识”外，大部分体现在他的医事活动中。他中西医兼通，“研究着《医宗金鉴》《伤寒论》，也研究生理学。”既拜兆州名中医许子然为师，又在“出诊包里常放着一只温度计。”当笨花人理所当然地称他开的世安堂为药铺时，他又认真纠正人家，不是药铺，是药房。药铺、药店属于中医体系，而药房则是西医体系。他给元庆媳妇看病，先做一个西医式的叩诊，然后再按照张仲景《伤寒论》的医理号脉、开方。他既可以按照中药药理判断笨花土产的山药不能入药，又能按西医理论认定这种山药“淀粉丰富，维他命也不少。”他还能说出雪花膏的主要成分是硬脂酸和 X 光的大致原理。最能体现他中西合璧的医学思想的是他与瑞典传教士山牧仁有关中西医差异与融合的长篇讨论，以及他为山师娘治病的那段描写。在西医东渐历史中，从来都是西医传教士给中国人做西式治疗，但在《笨花》中却是中医医生向文成按照中医医理为传教士的太太做中式诊断。我们知道，传统中医即儒医，其医理与儒规密切相关。因此，鲁迅一代对传统文化的批判必然从否定中医开始。此后，在 20 世纪很长一段时间的中国文学中，中医中药都是负面形象。90 年代以来文化守成主义日益崛起，作为传统文化重要组成部分的中医药日益获得肯定、赞颂，直至不容置疑。而向文成既肯定中医重视疾病的个体性差异、重视病因与环境气候关联性的合理性，也对中医医理作了深刻反思。这也是这个人物乃至《笨花》整体文化姿态的具体表现，亦此亦彼，多元并包，这是日常生活的常态。

在小说结构上，向文成的医生身份也至关重要。正因为向文成是医生，八路军后方医院才设在向家，这使得小说得以自然而然地以后方医院医务活动来展开抗战叙事，从而让大历史（笨）和日常生活（花）在笨花这个乡村母体中融合。从前方战场上源源不断送来残损的躯体、垂死的生命、淋漓的血污，医务人员夜以继日地忙碌，清洗、缝合、手术、截肢、导尿、注射、甚至掩埋尸体残肢，制作绷带、软膏、蒸馏水……小说不惜花费大量篇幅来描写战时医院触目惊心的场景和没有任何诗意的医务细节，看起来似乎与小说整体上诗意化日常生活的叙事风格相悖，实际上用心良苦。正是这些毫无诗意的医疗细节，洗净历史的血污，缝合历史的裂痕，成就着生命、生活的绵延，生生不息……这样的寓意最典型体现在对取灯残破遗体的缝合细节上，“孟院长嘱咐大家，缝合得越细越好，要跟为活人做缝合手术一样。他指示大家用零号细线。”被缝合好的取灯才得以回归笨花秩序，永远安息。

而向家的第三代向武备的成长更是与医疗细节密切相关。正是在后方医院中，在日复一日面对残缺的肢体、形形色色的死亡中，尤其姑姑取灯牺牲后，第一个面对姑姑残破的遗体，这一切仿佛是向武备的成人仪式，致使他匆匆告别少年时代，提前迈进成人门槛。我们知道，《笨花》与多年前的《棉花垛》有着深厚的渊源关系，几个主要人物都能在《棉花垛》中找到对应。如取灯、西贝时令、小袄子分别对应《棉花垛》中的乔、国、小臭子。而向武备这个人物则是《棉花垛》中不太重要的老有。《棉花垛》末尾寥寥几行随意提及的老有的从医经历，在《笨花》中却获得大大生发、拓展。《棉花垛》是一部性别立场相当尖锐的小说，追问历史的欺诈和残酷，揭示大历史中女性宿命性的悲剧处境，万劫不复。《笨花》放弃这样的尖锐的女性主义立场，尽管它也仍有自己的性别立场，但已是一种母性情怀，对生命、历史、人世间的宽厚悲悯。也正是这样的立场使得小说相当刻意地将向文成、向有备父子设置为医生，并将医事活动置于一个重要位置。《笨花》中的医疗书写也具有象征隐喻意义，但这样的象征隐喻已然是指向日常生活，而不是非日常生活领域。

三、病残的躯体与母性的乡村

与医疗书写一样，疾病（伤残）书写在《笨花》的叙事逻辑中也具有不可忽略的意义。在当代文学乡村叙事的鸿篇巨制中，成为叙事支点的一般是政治权威——革命人物，或文化权威——地主、乡绅，前者以《红旗谱》中的朱老忠为代表，包括《创业史》中的梁生宝、《艳阳天》中的萧长春、《金光大道》中的高大泉等，后者以《白鹿原》中白嘉轩为代表，包括李锐《旧址》中的李乃敬、苏童《罂粟之家》中的刘老侠、贾平凹《秦腔》中的夏天智等。第一种人物类型出现在 1950—1970 年代的乡村革命历史叙事中，第二种则出现在 1990 年代以后的地方历史、家族历史叙事中。朱老忠、白嘉轩分别代表近代以来主宰、制衡乡村的新旧两种权威力量。向文成的身份更接近白嘉轩，只是白嘉轩是乡土社会旧式的文化权威（族长），而向文成是乡土社会新型的文化权威。乡村医生与新式小学的校长可能是民国时期乡村最具文化资本的人物，向文成同时兼有这两样身份。他不仅是乡村医生，也是笨花村“洋学”的创办者和主持人。在笨花村的地位，实际上就是新型乡绅。这样的身份在 20 世纪上半叶中国乡村的风云巨变中很容易成就一个白嘉轩式的阳刚铁腕人物，父性形象。但铁凝刻意将这个形象阴柔化，这与作为叙事核心的“笨花精神”/日常生活精神密切相关——笨花犹如一个巨大的母体，混沌、包容，这样的精神必然只能由一个具有阴性气质的人物来承载。如果说，在《白鹿原》中，乡村是父性的，那么，在《笨花》中，乡村就是母性的。这样的差异首先表现在两部小说对主人公不同身体属性的模塑上。《白鹿原》一开篇就不遗余力铺陈白嘉轩豪壮的性力——“白嘉轩后来引以为豪壮的是一生里娶过七房女人。”这是要从身体层面打造白嘉轩的阳刚父性身份，而《笨花》开始不久，也设置了有关向文成身体的重要情节。

向文成5岁时去保定看望从军的父亲，父亲带他到府河里摸鱼不慎溺水，救活以后，医生说，命可以保住，但“丢一点身上的东西是免不了的。”左眼枯了，保住的右眼视力也仅残存一点点。这个细节在小说中并没有被特别地渲染，但仔细体会就能发现叙事者的刻意用心。这个细节其实意义重大。首先是在小说情节结构上，这个身体事故使得后面情节的发展顺理成章。事故造成向文成身体的残疾，使他无法子承父业，像父亲那样成为职业军人，离开笨花，远走高飞，投身外面世界的风云际会中，而不得不永远地留守笨花。父亲一直后悔带儿子下河摸鱼，但儿子却始终不这样看，他觉得“保定虽然让他失去了半壁光明，保定可也使他心扉大开”，“府河的流水在他心目中永远明澈”。为什么一定要在丧失身体某一部分之后才能换来对世界的“心扉大开”？视力残缺反而换来对世界的清明认知？这表明这个身体事故在小说中不仅仅具有结构层面的意义，更具有象征层面的意义。我们知道，笛卡儿以来的西方理性传统主张视觉与身体分离，即认为视觉高于其他身体感觉，独自与思维发生联系，形成一种视觉无身体性的传统。在这个“我思故我在”的传统里，对世界的感知是排斥身体参与的。这是一种典型的男性认知模式。而向文成失去大部分视力后，更多地借助身体触摸来感知这个世界，小说中有大量这方面的细节。这种阴性认知模式，让他看到这个世界另一面，顿觉“心扉大开”，世界在他的心中“永远明澈”。自小性情不像父亲更像母亲的向文成，在“丢一点身上的东西”之后，“阴属”的品格更加明显。铁凝在《笨花》创作谈中提到裴艳玲扮演的钟馗对自己的影响，“裴没有刻意躲开女性扮演钟馗的缺陷，而是故意张扬了男鬼身上的妩媚。我认为这是裴艳玲的高明，也是男人和女人看男性的差异。”① 显然，铁凝将自己塑造的向文成与裴艳玲塑造的钟馗相类比。当然，并非所有女作家笔下的男性形象，都如裴艳玲扮演的钟馗，有着阴属秉性。向文成的阴性气质显然是铁凝刻意赋予的。在父亲面前，向文成总是觉得自卑。一身戎装威风凛凛的父亲，从没有引起童年的向文成效仿的冲动，相反的，只有一面之缘的德国医生马克，却给他留下深刻印象，“马克儒雅的谈吐常常带给向文成一种陌生的冲动……”“他要做一名医生。”向文成是医生，可同时又是一个病人（身体有残疾），这与他身为男性却深具仁厚慈爱的阴柔气质异曲同工。所有这一切都反复表明向文成成为笨花历史的主人公、灵魂人物的必然性。因为“笨花”是阴性的、母性的。因此，“个拧”、冷酷的铁腕人物西贝时令，更像笨花世界的局外人，而雄姿勃发的军人向喜则干脆是笨花历史的缺席者，最后客死他乡。

父亲向喜不仅是笨花历史的缺席者，也是子辈历史的缺席者。向喜和二太太生的儿子文麒文麟兄弟俩在解放区与侄儿相逢，只字不提父亲向喜，甚至得知父亲和妹妹取灯都以身殉国后，也只为妹妹默哀。父亲“向喜的名字对他们来说，或许只存在于另一个主题中，当他们为自身的缺点挖掘家庭根源时。”小说虽然写的是父子相继的家族历史，其实并没有伟岸的父亲形象，更没有理想的父子关系。向文成因身体的残疾在父亲面前颇为自卑，而他的儿子向有备从小口吃，走路内八，身体的匮乏同样使他在父亲向文成面前也有几分自惭。两代父亲都对儿子恨铁不成钢，而叙事其实相当赞赏两代“不成钢”的儿子。向文成的大儿子向武备与弟弟完全不同，颇具阳刚气质，所以和祖父向喜一样是笨花历史的缺席者，早早被安排外出参加革命。向文成从小因怵父亲而无法叫爹，向有备也一样，尽管过后都寻找机会补叫。但这已经说明认同过程的艰难。这一切是否表明这部女

① 铁凝、王干：《花非花、人是人、小说是小说——关于笨花的对话》，《南方文坛》2006年第3期。

性家族历史叙事有着不为人觉察的机心？一种隐性的性别立场？当然，《笨花》中的父子关系也并非弑父或杀子式的（这是20世纪八九十年代家族小说惯有的父子关系模式），而是让父子关系回到日常状态。这是否又意味着20世纪文学中的父子关系书写到《笨花》中已经另起一行。

在笨花世界中，除了向文成，还有一个人同样因为身体的病残而走向一个全新的精神世界，这个人物就是向文成非常赞赏的邻家姑娘西贝梅阁。梅阁其实是小说女性人物中一个重要角色，其地位一点不亚于取灯和小袄子。如果说取灯和小袄子联系着的是沉重的大历史，那么，梅阁联系着的恰是笨花日常生活的历史。她的存在意味着小小的笨花，除了沟通着本土传统的儒教礼俗和外来的现代革命之外，还沟通着另一种人类文明形态——西方基督教文明，从而强化笨花多元并蓄的文化形象。所以小说非常在意描写梅阁走向宗教过程的每一个环节。正因为接近宗教，阅读《圣经》激起了梅阁对外面世界、对知识的向往，她也是向文成在笨花村推行文化启蒙的最忠实的回应者和追随者。“在梅阁眼里，世安堂本不是药房，那实在是个知识宝库。”这个最远只去过县城兆州的农家少女，实际上拥有和向文成、取灯一样高远的精神世界。① 而这一切似乎又和她患病的身体密切相关。她天生身体羸弱，无法像别人那样过多投入外部活动，只能退守内心。渐渐地，在家人、村人眼里便成了“作派不可理喻”的另类。好在笨花的兼容多元使她这样的“另类”也有自己的生活天地。她几乎顺理成章地走向基督教世界，并在那里找到生命的全新境界。沉迷灵修世界的西贝梅阁，被家人认为“有癔症”，这几乎是父权文化传统对所有在精神生活方面有高度追求的女性的统一诊断，但叙事并没有在这个层面上开展，而是回到日常生活层面，向文成诊断梅阁患的是中医所谓的“弱症”，即西医所

① 铁凝一向善于描写乡村女性，尤其是那类向往外面世界、渴慕知识文明、期盼“生活在别处”的年轻乡村女性。如《哦，香雪》中的香雪、《孕妇和牛》中的孕妇、《笨花》中的西贝梅阁便是这类人物形象的拓展。

谓肺结核。众所周知，肺结核是疾病文化史上非常著名的疾病，在中国现代文学疾病书写史中也充斥着丰富多元的有关肺结核的象征隐喻。“结核病的隐喻非常丰富，足以运用到两种彼此冲突的情境中。一方面，它描绘某个人（如一个孩子）的死，说他死得太美好，全无性的色彩，这是对那种天使般一尘不染的心理学肯定。”“结核病既带来精神的麻痹，又带来更高尚情感的充盈，既是一种描绘感官享受、张扬情欲的方式，同时又是一种描绘压抑、宣扬升华的方式。”① 铁凝显然选择肺结核的正面隐喻意义来描绘西贝梅阁。结核病的侵蚀让她青春的躯体日益匮乏、枯竭，却升华出一种高洁灵性的精神世界，这与大花瓣、小袄子茁壮的身体、放荡的性生活似乎形成对照。但小说并没有陷入父权传统贞女荡妇对照叙事的惯例，既没有神化梅阁的世界，也没有妖魔化大花瓣、小袄子的世界。只是悲悯性呈现女性人生不同的生命形态，这是日常生活的常态，也是笨花历史的基本形态。如果说铁凝承袭了肺结核的疾病隐喻传统，那么，她最终又悄然离开这个传统，回归日常生活精神。

值得一提的是，范小青的《赤脚医生万泉和》和《笨花》表面看起来几乎是风马牛不相及，其实两者间存在者很多互文关系。主人公都是乡村医生，更重要的是万泉和身体的病残及其与父亲的关系上几乎与向文成如出一辙。万泉和小时候得过脑膜炎留下后遗症，智力轻度障碍，有点木讷迟钝。而父亲万人寿却精明过人，算是后窖村的一代名医。万泉和在父亲面前一如向文成在父亲向喜面前，自觉无比卑微、渺小，总生活在“我爹很瞧不起我”的惴惴中，即便在父亲瘫痪几乎成为植物人后，依然对他具有强大权威性。身体的病残和父辈巨大的权威阴影，似乎注定了万泉和的阴属秉性。显然，范小青笔下的万泉和也是一个铁凝所谓的裴艳玲扮演的钟馗。小说开始不久，父亲万人寿就被踢伤倒下，几乎成植物人，到小说结束还不能

① 苏珊桑塔格：《疾病的隐喻》，上海译文出版社，2014，第 37 页。

正常行走、开口讲话。因此，万人寿实际上是后窖历史的缺席者——犹如向喜是笨花历史的缺席者。正是高大伟岸的父辈们的缺席，阴属的子辈们才得以以自己的方式——阴性的方式参与到乡村历史进程中来。① 范小青选择万泉和这个形象来承载20世纪下半叶的乡村历史，和铁凝选择向文成这个形象来承载20世纪上半叶的乡村历史，殊途同归，都是刻意地要将乡村和乡村的历史母性化、阴性化。毋庸讳言，无论是20世纪上半叶还是下半叶的中国乡村，实际上都是天地玄黄、暴风骤雨，但站在21世纪门槛上，铁凝和范小青却不约而同地选择给这段历史涂抹一个阴柔的、温暖的背影，以此表达对乡村这个渐行渐远的文化母体的无限依恋。

日常生活精神与日常生活是不一样的，这是《笨花》与并不缺乏日常生活描写的《红旗谱》式宏大历史叙事的差异，也是《笨花》与《长恨歌》式的女性日常生活叙事的差异。前者将日常生活纳入大历史的逻辑，后者以琐碎日常生活对抗大历史。而《笨花》则找到从日常生活出发，重返大历史的秘密通道，以日常生活精神收纳大历史。鸡零狗碎的日常生活容易将历史碎片化，而日常生活精神却具有重新整合碎片化的功能。解构之后的再建构，反阐释之后的再阐释，否定之否定，成全了《笨花》重返历史的冲动。正是基于日常生活精神的叙事逻辑，医疗疾病在《笨花》中占据了重要的位置，因为医疗疾病是最本源性的日常生活细节。如果说，日常生活是身体、生命在时间和空间中的延展，那么，再也没有比一个乡村医生——身体与生命的守护者，更适合担当乡村日常生活历史的主人公了。主人公是医生，同时又是身患残疾的病人，是男性，同时又深具仁厚慈爱的阴柔气质，这正是《笨花》混沌兼容、两级并包精神的体现。这一切都注定《笨花》所呈现的乡村和乡村的历史必然是母性化、阴性化。《笨花》依然是一部大历史，却是一部全新的大历史，一部阴性化、女性化的大历史，彰显出超越性别

---

① 王宇：《医疗、生育与性别：乡村的历史和叙述》，《中国现代文学研究丛刊》2016年第5期。

又书写性别的文化姿态，或者说一种隐性的性别立场。这也是在 21 世纪以来女性历史叙事中具有普泛性的新动向。而在整个 21 世纪初年的文学格局中，《笨花》也提供了一种日常生活叙事的新的可能性，可能还是一种宏大叙事的新的可能性。

第三节　历史叙述与民族认同：迟子建《额尔古纳河右岸》的互文性分析

21 世纪以来，以少数民族生活为叙事题材的汉语文学创作发展迅速，一批颇具社会影响力的叙事文学作品相继问世，丰富了当代文化的整体构成。然而，“人类文化并不是没有性别的东西，绝对不存在超越男人和女人的纯粹客观性的文化”①；作为主体认同基本内容的性别认同，也成为探究叙事文本之文化内涵的维度之一。在此，选取长篇小说《尘埃落定》（阿来）和《额尔古纳河右岸》（迟子建）作为研究个案进行阅读比较，考察作品中性别叙事所隐含的深层文化逻辑。

一、阉割焦虑与生育崇拜

《尘埃落定》以麦其土司的傻儿子“我”为叙事人，解密了康巴藏族土司制度在现代文明的冲击下逐渐土崩瓦解的传奇历史；《额尔古纳河右岸》则通过年届九旬、身为本民族最后一个酋长的女人的自述，揭开了古老的鄂温克部落百年间的荣辱兴衰。小说在整体架构上不乏相似之处。首先，两部作品均聚焦于处在本土文化边缘地带的少数民族生活，叙事视角取自民族内部，同时又带有一定的间离性——《尘埃落定》中的“我”并非麦其家族理想的继承人，却阴差阳错地成为“最后的土司”；《额尔古纳河右岸》中的叙述人则以酋长女人的身份，始终置于权力秩序之外和民族秩序之内。其次，二者都以晚清以来中国社会现代化进程对传统文化秩序构成的猛烈冲击作为叙事的时代语境。在这一特定的时空中，传统与现代的对抗与博

① 西美尔：《金钱、性别、现代生活风格》，顾仁明译，译林出版社，2000，第 141－142 页。

弈构成了文本在叙事结构和审美价值等层面的艺术张力。

两部小说涉及的康巴藏族和鄂温克族，分别位于西南高原和东北密林，一个以农耕畜牧为业，一个在游牧迁徙中生活。前者信仰藏传佛教，后者传承萨满文化。无论是地理位置、生活方式、文化信仰、风俗习惯还是民族心理，均有明显差异。然而，相对于占人口绝大多数的汉族而言，他们又有着一个共同的身份特征：少数民族①。在中华文化的总体格局中，如果我们将少数民族理解为“一个处于边缘文化的整体，内部有着相应的逻辑关系”②，那么，不同的少数民族之间一定程度上便具有了同构性的身份属性。基于特定的边缘位置，这种民族文化身份有可能作为一种“表达的策略”③，隐藏于作品的叙事结构之中。

除了整体架构相近，这两部书写不同民族生活的文本还存在一些具体的互文性叙事。例如，小说均描述了本民族对于传统宗教（或类宗教）的信仰——康巴藏族的藏传佛教、苯教；鄂温克族的萨满教、泛神崇拜（雷神、风神、火神、山神等）。又如，作品均用一定的篇幅描述民族日常生活中的巫术法事、祭祀仪式等——《尘埃落定》中的门巴喇嘛通过施巫术、熏香、念经的方式神奇地治愈了“我”的眼疾；《额尔古纳河右岸》中尼都萨满以“跳神”的方式为姐姐列娜治病，最终将列娜从死亡线上拉了回来。此外，每当古老的民族受到来自战争、灾荒、社会变革等各方面的冲击时，巫师的法术以及智者的箴言都会迸发出神奇的力量，助其转危为安，从而有着颇为浓郁的神秘意味。其间引起我们关注的是，这些具有前现代属性

---

① 本文中的“少数民族”这一称谓，是在认同“中华民族的多元一体格局”的前提下，针对在中华民族中占据核心、主流位置的汉族而提出的对应概念，其中包含了少数与多数、主流与边缘的文化模式。

② 梁庭望、汪立珍、尹晓琳：《中国民族文学研究60年》，中央民族大学出版社，2010，第28页。

③ 张京媛在《彼与此：爱德华·萨义德的〈东方主义〉》一文中写道：“身份作为一种表达的策略，用来拓展新的发言渠道”。参见张京媛：《后殖民理论与文化认同》，麦田出版社，1995，第16页。

的民族文化习俗的描述是以现代化飞速发展的二十世纪作为叙事语境的，小说因而具有了一定的“返魅”色彩。

“返魅”（Re－enchantment）一词派生于“祛魅”。所谓“祛魅”（Disenchantment），源于马克斯·韦伯所说的“世界之祛魅”，即“抛掉纯粹是巫术性或秘仪性的恩宠追求手段”①，“拒绝任何仰望巫术——圣礼以发挥救赎作用的心理乘虚而入”②，也就是用现代的科学理性来消解传统宗教一体化的神学世界观。它是西方国家从宗教神权社会向现代世俗社会转型的产物。此外，韦伯在《经济与社会》中提出了社会学中“理性化、合理化（Rationalization）”的概念，即从一个以价值为取向和行动的体制转变为一个以目的为取向和行动的体制，并认为“近代资本主义产生的最起码的前提就是：合理的资本计算制度成为一切供应日常所需的大营利经营的规范”③。因此衍生出学界对于现代化进程的一种表述：现代化是一种不断祛魅化、理性化的过程，而“返魅”则是对现代化进程的带有一定反动性的实践。具体到这里所考察的两部长篇小说中的“返魅”④叙事，一方面，它们依托本民族文化身份，对现代化予以带有传统文化惯性内在需求的抵抗；另一方面，通过追溯传统文明的方式探询民族身份的建构与认同。于是，现代化进程中的“祛魅”与前现代民族文化所具有的“返魅”诉求之间的对抗与交织构成了两者特色鲜明的互文性叙事。此时，“返魅”显然已成为少数民族文化在现代化语境中面对危机寻求自救和自我认同的重要文化策略。

---

① 马克斯·韦伯：《宗教社会学·宗教与世界》，康乐、简惠美译，广西师范大学出版社，2011，第433页。

② 马克斯·韦伯：《新教伦理与资本主义精神》，康乐、简惠美译，广西师范大学出版社，2010，第82页。

③ 马克斯·韦伯：《经济与历史·支配的类型》，康乐、简惠美译，广西师范大学出版社，2010，第150页。

④ 本文所指涉的“返魅”是吸收国内学界对西方语境下的学术概念进行的本土化思考，即并不是把“魅”严格限于宗教权威（马克斯·韦伯理论中的基督教、印度教、佛教、儒教等），而是将它扩展到由准宗教或非宗教力量建立起来的一体化的神圣权威。

然而，借鉴性别视角深入文本便可发现，这一“返魅”的意味在不同性别的作家阿来与迟子建笔下有着复杂的文化纠缠，呈现为不同的文学表达。

在《尘埃落定》的故事中，传统文化的沦落始终与固有的统治危机紧密相连，现代化的浪潮不仅冲击着“落后的”边地文明，更威胁着土司制度的存亡。一种因固有统治秩序被破坏而不能完成或者被迫中止完成某种特定行为的焦虑感构成了小说的情感基调。这种政治领域的失落感，在作品中呈现为一组具有象征意味的“阉割”叙事。小说开始，当麦其家族凭借现代化武器所向披靡之时，本应雄姿勃发的麦其土司却在自己夺来的女人央宗面前败下阵来。面对央宗“身上撩人心扉的野兽般的气息四处弥散”，麦其土司无奈地“知道自己作为一个男人，这一阵疯狂过后，就什么都不会有了”①，悲观情绪由此而生。后来，当聪明人哥哥被仇家杀害，“我”成为麦其土司唯一的继承人时，寄托着传承家族血脉的塔娜却被印度传来的“粉红色药片”（避孕药）“烧干了阴部”。“我”无法再要她，也“不会再生儿子”，家族的传承被迫中断。而在“土司们最后的节日”中，完成对土司制度致命一击的，恰恰是一群身染“梅毒”的妓女。随着土司们的男性生殖器不断溃烂，“阉割焦虑”的情绪表达可谓达至顶峰。至此，“阉割”构成一条完整的叙事链条，贯穿了作品始终。

从弗洛伊德论述“俄狄浦斯情结”提出男性普遍的“阉割焦虑”心理，到波伏娃论述“阳具崇拜”对女孩性格成长的影响，“阉割”已超越生物学意义上的讨论而成为一种重要的文化符号。“阳具与完整，阉割与伤口，这二者之间的对立与依存便成为人类认识自身的一个重要起点”②。在父权文化背景下，男性生殖器不仅关联着民族的传承、生命的延续，同时也象征

① 阿来：《尘埃落定》，人民文学出版社，1998，第 58 页。本文涉及《尘埃落定》的引文均出自该版本，以下不另加注。

② 叶舒宪：《阉割与狂狷》，上海文艺出版社，1999，第 22 页。

着至高的权力秩序。当现代化对康巴藏族的传统秩序造成冲击时，父权文化的统治地位自然也会受到相应的威胁与挑战。民族文化身份的失重感以及对传统文明沦落的焦虑与伤感便作为一种潜文本蕴含在具体“阉割”叙事中。此时，小说中“返魅”的传统文化诉求不仅指向古老的魅性文化，同时也夹杂了包括统治秩序、统治结构等更多的权力话语在内的纠葛。

《额尔古纳河右岸》所呈现的却是另一番情形。这里没有“世纪末”式的焦虑，而代之以温婉诗意的叙述。尽管死亡的阴云时刻笼罩在古老民族的上空，瘟疫、战乱、政治斗争、经济开发逐步侵蚀着这方净土，鄂温克人却依然选择用自己的方式坚守民族传统。在这过程中，弱小民族所迸发出的顽强生命力，恰恰是通过作品中“生育崇拜”这一情节得以凸显的。姐姐列娜在迁徙途中被意外冻死，母亲陷入深深的忧伤，久久不能自拔。而最终使母亲从忧伤走出来的，是“我”的月经初潮。失语许久的母亲为此兴奋地喊道：“我们的小乌娜长大了”①。这一事件象征着此时的“我”已从一个孩子成长为可以孕育生命的女人，它所昭示的未来的希望驱走了死亡的阴霾。再如，作为萨满的浩妮一生济世救人，可是每一次救人都会以失去自己的孩子为代价。果格力、交库托坎、耶尔尼斯涅、贝尔娜，先后在一次次的跳神中丧生，浩妮因此陷入极度的恐惧之中，甚至“将麝香终日揣在衣兜里”，以免再次受孕。然而，死亡的阴影终究不能击败浩妮旺盛的生命力，生命的逝去总会迎来新生命的降临，新生的喜悦一次次拯救了绝望中的浩妮。又如，瘸子达西在与狼的战斗中死去，他的灵魂却保佑哈谢和玛利亚有了自己的孩子——小达西；拉吉米因意外受伤不能生育，命运却让他在马厩捡到一个女婴，生命得以传承；马伊堪最终以跳崖自杀的方式结束了生命，西班却替代了她的位置；伊芙琳病逝，玛克辛姆却死里逃生……一生一死，一死一生，生死轮回永相伴随。民族生命得以延续。

---

① 迟子建：《额尔古纳河右岸》，北京十月文艺出版社，2005，第34页。本文涉及《额尔古纳河右岸》的相关引文均出自该版本，以下不另加注。

对生育的崇拜，对生命的尊重，亦成为鄂温克人面对传统文化危机的最终选择。而“生育崇拜”于此被赋予了浓郁的神性色彩，它既是民族文化的性别表征，更是民族信仰的坚守。在现代化进程面前，鄂温克人是弱小、无奈的，但创造生命的勇气多少弥补了民族精神的失落。

传统文明秩序无疑是男性本位的。与此相关，当这一秩序受到现代化进程的猛烈冲击时，在民族文化内部长期处于“他者”地位的女人相对于处在文化中心位置的男性来说，所感受的文化焦虑也便相对为轻。面对危机，她们有更多的可能以自己的方式寻找出路。在《额尔古纳河右岸》中，女性自我身体的感知、自我意识的复苏以及这一过程中萌生的对自我价值的关注，构成了“生育崇拜”叙事的重要内核。“月经”“分娩”等女性生理特征不再是难以启齿的禁忌或不洁的象征，相反却成为孕育生命、维系民族血脉的希望所在。此时民族身份的“返魅”诉求，也在某种程度上摆脱了复杂的权力纠葛，呈现出更为接近传统文明的自然属性。

“技术——经济体系的变革是直线型的，这是由于功利和效益原则为发明、淘汰和更新提供了明确规定。生产效益较高的机器或工艺程序自然会取代效益低的。这其中的含义是进步。但是文化中始终有一种回跃，即不断转回到人类生存痛苦的老问题上去”①。少数民族文化所具有的前现代属性，无疑是现代化进程中的异质性元素，其民族身份的诉求便成为现代化进程中文化层面的“回跃”，同时也构成了两部小说共同的叙事策略；然而由于文化本身的复杂性，其“返魅”的民族身份诉求又因文本内部的性别文化、历史特性、权力结构的差异而呈现出不同的表象。《尘埃落定》中保留了更多的男性中心话语和历史化叙事，在书写传统民族文化面临的现代境遇时不免产生沉重的文化失落感，“阉割”及其产生的文化焦虑成为文本叙事的重要逻辑。《额尔古纳河右岸》则尽量回避父权文化的影响，通过

① 丹尼尔·贝尔：《资本主义文化矛盾》，赵一凡、蒲隆、任晓晋译，生活·读书·新知三联书店，1989，第 58－59 页。

“生育崇拜”这一情结，体现了对自然文明、前现代文明的崇拜与认同，其“返魅”也因此而带有一定的积极质素和理想色彩。

二、红颜祸水与美救英雄

从特定意义上说，现代性是在“线性不可逆的、无法阻止流逝的历史性时间意识的框架中”① 被建构出来的，自其诞生之日起便彰显着与传统决裂的线性姿态。因此，与现代化进程相生相伴的现象之一，便是对传统文化的冲击与颠覆。在长篇小说《尘埃落定》和《额尔古纳河右岸》中，现代文明狂飙突进的发展史同时也是古老民族的衰落史。在不可逆转的历史潮流里，少数民族传统文化受到前所未有的冲击：康巴藏族传统的农耕文明在罂粟花编制的“白色的梦”中日渐沦落，鄂温克族迁徙游牧的习性也在隆隆的伐木声中逐步丧失；藏族武士挥舞的大刀在“现代化的枪炮”面前软弱无力，鄂温克族洞察自然的双眼也不得不臣服于政府的正规教育；百年的土司制度在“边境市场”的交易中失去根基，千年的原始部落在“开发大兴安岭”的政策下成为记忆；康巴草原的“大地”开始摇晃，额尔古纳河右岸的“火种”在风中摇曳。两位作家将笔端伸向古老民族由兴盛到衰亡的历史进程，叙述了现代文明冲击下民族传统“最后的历史”，作品因而具有一定的民族寓言性质和民族史诗格调。值得注意的是，这样的民族寓言有着特定的性别内涵，它促使我们进一步追问：对于民族危机而言，其民族内部的女性是带有威胁性的存在还是拥有一定救赎性的文化力量？这之中又隐含怎样的性别主体认同？

两部作品同样着力塑造了女性人物群。无论是《尘埃落定》中的土司太太、央宗、塔娜、卓玛、妓女，还是《额尔古纳河右岸》中的“我”、达玛

---

① 马泰·卡林内斯库：《现代性的五副面孔》，顾爱彬、李瑞华译，商务印书馆，2002年版，第19页。

依、玛利亚、伊芙琳、浩妮、依莲娜，她们的存在都与民族的命运紧密相连。她们的身份已成为现代文明与传统文明交锋过程中的特殊表征，同时也是推动故事发展的重要元素。

在历代文学作品中，曾出现诸多与女性相关的具有文化符号意味的原型意象。倾城倾国的“祸水”与纯洁美丽的“女神”是女人的两极，其间还有妖妇恶婆、妒妇怨妻、美人淑女、贞妇烈女、巾帼英雄等。而对其无论是贬损还是赞扬，均出自男性中心标准。在此背景下，但凡涉及女人与民族以及国家之间的关系，女人往往被塑造成“红颜祸水”。从独吞仙药的嫦娥到挑起特洛伊战争的海伦，从导致夏桀沉迷声色、丢掉江山的妹喜到淫欲放荡、迷乱后宫的杨玉环；从周幽王“烽火戏诸侯”只为博其一笑的褒姒到吴三桂“冲冠一怒为红颜”的陈圆圆……，这些女人在传统文学话语中无疑是作为民族国家、伦理道德的对立面存在。而那些为数不多的“巾帼英雄”的历史功绩，则往往是以隐藏自己的性别特征甚至女扮男装为前提的。五四以来，一批现代女作家努力尝试摆脱男性话语的影响，以女性视角成就了独具特色的文学叙事，“美救英雄”“姬别霸王”的叙事模式破土而出，“对历史书写进行了大颠覆”①。

在《尘埃落定》中，随着少数民族封闭的世界被打开，新式武器、鸦片、边境市场等一系列具有现代性质的新鲜事物相继冲击着古老的康巴藏族。最终，存在数百年的土司制度土崩瓦解，尘埃悬浮终于落定。在这一历史进程中，女人起着非同寻常的作用。小说开篇，正是在土司太太的建议和怂恿下，麦其家族才拥有了现代化的军队和武器，并开始种植鸦片；进而直接导致麦其土司陷入了权力欲望的深渊，接连与汪波土司、多吉次仁等人结下世仇，为日后的衰败、灭亡埋下祸根。随着小说叙事的展开，麦其家族逐步走向强盛。正值此时，麦其土司却深深迷恋上查查头人的妻子央

① 林丹娅：《当代中国女性文学史论》，厦门大学出版社，1995，第 123 页。

宗，并且“为了一个女人杀掉了忠于自己的头人”。他的统治逐渐危机四伏，于是“没有人不以为央宗是个祸害”。随着作品接近尾声，“我”在土司聚会中将那些得了“把男人的东西烂掉的病”（梅毒）的妓女作为礼物献给了各位土司。土司们随即染病，能力尽丧，土司制度彻底崩溃。正如汪波土司在信中所写：“女人、女人，你的女人把我毁掉了”。从土司太太对现代化入侵打开大门到央宗扰乱了麦其土司的统治，再到妓女们所完成的最后一击，一系列如同妖魅的女人不断将土司制度推向灭亡的深渊，“红颜祸水”在《尘埃落定》中得到了生动的现代演绎。与此同时，“女人”也成为现代文明潜入传统秩序并实现对传统的冲击、甚至致命打击的载体，成为民族生存的异质性威胁。

《额尔古纳河右岸》对民族历史上的女性形象的书写，则呈现出另一番面貌。虽然同样是描摹一个民族最后的历史，但伴随着鄂温克族走向衰亡的背影，我们看到的女人不仅不是将民族推向衰亡的始作俑者和罪魁祸首，相反却成为民族传统、民族血脉、民族精神坚实的捍卫和守护者。抗日战争期间，鄂温克族面临第一次真正意义的存亡危机。他们遭受日本殖民统治，男人们被送到“关东军栖林训练营”，接受集训、生死难卜，延续民族生存的使命便落在了女人们身上。她们先后攻克“打猎”“迁移”“白灾”等一个又一个难关，并举行了“哭声和歌声相融合的晚会”，展现出女性独特的坚强和乐观。1998 年初春，山中发生了大火，突发的灾难又一次威胁着鄂温克人赖以生存的家园。鄂温克女人萨满浩妮利用民族特有的萨满文化施巫术、祈甘霖，最终换来了额尔古纳河岸边一场神奇的大雨，让鄂温克的土地转危为安。而她自己却在女人特有的优美舞姿中，“唱起了她生命中的最后一支神歌”。最后，“山火熄灭了，浩妮走了”。就这样，一个普通的鄂温克女人用生命挽救了民族的危难。此外，文中有一处细节值得玩味：当“我”在林中遭遇黑熊之时，拯救“我”于危难的并非强大的武力或男性力量，而是我的“两只裸露的双乳”，因为当地有习俗认为“熊是不伤害在它面前裸露乳房的女人的”。在这一情节的设置中，女性身体的性别特征成为一种具有拯救性的力量。

“形象是加入了文化的和感情的、客观的和主观的因素的个人的或集体的表现”①。文学作品中的人物形象并非单纯的艺术幻想，而是凝结了诸多文化因素。如前所述，尽管两部小说都以书写本民族的历史为主线，共同涉及“女人与民族”这一经典母题，然而作品却呈现出截然不同的人物序列。《尘埃落定》中的女人美丽、妖艳、迷惑男人，将民族推向灭亡，是“红颜祸水”的现代演绎；而《额尔古纳河右岸》中的女人勤劳、善良、自立自强，捍卫民族的尊严、维护民族利益，颠覆了“英雄救美”的叙事原型。通过比较二者女性形象的刻画以及对女人与民族关系的叙述可以清晰地看到，《尘埃落定》中的女性形象所折映的，依然是父权文化背景下的女性想象，男性本位的叙事传统在此得以延续；《额尔古纳河右岸》则打破了司空见惯的男性话语和惯性思维，赋予女性特征一些新质，使之具有女性性别认同表征的意味。

当然，这并不意味着可以简单化地判定《额尔古纳河右岸》彻底颠覆了传统的性别秩序。应该说，张扬女性性别意识、突出女性身体特质，在女性书写中确已构成重要的主体认同策略，相较于传统的男性叙事中有关恶魔与天使的女性想象，其所具有的意义不可小视。然而，如若深入更为复杂的话语机制便可发现，“这回归一个原始的或是真正的女性特质，是一种乡愁式的、视野局限的理想，它回绝了提出一套论述、视性别为一种复杂的文化建构的当代要求”②。一方面，小说中有关女性人物性别特质的书写（诸如温婉的双眸、裸露的双乳、圣洁的分娩等）所观照的仍是传统文化中女性的“自然”属性；另一方面，女人在特定背景下的挽救民族危亡之举

① 布吕奈尔等：《什么是比较文学》，葛雷、张连奎译，北京大学出版社，1989，第 89 页。

② 朱迪斯·巴特勒：《性别麻烦——女性主义与身份的颠覆》，宋素风译，上海三联书店，2009，第 50 页。

（例如，打猎、巫术等），其实不过是在复制着传统两性分工中的男性行为。此时，“这种非主位化的物质性成为菲勒斯逻各斯中心主义体系内部女性的场域、库房和容器”①。也正是在这样的意义上，《额尔古纳河右岸》女性性别认同的局限性不自觉地流露出来。

三、圣杯与剑

杰姆逊指出：“第三世界的文本，甚至那些看起来好像是关于个人和利比多趋力的文本，总是以民族寓言的形式来投射一种政治：关于个人命运的故事包含着第三世界的大众文化和社会受到冲击的寓言”。② 此时，日常生活、个人命运等私人空间成为公共政治领域的一个重要缩影，对于民族文化的诉求也具体地投射到人类生存的普世关怀之上。两部文本中的相关内容也正有这样的意味。阿来叙述土司制度由兴盛到瓦解的传奇历史是以麦其家族的故事为主线的；迟子建对古老游牧民族尘封往事的解密则通过讲述“我”所在的“乌力楞”中的悲欢离合得以完成。两部小说均是将宏大的历史叙事浓缩在一个家族的命运之中，借助家庭的兴衰来衬托整个民族的存亡，通过个人命运的沉浮来渲染少数民族文明的凋零与坚守。更为重要的是，他们没有将叙事停留在“布鲁斯特式的个人回忆”上，而是“将它扩展为一种集体时间之谜”③，作品也从民族文化的起点更深一步地触及了人类面临的普遍生存困境。

小说中，现代文明的入侵不仅破坏了孕育传统文明的土壤，同时也让坚守本民族文化的个体丧失了生存的空间。在《尘埃落定》中，麦其家族的

---

① 朱迪斯·巴特勒：《身体之重——论“性别”的话语界限》，李钧鹏译，上海三联书店，2011，第 18 页。

② 杰姆逊：《关于跨国资本主义时代中的第三世界文学》，载张京媛主编《新历史主义与文化批评》，北京大学出版社，1993，第 235 页。

③ 米兰·昆德拉：《小说的艺术》，董强译，上海译文出版社，2011，第 21 页。

继承人“我”是贯穿故事的核心人物。尽管“我”天资禀异、傻人傻福，总是无意地暗合着历史发展的趋势，然而现代化的绝对姿态却并不能允许命运无常带来的侥幸。作品结尾处，“我”的命运也和其他土司一样，走向了必然的灭亡。这时的“我”终于明白，能安放灵魂的地方依然是我的故乡、我的民族，于是发出了最后的呼喊：“上天啊，如果灵魂真有轮回，叫我下一生再回到这个地方，我爱这个美丽的地方”，而《额尔古纳河右岸》也呈现了类似的主题。画家伊莲娜是在现代化教育体制下成长起来的新一代鄂温克人，她的成长过程融入了多重体验。尽管现代文明赋予她物质上的极大富足，然而面对精神家园的苍白、自然体验的缺失，她决定辞职“回到我们中间”，因为“她厌倦了工作、厌倦了城市、厌倦了男人”，并领悟到“令人不厌倦的只有驯鹿、树木、月亮和清风”。只不过，伊莲娜最终没能承受来自外部的多重负荷，而是选择了死亡。这些人物执拗地固守着传统文明，却终究在时代的漩涡中丧失了自我，个体命运也在颠沛流离中走向灭亡。

在两种文明的冲突和多元文化的挤压下，人们固有的生存空间与精神维度日益逼仄，这是现代化的必然产物，也是现代人不得不面对的时代症候。正如迟子建所言：“人类文明的进程，总是以一些原始生活的永久消失和民间艺术的流失做代价的”①。在时代生活的巨变中，作为个体的人往往不由自主地沉浮在历史的洪流中，因为“历史突然加速，原来的游戏规则、应变方式，已经适应不了，于是这些人出现失重，找不到方向”。② 那么，面对现代化进程不可避免的诸多困境，“方向”在哪里？如何在多元的当代文化语境中消除文化身份的焦虑？两部小说不约而同地将叙述的视角“向后转”，寄希望于具有某种“魅”性的前现代少数民族文化。小说不仅在一

① 迟子建、胡殷红：《人类文明进程的尴尬、悲哀与无奈——与迟子建谈长篇新作〈额尔古纳河右岸〉》，《艺术广角》2006 年第 2 期。

② 易文翔、阿来：《写作：忠实于内心的表达——阿来访谈录》，《小说评论》2004 年第 5 期。

般意义上运用“返魅”叙事丰富了表现内容，且还更进一步表达了作者心目中具有普世价值的文化诉求。阿来申明：“我并不认为我写的《尘埃落定》只体现了我们藏民族的爱与恨、生与死的观念。爱与恨，生与死的观念是全世界各民族所共同拥有的”①；迟子建也坦言：“我其实是想借助那片广袤的山林和游猎在山林中的这支以饲养驯鹿为生的部落，写出人类文明进程中遇到的尴尬、悲哀和无奈”。② 此时，民族文化的魅力成为用以抵抗现代文明弊端的重要资源。

不过，尽管两部作品在这方面有着共通的情怀，但在有关两性相处模式的书写方面又显现出颇具文化意味的不同。

波伏娃曾这样评价女性的历史境遇：“在任何情况下，她都以特权的他者出现，通过她，主体实现了他自己：她就是男人的手段之一，是他的抗衡，他的拯救、历险和幸福”③。《尘埃落定》中所塑造的女性几乎都可以归为波伏娃所说的“他者”。这里，女人的存在价值始终取决于男人的衡量，两性关系呈现出征服与被征服、统治与被统治的二元模式。例如，小说所写到的“我”和仆人桑吉卓玛的关系。卓玛忠心耿耿，她生命意义在于让十三岁的“我”“变成真正的男人”。然而，尽管她把女人的贞洁献给了“我”，却终究只是一个奴隶，并不能因此获得认可与爱情。在“我”看来，“女人不过是一件唾手可得的东西”，卓玛无非是发泄欲望的工具。一旦“她身上的香气消失了，绸缎衣服也变成了经纬稀疏的麻布”，甚至连“声音都显得苍老了”，“卓玛也不再是那个卓玛”，她作为女人的价值和意义很自然地就此终结。又如“我”和“世界上最漂亮的女人”塔娜的关系。在“我”与茸贡土司的战争中，塔娜以战利品的形式进入了“我”的世界。

① 冉云飞、阿来：《通往可能之路——与藏族作家阿来谈话录》，《西南民族学院学报》1999 年第 5 期。

② 迟子建、胡殷红：《人类文明进程的尴尬、悲哀与无奈——与迟子建谈长篇新作〈额尔古纳河右岸〉》，《艺术广角》2006 年第 2 期。

③ 西蒙娜·德·波伏娃：《第二性》，陶铁柱译，中国书籍出版社，1998，第 286 页。

“她为了麦子嫁给我，但不爱我，这没有关系。因为她那么漂亮，因为我爱她”。在“我”与她的关系中，只要“我爱她”便可以决定她命运的走向，即便“她不爱我”。此时的女人不过男性战争中的交易品，一旦她完成了被赋予的使命，其价值也不复存在。此外，无论是趾高气扬的土司太太，还是美丽妖艳的央宗，或是守财如命的小塔娜，她们穷其一生的努力不过是博得男人的关注与同情。她们总是因男人的青睐而幸福，因男人的冷落而失望。“统治与服从”的两性关系就这样清晰地呈现在阿来笔下。在小说叙事中，由于两性对立而产生的压迫感、紧张感，不仅营造了特定的性别文化氛围，同时也呈现出古老民族与现代文明之间的冲突与对抗。“《尘埃落定》提供的是遵从历史大势。小说中所有的人都在跟命运搏斗，跟命运搏斗的人就是在跟历史搏斗”，而这种“搏斗”精神才是阿来对自己这部作品所要呈现的“价值观”的期许。① 少数民族文化认同在外来文明冲击下的抗争，以及民族内部传统性别秩序的维护，共同彰显着作者的文化诉求。

在《额尔古纳河右岸》中，男女之间则在一定程度上呈现出平等独立的伙伴关系。维系这一关系的力量不再是父权文化所赋予的男性权威，而是源自两性之间的情感与责任。一个个动人的爱情故事诠释着作者对两性关系的理解。例如，“我”因意外在山林的靠老宝中与拉吉达邂逅，一见钟情坠入爱河。拉吉达为了“我”选择“入赘”，离开了自己所在的乌力楞；而“我为了能够更多地和他在一起，常跟他出去打猎”，尽管“猎人是忌讳有女人的”。此时，世俗陈规在炙热的爱情面前变得软弱无力，女人不再是男人的依附。而“我”的第二段爱情发生在抗日战争接近尾声的时候。作者通过描写男女双方彼此凝望，彼此倾心，进而爱由心生的过程，传达出两性关系的单纯与质朴。又如小说中的林克与达玛拉、哈谢与玛利亚、伊万与娜杰什卡、鲁尼与妮浩，彼此之间都是互敬互爱，相互尊重，饱含亲情。

① 易文翔、阿来：《写作：忠实于内心的表达——阿来访谈录》，《小说评论》2004 年第 5 期。

尽管他们的生活时时受到残酷的自然环境和不可预知的历史进程的威胁，然而民族群体的温情、拯救和爱，为他们提供了精神家园，使他们勇敢地面对困境和灾难。

在《额尔古纳河右岸》的两性关系刻画中，但凡男女之间顺应了这种合作伙伴关系，便能够克服重重困难，收获爱情、信任与幸福。如果违背了这种关系模式，则往往会遭遇一生的不幸与遗憾。小说中，坤德和依芙琳的婚姻没有爱的基础，他们一生都在彼此折磨与“鞭打”，从而毁掉了两个人的幸福；母亲与尼都萨满本来彼此相爱，却因氏族的规矩不能走到一起，从而导致了极度的痛苦以至癫狂，强烈的悲剧气氛由此而生。在这个神秘的古老民族，情感是原始的、粗犷的，有大爱，亦有大恨，但男男女女之间的感情是真诚、直率、无机心的。这种原始而真纯、热烈而执着、豪爽而仗义的情感关系，恰好折射出小说所隐含的性别文化关怀。

性别作为一种关系过程，使得各种社会发展均在这一视角下得到反映。文学作品中对于两性关系的刻画与建构，往往隐藏了深刻的性别文化背景与文化认同。从文本比较中可以看到，《尘埃落定》中的两性关系模式依然是建立在男性对女性的绝对统治基础之上的；而《额尔古纳河右岸》则突破了这种惯有的文化逻辑，描述了一种带有一定的平等合作意味的新型关系，从而显示了性别叙事的差异。

总之，民族传统与现代文明纠葛下的性别叙事，为我们透视文学与社会文化深刻关联及其复杂性提供了一个窗口，其间所折映出的诸多问题值得进一步探索。

第四节　乡村的历史与叙述：范小青《赤脚医生万泉和》的互文性分析

从某种意义上，文学研究就是对“互文性”的研究，既包括文学文本之间，也包括文学文本与非文学文本（社会历史语境中政治、经济、科学等非文学文本）之间“互文性”的考察，因为只有从形形色色的“互文性”中，我们才得以窥见文化逻辑的错综脉络。正是在这个意义上，我们把《赤脚医生万泉和》《蛙》这两部新世纪头十年几乎接踵而至的著名小说放到了一起，这并非随意组合，而是出于这样几个方面的原因。首先，最一目了然的是，两部小说在题材上的接近，两部小说不约而同地透过一种特殊的、颇有争议的赤脚医生制度、计划生育制度，来书写 20 世纪后半叶中国乡村的历史。这在中国新文学的题材类型上应该说并不多见。其次，两部小说的主人公都是乡村医生，即《赤脚医生万泉和》中的万泉和、《蛙》中的姑姑；医疗活动（包括与孕产、节育相关的各种医疗措施）是这两部小说的主体情节。换句话说，莫言、范小青不约而同地将乡村医生及其活动作为乡村历史叙述的支点，这在新文学浩如烟海的乡村历史叙事中也不多见。最后，两部小说作者和主人公的性别身份之间呈现非常有意思的纠葛，出自女作家的《赤脚医生万泉和》，主人公是个相当阴性化的乡村男医生，温柔善良、宽厚包容，逆来顺受，这些原本总被分派给女性的品格，现在被显现在男性人物身上而且获得正面的意义；而出自男作家的《蛙》，其主人公则是一个雄性十足的乡村女医生，在计划生育工作中铁面无情、赶尽杀绝，晚年陷入自我归罪、忏悔中，这又与她女性、母性本能的回归密切相关。以上种种看似偶然的巧合，是否隐含了文学、文化的隐秘逻辑。

借此，本文选取乡土、医疗、生育、性别等多重视角来介入对这两个文本及其彼此间的“互文性”的讨论。当然，我们也会将“互文性”扩展至文学文本与医疗史、生育史、社会史脉络的关联性中，以谋求研究的历史感。

一、医疗、疾病与自足的乡土世界

我们知道，晚清以来近百年的中国小说中，医生的形象以及有关疾病与医疗的书写总是充满隐喻。从康梁“救国强体”“强身保种”到鲁迅“弃医从文”、从世纪初标志着五四新文学开端的《狂人日记》，到七八十年代之交、标志着新时期文学开端的《伤痕》，疾病与疗治无不象征着国族现代性转型中的种种纠葛，有关疾病、医疗的书写已经形成一个强大的隐喻系统。在这样的文学谱系中，医生常常以警世者、启蒙者、施救者的形象出现。而现在被范小青放在这个位置上的万泉和却完全不一样。万泉和虽然心地善良、仁慈宽厚，具备作为一个医生的仁心，但缺乏仁术，由于小时候得过脑膜炎留下后遗症，智力轻度障碍，有点木讷迟钝。他父亲万人寿倒是精明过人，算是后窑村一代名医。身体的残缺和父辈巨大的权威阴影，似乎注定了万泉和的阴属秉性。万泉和在父亲面前自觉无比卑微、渺小，总生活在“我爹很瞧不起我”的惴惴中，即便在父亲瘫痪几乎成为植物人后，依然对他具有强大权威性。把这么一个人放在医生的位置上，而且由他来承载、讲述后窑村漫长的历史，可能意味着这部小说将脱离中国现当代小说那个有关疾病、医疗的强大隐喻系统，即祛魅之后另起一行。医疗与疾病将在本体的意义上而不是在喻体意义上获得书写，即回到医疗、疾病本身，回到身体以及与身体密切相关的日常生活本身。这也许是范小青对自己早年新写实路径的一次悄然回返。

因此，与以往历史叙述提供宏大的社会史脉络不同，《赤脚医生万泉和》提供了一个清晰的医疗史脉络。从小说开始“文革”期间，初中毕业的万泉和阴差阳错被送到公社卫生院学习，短暂培训后成为后窑村合作医疗站的一名赤脚医生。① 到小说接近尾声，村支书决定重整倒闭已久的后窖合作医疗站："由乡政府贴一部分、村里贴一部分，农民自己再出一部分，组成一个新型的合作医疗诊所。"这种三结合的诊所即延续至今的"新农合"。② 从20世纪中叶到新世纪初年，中国乡村医疗制度变更的每一个节点几乎都在万泉和身上体现出来。小说还出现了这一历史时期中国农村几十种常见的疾病、伤残及其症候，有时甚至不厌其烦地记录漫长的病程、医疗措施。如万里梅几十年的肝病医治史，此外如中西医矛盾、新医与旧医之争、民间秘方偏方、各式各样的民俗医疗等，大小医疗史事件几乎都有涉及。

但是，并不意味着小说仅仅只是在医疗史层面上来书写医疗、疾病，文学意义上的医疗史叙事毕竟不同于真正的医疗史。事实上，小说更关注中国乡间人们对疾病、医疗、医生、病人、医患关系的特殊理解，及其背后所牵涉的乡土世界的种种文化独特性，这是作为日常生活一部分的医疗、疾病本身的意义，而不是医疗、疾病在象征隐喻层面的意义。在乡间，"民众对'医生'的信任不仅取决于治疗效果的彰显，还取决于对医生本乡本土资格的认定。"③ "'医疗'这个词在乡村不是一个技术行为，而是人情网络表达的一部分，在密如蛛网的中国农村中，要取得信任，最简捷的路径是使他们其中的某些人既掌握来源于村外的现代技术，同时又没有脱离人情伦理网络而转变在地身份，让乡下人觉得是'自己人'掌握了'外人'的技术，因为一切外界医疗的援助都很容易成为匆匆的过客。"④ 涂医生、

① 小说中万泉和结束公社卫生院短暂培训回到后窖，正赶上大队召开批斗大会，批斗万人寿和裘二海。说明"文革"已经蔓延到后窖这个偏僻的山村。农村合作医疗制度虽然在1960年得到了党和国家的认可并得以在全国推行，但是真正获得较为普遍的制度化的发展应该在"文革"以后（1968年以后），与小说中万泉和当赤脚医生的时间是相吻合的。

② 2002年10月19日，《中共中央、国务院关于进一步加强农村卫生工作的决定》明确指出：要"逐步建立以大病统筹为主的新型农村合作医疗制度"，"到2010年，新型农村合作医疗制度要基本覆盖农村居民。"中华人民共和国中央人民政府官方网站 http://www.gov.cn/gongbao/content/2002/content_61818.htm。

③ 杨念群：《再造病人》，中国人民大学出版社，2006，第501页。

④ 同上，第503页。

马莉都是匆匆过客，万泉和才是唯一掌握“外人”技术的“自己人”。“赤脚医生”的意义首先在于“赤脚”然后才是“医生”，即先是“在地身份”然后才是医疗技术身份。“文革”期间名噪一时的赤脚医生电影《春苗》《红雨》，都非常强调主人公春苗、红雨原本在村里就比起旧式的乡村医生有更好的人际关系，当了赤脚医生后又是如何时时刻刻把贫下中农放在心上，“要把毛主席的温暖送到贫下中农的心中”（《春苗》）叙事对他们的拔高都集中在这个层面上，而不是他们的医术如何高明上。悬崖绝壁上采药，风雨泥泞中出诊，这是当年赤脚医生电影叙事中必备的情节。尽管万泉和医术拙劣，医疗事故频发，给万里梅看病几十年看不好，还越看越坏；将裘二海的性病治成下半身瘫痪；甚至将万小弟急性胆道蛔虫当作胃病来治疗，结果导致万小弟死亡。但村民们似乎并不计较这些，他们一次又一次将万泉和推上医生的位置，万泉和关上诊所大门发誓不再给人看病，他们就守在门口不断敲门直到万泉和开门为止，万泉和不开门他们就撞门而入，这一切都是因为万泉和的“在地身份”，是“自己人”。因此，万全林在给正规医生涂三江看过之后，还要偷偷再找万泉和看一遍。村人明明都知道自己或家人的病肯定要送公社卫生院才能治好，但还是要先找到万泉和，再由万泉和告诉他们上公社卫生院。几十年来，只要医疗站的门开着，那就是后窑村一个温暖的地方，有事没事都进去逛逛，有病没病都要去喝几口免费药茶。

这就是后窑世界，它自有自己的游戏规则，这个游戏规则与“街上”不通约，这是礼俗社会与法理社会之间的不通约，也是后窑世界的自足性。裘二海七老八十还得性病，万泉和一副药把他弄成瘫子，大家都觉得大快人心，连裘二海的家人也觉得这是应得的报应，没有一个人觉得万泉和有什么问题。可“街上”的大律师裘奋斗一回到村里，立即看出后窑人的“愚昧、愚昧、无知、无知”，他挑唆裘二海家人以“医疗事故”的罪名告得万泉倾家荡产，只得和瘫痪的老父亲搬到万同坤养鹌鹑的房子里栖身。

律师裘奋斗无疑是现代法理社会的化身，他的行为代表着历史理性的合法性，却严重违背了他所生长的后窖礼俗社会，所以遭到乡人们强烈谴责，母亲曲文金和爷爷裘金才骂他是“吃狼奶的”。当然，即便是喝后窖奶长大的人也没放过万泉和，礼俗社会远非牧歌世界。裘二海的欺辱、吴宝的戏弄、万小三子的挟持、刘玉的算计，这一切，万泉和一并照单全收。这种对苦难与伤害容量无限的承受力，过去总是被指派给女性，尤其是乡村女性，而现在却被放在万泉和这么一个乡村男医生身上。这样一来，男性、医生这两个性别与职业身份便不再附着任何我们所熟悉的象征意义。万泉和并不像《最后一个鱼佬儿》中的福奎、《白鹿原》中的白嘉轩、《秦腔》中的夏天智那样，是乡土伦理最后的守夜人，他的无奈、无助和羸弱，更像是日益式微的乡土伦理本身。为此，叙事为万泉和设计了两个忠实的呵护者——万里梅和曲文金。① 这两个女人，一个身患肝病几十年，一个先天残疾，舌头短筋，说话严重吐字不清。但每当万泉和遭遇麻烦，她们便立即挺身而出，不顾一切保护他。曲文金甚至有一次还把受了委屈的万泉和拉到自己怀里抚慰，尽管她不比万泉和年长多少。万里梅的病情一再被万泉和耽误，却毫无怨言，病危之际还惦记着给他找对象。这两个身体有病（残）的女人，却始终呵护着脑子有病的万泉和。她们是病人，而万泉和是医生。这是否意味着这部小说的医疗与疾病书写在祛魅化的同时又隐藏着另一层面的魅惑？

二、生育史叙事与沉默的女体

从前面的讨论我们可以看到，与其说《赤脚医生万泉和》是一部单纯的乡村医疗史，毋宁说是一部以医疗为介入点的包罗万象的乡村日常生活史，

① 当然，马莉也呵护万泉和，但马莉对万泉和的爱，更像是一场绑架，而且一旦她误会万泉和与刘玉的关系，立即离去，从此无影无踪，这也许是因为马莉到底是“街上”人的缘故。

它还原了日常生活最原初的混沌、完整的状态。相比之下，《蛙》要单纯得多，以生育事件为主体，乡村日常生活被高度提纯化。

姑姑的职业生涯史，就是高密东北乡的生育史，也是20世纪后半叶中国乡村的生育史。1950年代初推行新法接生，姑姑以精湛的现代产科医术，迅速取代旧产婆，名声大震，赢得“送子观音”的美誉。三年自然灾害，生育率急剧下降，造成劳动力奇缺，国家鼓励生育，1962年左右国民经济一旦好转，即迎来新中国成立后第一个生育高峰——高密东北乡“地瓜小孩”井喷，姑姑在其中大显身手，获得“送子观音”的美誉。很快，迅速膨胀的人口，又严重影响了国民经济的发展，于是，1965年国家第一次掀起计划生育高潮，提倡“一个不少，两个正好，三个多了”。计划生育政策几乎在实施伊始就遭到农民的强烈反对，姑姑的梦魇从此开始。当发放的避孕套沦为乡间孩童的玩具时，男性输精管结扎手术被强制推行，姑姑被推到风口浪尖，开始招致村民们的记恨、毁谤，甚至在“文革”中因此遭到打击报复。男性输精管结扎手术阻力重重，事实上这也是全国范围的现象。这个手术在乡间被等同于骟骡子、骟马，在城市里也有许多关于此类手术影响男性身体、性力的传言，一股男性群体的阉割焦虑顿时弥漫开来，并愈演愈烈。医疗史资料表明，男性输精管结扎手术后来渐渐被废弃。当“文革”结束，再掀计划生育高潮时，所有的避孕节育手段几乎都指向女性。① 避孕套、口服避孕药、宫内节育器（放环）、引流产，这些措施在小说中被一一提及。姑姑这一次更加不顾一切站到计划生育运动的潮头浪尖，而她实施最多的便是对超生孕妇的强制性的引流产。这也使得姑姑由往昔

① 从手术难易程度、避孕效果、术后并发症、避孕失败率等方面来看，男性结扎比女性结扎更占优势，医学界对各种避孕方式的长期追踪表明，男性结扎是最为安全有效的避孕手段。但中国计生部门有关统计数字表明，自20世纪80年代以来，中国已婚夫妇的避孕严重依赖女性使用避孕环和女性结扎，以2006年数据为例，男性承担避孕责任只占15．5%，而女性占到84．5%，大大高于欧美国家。参见王向贤：《欧美三国的成功经验：男性结扎如何成为普遍的自愿选择》，《妇女研究论丛》2015年第3期。

“送子观音”沦为今日的“活阎王”。

人工引流产，也就是堕胎，是个全球性的议题，堕胎是否合法的争论至今尚未结束。以美国最为突出。争论的焦点在于强调胎儿生命权的“重生命”（Pro - Life）还是强调妇女选择权的“重选择”（Pro - Choice）。反对堕胎者认为胎儿具有潜在的生命，而生命权是最基本的人权。而支持堕胎的理由是生命开始于诞生，而不是受孕那一刻。“身体自决”及“生殖自由”是女性的基本权利。如果没有这些权利，妇女也就不可能得到真正的平等与自由。掀起于 1960 年代中期的当代美国妇女运动，其最重要的诉求之一就是争取堕胎合法化，同时世界妇女运动还在努力将堕胎和人口控制脱钩，这样可使妇女获得不受阻碍的生殖健康和生殖选择的权利。而在当代中国，这个问题有完全不同的历史逻辑。堕胎的问题被纳入控制生育这一基本国策的框架中。高密东北乡的妇女是否堕胎，与她们本人的意愿、生殖健康关系不大，主要看是否违反计划生育国策。如果说西方妇女努力要摆脱的是被强制不堕胎，那么，高密东北乡的妇女们寻死觅活要逃脱则是被强制堕胎。计划生育国策不仅决定了强制堕胎的合法性、必要性，同时也建构了独特的生命伦理，姑姑和助手小狮子都坚信：“只要出了锅门就是一条生命，必将成为这个国家的合法公民。”① 而不出锅门的胎儿显然就是不受法律保护的“非法的孽子”，可以随意地加以消灭。对于这一历史之恶，小说给予了尖锐的批评，并让姑姑晚年因自己早年的行为陷入深重的噩梦、忏悔、自我归罪中。与此同时，小说也非常周到地考量到历史理性的合法性，计划生育对国家对人类的意义，但这并不意味着为实施这一合法性就可以不择手段。历史理性与人文关怀之间的张力，这是《蛙》叙事的

① 在这点上，姑姑似乎和提倡堕胎自由的西方女性主义关于“生命开始于诞生，而不是受孕那一刻”的生命观相接近。只是姑姑的出发点是国家计划生育政策而不是女性利益。

基本立足点，也是小说赢得一片赞扬的地方。① 但遗憾的是，人文关怀的内涵却被简单局限在对生命、生育本能的表述上，而用以承载这一本能的当然就是乡村女性，这也许可以看作是莫言对早年的小说《丰乳肥臀》的一次悄然回返。

所有高密东北乡的女人，老的少的，受过教育的没受过教育的，无论是生活在什么时代，全都飞蛾扑火般地渴望生育。事实上，高密东北乡的妇女们并不是不顾一切地要生孩子，而是不顾一切地要生男孩子。这足以证明不是所谓生命的本能，而是文化造就了乡村妇女的生育欲望。这其中还不仅仅包括父权观念、意识对乡村妇女的精神的模塑，还有许多乡土社会复杂的制度性文化因素。② 但叙事始终在女性的生育本能、民间生育崇拜等层面上来书写这种疯狂的生育欲望。婚礼还没结束，新娘王仁美就向姑姑讨要生双胞胎的药。年近六旬的小狮子一说到生孩子，“眼睛里盈着泪水，呼吸变得急促，丰硕的胸脯微微起伏，一腔母爱，无处发泄。我一点都不怀疑，只要给她一个婴儿，她的乳房便会喷出乳汁。”小狮子后来果然在对生育的渴盼与假想中，奶水犹如喷泉。以给人代孕为生的陈眉在孕育客户的孩子时，“感到自己是一个丑陋的茧，有一个美丽的生命在里边孕育，等他破茧而出，我就成了空壳。”“等我把孩子生下来后，我并没有成为一张空壳自己死去，我发现我活得更欢实了，我不但没干巴，没抽抽，反而更水灵了，我脸上紧绷的皮似乎滋润了，我的乳房里全是奶……生育给了我新的生命……”如果将这些诗情画意的生育描写与我们熟悉的萧红

① 2010年，在北京师范大学举办的一次莫言本人参加的关于《蛙》的对话中，童庆炳先生提出《蛙》很好地表现了历史理性与人文关怀之间的张力，这一评价得到与会学者的一致认同，也代表了学界对这部小说的基本定位。参见莫言、童庆炳、赵勇、张清华、梁振华《对话：在人文关怀与历史理性之间》，《南方文坛》2010年第3期。

② 李银河在《生育与村落文化》将村落文化对生育行为的影响归纳为三个方面。一是因“人多”可成“势众”，家庭人口众多，在村里才有势力。二是因为竞争的规则，使得村落的人全力以赴，投入生育竞赛。三是趋同的规则以及村落中人们对公平的强烈要求。参见李银河《生育与村落文化》，内蒙古大学出版社2009年版，第69页。

小说《弃儿》《王阿嫂的死》《生死场》和《呼兰河传中丑怪的孕妇身体、瘆人的生育场景相对照，其意义必将不言自明。

“这个社会经常不断地援引所谓生育的喜悦，其实是父权制制造的神话。”“根本不存在所谓‘母性本能’……而所谓基于荷尔蒙的冲动，即在怀孕期间和其后”，“做母亲，不是天生的，而是后天造成的。”① 但是，父权制通过仪式、传统、法律、语言、习惯、理解、教育、劳动分工等途径将生物性的母职制度化，进而意识形态化，同时，现代医学、心理学也不断为这种母职制度、意识形态提供强有力的支撑，再也没有比为一种意识形态提供生物学的支撑更能证明其合法性的了。于是，生育成为女性的一种本能、女性人生全部的生命本相。这样一来，“男人使女人信服，除非她做母亲，否则，女人就不是真正的女人。”② 小说中三个以实施绝育手术为职业且自己无法生育的妇产科女医生，都被赋予丑怪的外形（而萧红则赋予生育的女人丑怪的外形），干瘪、古怪的黄秋雅、雄性化的姑姑以及粗陋的小狮子。当然，小狮子比姑姑和黄秋雅幸运，她终于在一场假想的孕育中成为真正的女人——“由糠萝卜变成水蜜桃”。姑姑晚年精神救赎的动力也源自她女性本质、生育本能的回归，嫁给抟土造娃的泥塑艺人郝大手成了姑姑精神自赎的标志性事件。我们当然不否认生育对于女性人生的意义，但这种意义也只是在经验的层面上，生育也好、做母亲也好，不过是一种经验，一如女性人生任何其他的身体经验，哪怕这种经验为绝大多数女性人生所拥有，也不能演变为唯一的、普世性的“生命本相”“女性本能”，从而对另外一些女性人生造成压抑。③ 那也就是说，生育对于女性人生正面与负面的意义其实同时存在，我们似乎也没必要“非此即彼”，而是应该“亦此亦彼”。

---

① 转引自罗斯玛丽·帕特南·童：《女性主义思潮导论》，华中师范大学出版社，2002，第 103、113 页。

② 同上，第 116 页。

③ 参见王宇《20 世纪文学日常生活话语中的性别政治》，《学术月刊》2007 年第 1 期。

正因为女性只在生育本能的意义上被叙述，这就带来这部生育史叙事一个吊诡的现象，无论是生育还是节育的细节，事无巨细面面俱到，但是被用来生育或节育的身体自身却语焉不详，闪闪烁烁。一部生育或节育史，首先是一部女性身体的罹难史。但女性身体的劫难在小说中却没有被纳入叙事逻辑中。因为叙事关注的是这个身体的功能：生育或节育，而不是这个身体本身。强制性的引流产固然是对胎儿生命的残害①，更是对女性身体的极大残害，更不要说高密东北乡的妇女们接二连三的因引流产而毙命。但第一种残害在小说中获得充分的书写，无论是在现实还是象征层面，并成为决定情节走向、主人公姑姑精神历程的最根本动力。晚年的姑姑曾凝视着自己的双手，终日喃喃自语："也是这双普普通通的手，将数千名婴儿送进了地狱！"这是她罪恶感的主要来源。也正因此，年过六旬的姑姑会嫁给抟土造人的民间艺人郝大手（男娲?），借男人这双大手造人，将自己虐杀了的数千名胎儿一一还原。蛙、娃、娲同音，这正是小说题名的象征意义。而第二种伤害，似乎就不那么理直气壮，除了因为引流产而死去的张拳老婆、王仁美、王胆被提及外，数千名被强行押上妇科手术台的孕妇们隐没在历史的地表之下，被强行吸宫、刮宫，流血的子宫、被撕裂的产道、剖心裂肺的疼痛、手术台上的垂死挣扎，以及精神上的创痛，这一切在这部几乎面面俱到的计划生育史叙事中几乎难见踪影。晚年的姑姑这样解释自己害怕青蛙的原因，她看见女人们在河边杀青蛙的情景"用剪刀，剪下青蛙的头，然后，像脱裤子一样，把它们的皮褪下来。它们的大腿，跟女人的大腿一样。我就是从那时才开始害怕青蛙的。它们的大腿……像女人的大腿一样……"这是姑姑对自己实施的无数人流手术场景的记忆。当手术中的姑姑以一个妇科医生职业性的麻木直面女性赤裸的、流血的下体时，

① 关于胎儿的生命权，国际法学界一直是有争论的，19世纪以前美国大部分州允许18周胎动前堕胎。参见李燕《人工流产：权力抑或义务——女性主义视角下中美堕胎法比较研究》，《法学论坛》2009年第1期。

她是看不见她们的头部、脸部的，这个时候的女体就犹如被屠宰后没了头、褪了皮的青蛙。这是一个女人面对自己同类流血、残缺身体的刻骨记忆。这是晚年的姑姑唯一一次提到在她挥舞的手术刀钳下痛苦挣扎的女体（她们都是被强行押上手术台的）。

至于另一种伤害更是可以忽略不计，尽管小说借姑姑之口提到，“这村里的妇女，一半患有子宫下垂，一半患有炎症。王肝他娘的子宫脱出阴道，像个烂梨，可王腿还想要个儿子!”生育，尤其是无节制的生育，其实对女性健康也是很大的伤害，同时还对女性身心发展产生严重束缚，所以西方女权运动才会将自由堕胎作为重要的诉求。这实际上可以成为计划生育国策这一历史理性与人文关怀可能的契合点，但这个层面根本无法进入这部小说所极力彰显的历史理性与人文关怀的张力中。于是，高密东北乡的妇女只能因着所谓强大的“生育本能”，全然不顾生育的苦痛、伤害，飞蛾扑火般地扑向生育。“其实，是文化的力量把中国妇女造就成‘忍痛的本领’最强的人。”“文化的力量是如此的强大，它能够大到使人们完全忽略那一点肉体的痛苦，坚强地忍受，或木讷忍受生育之苦。”① 由于叙事关心的只是女性身体的功能（生育或节育），而不是这个身体本身。因此，无论是被强制的节育，还是“被自愿”的生育，女性身体的创伤与疼痛都是看不见的。这个身体始终是默默无言，处处在场却又处处缺席——这显然也是女性在这部以生育、节育为主体情节的小说中的存在状态。

三、阴性化的乡村历史与身体上的“暴风骤雨”

在近代以来的中国，医疗从来都是一个重要的现代性事件，无论是在象征隐喻层面还是在本体层面。关于医疗的象征隐喻，已有太多的研究。

① 李银河：《生育与村落文化》，内蒙古大学出版社，2009，第 198 页。

在此，想谈谈本体层面医疗的现代性意义作为我们进一步讨论本文论题的知识背景。我们知道，传统乡村政权是“二层架构”式，即代表皇权的县级政权浮在上面，真正对乡村行使管制权的是乡绅阶层。因此，乡土社会实际上处于自治状态中。民国以来，现代民族国家政权抛弃乡土社会自制的政策，并积极在乡土社会中推行政府权力和意识形态。这也是中国乡村现代性转型的最重要特征。这种国家权力、意识形态对乡村的推进、渗透，在 1949 年以后变得更加急剧和有力。医疗可能是这种推进与渗透的一种非常有效的渠道，“医学在中国拥有现代意义的制度安排，可以看作是现代民族国家渗透进基层社会的一个重要环节。”① 1950、1960 年代频繁的送医下乡，不仅仅是解决乡村缺医少药的问题，同时也肩负着向最基层的乡土社会推进国家意识形态的目的。医疗活动的对象是身体，而与身体密切相关就是日常生活。医疗活动无疑是要通过影响乡村日常生活来改造乡村，而日常生活是乡土社会最基本同时也是最重要的层面。因此，这样的推进、改造虽然不像土改、农业合作化等政治运动那样的轰轰烈烈，但却是润物细无声，深刻而有效。当然，如果说，送医下乡、巡回医疗队总是乡村的匆匆过客，那么，农村合作医疗制度俨然是将民族国家权力、意识形态向乡村日常生活的渗透、推进制度化。这样一来，农村合作医疗制度这一原本就成熟于农业合作化运动中的新生事物②，实际上可以看作是在身体以及与身体密切相关的日常生活领域展开的另一场农村社会主义改造运动。所以，以电影《春苗》《红雨》为代表的“文革”赤脚医生叙事始终都是将赤脚医生作为“社会主义新人”的形象来塑造，春苗、红雨的意义丝毫不亚于梁生宝、高大泉这些农业合作化运动的带头人。那么，范小青将万泉和这么一个非常柔弱的、阴性的形象放在赤脚医生这个原本由“高大全”们

① 杨念群:《再造病人》，中国人民大学出版社，2006，第 366 页。

② 有医疗史研究者认为，合作医疗是农业生产领域合作经济在医疗领域的表现，后者是因前者是果。参见张自宽等:《关于我国农村合作医疗保健制度的回顾性研究》，《中国农村卫生事业管理》1994 年第 6 期。

占据的位置上意味着什么？

让我们联系周立波《山乡巨变》中一个非常特殊的乡村基层干部李月辉的形象来理解这个问题。清溪乡党支部书记李月辉在乡亲们眼里就是一个“男儿无性，纯铁无钢”，有名的“婆婆子”，在工作中也被称作“小脚女人”，而他自己对这些常人看来带有侮辱性的、被阴性化的称呼还十分认同，“我只懒气得，小脚女人还不也是人，有什么气的？”李月辉不主张用暴风骤雨的方式来对待那些思想落后的农民，要慢慢来，“社会主义是好路，也是长路，中央规定十五年，急什么？还有十二年……”这种“婆婆子”式的基层干部已然在 20 世纪一场又一场疾风暴雨式的政治运动与自在的乡土世界之间提供了一个缓冲地带，正是这样的缓冲地带弥合了历史的创痛，成就了乡村历史的绵延。这可能是李月辉这个形象相较于同时代的朱老忠、梁生宝、高大泉的意义所在。万泉和形象的意义也在于此。

小说开始不久，父亲万人寿就被踢伤倒下，几乎成植物人，到小说结束还不能正常行走、开口讲话。因此，万人寿实际上是后窖历史的缺席者，正是高大伟岸的父辈的缺席，阴属的子辈们才得以以自己的方式——阴性的方式参与到乡村历史进程中来。在 20 世纪的暴风骤雨中飘摇的乡村，需要的也许不是高大伟岸的身影，而只是一份微弱却温暖的守护。这也许可以解释，何以在写出反映乡村血与火的土改运动的《暴风骤雨》之后，周立波要以和风细雨般的《山乡巨变》来延续自己的创作。而范小青以万泉和这么一个形象来承载 20 世纪后半叶的乡村历史，无疑更明确地将乡村历史阴性化。

而《蛙》中的姑姑恰恰就是和李月辉、万泉和完全相反的、暴风骤雨式的人物。年仅十七岁就为贯彻推行新法接生而暴打六七十岁的“老娘婆”。后来负责乡村计划生育工作，更是不惜一切代价，追捕超生孕妇，把人逼入水中仍不放过，直到孕妇在水里毙命，甚至不惜用卑劣“连坐法”掩倒超生孕妇王仁美娘家四邻的大树、房屋，以此逼迫她父母交出女儿，大月份引产最终导致王仁美在手术中丧生。但姑姑并不以此为戒，不久又导演一场更加惊心动魄的水上围剿乘竹筏逃跑的超生孕妇王胆的战斗，导致王胆早产死亡。姑姑每一次出场，几乎都是一场生死对决，姑姑因此受到乡亲们最最恶毒的诅咒和暴力报复，屡屡危及性命，但一点也动摇不了姑姑的信念，“真有地狱我也不怕，我不下地狱谁下地狱！”姑姑完全是现代理性武装起来的人物，现代理性还让她有一套奇怪的生命等级划分：“对那些计划内生育的，姑姑焚香沐浴为她接生；对那些超计划怀孕的——姑姑对着虚空猛劈一掌——决不让一个漏网！”

选择姑姑这样的形象来承载乡村的计划生育史，其实是非常恰当的。正如我们前面提到的，如果说，医疗是国家权力、意识形态向乡村日常生活推进、渗透的一种有效手段，那么，再也没有比计划生育运动（一种特殊的医疗活动）更能昭示国家权力、意识形态向乡村日常生活推进、渗透、改造的强度与深度了。而姑姑这样的人物不正是这种疾风暴雨似的推进、改造最形象的表征吗？如果说，土地改革、农业合作化运动是20世纪四五十年代席卷中国乡土社会的暴风骤雨，这两场运动要处理的都是土地所有权问题，那么，1980年代以来在乡土社会强制推行的计划生育运动，实际上是乡土世界的另一场暴风骤雨，一场发生在身体上的土改、合作化运动，所要处理的则是身体所有权问题。正如我们前文提到的，由于男性结扎手术在乡土社会推行阻力巨大，几乎所有的避孕节育手段都指向女性。因此，这实际上是一场发生在乡村妇女身体上的暴风骤雨。中国民间历来喜欢将土地的肥沃与贫瘠与女性生育力进行类比和对应，高密东北乡的男人这样形容自己不孕的妻子“她是盐碱地，我只播种，但她不发芽。”如果说，合作化运动是将土地从私有收为国有，那么，计划生育就是将女性身体由丈夫、宗族所私有的传宗接代之所，变为国家所有的人口生产之所，国家要对这块土地上的产能、产量进行严密计算与控制。这就引发了两个所有者之间激烈争斗。姑姑指挥的一个又一个惊心动魄的战斗，实际上可以看作是国家与宗族、家族之间针对妇女身体所有权而展开的一场又一场争夺战。

如果说，姑姑的形象象征着国家意识形态向乡村日常生活暴风骤雨般的渗透、推进，那么，万泉和这个独特的赤脚医生形象可能意味着对这种渗透、推进的弱化与缓冲，从而在有限程度上保留了乡村日常生活的自在和自足性，而这正是乡村文化独特性的栖身之所。于是，我们看到一个文化属性上完全不同于“街上”的后窨世界：巫医胡师娘跳大仙，老中医万人寿凭借发黄的《黄帝内经》看病问诊，万小三子将蟑螂肉贴到脸上治疔子，曲文金烧纸钱给死去的婆婆买蒲扇治疗孩子尿床，小孩有鬼眼辨别孕妇肚子里胎儿的性别，药王庙里香烟袅袅，说错话往地上吐一口口水就等于没说，女鬼在桑树地里出没，死人总在寻找替身……尽管，后窨世界也不缺姑姑那样的完全由现代理性武装起来的人物。如裘奋斗，但是作者没有让这样的人物成为叙述乡村历史的支点，裘奋斗早早被安排到“街上”读大学做律师，尽管后来挑唆裘二海家人告万泉和，但他对后窨历史的介入毕竟有限，因为律师这个职业，与乡村日常生活关系到底不太紧密，不像作为乡村妇产科医生的姑姑，与高密东北乡日常生活密切相关，从而深刻嵌入乡村的历史中。

第五章　21 世纪女性文学的现实关怀

第一节　21 世纪“打工妹叙事”

底层女性一直是五四以来中国文学的一个持续关注点，其中的原因非常复杂。但有一条是不容忽视的，即从主流社会的性别政治逻辑而言，底层、弱者、他者与女性的重叠编码，是一个天经地义的编码原则。本文以阶级/阶层与性别两个范畴之间复杂纠葛作为学理背景，选择新世纪初年名动一时的底层文学潮流中一个非常引人瞩目的叙事类型“打工妹叙事”中的几个代表性文本，将它和丁玲 1928 年的《阿毛姑娘》，做一个互文性的讨论。不仅关注五四以来中国文学底层女性形象的“前世今生”，更企图以此来抵达五四以来中国文学的一些基本命题。在开始讨论之前，先必须对“打工妹叙事”做一个解释。

所谓“打工妹叙事”实际上就是文学叙事对打工妹这个群体生存境遇的表述。在世纪初年的底层文学潮流中，这一叙事类型相当引人注目。“打工妹”这一称呼是与“打工仔”相对应的，“仔”和“妹”是广东人（还包括福建等沿海其他省份）对年轻的男孩女孩的称呼，由于最早的打工群体出现在改革开放最前沿的广东深圳，又主要是年轻人，于是，“打工仔”“打工妹”这一称呼就不胫而走，成为对男女农民工的通称。但“打工妹”

称呼要比“打工仔”更流行，更引人注目，甚至成为对整个农民工阶层的称呼。这除了我们前面提到的主流社会底层、将弱者、他者与女性重叠编码的性别政治逻辑外，还有一个历史的原因，即农民工群体出现的历史特殊性。打工妹实际上也是最早出现的农民工群体。① 尽管第一代打工妹出现在七八十年代之交，但是“打工妹”一词的出现却要晚得多，大约在20世纪90年代初期。②

一、从阿毛之死到明惠之死

《阿毛姑娘》发表于1928年的《小说月报》，是丁玲转型前夕的作品，在丁玲创作时间表上处于比较尴尬的位置上。既不像早期那些反映五四退潮后觉醒的知识女性精神苦闷的小说，又与她转型后具有鲜明阶级立场的小说不同。但恰恰是这种暧昧的状态，决定了这篇小说的价值。小说的上半部主要写17岁的乡村少女阿毛通过婚姻获得空间的移动，从蛮荒山野来到城乡交界处的杭州西湖葛岭，得以接近都市的繁华以及富人阶层的生活，

① 根据2008年中央电视台半边天栏目为纪念改革开放30周年制作的20集电视片《繁花：30年打工妹实录》中的资料记载，1979年深圳蛇口填海造港的第一声炮响，中国改革开放随之拉开序幕，第一批港资企业凯达玩具进驻蛇口，开始在当地招收女工。改革开放后第一批打工妹从珠三角四面八方汇集到凯达，这就是名噪一时的“凯达姐妹”。10年后在深圳打工总人数达到100万，其中有80万是打工妹。因为最早进驻特区的外资企业多是电子、玩具、服装，这些行业要求细致与耐心从业素质，必然更青睐女工。正如1990年代初一部名动一时的反映早期特区打工妹生活的电视剧《外来妹》中所表现的那样，来自湖南山区四女两男六名农村青年到特区找工作，姑娘们被留了下来，而小伙子却被拒之门外。因此，也可以说，中国最早的打工者实际上是打工妹，打工妹群体的出现是与中国的改革开放同步的。当然，当初的“凯达姐妹”未必都是农家女，很多是城市待业女青年，但很快农家女就构成打工妹群体的主体。

② 根据中国报刊索引数据库资料，“打工妹”一词最早见诸文学作品，是《广州文艺》1989年第12期发表王海玲的小说《特区打工妹》。紧接着1990年著名导演张良拍摄的影片《特区打工妹》，作为特区建设10周年献礼片在全国上映，引起广泛反响，“打工妹”一词不胫而走。

这样的生活使她产生“王侯将相宁有种乎”式的阶级怨怼——一种类似茅盾《秋收》中多多头的怨怼，这是阶级意识的萌发。但小说后半部的阿毛，却脱离左翼的阶级命题，也脱离城乡命题，转向一种关于幸福和人生的抽象、哲理的思考。这似乎使得阿毛这个村姑的形象变得不真实，成了莎菲女士的乡村版，抑或叙事者的传声筒，所以被左翼批评家所诟病。① 表面看起来这反映了转型期丁玲阶级立场的摇摆，是对左翼命题的疏离，但从另一角度而言，可能反而是对这一命题的深入。

阿毛先是从左边洋房中幸福的美少女的死中彻悟到，“一切都太可悲。一切的梦幻都可从此打碎去。宇宙间真真到底有个什么？什么也没有！到头来，终得死去！无论你再苦痛些也好，再幸福些也好。人一到了死，什么也一样了，都是毫无感受的冷寂寂躺在大地里。”后来，她又听到了右边隔壁洋房中同样幸福的美少妇深夜呜咽的琴声，并清清楚楚目睹了她因悲恸而失态地披头散发、摔琴，“她本来以为幸福是不久的，终必将被死所骗去，现在她又以为根本就无所谓幸福了。幸福只在别人看去或羡慕或嫉妒，而自身始终也不能尝着这甘味。”虽然阿毛的阶级境遇与在住在附近度假洋房里的城市美妇人们天差地别，但是，她却也能够理解她们的困境，来自上流社会的悲凉琴声同样深深打动来自底层的阿毛，“在那音调里面所颤栗着的，是不是也正同于她的那颗无往而不伤的心呢？”阿毛“看见在天空中飞旋的鹰鸟，就希望自己也能生出两片强有力的翅，向上飞去，飞到不可知的地方去，那地方是充满着快乐和幸福。”这不就是贵族少女林黛玉“天尽头，何处有香丘”式的断想吗？“他者”其实拥有和“我们”一样的精神质地。这实际上也可以是左翼文学的更深层诉求。这点茅盾在1936年《关于乡土文学》中其实有所提点的，“关于‘乡土文学’，我以为单有了特殊的

① 例如，冯雪峰就认为《阿毛姑娘》“在说述一个贫农的女儿，对于资本主义的物质的虚荣的幻灭的可怜的故事。”他认为，《阿毛姑娘》与《莎菲女士的日记》《梦珂》都是丁玲思想上有很坏倾向时期的作品。（参见《冯雪峰选集论文编》，人民文学出版社2003年版，第9页）。这倒是歪打正着说明至少在这一时期的丁玲看来，阿毛与莎菲、梦珂拥有共同的精神质地。

风土人情的描写，只不过像看一幅异域的图画，虽能引起我们的惊异，然而给我们的，只是好奇心的餍足。因此，在特殊的风土人情而外，应当还有普遍性的与我们共同的对于运命的挣扎”①。表面上看，茅盾在这里反对的是将特殊地域身份本质化，其实阶级、阶层身份也一样，不宜本质化。底层物质的贫困，并不代表精神贫困。阿毛最后的自杀，正反映了她并不贫困的精神质地。

在这个层面上，当代作家邵丽获得第四届鲁迅文学奖的小说《明惠的圣诞》可能和《阿毛姑娘》构成一种奇妙的互文性。这篇小说在众多打工妹沦落风尘题材小说中，显得与众不同。其特别之处就在于在底层、乡村、女性、知识分子等多元身份中来呈现明惠独特的境遇以及最后的悲剧。高考落榜后，经不住母亲的唠叨，加上对从省城衣锦还乡的同村小姐妹桃子的怨羡，明惠终于也跟着桃子进城到洗浴中心做了按摩小姐。但明惠和桃子不同，桃子做按摩小姐在村里是公开的秘密，而明惠做按摩小姐则始终是秘密，原因就在她是高中毕业生，她必须守口如瓶才能不辱高中生这个身份。她不仅瞒着母亲，甚至瞒过带自己进城的桃子，谎称自己在一家人家做家教，以至于母亲收到她寄回的不菲的钱款时还相当自豪：“我不枉多让我们家闺女念了那么多年的书啊。”她甚至更改了名字，叫圆圆，收藏起明惠这个名字，因为它标志着一段纯洁的学生时代以及那个时代种种关于知识改变命运的美好幻想，她不愿辱没这个名字。圆圆实际上相当在乎自己的“知识身份”——曾有过的明惠时代，当她争分夺秒从客人那里赚钱时，她会“想起了自己曾经学过的资本总是追逐利润最大化的课程。把理论和实践在这里结合了，别有一番滋味涌在心头。”——这是对“知识改变命运”这一现代性话语的无情嘲弄。对照一下 1980 年代《哦，香雪》中那个怀揣着一只文具盒憧憬美好未来的、年龄相仿的乡村少女香雪，嘲讽意味就更加辛辣。

---

① 茅盾：《关于乡土文学》，《文学》1936 年第 6 卷第 2 期。

也正是圆圆无法忘却的“知识”身份导致她与客人、文化人李羊群之间的一系列事件。如果不遇到李羊群，圆圆是不会死的，她会以自己的身体做本钱，一步步实现物质上脱贫的理想。但李羊群出现了，李羊群唤醒了圆圆内心的一些东西，首先是关于身体的感觉——此前，明惠对自己的身体原本毫无感觉，对她而言，身体只是赚钱的机器。第一次和客人出去过夜，“圆圆觉得一切都平平淡淡的，就连她身下的处女血都没有让她惊讶。……没有什么撕心裂肺的疼，更没有什么叫人痛不欲生的难过。”而和李羊群在一起就不同了，“她这才是第一次从心理上与人交合，她所有的感官系统都无比地快乐着。”

正如同阿毛，原本以为身体只是她劳作和迎合丈夫的本钱，直到目睹那些进山度假的城市文明男女种种恩爱举止，她的身体才被唤醒，她试图主动向丈夫索要同样的温柔时，遭到丈夫一顿斥骂：“不要脸的东西，你这小淫妇!”“小二是一个种田的人，除了从本能的冲动里生出的一种肉感的戏谑和鲁莽，便不能了解其余的事。”小二只知道随心所欲以“肉感的戏谑和鲁莽”对待阿毛的身体。但阿毛已经被城市文明男女种种恩爱举止唤醒的身体，不可能再像从前那样被动承受这“肉感的戏谑和鲁莽”，于是，阿毛便“觉得小二是欺了她，可是她又不反抗，因为太忍受了，反更觉得伤心……”小说细致描写了阿毛身体的丰富感觉——压抑感、受挫感、屈辱感，以及身体的劫难如何让阿毛愈发沉入精神上的无望深渊。

而圆圆似乎比阿毛幸运，随着身体的苏醒，内心深处尘封已久的一些东西。比如，爱、尊严、平等、精神世界，这些属于久远的明惠时代的东西日益朦胧归来。不久以后又发生了一件事将圆圆更进一步带回明惠时代。圣诞节夜晚，李羊群带她到酒吧狂欢后，走出酒吧在风雪漫天的寒冷冬夜里，非常自然地像一对恋人、夫妻那样相依相偎，互相取暖，然后“回家”。圆圆就是从这天开始住进了李羊群的家。李羊群家原有钟点工，圆圆提议把钟点工辞了，李羊群不同意。

> 李羊群说，辞了？干吗呀，我可不是让你来当工人的！圆圆一直琢磨他这话里的意思，不是让我当工人，那是把我当什么人呢？如果没有他这句话，圆圆还没觉得有什么问题。有了他这句话，倒真成了一个问题了。关于这个问题，圆圆想了许多天，想得自己都有些不痛快了，干脆就不想了。

李羊群不让圆圆代替钟点工的位置，这让圆圆有了一些想法，他们之间似乎应该有一些超越买笑与卖笑、包养与被包养、雇主与工人之间关系的东西，那到底是什么东西呢？小说刻意回避对圆圆内心的直接剖析，但不难想象圆圆内心无数次飞翔又无数次下坠。李羊群每月都会在抽屉里放上足够的钱，供圆圆消费，做美容、养生、洗桑拿、逛商场，“这样的日子，也许正是圆圆梦寐以求的。但真过上这样的日子，她心里又空得像一座被废弃的仓库。”

阿毛实际上也曾有过能过上圆圆生活的可能，那个“颇高，很黑，扁平的脸，穿着的却非常讲究”住哈同花园的国立艺术院的教授不是要请他去做他的人体模特儿吗？如果阿毛真的跟他走了，是不是也可能过上圆圆式的生活。而过上圆圆式生活的阿毛是不是也会像圆圆那样“心里又空得像一座被废弃的仓库”呢？实际上从阿毛对幸福的彻悟中丁玲已经给出了肯定性的答案。

过上富足的日子，“心里又空得像一座被废弃的仓库”的圆圆，非常怀念那个大风雪的圣诞夜的情形，企盼与李羊群之间能再出现那样的心灵沟通。终于，又一个圣诞之夜，圆圆向李羊群提出带她出去过圣诞节，她不仅要在这个最具城市、幸福标签性意义的节日里隆重地再次确认自己的幸福的城里人身份（她对这个身份总觉得不踏实）；更重要的是，内心深处她还渴望去年那个圣诞节风雪夜里的情形能再现，圆圆毕竟曾经是明惠，她无法忘怀明惠时代。李羊群果真带她出去过圣诞了，一切似乎都美好得要命。但就在这时李羊群遇到了他的一帮朋友，李羊群向朋友们介绍道，“她叫圆圆，我的伙伴。”读过高中的圆圆“知道伙伴是有多种涵义的，可以是生意伙伴，可以是工作伙伴，当然，也可以是性伙伴。”圆圆明白自己属于哪一种。朋友们开始相互打情骂俏，也说一些文化事儿，有时还夹杂了英语。这些文化事儿和英语，读过高中的圆圆也许听得懂也许不懂，无论懂与不懂，都没有人关心，她都是局外人，而李羊群这只羊却好像回到自己的羊群，根本就忘了圆圆的存在。朋友们之中的女士特别刺激着圆圆。

> 女士们是那么的优越、放肆而又尊贵。她们有胖有瘦，有高有低，有黑有白。但她们无一例外地充满自信，自信让她们漂亮和霸道。她们开心恣肆地说笑，她们是在自己的城市里啊！她圆圆哪里能与他们这个圈子里的人交道？圆圆是圆圆，圆圆永远都成不了她们中的任何一个！

圆圆一直以为自己已经是城里人了——她已经能够相当娴熟地像城里女人那样生活，但现在才发现自己其实不是。成为城里人，不仅仅意味着做美容、洗桑拿、逛商场，还意味着另外一些东西，这些东西，圆圆懂，也渴望拥有，谁让她曾经是明惠。当然，认识李羊群之前的圆圆，频繁地从老曹们那里赚取老头票时期的圆圆，可能会无视这些东西，那时的圆圆重视的是能有一沓“老头票”踏踏实实地攥在手心就够了，那时候的圆圆离明惠时代那样的遥远。但现在的圆圆却不同了，明惠时代仿佛呼之欲出。她知趣地提出要先走，而李羊群此时正沉淀于与朋友们的共同记忆中，头也不回地挥挥手打发了圆圆。本来圆圆就是李羊群寂寞时的伙伴，现在既然李羊群不寂寞了，那圆圆就可有可无了。“圆圆走出门时，自己偷偷笑了一笑。”她后来的结局其实在这笑容中就决定了。显然，她嘲笑自己的异想天开，以为去年圣诞的情形可以重来，殊不知那不过是城里人、文化人、成功人士李羊群的一次不经意的偶然。既然在精神上无法与李羊群们平等，那么，剩下的便只有物质了。圆圆回到家里一个人愉快而认真地过了一个晚上一个半天，泡热水澡、听音乐、睡觉、吃早餐、化妆、指使钟点工干这干那，还逛商场买了一条价格不菲的红裙子，这一个晚上、一个半天她几乎一项不落地演习了一遍城里贵妇人的全部生活内容，每一项都做得一丝不苟，这一切再一次给了她“城里人”的感觉抑或幻觉，她需要这种感觉/幻觉。到第二天李羊群走近她时，圆圆已经冰凉，枕头边放着一个安眠药瓶子。圆圆的死不经意间触及了五四以来中国文学一个非常重要命题：知识分子如何来理解底层？

二、知识分子与底层

正如前文我们提到的，《明惠的圣诞》独特之处在于通过底层、乡村、女性、知识分子等多重身份的交叉来呈现明惠独特的境遇以及最后的悲剧。小说对沦为暗娼的主人公明惠“知识女性”身份的强调特别引起我们的注意，明惠在“乡上念了三年初中”，“又在县上念了三年高中”，“在村子里矜持得像个公主”。这首先是对现实的尊重，事实上，打工群体的受教育程度是农民中最高的，“从文化教育水平来看，与农村其它人口相比，农民工是一群高学历者。”① 但底层叙事、“打工妹叙事”恰恰普遍忽略这点，充斥的是对底层非常本质化、刻板化的印象。底层 = 无知无识，生存的物质性需要是他们全部渴求。

李羊群整理遗物时才明白圆圆原来不叫圆圆，而叫肖明惠。但李羊群始终不明白“这个叫肖明惠的姑娘为什么要寻死呢？”李羊群不明白是因为他觉得自己从没有伤害过圆圆，自己给了圆圆天堂一样的日子，这样的日子是多少像圆圆这样的姑娘连做梦都不敢想的。圆圆还想要什么呢？更重要的是，李羊群并非只是纯粹的花钱买笑，他甚至可以说真诚对待圆圆，他曾向圆圆诉说自己的过去、忧伤，但却从未问过圆圆的过去、忧伤。因

① 陆学艺主编《当代中国社会流动》，社科文献出版社，2004，第 311 页。

为他未曾想到圆圆也有过去、也有忧伤，更不知道圆圆也有过曾经的明惠时代，甚至也曾经喜欢言说他和朋友们挂在嘴边的“英语”和“文化事”。自始至终圆圆对他而言，都只是一个明眸皓齿、鲜嫩乖巧的陪伴者、倾听者、沉默者。小说并没有像同类题材的小说那样将买笑的城里人、成功人士李羊群妖魔化、漫画化，而是写他良好的教养、相当善待圆圆，即便是那群“优越、放肆而又尊贵”的城里女士也并没有直接奚落、羞辱圆圆，但圆圆还是义无反顾地死了。小说于是有了一种震撼。

这震撼首先是圆圆对超越于物质之上的尊严、人格的捍卫，她渴望的不仅仅是物质上的富足，还有精神上的富足。当然，这样的渴望是被文化人李羊群不经意间唤醒的，却没有获得任何出路，所以她只能选择死。换句话说，和李羊群的交往已经彻底唤醒她的明惠时代，这个时代近在咫尺却又遥不可及，在这个圣诞的夜晚，她明白自己再也回不到明惠时代，可要命的是，她也回不到圆圆时代。于是，在这个要命的圣诞夜，她——这个曾经名叫“明惠”或“圆圆”的姑娘，成了一个无名的存在，因而她只能选择死，正如同阿毛只能选择死一样。当然，明惠的死只是得不到平等、尊严、幸福，也就是说，看到了幸福却被幸福所拒绝，而阿毛的死，不仅仅是因为看到了幸福却被幸福拒之门外，还因为看透了幸福背后的虚妄。因而，阿毛的死，似乎比明惠的死更加高蹈，甚至具有了形而上的意味。从这个角度而言，鲁迅“焦大不爱林妹妹”的观点，是可以质疑的，并不是所有的焦大都不爱林妹妹，焦大和焦大间是有差异的，有些焦大也是爱林妹妹的。而阿毛和明惠就是这样的两个爱林妹妹的“焦大”。贵族精神并非只属于贵族阶层。而知识分子李羊群显然没有意识到这一点。

李羊群对圆圆始终不自觉地居高临下、慷慨地施予同情与悲悯，从不屑于了解圆圆到底是什么样的人？只有圆圆死了，我们才和李羊群一起发现圆圆原来曾是“矜持得像个公主”的高中生肖明惠，这个精心设计的结局并非噱头，而是意味深长。知识分子如何想象底层？特别是想象底层女性？是否“她们属于一个分离的、低等的和例外性的空间（弗洛伊德的‘黑暗大陆’），因而延续性（即与‘我们’的相似性——笔者注）遭到了否认，共同的人性也不属于她们。”① 小说自始至终刻意回避对圆圆内心世界的直接呈现（这点和丁玲叙事完全不同），这不仅仅出于叙事者对一种相当节制的叙事风格的追求，更重要的是小说有意营造一种反讽氛围：圆圆没有内心世界，因此，才能在“矜持得像个公主”的高中生到卖淫女之间轻松跨越。这是反话正说，因为许多打工妹叙事对圆圆们的定位正是如此。而圆圆最后的死无疑宣告了表面“轻松跨越”的背后鲜为人知的沉重——底层女性生命的质地与分量，这是小说给我们带来的更深一层的震撼。

小说不仅仅触及打工妹对超越于物质之上的尊严、人格的捍卫，对精神质地的追求，还触及我们如何想象底层、知识分子与底层关系这样一些 20 世纪文学非常重要的命题，这些命题在新世纪初年的底层文学热中被一再重返。这实际上也说明，这些命题本身的未完成性。

三、底层经验与性别经验

新世纪初年底层文学潮流中，“打工妹叙事”文本不胜枚举，较著名的如何顿的《蒙娜丽莎的微笑》、吴玄的《西地》《发廊》、刘继明的《送你一束红花草》、艾伟的《小姐们》、阎连科的《风雅颂》《柳乡长》、王安忆的《富萍》《发廊情话》、邵丽的《明惠的圣诞》、孙惠芬的《歇马山庄的两个女人》、乔叶的《紫蔷薇影楼》、尤凤伟的《替妹妹柳枝报仇》、魏微的《大老郑的女人》、林白的《妇女闲聊录》、严歌苓的《谁家有女初长成》、盛可以的《北妹》。纵观这些打工妹叙事，不难发现男性文本和女性文本明显的区别。相对而言，男性文本更倾向于在城里人与乡下人、都市与乡村、成功人士与

① 薇尔·普鲁姆德：《女性主义与对自然的主宰》，重庆出版社，2007，第 173 页。

弱势群体这样一些阶层对立语境中表现底层女性的苦难。这样的叙事逻辑当然有意义，但叙事者并没有意识到底层自身同样包含着权力，性别权力就是底层自身所包含的一个非常重要的权力机制，在很多时候甚至是底层唯一能够拥有的权力。这点鲁迅很早就看出来了，阿Q不仅要欺负经济状况社会地位不如他的小D，他还要欺负经济状况、社会地位未必不如他的小尼姑。依仗的就是他所拥有的唯一特权：男性性别特权。20世纪上半叶，左翼文学中很多作家也注意到了这点。且不说左翼女作家萧红的《生死场》、罗淑的《生人妻》、丁玲的《阿毛姑娘》《新的信念》等作品对底层本身具有的性别权力机制的批判，即便是男作家柔石的《为奴隶的母亲》也注意到了春宝爹对春宝娘的粗暴、蛮横，反倒是秀才对春宝娘尚有几分怜惜。性别视角的介入，显然使得阶级界限变得模糊、暧昧。

对于打工妹群体而言，在城乡流动中可能不仅要承受都市加诸乡村、上层加诸底层的诸种霸权、现代商业伦理的盘剥，她们还要承受来自乡村、底层自身传统的男性霸权的盘剥。在这方面女作家的打工妹叙事相对而言更敏感到底层自身的权力机制。如孙惠芬的《歇马山庄的两个女人》、严歌苓的《谁家有女初长成》、盛可以的《北妹》等文本都在不同程度重点表现来自底层自身的男性性别霸权给底层女性带来的生存之痛。

性别是互动而不是平行于其他形式的差别，包括阶级、族群、空间和年龄等等，① 也就是说，在形塑打工妹文化形象时，不仅应该兼顾到这一群体的阶层、性别、族群、年龄，还应注重这些要素彼此之间的互动及其造就的打工妹的多重经验，阶层、性别、城乡之间复杂的权力交叉，及其决定了的乡村、底层女性命运的复杂和多元。但是，从1990年代到新世纪打工妹形象基本上呈现两个极端，第一种是正面发迹传奇（更多出现在1990年代）。以著名的电视剧《外来妹》为代表，包括大众传媒上大量出现的诸如

① 罗丽莎：《另类现代性：改革开放时代中国性别化的渴望》，江苏人民出版社2006年版，第4页。

《从打工妹到女老板》《从“打工妹”到“女状元”》《打工妹当上了省劳模》《我的路：由打工妹到女作家》①之类的报道。第二种负面沦落传奇，即表现打工妹从乡村来到城市，沦落风尘、被剥夺、被侮辱、被损害（更多出现在 21 世纪初年的底层叙事中）。其实从乡村到都市的流动给打工妹带来的不是简单的发迹或沦落传奇，而是更丰富多样的经验和主体位置。在此，也许林白的《妇女闲聊录》提供了一些有益的启示。叙事以从偏僻王榨村到北京打工的木珍信口闲聊的方式，呈现了一种更加平易、日常化、自足的打工妹生存状态。木珍在城里虽然只是当保姆，依旧处于社会底层，但这也给她带来前所未有的崭新经验和身份位置。在城里挣了钱又见了世面的木珍，回到乡下神采飞扬地给丈夫发压岁钱，而丈夫就等这钱来给手机充值；当丈夫又像过去一样举起椅子要打她时，她竟然“一点都不慌”，料定丈夫再也不敢打自己；丈夫在村里有了相好，她知道了却假装不知道，一点不影响她自个儿的生活轨迹。木珍的形象显然超越了以往文学对乡村女性的种种刻板想象，预设的外在观念，是个陌生化的意义自足体。它大大僭越了人们关于底层女性的种种刻板印象。

有学者在谈到底层这一概念时指出“底层我觉得是一个相对性比较强的概念，相对于男权，妇女就是底层，相对强势阶级，工人农民是底层。”②既然底层是相对性的概念，因此，底层并非同质性的。底层经验同样充满差异性，性别身份的差异正是造成底层经验差异性的一个重要原因。而这种差异性显然在很多打工妹叙事中是被遮蔽的。不存在同质性的底层经验，底层经验会因为性别身份的介入而呈现不同的色彩；当然，也不存在同质性的性别经验，性别经验也会因为阶级（阶层）、族群、国族、城乡等多重身份的介入而呈现出不同的色彩。

① “从打工妹到女作家/女老板/女经理/女企业家……”这是新闻传媒中有关打工妹报道出现频率最高的题目模式。例如，《从打工妹到女老板》，《经理人》1994 年第 6 期，《当代广西》2006 年第 14 期，《报林》2008 第 5 期。三篇文章内容不同，却共用一个题目。

② 蔡翔、刘旭：《底层问题与知识分子的使命》，《天涯》2004 年第 3 期。

第二节　21 世纪女作家的“非虚构”写作

2010 年，《人民文学》启动“非虚构写作”计划并开设专栏，《梁庄》《中国，少了一味药》《词典：南方工业生活》等作品以“非虚构写作”之名发表并引发关注。随后，在社会文化转型、文学生态变更、商业运作模式和批评家导向等因素的综合作用下，“非虚构”逐渐成为中国当代文坛热议的话题之一。在这过程中，一批女作家、女学者也积极投身到“非虚构写作”的潮流之中。例如，梁鸿的《中国在梁庄》《出梁庄记》、李娟的《羊道》系列、郑晓琼的《女工记》、乔叶的《拆楼记》、王小妮的《上课记》、黄灯的《大地上的亲人》等。此外，一些擅长虚构文学的女作家也在小说创作中呈现出一定的“非虚构”倾向，构成新世纪女性文学的重要特点之一。

一、“非虚构”之名的悖论

2010 年以来，“非虚构”不仅成为文坛争论的高频词，其所倡导的文学创作理念也切实地参与到了当代文学的生产场域之中。国内多家重要文学期刊、报纸副刊，例如《人民文学》《天涯》《钟山》《收获》《南方周末》《中国青年报》等均开设了“非虚构”或“纪实”专栏，为相关创作搭建平台。“非虚构”逐渐成为当下文坛创作的新生力量，部分作品也成为了文化市场的畅销之作。例如，梁鸿的《中国在梁庄》、慕容雪村的《中国，少了一味药》等。此外，“非虚构”的创作策略、理念也得到“专题性”推广，中国人民大学出版社策划的“创意写作丛书”中先后推出了雪莉·艾利斯主编的《开始写吧——非虚构文学创作》（2011）以及杰克·哈特的《故事技巧——叙事性非虚构文学写作指南》（2012）等。2015 年，白俄罗斯女作家阿列克谢耶维奇的非虚构小说《我是女兵，也是女人》获得诺贝尔文学奖，更是扩大了“非虚构”的影响力。

目前，评论界对于“非虚构”的看法存有诸多争议，可谓毁誉参半：支持者认为“‘非虚构写作’是作家经过各种文学尝试和实验之后的又一次突围，它使文学回到最初的原点——真实”①；非虚构文学能够“推动大家重新思考和建立自我与生活、与现实、与时代的恰当关系”②，“走进了中国社会的最深处”，是“文学新的道路和方向”③。质疑者则提出“非虚构极力标榜的‘行动’，可化约为‘看’”，而看的意识形态“建立在物化的真实观上，显示了文学在读图时代向图像媒介的趋附”④；其所追求的真实是“虚幻的真实”“思想性贫乏”⑤；更有言辞激烈者认为“把‘非虚构写作’当作医治我们当前文学病痛的一味良药，属于‘病急乱投医’，顶多只能是一些人作秀般的喧哗与骚动罢了”⑥ 等。以上讨论基本上围绕“非虚构”写作及其引发的文化现象而展开，颇富争议性。而段崇轩、王晖、洪治纲等学者则从学理角度进行了深度的阐释，辨析了“非虚构”写作的美学意义和文学史意义。

而本文所要关注的是，如果将发生在当下的“非虚构热”放置于文学史演变规律、世界文学框架以及共时性文化场之中，那么非虚构之名及其“旗帜”下的创作是否可以被称为“新”的方法和理念？其对于女性文学创作又会产生怎样的意义和影响？

“非虚构”的提出与具体的文化语境之间有着密切的关联。依托新媒介和阅读技术的发展，网络文学异军突起，成为文学领域最具影响力的“在

① 兴安：《真实，让文学回到原点——关于非虚构写作的思考》，《文学报》2014 年 1 月 16 日。

② 李敬泽：《关于非虚构答陈竞》，《杉乡文学》2011 年第 6 期。

③ 孟繁华：《“非虚构”文学：新的道路和方向》，《光明日报》2011 年 4 月 20 日。

④ 李丹梦：《“非虚构”之“非”》，《小说评论》2013 年第 3 期。

⑤ 曾于里：《“非虚构”的真实性与思想性问题》，《文学报》2011 年 12 月 1 日。

⑥ 石华鹏：《“非虚构写作”：作秀般的喧哗与骚动》，《文学自由谈》2011 年第 5 期。

场性”文本，传统文学期刊和纸质传媒的生存环境受到挤压，“非虚构”之类的“新”成为它们谋求发展的策略性手段之一。同时，玄幻小说、盗墓小说、穿越小说、后宫小说等类型化文学广泛占领文学出版市场，纯文学的生存环境令人担忧。大量文学创作与商业运作合谋，文学的艺术性和思想性受到“挤压”。社会意识和人文关怀日渐“枯萎”的当代文学失去了新文学传统中的气度、格局，受到了空前的质疑和抨击。德国汉学家顾彬曾提出“当代文学是垃圾”，引起学界哗然。

与文学创作商业化、媚俗化的时代倾向相呼应，“叙事作为一种写作技艺，正面临着窘迫的境遇”，“那种带着个人叹息、与个体命运相关的文学叙事，正在成为一种不合时宜的文化古董”①。在众声喧哗、气象万千的文坛表征下，中国当代叙事文学的发展潜藏着重重危机，犹如鲁迅笔下的“无物之阵”，分明感到步履维艰、四面碰壁，却终究出路难寻。在这样的困境和焦灼中，“非虚构”被提出，并被部分批评家和读者视为中国文学发展的“新”出路，可以匡正当前文学失真、虚伪现状的方法，自然顺理成章。

但从概念本身来看，“非虚构”实际并不“新”。在西方，虚构与非虚构是进行文体分类的常见方式。其中，非虚构（Nonfiction）是一个较为宽泛的概念，它集合了传记（Biography）、报告文学（Reportage）、纪实文学（Documentary）、散文（Prose）、游记（Travels）等多种文体形式。在文学领域，“非虚构小说”（Nonfiction Novel）这一名词则诞生于20世纪60年代的美国，由畅销书作家杜鲁门·卡波特最先提出。诺曼·梅勒、汤姆·沃尔夫等人都是“非虚构小说”的代表作家。这类作品依托于真实的社会事件，强调将小说的文学性和新闻的客观性、真实性相结合，通常也被称为“新新闻报道”（New Journalism）。在文学研究领域，海外汉学家将“非虚

① 谢有顺：《小说叙事的伦理问题》，《小说评论》2012年第5期。

构”作为一个理论视角切入到中国传统诗歌、诗学的研究之中①。在中国的文学研究领域，“非虚构”也并非新鲜概念，董鼎山早在 1980 年就曾撰写文章介绍“非虚构小说”。此后，“非虚构”常用于报告文学的研究之中②。

纵观文学的发展与演变，“非虚构”一直是中国叙事文本的重要质素。从传统的史传文学到后来出现的唐传奇、宋话本以及明清白话小说，作品在志人言情的过程中都不乏从历史和现实中汲取资源，以追求“逼真”的艺术效果，《三国演义》《水浒传》等古典名著便隐含着这种艺术特点。晚清以降，中国叙事文学的发展与现代性的萌发密切相关，形成了新的特色和发展方向。然而，从晚清报人所创作的“小说化新闻”到五四时期的“问题小说”；从 30 年代的左翼文学、革命文学到 40 年代的抗战文学、延安文艺；从 1949 年之后的社会主义现实主义经典到 80 年代的报告文学、90 年代的新体验小说以及 21 世纪以来的“底层叙事”“新左翼文学”，“非虚构”的因素和艺术追求从未缺席。

可见，不论是作为概念的“非虚构”，还是作为文学创作手法、理念的“非虚构”都难以被定义为新的发现。借助波德里亚对消费社会的论述，“非虚构”之名的提出不过是“恰好迎合了当代文化的功用性循环而又找到了令人惊讶的新生”③ 的“文化再循环”，其符号价值远高于其对于文学创作的意义。在“非虚构”被炒得火热同时我们可以发现，非虚构的理念和“旗帜”并非获得普遍认同。而在具体的文学生产中，“非虚构”也被掌控

① 这方面的代表有宇文所安、余宝琳、吉川幸次郎等海外汉学家。相关著作有：Pauline Yu. The Reading of Imagery in the Chinese Poetic Tradition. Princeton University Press，1987；Stephen Owen. Traditional Chinese Poetry and Poetics：Omen of the World. University of Wisconsin Press，1985 等。

② 从这个角度研究报告文学的学人有王晖、丁晓原、周政保等。代表作品为王晖的《对于新时期非虚构文学的反思》，《华中师范大学学报》1987 年第 1 期；周政保的《“非虚构”叙述形态：九十年代报告文学批评》，解放军文艺出版社 1999 年版；丁晓原的《报告文学，回到非虚构的叙事本位》，《文艺争鸣》2014 年第 2 期等。

③ 让·波德里亚：《消费社会》，刘成富、全志钢译，南京大学出版社，2006，第 73 页。

在文学期刊、传媒以及书籍出版商手中，成为具有一定商业价值的文化“标签”。

此外，“非虚构”突出的“非”本质上是一种二元对立的“排他性”思维模式，其自身发展过程中必须面对文学与真实之间不可调和的悖论与困境。乔纳森·卡勒在谈“文学的本质”时认为“文学的言语表述与世界有一种特殊的关系”这种关系便是“虚构”①。韦勒克和沃伦也提出“文学的核心性质是虚构性”②。反对将虚构与真实对立起来的伊瑟尔也不得不承认文学文本“是虚构、现实与想象互相作用和彼此渗透的结果”③。那么这种非此即彼的追求真实又如何面对叙事所带来的阐释和诗性维度？换言之，纯粹意义的真实是否破坏了文学的界限？再次观照发生在20世纪60年代美国的“非虚构小说热”。“据统计，美国非虚构文学作品的写作量由五十年代以前的占总写作量的三分之一，到了六十年代猛增至三分之二，以致使一些人认为小说快要死亡了”④。在这场博弈中，文学与真实之间看似势必要展开一场“你死我亡”的争斗。最终，历史的结局却告诉世人，诺曼·梅勒、杜鲁门·卡波特这些活跃于美国60年代的非虚构小说作者到了70年代基本处于停滞状态，风靡一时的“非虚构小说”无疾而终。人类是否需要文学，文学是否需要虚构、创造，或许并不是一个需要讨论问题。

二、批判意识的传承与女性身份的淡化

《中国在梁庄》《女工记》《拆楼记》《上课记》等是女作家“非虚构写

① 乔纳森·卡勒：《文学理论入门》，李平译，译林出版社，2013，第32页。

② 勒内·韦勒克、奥斯汀·沃伦：《文学理论》，刘向愚等译，文化艺术出版社，2010，第16页。

③ 沃尔夫冈·伊瑟尔：《虚构与想象》，陈定家、汪正龙译，吉林人民出版社，2011，第4页。

④ 约翰·霍洛韦尔：《非虚构小说的写作》，仲大军、周友皋译，春风文艺出版社，1988，第2页。

作”的代表作。这些作品凭借真实、质朴、重视个人体验等特点博得学界的好评、读者的青睐，不乏畅销之作。通过对这些作品进行比较分析可以发现，尽管它们涉及的具体内容各异，然而却在表现手法、艺术追求、思想指向等层面具有诸多互文性特征。鲜明的社会批判性是这些作品的共性，其中也隐含着“同构化”的倾向。中国社会的“真实”在特定的知识分子立场的审视下，成为被反映、被批判的对象。

从取材看来，女性“非虚构写作”与男作家的创作别无二致，往往是将叙述对准底层、民间以及文化边缘地带。《中国在梁庄》是对城市化进程中乡村凋敝情境的还原式书写；《女工记》《出梁庄记》记叙了城市中打工族的艰辛生活和悲惨命运；《羊道》系列则将现代化进程中少数民族地区的生活、历史、文化予以了原生态的呈现。而就叙事手法来说，作品大多平铺直叙，较少进行艺术加工。例如，王小妮的《上课记》是对大学日常教学工作的忠实记录；而梁鸿的《梁庄》系列虽然富有知性，但保留了大量的访谈对话，且不乏方言俚语，展示出客观、质朴的美学风格。但“非虚构写作”却并非对社会生活简单的“再现”与“还原”。例如，《中国在梁庄》中的知识分子话语与乡土文化是被同时呈现，因而也带来一种思想层面的分裂与对立。于此，农民的日常生活始终是笼罩在知识分子的社会关怀之下。这透露出所谓梁庄的“真实”或许是“批判的真实”，是知识分子话语体系下的“局部的真实”。而这次一意孤行的“原乡之旅”，终究成为了一次“无处抵达的‘重返’”①。

“非虚构写作”强调作家要深入生活、进行切身的体验，所谓“走出书斋，走向吾土吾民，走向这个时代无限丰富的民众生活，从中获得灵感和力量”②。梁鸿在撰写《中国在梁庄》一书时，回到家乡进行了大量的田野调查和访谈；乔叶在亲历了姐姐家“被拆迁”的全过程之后，写出了《拆楼

① 梁鸿：《中国在梁庄》，中信出版社，2014，第 268 页。

② 《人民文学》2010 年第 11 期“编者留言”。

记》；而黄灯的《大地上的亲人》则是围绕自己的家族展开的乡土叙述。可见，这类作品是贴近真实的生活的产物，流露出“大众化”倾向。在一个“赛博”文化、“宅”文化盛行的当下，倡导文学亲近生活、亲近大众，其意义毋庸置疑，同时这也是对当下文学创作日趋“书斋化”“虚假化”倾向的一次回拨。正因如此，这些原本站在知识分子立场的“精英”创作不仅摆脱了“曲高和寡”的命运，反而能够在大众文化场域引起关注与热议。例如，黄灯的散文《一个农村儿媳眼中的乡村图景》，一经网络媒介发表，就有上百万的阅读量。

不过，这种倡导生活体验的大众化文艺观念并非“非虚构写作”所特有，它在中国新文学发展历程中，具有重要意义。1931 年，左联（中国左翼作家联盟）执行委员会决议中明确指出革命文学“首先第一个重大的问题，就是文学的大众化”①；延安文艺思想也明确指出“文学家艺术家，必须到群众中去”②；1949 年后，社会主义现实主义的经典作品则更加强调“体验生活”的重要性，《创业史》《金光大道》等作品均诞生于长时间的实地考察。此时，诞生于 21 世纪的“非虚构写作”便与左翼文学传统中所倡导的文学理念形成一次跨越时空的“对话”。

除了大众化倾向，女作家们的“非虚构写作”还有鲜明的社会批判意识。《女工记》是郑小琼结合自身体验，通过 6 年的走访和资料搜集完成的一部非虚构作品。在《女工记》中，作者讲述了近百名女工真实的生活境遇。尽管她们现实生活的处境各异，然而命运却是殊途同归，“她们无法挤进她们生活多年的城市”③，“最终被时代的胃消化得干干净净”④。作为中国诗歌史上第一部关于女性、劳动与资本的交响诗，郑小琼《女工记》的意义不

---

① 《中国无产阶级革命文学的新任务》，《文学导报》1931 年 11 月 1 卷 5 期。

② 毛泽东：《在延安文艺座谈会上的讲话》，《毛泽东选集 · 第三卷》，人民出版社，1991，第 860 页。

③ 郑小琼：《女工记》，花城出版社，2012，第 154 页。

④ 同上书，第 180 页。

仅在于记录了女工们的不公待遇和生活状态，同时它更深刻地表达了资本运作对底层劳动者基本权利的戕害。作品透过一个个鲜活、真实甚至残忍的故事不动声色地揭示出工商社会的种种“隐痛”，令人触目惊心。而梁鸿的《梁庄》系列以及丁燕的《工厂女孩》《工厂男孩》等同样是通过书写底层人民的日常生活来呈现现实中的诸多问题。这些作品所蕴含的社会批判意识借由这样的叙述得以显露。

与强烈的社会批判性相伴而生的是，女作家们的“非虚构写作”在很大程度上弱化了性别因素的影响。尽管女作家在进行创作时会不自觉地融入性别身份，更偏爱书写自己相对熟悉的女性生活，索解底层妇女的悲剧命运，但在时代的大背景下，这些妇女的命运与其所处的社会阶层紧密相连，基于性别文化的遭际反而暂时被悬置起来。此时，女作家们是从更为宏观的意义上探讨“底层问题”，而并没有聚焦于“性别问题”本身。

与此同时，也有一些女作家以更为中性化的姿态展开了“非虚构写作”。王小妮的《上课记》是一篇以记录自己在地方本科院校的教学生活为主要内容的非虚构创作。尽管作品多描绘的对象是被誉为“象牙塔”的大学生活，然而作品却一再打破既有的校园想象，将思想的触角伸向社会现实。例如，作为教师的王小妮在开学初会进行一次“身份调查”，锁定那些“来自县城以下的村镇”① 的同学，通过描写他们在大学期间的生活与遭际展示当代贫困大学生的困境与迷茫；又如，教师讲授的内容不仅涉及专业知识和学术训练，也包括关于社会新闻的讨论。可见，《上课记》聚焦于中国的普通高等教育现状，但其关心的依然是广阔的社会生活。社会为每个大学生提供了生命的底色，而由他们所组成的校园生活则成为透视现实问题“三棱镜”。

“非虚构写作”的社会批判性还体现在善于捕捉社会热点现象以及敢于

---

① 王小妮：《上课记》，中国华侨出版社，2011，第 80 页。

直面诸多“敏感”话题。2012年《人民文学》第4期刊登的李天田的《相亲记》，便是通过讲述“我”从26岁到34岁的“相亲生涯”，展现了“剩女”“逼婚”等社会热议话题。此外，不论是《中国在梁庄》所描写的“留守妇女”的性欲压抑问题，还是《拆楼记》讲述的强拆“钉子户”事件，不论是《女工记》所刻画的“年轻妓女”们的生存状态，还是《生死十日谈》所披露的农村自杀现象，可以说都触及了当代社会生活的“阴暗面”。从这个意义上，女作家们能够深入身处的时代、探讨有价值的社会问题，是值得尊敬的，但这并非新世纪女性文学的“新”变化。这种介入现实的时代参与精神是中国现代文学，特别是左翼文学的重要传统。如冯乃超所言“伟大的艺术家，他们所以伟大的缘故，并不在于发明何种流派，而在他们代表同时代的一种社会的伟大的人格”①。与此同时，这也是五四以来，中国女性文学实践过程一以贯之的精神追求，冰心、丁玲、茹志鹃、张洁等一代代的女作家们都在其所处的时代，直面现实，披露问题。

值得注意的是，在大众传媒和网络技术迅速发展的当下，21世纪以来发生的严肃社会问题也常常面临着被消费、被娱乐、被误读的命运。背负着生存压力的现代人不愿思考过于深刻、沉重的话题，相反更倾心于在“社会故事”中寻求猎奇与激情，并以此宣泄现代性的焦虑。因此，“在一个信息传播日益密集、文化工业迅猛发展的时代”，“相比于叙事通过虚构与想象所创造的真实，现代人似乎更愿意相信新闻的真实”②。由此，“非虚构写作”获得畅销不仅源自其对于社会问题和时代弊病的揭示和抨击，也在于题材本身迎合了当代大众读者的“喜好”。因而，女作家们的“非虚构写作”不能仅仅以展现社会问题为目标，而是更应该关注文学本体的艺术品格、思想内涵以及文化意义。

整体来看，新世纪女作家的“非虚构写作”将书写对准社会现实，暗

① 冯乃超：《艺术与社会生活》，《文化批判》1928年1月创刊号。

② 谢有顺：《小说叙事的伦理问题》，《小说评论》2012年第5期。

自延续了现代文学的启蒙传统，同时也淡化了女性身份对于文学想象的“控制”。从女性文学的发展流变来看，这显然是有意义的。我们知道，20 世纪 90 年代，女性文学的私人化、内审化倾向明显。而女性文学与时代、历史的疏离实际上在一定程度上限制了女性文学自身发展。在此背景下，新世纪的“非虚构写作”无疑给女作家的创作提供了更多的“可能性”，也对此前激进女性主义立场进行了纠偏。然而，“我们都是从特定的时间和地点写作和说话，所由的历史和文化也是特定的。我们所说的话总是‘在语境中’，是被定位的。”① “非虚构写作”鲜明的时代特征也隐含了一些危机，主要体现在其面临着被资本大众化裹挟，并最终陷入类型化写作的尴尬。如果说 20 世纪的左翼文学传统所倡导的大众化中拥有更多的政治意识形态因素，那么当下的“非虚构写作”的大众化则融合了更多的资本运作规律，是文化生产链条下包装、打造出来的文化商品对于市场的迎合。在这样的条件下，“非虚构写作”势必将要从个体精神世界的表达走向了趋同的重复创作。实际上，在《中国在梁庄》畅销之后，更具价值、更有影响力的“非虚构”作品已经较为少见。选题、技巧和精神指向上的雷同阻碍了非虚构文学的进一步发展，这或许是值得关注与反思的文化现象。

三、社会现实的深刻表达与文学表述的碎片化

如前所述，从文学史的角度来看，“非虚构写作”的创作理论和文学实践其实并不新颖，但不可否认的是《人民文学》开设专栏及其引发的文化事件确实为当代作家提供了一种特别的写作模式。但对于新世纪文坛而言，“非虚构”不仅是“非虚构”类作品的核心理念，同样也深刻地影响了当代作家的小说创作。一些女小说家在创作时将叙事视角对准了当下社会，创

① 斯图亚特·霍尔：《文化身份与族裔散居》，载罗岗、刘象愚《文化研究读本》，中国社会科学出版社，2000，第 209 页。

作了一系列具有现实关怀或历史真实感的文学作品。例如，林白的《妇女闲聊录》、李碧华的《烟花三月》、迟子建的《白雪乌鸦》等。那么，当“非虚构”因素进入到虚构叙事后，究竟会带来了怎样的变化？本文将以严歌苓的创作转型为例，展开讨论。

对于当代华语文坛而言，严歌苓及其所建构的文学世界是一个绕不开的热门话题。同时，严歌苓也是为数不多的既善于驾驭宏大题材又精于叙事技巧的小说家。故事性、想象性以及戏剧冲突所建构的叙事张力成为其小说作品尤为突出的艺术特点，这一方面保证了小说的可读性，一方面也容易面临作品被置于大众文学与纯文学交汇地带并引发各种议论的可能。长期以来，擅长讲故事的严歌苓更倾心于历史题材的创造，海外华人史、抗日战争、“土改”、“反右”、“文革”都曾进入她笔下的故事，《扶桑》《第九个寡妇》《小姨多鹤》《金陵十三钗》《陆犯焉识》《芳华》等作品不仅为其攒足了人气，也获得了主流评论界的关注与认可。

近十年，严歌苓在从事历史题材创作的同时也将目光投向当代中国，先后出版了反映社会生活现状的一系列长篇小说。例如，以“宴会虫”骗吃骗喝为主要内容的《赴宴者》（2009）、将城乡接合处的黑旅馆作为叙事空间的《补玉山居》（2012）、以澳门赌场“叠码仔”为核心人物的《妈阁是座城》（2014），以及聚焦高中校园“畸恋”情杀事件的《老师好美》（2014）等。在这些作品中，作者将笔触对准处于社会转型期的中国社会，通过对那些在“灰色地带”挣扎沉浮的小人物的生命历程的书写，呈现当前社会发展进程中的种种病痛和隐患。作家将一系列“非虚构”的社会新闻纳入虚构的文学世界，创造出一个个惊心动魄、荒诞不经的故事，传递出属于这个时代的真实、嘈杂与困惑，演绎着“魔幻”现实中灰色人生的疼痛、无奈以及落寞。而对现实生活的表达也成为严歌苓文学创作的新追求之一，正如她自己所言“作家有权展示这个社会的生活面貌，也有义务为各种社会问题找到答案”①。

《赴宴者》是严歌苓第一部关注当代中国的小说，最初以英文的形式发表。小说通过讲述下岗工人董丹假冒记者混宴会的故事，搭建了一个以下岗工人、洗脚妹、上访老农等为代表的底层民众与官员、商人、艺术家等构成的“上流”社会之间彼此对立的二元世界。作者借由董丹冒充记者的特殊身份游走于两个截然不同的群落，描画了贫富分化、权钱交易、虚假新闻等诸多社会现象。“吃”这一联系着感官刺激的生理行为构成了贯穿整部小说的主线。对于董丹、小梅、老十而言，“吃”是维系生存必不可缺的重要生活内容；而对高兴、陈洋来说，则意味着“孔雀宴”“人体宴”及其与之相连、可谓极尽人之想象的“行为艺术”。小说开篇，董丹误打误撞，被偶然拉入宴会，尝到不劳而获的甜头，进而在“吃”的刺激下，铤而走险、伪造身份，成了专业“宴会虫”。此后，小说在谎言和误会的叠加中层层推进。然而，终日戴着假面游走在社会精英之间的董丹终究无法改变自己的命运，深深的无力感和迷茫感摧残着他对于“吃”的渴望，刺痛着他生而为人的底线。小说最后，所有关于“吃”的满足和快感都变成了与良知相悖的“恶心感”，一场夹杂着饥饿、童年、历史的“大呕吐”以及由此引发的带着血腥、抽搐的疼痛构成了作品对于“吃”文化的最大讽刺。

如果说《赴宴者》直到最后才将处在社会底层的小人物的生存苦难以一种畅快淋漓的形式和盘托出的话，那么，《妈阁是座城》则将社会边缘人的自我戕害以一种漫不经心的方式散落在叙事的字里行间。作品中，不论是赌徒还是赌博的受害者，都习惯以自残所造成的肉体疼痛来唤醒沉迷于赌博的迷失的灵魂。梅吴娘“杀子”的背后是对赌博的深恶痛绝，她宁可“绝后”以斩断赌博的血脉；梅大榕、史奇澜的自杀、自残则饱含对于自我和赌博本身的绝望。总之，肉体的疼痛和精神的麻木交织在一起的灰色人

① 田超：《〈妈阁是座城〉：严歌苓的新“魔幻现实”》，《江南时评》2014 年 2 月 12 日。

生在谜一样的赌博世界中铺展开来。

相比前两部小说对特定人群的关注，被誉为“中国变迁的一个缩影”的《补玉山居》则借助城市边缘的“乡村客栈”的设定，呈现了更为复杂多元的生活面貌。小说中，既有温强和李欣、张亦武和文婷这些有缘无分、难圆旧梦的情侣们所演绎的现代情感故事，也有关于无名作家周在鹏在社会中迷失自我的文学表达；既描写了瘾君子夫妇夏之林和季枫之间的爱恨情仇，也书写了冯焕纵然腰缠万贯却疾病缠身的悲惨人生。总之，三教九流齐聚于“补玉山居”，展现着光怪陆离的现代社会。

此外，严歌苓不仅在选题方面对准现实生活中的真实事件，其具体的创作实践也与“非虚构写作”所提倡的“重视生活体验”相吻合。例如，在写《妈阁是座城》时，严歌苓曾深入澳门赌场感受氛围，并且亲自参赌以体会赌博带来的最真实的感受。以描写师生恋导致的犯罪案件为主要内容的《老师好美》，本身就取材于一则真实的新闻报道。但为了更好地了解当时中学生的生活状况和思想变化，严歌苓曾经在国内不同城市的几所高中进行实地考察，体验生活。

严歌苓通过叙写当代社会的民间百态和灰色人生，如诈骗、赌博、情杀、嫖妓、吸毒、开黑店等，呈现了社会现实的种种斑驳，并展开了深刻的反思。可见，“非虚构”的社会现实为严歌苓的文学世界提供了重要素材，但也在某种程度上破坏了她的艺术表现力。尽管严歌苓在这些现实题材作品中力求真实、真诚，但美学价值则远远不及她的历史题材作品。

对善于编故事的严歌苓来说，远去的历史所留下的巨大阐释空间无疑是其驰骋文学想象的最佳场域，而现实生活则因太多既定事实而变得难以言说。改编自真实事件的《老师好美》就存在这类的书写困境。小说讲述了背负着高考和家庭重压的中学生邵天一、刘畅与他们的老师丁佳心之间发生的一场超越人伦并最终导致犯罪的禁忌之恋。从小说的基本情节设定来看，这原本是一个极具戏剧冲击力的故事，涉及人伦、社会、人性、法治等诸多话题。但严歌苓在刻画人物、设置情节时却完全遵循了新闻故事的原型，甚至连“杀人”细节以及人物对话的短信内容都与公开的新闻报道一致。于是，小说便成为一个加长版的新闻，是无数碎片化信息的排列组合，缺少了必要的想象空间和艺术魅力。

无独有偶，《妈阁是座城》也存在类似的问题。历史与现实的交织与对话构成了小说的基本叙事逻辑。小说在进入梅晓鸥与男性赌徒构成的现实故事之前，先讲述了祖奶奶梅吴娘“杀子绝后”以断赌源的历史传奇，这显然是个好的开篇。在小说前半部的描写中，惊心动魄的历史宿命感始终萦绕在现实生活之上，叙事也在悬念重重中得以展开。然而，故事进入后半段之后，严歌苓却将此前铺垫的历史故事彻底悬置起来，割裂了完整的叙事逻辑。于是，平铺的社会现实缺少历史的参照后，也变得苍白无力，艺术表现力陡然下降，整个故事也因此变得支离破碎。

除了叙事情节呈现碎片化倾向，现实题材小说所塑造的众多人物也缺少人格魅力和美学价值。一般而言，喜爱严歌苓小说的读者往往会被其笔下那些简单、率直、本真的人物形象所吸引。例如，备受欺凌只求生存的扶桑、偏执而自私地追求爱恋的田苏菲、遵循乡野道德执意照顾公公的王葡萄、热情泼辣而又深明大义的朱小环等。在相关作品中，变换的是历史风云、时代背景，不变的则是人性中最为质朴和原始的力与美。这些形象共同构成了严歌苓小说的人物谱系，具有独特的艺术价值。然而，在她的现实题材系列小说中，流动的线性历史被具体的时空所取代，人物曾经坚守的性情变得难以捉摸；都市中行色匆匆的现代人似乎不同程度地具有某种人格分裂的倾向。例如，《赴宴者》中的诈骗犯董丹、《老师好美》中的双面美女丁佳心、《妈阁是座城》中的“叠码仔”梅晓鸥等。

更进一步，小说在艺术层面的“粗糙”也影响了现实题材小说所要表现的“真实感”。“非虚构”所追求的客观真实并不能等同于艺术给予读者的真实感，这正是生活与艺术之间的差异。如巴赫金所言“现实与艺术相比较，只能是某种善或真与美的比较”①。文学作为一种极为复杂的艺术形式，其终极意义往往在对于人类心灵的启迪和探寻。伟大的文学作品并不执着于复制社会生活，却能够通过描摹真实的心灵体验容纳宇宙万物，当然也包括社会生活，最经典的例子便是《红楼梦》。相反，单纯以追求客观真实作为目标的文学创作反而因为艺术水准的欠缺而最终失去了所谓的“真实感”。这是小说家在处理“非虚构”题材时不应忽略的重要问题。

面对现实生活，严歌苓曾感慨道：“当下这个社会处于转型的时代，充满诱惑，也非常魔幻。我们容易失去度，一旦失去度，就变得恶形恶状，吃喝、赌博、情杀，就肯定会有很多魔幻性的人物出现……这让我现在对当代中国的社会特别着迷，因为现实比我们能够创造的魔幻世界更魔幻。”②她将自己对生活的理解渗透在创作中，直面时代困境和社会真实，扩展了小说题材的丰富性，传递出作家触摸时代脉搏的勇气和良知。当然，在此过程中也有弱点流露，特定时段内历史沉淀的不足以及想象空间的偏于促狭，一定程度上限制了小说的精神探索及其深刻性。“非虚构”因素对于小说创作的影响，或许可以从严歌苓的创作以及转型中寻觅到一些蛛丝马迹。

综上所述，新世纪文坛异常活跃的“非虚构写作”背后隐含着同构性的创作方法和话语逻辑。其既为女作家创作提供了写作空间，也在一定程度上限制了文学的想象与艺术的表达。追求文学的社会关怀和“及物”精神固然无可厚非，然而过分强调“非虚构”之名，非但不能获得“真实”，反而在其束缚下丧失了文学本身的生命力。“非虚构”的提出为中国女性文学提供了某种求变、求新的思路，但隐含的诸多问题同样值得关注。

① 巴赫金：《巴赫金全集（第一卷）》，钱中文译，河北教育出版社，1998，第326页。
② 尹平平：《严歌苓：现实比魔幻世界更魔幻》，《新华每日电讯》2014年01月24日。

第三节　21 世纪初年“台湾女性小说”的文化描述

20 世纪 90 年代的台湾女性小说的最大特点就是情欲书写及其泛“政治化”倾向，即让情欲、身体越界，以身体、情欲这样私域的“琐碎政治”来影射公共领域的宏大政治。新世纪初年的台湾女性小说，已然少了 20 世纪 90 年代激昂尖锐泛政治化的倾向，转向更本色、纯粹的性别文化探求——对女性内心复杂深幽的自我及其与这个世界错综复杂关系的探寻。即便像施叔青的《台湾三部曲》（已出版的前两部《行过洛津》与《风前尘埃》）、杨丽玲的《戏金戏土》这样涉及台湾历史沧桑、政治风云的鸿篇巨制，也更多地以女性主义历史观呈现庶民百姓日常性中琐碎、常态的历史。

一、21 世纪初年台湾女性小说的总体概貌

21 世纪初年，平路的《蒙妮卡日记》、陈瑶华的《橡皮灵魂》、李季纹的《睡意》、梁慕灵的《故事的碎片》、成英姝的《女神》《无伴奏安魂曲》、郝誉翔的《逆旅》、苏伟贞的《日历日历挂在墙壁》，以及朱天文、廖辉英的长篇小说《巫言》《迷走》等作品①，俨然构成一次女性主义议题的再出发。

平路的《蒙妮卡日记》，取材非常新奇。单身女人欣如，由于童年匮乏，成年后又历经创伤性情感挫折，终于酿成无法弥补的心理缺失，将早年流产不存在的“女儿”纳入自己的身体、生活中，在日常和心理层面上交替以母亲和女儿两种身份生活。身体里同时装着母亲和女儿，一体两面，构成她人格中的两个“自我”，互相补充，以这个封闭自足的世界来对抗外部世界的冷漠与敌意。但这一切不见容于社会，欣如最后竟成了一桩子虚乌

① 这批作品或入选世纪初年九歌版年度最佳小说选，或被收入余光中主编的《中华现代文学大系：台湾 1989—2003》，较能反映台湾女性小说的基本面貌。

有的“杀女”案件的主角。李季纹的《睡意》同样表达女性自我与世界的隔膜。主人公美莲人到中年，长久陷入一种莫名的空洞和无可宣泄的愤怒中，终日如游魂行尸沉湎于昏沉沉的睡意。小说实际上表现了女性，尤其是中年以后的女性，被世界拒绝、冷落之后那种局外人般的生存状态与精神状况。梁慕灵的《故事的碎片》，叙述母女两代女人支离破碎的人生碎片。小说一开始就说主人公阿珠和母亲以及妹妹们住在“埃及的家”，埃及的家并不真的在埃及，它实际上是个具有浓厚象征意味的意象，“令人联想到沉沉的金字塔，想到枯热的沙地，想到埋葬而不能死亡，活着而不能伸长”①，影射着女性人生万劫不复的宿命。郝誉翔的《逆旅》同样呈现母女两代女人宿命般轮回的人生“逆旅”。如果说上述作品表达了女性的自我与这个世界的严重对峙以及后者对前者的敌意、宰制、压榨，那么，陈瑶华的《橡皮灵魂》、成英姝的《女神》《无伴奏安魂曲》，则表现了女性对这个世界的决绝与反抗。

《橡皮灵魂》以第一人称视角叙述了一个少女离经叛道的成长经历。主人公徐如涓一方面是“一个文静优秀的模范生，一个涉世未深的少女”，另一方面却充满恶的欲望，渴望越界的性体验。令人惊惧的人格分裂来自“身边表里不一的成人世界”长期的熏陶，“大人的世界多的是只能说不能做的事”。小说除了揭示大人世界的丑恶及其对孩子的毒化外，还在更深层面颠覆了主流社会善恶观以及“好女孩”“坏女孩”二元对立的定位，正是这样的刻板定位造成真实女性人生的桎梏，导致其畸变与异化。徐如涓自小就有自己的惊世骇俗的善恶观，“对于善恶我们都应当以平等的眼光去看待，既不过分强调善行的优点，也不过分谴责罪恶，只有让两者得到平衡，我们才能生活在一个安定有秩序的社会里”。小说还深度叩问女性“自我”，到底是我们的身体还是我们的灵魂才是我们真实的自我，并不是灵魂在操

① 苏伟贞：《不甘停滞的原力》，载袁琼琼编《九十一年小说选》，九歌出版社有限公司，2003，第15页。

纵身体，而恰恰是反过来，灵魂才是被操纵的玩偶，是“一个橡皮灵魂”。小说思想离经叛道，就连一向特立独行的李昂也认为其“是在台湾这一波‘女性书写’中少见的题材，从根本上颠覆了女性的身体与性，耸人听闻”。[①] 成英姝的《女神》同样挑战主流社会价值观底线。女主人公琉花自小被印度复仇女神卡莉附体，与许多死亡、杀人、破坏性事件都有神秘联系。小说最后以一种惊世骇俗的逻辑肯定琉花破坏性行为的合理性。“破坏有更广更深的定义，破坏就是生命，必须把蒙蔽真相的东西打破，才能看到事物的核心。”《无伴奏安魂曲》则揭示杀人行为背后，现代女性脆弱空洞、荒芜幽暗的内心世界。

不难看出，21 世纪初年台湾女性小说倾向于将女性主义传统的性别议题置于一种怪诞荒谬甚至恐怖的情境中，从而深化了这一命题的人性深度与文化批判力量。在这方面最具代表性的是苏伟贞的《日历日历挂在墙壁》和朱天文的《巫言》（容后详述）。除了传统的性别议题外，新世纪初年台湾女性小说还呈现出更广阔的书写空间。

进入新世纪，随着两岸的商贸往来，祖国大陆不仅成了台湾民众淘金的新乐园，而且召唤起他们新的认同。新世纪之交，台湾文坛最突出的现象是大陆题材的小说创作。年轻世代女作家小说中也开始出现大陆题材作品，但这已然不同于久违了的“怀乡主题”。如 1999 年张瀛太的《西藏爱人》（1999 年获《联合报》文学奖短篇小说第一名），书写一位台北女子和一位藏族流浪诗人尼玛之间刻骨铭心的爱情。世纪之初的《鄂伦春之猎》（2000 年获《时报》文学第二十三届短篇小说首奖），写一位女副研究员寻觅神秘男子孟吉玛帕德的经过。除了表达对诡异瑰丽的大陆少数民族文化的向往、皈依外，两篇小说都表现了一个来自现代文明世界的女子对一个来自前现代文明的神秘男子的追寻。在这样的追寻中，女性始终处于不断追

① 李昂：《想象台湾》，载《九十年小说选》，九歌出版社有限公司，2002，第 17 页。

寻（非追随）、游走的行动主体位置上。这样的情节模式意味深长，它是对西方现代父权文化传统所谓男性/文化/主动/自我、女性/自然/被动/他者这样一种刻板定位模式及其所隐含的权力机制的颠覆，暗藏了一种坚硬的女性主义立场。

张惠菁的《和平饭店》，正是在台湾岛内日益升温的“上海热”背景下产生的。写两个台湾男人小左和查理在上海的生活。小说一再将他们的境遇与攀爬金茂大厦的蜘蛛人进行对比。当查理站在金茂大厦八十八层楼上眺望上海，“心里充满了蜘蛛人的虚荣”。但是，远处“灰成一片的繁华”对他们来说是这样的不真实，蜘蛛人来自安徽，而他们来自台北，他们同样是上海的异乡人，一离开上海，“上海生活”就要“变成真实生活的反面，在记忆里，在对朋友的叙述里被编造”。上海，犹如一座魔岛，日新月异，永远只是记忆与想象之地，“下次来上海，上海会是什么样?”然而陌生的却不仅是上海，还有他们自己，“下次来上海的时候，他们自己又会是什么样?”小说表达了现代人深刻的自我认同危机，这种认同危机已然超越了上海、台北的地缘性，而具有了现代人生存状态的普泛象征意味。

杨丽玲的长篇小说《戏金戏土》（台北：二鱼文化事业有限公司2003年初版）与施叔青的“台湾三部曲”的第一部《行过洛津》（时报文化出版股份有限公司2003年初版）一样，都是以某一地方戏剧剧种从祖国大陆来台以及在台湾的发展来写台湾的历史。《戏金戏土》书写了日据以来台湾宜兰罗东地区一个戏剧世家的家族史。主人公尤丰喜在罗东地区从事戏院经营，在他的戏院上演过歌仔戏、台湾片、洋片、国语片，映射着台湾百年历史的变迁。小说还将汉语与闽南语完美融合，创造出非常独特的书写风格。而施叔青的“台湾三部曲”的第二部《风前尘埃》（时报文化出版股份有限公司2008年初版）则叙述了一段日据时期发生在原住民、客家人、日本人之间的错综纠葛、爱恨情仇的故事。

李昂的《看得见的鬼》（联合文学出版社2004年初版）延续20世纪90

年代《迷园》的创作路线，再次以女性来影射台湾历史。借东南西北中的这五位女鬼的故事，来勾勒台湾复杂多变的历史。小说也一如《迷园》展现了女性博大的本能与潜能，多元流动的身体空间。李昂在新世纪初年另一重要作品是她写作六年之久的长篇饮食小说《鸳鸯春膳》（联合文学出版社 2007 年初版），这也是她近年来最温柔的小说，标志着她创作风格的转变。小说表现了饮食与权利、欲望、政治、社会、阶级、性别等难以分割的关联，但其中以琐碎政治来影射宏大政治的倾向比她以往的创作要隐晦许多。《鸳鸯春膳》连同她出版于 2002 年的散文集《爱吃鬼》以及林文月散文集《饮膳杂记》等共同掀起一股不小的饮食文学风潮，算是对文学创作资源的新开拓。

二、《日历日历挂在墙壁》《巫言》：怪诞中的苍凉与宿命

苏伟贞的《日历日历挂在墙壁》（九歌版 2002 年年度小说奖）与朱天文《巫言》（作为其中一个重要部分的《巫时》获九歌版 2003 年年度小说奖），可以说是探寻女性自我及其与这个世界关系的两个非常怪诞的文本。

《日历日历挂在墙壁》实际上是苏伟贞小说集《魔术时刻》中的一个短篇，主要讲述了一个荒诞的故事。小说的主人公冯老太太在丈夫有了外遇一去不返后，开始记日记。她将日记写在挂在墙上的日历纸上，一年又一年她的日记被儿女们装订成册，恭敬地收藏起来，但这一切不过是表演孝心的仪式，日记即便偶尔被翻阅，小辈们仅只是将其作为备忘录，注意力在日历而不是在日记。日记对家人毫无意义，但对老太太自身却意义非凡，在日记里她依然生活在过去的“好时光”中：冯家桂花飘香，她和老爷相敬如宾，儿女们孝顺和睦。他们除了四个男孩外还有一个虚构的女儿。渐渐地，老太太开始分不清真实与虚构，“对于双手创造一段不存在的历史，老太太浑然不觉”。她似乎更愿意生活在日记中，在现实生活中犹如游魂。

“离大家越来越远，而离日记越近。”不再是她在记日记，而是她在跟随日记，日记在决定她的生活。“不久，老奶奶在日历上选定一天，‘跟着走了’，片面宣告于人间消失。”她忠实地跟随日记中的安排，停止了写日记，进入恍惚状态。不久，家人也权当她死了，提起她用的都是过去式，亲戚们甚至当着她的面用一种追悼语气谈论她。一如行尸走肉的冯老太太，其肉身却依然生命力顽强地活动着，每天绝对不忘撕日历——以这种对时间的象征性掌控形式来反抗世界对其空间性（肉身）存在的漠视。

这个荒诞的故事从内容到形式都充满女性主义意味。首先在现实层面上它揭示了父权社会中女性的真实处境。父权制度重视的是女性扮演的角色位置，而她的个体生命则被严重忽视，尽管在丈夫走后，冯老太太作为母亲、婆婆表面上依然领受着体面的尊荣，但没有人会去关心她作为一个人的个体生命状况、她的内心世界。儿孙们天天看到她站在那里写日记，却从不关注她到底写了什么。冯老太选择在挂在墙上的日历上记日记，就是对这种漠视的反抗。这种反抗实际上是双重的，书写日记的行为本身也是对这种漠视的反抗。于是，我们进入文本的象征层面：书写/语言之于女性存在的意义。写日记对于冯老太太就是一种发声、一种宣告自我存在的方式。这样的细节让人想起 20 世纪 90 年代平路小说《百龄笺》中另一个老年女性的书写行为——百岁宋美龄日复一日地伏案写信，以此来对 20 世纪的历史提供另一种叙述。我们知道，在西方的父权传统中，笔是阴茎的象征，“这种阴茎之笔在处女膜之纸上书写的模式参与了源远流长的传统的创造”。[①] 因此，书写一向都被认为是男性的行为，而女性则是被书写的空白之页。这样一来，女性的书写行为本身便有了非同寻常的意义。在书写中，冯老太按照自己的意愿重新组织生活、创造生活，不仅创造一个女儿，还创造一个崭新的老爷，在现实生活中冯老爷决定冯老太太的生活，而在日

---

① 苏珊·格巴：《“空白之页”与女性创造力问题》，载张京媛主编《当代女性主义文学批评》，北京大学出版社，1992，第 165 页。

记里，冯老太太的书写决定冯老爷的生活，甚至大家的生活，不是书写在跟随生活而是生活在跟随书写。先有了冯老太太书写中虚构的“女儿”冯冯，后才有真实的老爷的私生女阿童被送到冯家；先有了日记中冯老太“选定一天”，后才有生活中冯老太自行宣告“于人间消失”。老太太有意按日记的逻辑来生活，大家也接受这种逻辑。女性以这种苍凉荒诞的方式来完成对自我生命的主宰。

这篇小说的新奇结构同样充满女性主义的意味。小说在叙述冯老太太故事间隙，毫无过渡地插入西蒙·波伏瓦在 1947—1964 年间写给美国芝加哥小说家纳尔逊·艾格林的《越洋情书》片断、沈从文《边城》中有关翠翠的描写以及作者自己对这种描写的评价。这种后现代式的混搭拼贴，营造出非常丰富的互文语境①，大大拓展了文本的表现空间。冯老太太不停写日记，翠翠长久地沉默、沉潜于青山翠竹间，波伏瓦延续 17 年的独语般的情书。冯老太太生活在自己的日记中，没有人关心日记写了什么；翠翠生活在自己的世界中，没有人了解这个世界②（哪怕是爷爷）；波伏瓦生活在自己营造的爱情中，这一切与纳尔逊无关。穿越时空界限的三个女性的不同行为，共同见证着女性这一性别作为父权文化的异乡者的共同宿命：孤独、寂寞、谁也无法走近的内心世界，这个内心世界是自足，也是无援的，她们生活在这个世界中，无视外部世界的流转变化，并以此来抵抗外部世界。

朱天文的《巫言》同样在一种荒谬情境中表现了女性面对这个世界的苍凉与宿命。《巫言》③这部迄今为止、朱天文在新世纪最重要的小说，实际上是随意地记录了作者日常生活中所见所闻所经历、所思所感所议论，但一

① 这种混搭拼贴的结构也是 20 世纪 90 年代以来台湾女性小说常见的结构方式，朱天文的《荒人手记》、朱天心的《古都》等作品中也常用到。

② 《边城》在潜层面上实际上表现了翠翠的世界与外部世界的隔膜，正是这样的隔膜致使她长时间无法回应二佬的爱情呼唤，并最终酿成悲剧。

③ 20 万字的《巫言》，由《巫看》《巫时》《巫事》《巫途》《巫族》五篇组成，这五章各自可独立成章，并无密切关联。其中部分章节曾以短篇小说的形式发表。例如，第二章《巫时》就包括短篇小说《巫时》（曾获九歌版 2003 年度小说奖）和《E 界》的内容。

部处处流露出作者生活的痕迹、近似自传的小说何以命名为“巫言”？小说的命名其实是意味深长的。朱天文显然以巫人自居，这样的身份定位以及小说的叙述视角，都有着明确的性别意味。我们知道，古代称女巫为巫，男巫为觋，即巫乃“女能无形以舞降神者”。如果说，现代化的过程就是一个不断对自然祛魅的过程，现代社会正是一个神性隐失的时代，女性由于一直作为父权文明的“他者”，因而被认为更多地保留了神秘的与自然沟通的能力，朱天文公然以“巫”自居，正是对这种神性的召唤。正如她自己所言，“我好像活在一个泛灵的世界里，连塑胶都有灵，这种人不是畸人，几近乎精神病。”①《巫言》正是一场舞动文字与神灵沟通的精神漫游。在写作小说期间中，她隐居在幽僻老宅之中，收容流浪猫狗，不使用计算机，不接触电视，甚至几乎不上街，离群索居，以身体的与世隔绝来获得对世事人生的神秘感悟。自西方现代性萌生以来，在其理性逻辑中，女性与自然总是互相指涉，“在十六、十七世纪西方现代性的开端，自然和女人就曾被当成异于人类‘他者性’的象征，被认为应当受到新的资产阶级男性科学和技术理性的操纵和利用。”② 朱天文公然以“巫”自居，正是以“非理性”“感觉”“经验”来反抗、颠覆技术理性、现代逻格斯中心世界。正如在20世纪90年代的《世纪末的华丽》中米亚所预言的，“有一天男人用理论与制度建立起的世界会倒塌，她（米亚）将以嗅觉和颜色的记忆存活，从这里并予之重建”。

相对于《世纪末的华丽》，《巫言》对“逻格斯中心”的反抗突出地表现在时间上。小说的第二部分《巫时》是小说非常重要的部分。写“我”作为E（电子）时代的“伯母恐龙”与这个时代格格不入，甚至连传真纸用完了，也不愿到街上买。“街上，这么远的街上，不是十五分钟远，而是三百万年远”。以致一再拖延信息的收发。“如果说，时代以‘快’为特征要求

① 转引自舞鹤：《菩萨必须低眉：和朱天文谈〈巫言〉》，《书城杂志》2004年第5期。

② 王宇：《性别表述与现代认同》，上海三联书店，2006，第90页。

人们对其服从，那么，‘我’对‘快’的拒绝，就意味着‘我’对‘时间’控制人的反抗。”① 对这个资讯爆炸时代的拒绝，表明“我”是个时间之外的人。现代性首先是一种进化论线性时间观念，《巫言》从内容到形式上处处表现出对这种线性时间观的瓦解，不仅没有虚构的完整故事情节，甚至也没有完整思想情感脉络，时间空间零乱错置，对经验的整体性、连续性的中断，对碎片化的生活场景、对物的迷恋，结构上不断地离题、中断线索、枝蔓繁多等。尽管如此，但比起《世纪末的华丽》，小说“反抗”“拒绝”的意味还是消歇了许多，更多地表现出对内心的持守、对宿命的体认（这样的宿命观念在 20 世纪 90 年代中期的《荒人手记》已初露端倪）。这种宿命感也表现在贯穿小说的第一章《巫看》首尾的意象“菩萨低眉”上。“怕与众生的目光对上，菩萨于是低眉”，后来在一次访谈中她进一步解释道，“菩萨低眉呢，一向是慈悲……但我个人经验，哪里是慈悲，根本是自保。”②

三、《行过洛津》《风前尘埃》：日常生活、历史与性别

一如 20 世纪 90 年代的《香港三部曲》，新世纪初年，施叔青再次将历史书写欲望凝聚于《台湾三部曲》中，接踵出版第一部《行过洛津》和第二部《风前尘埃》，也再次引起广泛关注。

洛津，是施叔青的故乡鹿港的旧名，是祖国大陆移民最早登陆、垦殖台湾的地方，也是自 1784 年（乾隆四十九年）开放海禁后第一个与泉州蚶江对开航船的港口。《行过洛津》以一个底层的小人物，泉州七子戏班艺名月小桂的男旦许情半生的经历为主线，叙写洛津在嘉庆、道光、咸丰三朝

① 刘俊：《时空变形后的人间生态及其意义——论朱天文的〈巫时〉和〈E 界〉》，《上海文学》2005 年第 1 期。

② 转引自舞鹤：《菩萨必须低眉：和朱天文谈〈巫言〉》，《书城杂志》2004 年第 5 期。

间移民社会进入稳定定居阶段后农商贸易的繁华兴衰。从社会最底层的优伶娼妓到执掌洛津社会经济命脉的暴发户们，再到处于社会最上方的官僚阶层，作者为我们勾勒出清代洛津社会的“清明上河图”。而这幅“清明上河图”中最值得一提的是作者对“民俗台湾”的呈现。随同祖国大陆移民携带而来的汉民族文化在台湾的传承，实际上沿着两条互相渗透又抵牾的渠道。一条是以仕人为代表的来自官方的精雅文化，另一条是以俗民为代表的来自下层民间的世俗文化。① 在对洛津/台湾文化的寻根溯源中，施叔青显然更感兴趣于第二条路经，书写了械斗、包养男宠、堪舆风水、摆史讲古、庙会科仪、歌仔戏、布袋戏、小脚文化、平铺族、高山族的生活习俗等。但作者并非要用史料生硬堆积出一幅民俗大全，而是借流散于乡间俚巷的民俗，呈现出一幅既藏污纳垢又生机勃勃、异彩纷呈的草根民间世界，将历史日常生活化、琐碎化，从而质疑了大历史中的政治风云、权力更迭的意义。这也是施叔青为何总是要以妓女、优伶这样的底层人物来承载自己的历史叙述的原因。民俗的形成意味着移民社会的稳定、日常生活的绵延，相对于变幻莫测的政治风云，这才是历史的常态。也正是这样久远的民俗演绎见证了两岸文化的同源同宗。正月十九太阳星君诞辰祭拜习俗、“妙音阿绾”在府城梦蝶楼学艺先饮墨水，尤其是书中详细描写的在闽粤广为流传并成为闽南梨园戏经典的《荔镜记》(《陈三五娘》) 过海来台的演出经过。包括演出《荔镜记》的七子戏班的组成、悲欢离合的剧情、演出时的盛况、洛津街头俚巷的浅唱低吟、同知朱仕光对《荔镜记》俗本情节的删改，这一切无不折射出对泉州作为洛津的文化原乡、洛津作为清代中国的一个特殊部分、台湾文化作为中华文化支脉这一历史文化身份的坚定认同/建构。

正如我们前面提到的，祖国大陆文化对台湾文化的影响沿着两条路经，

① 刘登翰：《施叔青：香港经验和台湾叙事》，《台湾研究辑刊》2005 年第 4 期。

施叔青显然更感兴趣于第二条，着意于表现以俗民为代表的来自下层民间的世俗文化。围绕着《荔镜记》，小说还表现了前者对后者的粗暴干涉、压抑。同时朱仕光认为《荔镜记》表现淫奔丑行有失风雅，一心将其改编为"教忠教孝"，对泉州方言俚语一窍不通的朱仕光本着造就一个《荔镜记》洁本的目的，对其中粗鄙、色情的方言对白蛮横删改，大大损伤了这部作品的魅力。因为方言作为一种草根民间的原生态语言，尽管粗俗、甚至粗鄙，但往往蕴含着民间最原初蓬勃的生命体验，这是精雅文化无法做到的。具有讽刺意义的是朱仕光自己最终也无法抵制戏子们"不洁"的精彩演出，与伶人、戏子、草民百姓一起沉湎于俗本《荔镜记》所流播的情色欲望中。但这样叙述并没有像有的评论所认为的那样表现祖国大陆文化对台湾本土文化的压抑、精雅文化与俗文化之间简单的二元对立。祖国大陆/台湾、官方/民间、压抑/被压抑这样的二元对立恰恰是施叔青叙事一向要解构的："潜意识里，我以小梨园七子戏为题材，有一个深沉的理由，晚近台湾重视本土、乡土文化，原本无可厚非，然而，如果是只以俚俗乡野的民俗、俗文化以偏概全，以为歌仔戏、布袋戏等于台湾戏曲的代称，不仅有失公允，而且绝非史实。"① 梨园戏原本属于精雅文化的范畴，梨园戏《荔镜记》在闽南、台湾地区的流行，充分体现精雅文化、俗文化、祖国大陆文化、台湾地域文化之间的融合，不再是界限分明的二元对立，而是你中有我、我中有你。② 由此可见，透过《荔镜记》的书写，施叔青坚守文化原乡溯源的同时，也呈现了对台湾文化构成的多元复杂性。这也是这部小说最值得我们注意的地方。

《行过洛津》还延续香港三部曲将主人公性别身份/位置的多元复杂性与文化身份的复杂多元相纠结的叙事策略。但值得注意的是性别身份与文化

① 施叔青：《台湾长篇小说创作者经验谈：长篇有如长期抗战》，《文讯》2006 年第 5 期。

② 从一定程度上讲，杨丽玲《戏金戏土》所创造的汉语与闽南语完美融合的语言风格，也体现了相似的文化诉求。

身份之间的复杂纠葛这回被承载于男性人物身上。① 许情15岁第一次入台演戏，就被南郊益顺兴掌柜乌秋看中。乌秋以雕刻盆景的方式将他雕刻成比女人还女人，供自己亵玩。许情不仅不反抗，似乎还相当认同这个被强加的女性性别，并在演出《荔镜记》时，在戏里戏外陷入多重错置的性别情境中。戏里，他以“女身”反串小生陈三与益春相爱，戏外，又以女身与扮演益春的歌女阿婠之间产生同性恋情/姐妹情谊。但许情终于在与阿婠的偶然身体触碰中渐渐对她产生了一种奇妙情感，尤其是一次与阿婠同照镜子时，在凝视镜中怪诞镜像的瞬间，许情的心与身产生分离（这是对拉康镜像阶段理论的绝妙演绎）。他惊奇发现自己与阿婠并非同类。此后，尽管他依然保持女装，但却渐渐对阿婠产生一种欲望，他的性别觉醒了。尽管后来演完戏他又回泉州，但却一次又一次重返台湾寻找阿婠。虽然最终也没能找到阿婠，但当他看到自己当年无意中种在阿婠门前的花椒树如今已长得亭亭如盖，他决定留下来定居洛津。那也就是说许情只有在性别觉醒后才产生对洛津/台湾的土地认同，性别认同与土地认同深刻纠缠。② 但洛津这块土地与许情的性别认同之间的纠缠却不是单一的，而是多元的。正是在洛津这块土地上，许情由男性被变成女性，也是在这块土地上他再由女性回到男性身份，这种流动的性别认同要折射的正是洛津/台湾诡异多变的历史所造成的主体认同上的流动性与复杂多面性。作者还超越单纯的女性视角对男性的性别霸权进行尖锐的批判，揭露了男旦鲜为人知的悲惨人生。他们虽然身为男性，但由于社会地位低贱，不仅不能分享父权社会赋予男性的特权，甚至还出卖自己男性性别身份来换取生存的资源。从童年裹脚开始，他们就被按照男性中心对女性的性愉悦期待来调教，被调教得比女人还女人，供那些有权有势的男人亵玩，一旦失去以身体取悦于人的

① 女性主义叙事的惯例常常是将这一切承载于女性的性别境遇上。例如，施叔青自己的《香港三部曲》以及妹妹李昂的《迷园》。

② 羊子乔：《从性别认同到土地认同——试析施叔青〈行过洛津〉的文化拼贴》，《文学台湾》2007年夏季号第62期。

条件，他们便被弃如敝屣，甚至比那些人老珠黄的女优伶更惨。许情一过十六岁、长出喉结、变声，身价立即一落千丈，沦落为一个不名一文的鼓师。如果说，《香港三部曲》，在意的是性别霸权与种族霸权之间的同构，那么，这篇小说在意的显然是性别霸权与阶级霸权之间的同构。

小说的结构看似延续了《香港三部曲》，以一个底层小人物来发现大历史的叙事套路，但又有所不同。在《香港三部曲》中，黄得云从沦落到发迹的传奇、通过屈辱地出卖自己来获得发展的吊诡人生境遇成了香港殖民地历史的典型写照，而且黄得云及其子孙贯穿全书，亲身参与了百年香港种种重大历史事件。但在《行过洛津》中，许情本身并没有成为叙事的中心，很多时候处于旁观、边缘的地位。因此，作者不再像过去那样重视完整的故事情节、历史钩沉，而更重视场景的呈现，从散乱、驳杂、碎片化的场景中呈现洛津的历史，又从洛津的历史透视台湾的移民史。这是一种典型的后现代的历史观，也是对主流历史叙事中的“大河小说”结构模式的有意颠覆。①“如果说《香港三部曲》是几近于由点（黄得云）划成线（黄氏家族）地来结构香港的殖民史、社会史，那么，我们从《行过洛津》中看到的更几近于中国绘画的‘散点透视’、几组不同的人物跳跃式地穿插于不同时空的生活，风俗画地展现社会生活的‘面’。”② 这个“面”正是以个体面貌出现的庶民群体的形象。相比于“香港三部曲”式的以个人的传奇来连缀香港百年沧桑，以及李昂《迷园》式的以豪门大族兴衰来折射洛津/鹿港的历史，《行过洛津》呈现的则是庶民百姓日常生活中琐碎的历史。这才是历史的真正面目。

台湾三部曲的第二部《风前尘埃》同样呈现琐碎日常性中的历史，以及

---

① “大河小说”原是法国文学中的一种形式，特指那种多卷本、叙事具有连续性、演绎、钩沉历史发展完整脉络的鸿篇巨制。20 世纪，台湾文学中出现多部描绘台湾历史画卷的“大河小说”。如钟肇政的《台湾人三部曲》，施叔青显然有意要挑战这种“宏大叙事”结构模式。

② 刘登翰：《施叔青：香港经验和台湾叙事》，《台湾研究辑刊》2005 年第 4 期。

历史与性别的错综纠葛。小说以日据时期发生在台湾花莲惨烈悲壮的著名历史事件——“太鲁阁之役”为背景，叙述日本殖民总督佐久间佐马太任内的一段历史，但叙述的中心、主人公却不是当地原住民或客家人，而是一个日本移民/殖民家庭。名古屋和服绸缎庄的小伙计横山新藏为了出人头地，携妻带女应征来台，参加完“太鲁阁之役”后由于杀戮有功如愿获得提升。但在移民村长大的女儿横山月姬则与父亲的仇敌太鲁阁抗日英雄哈鹿克·巴彦相爱，并怀有他的孩子。横山新藏逮捕并处死哈鹿克·巴彦，要女儿另嫁给日本人。横山月姬怀着哈鹿克·巴彦的孩子逃走，并邂逅客家摄影师范姜义明，范姜义明爱上了她。但不久横山月姬不辞而别并于战后回到了日本，化名真子。多年之后，横山月姬故去，她的私生女无弦琴子早已长大成人，并开始一步步探究自己的身世之谜。

值得注意的是小说对历史的叙述不再像我们所熟知的主流历史叙述那样单一、清晰、二元对立，而呈现了更加细致、复杂、边界模糊的状态。横山新藏原本是要去征服台湾、太鲁阁的，但他的女儿却先后与太鲁阁人和客家人相爱，并怀上太鲁阁人的孩子；横山月姬战后回到日本，隐瞒自己真实身份，却又化名“真子”，晚年长时间沉湎于恍惚幽暗中，暗示着其身份的无名、尴尬、真假难辨。她的女儿无弦琴子长大后，长久陷入身为日本人却“肤色暗哑身份不明”的焦虑中。如果说《行过洛津》是以一个男人流变的性别身份来折射台湾历史所造成的主体认同上的流动性与复杂多面性，那么，《风前尘埃》则通过女人复杂流变的族群身份来表现历史的复杂与吊诡。无论是性别游移的男旦许情，还是族群身份游移的女人横山月姬、无弦琴子，这些历史中卑贱、边缘的个体，因其尴尬、模糊甚至暧昧的面目长久地淹没于彪炳千秋的历史叙事的地表之下、幽暗之中。但真实历史的面目恰恰并不像我们想象的那样泾渭分明、界线清晰，恰恰是那些面目模糊、甚至暧昧的个体以及他们的吃喝拉撒、生老病死、悲欢离合构成历史真实的血肉，弥合着历史的沟壑、成就着历史的绵延。而杀伐、征服、掠夺的大历史，必将化作风前尘埃，随风而逝。这也是小说为何要大肆细腻地描写那段历史中庶民的风俗文化、节庆、衣饰、饮食的原因。甚至对战争的叙述也是建立在日常细节之上，通过服装、身体、感官来呈现。比如，二战时期的和服，竟然精美地编织着侵华日军杀戮轰炸的图景、殖民总督官邸装点的雕饰则充满了暴力美。战争被穿在身上，杀戮、征服成为一种装饰日常饮食起居的图案。这样的细节也让我们看到，民间、日常生活对大历史、宏大政治所强加给的污染和强暴的被动承受。官方与民间、宏大历史与琐碎日常生活之间的界限同样是模糊的，历史再次显现其暧昧的面目。

第六章 21 世纪女性文学的历史反思

第一节 历史、现实与性别：解读严歌苓的《妈阁是座城》

长期以来，对严歌苓及其文学创作的研究更倾向于围绕文化身份（Cultural Identity）这一命题而展开。作者特定的身份属性及其引发的文化认同与精神指向之间的对应关系逐渐成为严歌苓研究的某种特定范式①，并以“重复主题”② 的形式参与到了文学批评、文学史的秩序建构之中。该方法开拓了严歌苓小说在文化阐释层面的广度，促进了文学文本与文化身份之间的关联与互动，但也在一定程度上造成了对严歌苓小说文本内在特性的遮蔽与盲视。对于《妈阁是座城》而言，简单的文化身份分类显然无法涵盖

---

① 通过对既有学术成果的整体性观照可以发现，以作者身份属性对应文化认同的分析策略在严歌苓的研究中占有重要比重。该类研究通常围绕以这几方面展开：女性的性别身份对应女性意识、女性形象研究；美籍华人的国族身份对应跨文化及海外华人文学研究；专业编剧的职业身份对应影视作品改编研究等。

② 海登·怀特认为不断重复的主题促成了史学的建构，然而在这一过程中必然会“压制或贬低一些事情而突出强调另一些事情”。参见海登·怀特：《历史的转义》，董立河译，大象出版社，2011 年，第 91 页。

故事本身的丰富性和特异性。基于此，本文尝试以性别视角①切入，回归文学叙事本身，分析小说在现实反思、历史叙事、婚恋爱情等方面性别表述与叙事特点的同时，阐释作品内在的叙事逻辑，挖掘言语背后的权力关系。

一、主体的反讽与现实的反思

在《妈阁是座城》中，严歌苓通过设置悬念、多线并行、史今对照等方式，为读者讲述了女“叠码仔”梅晓鸥和三个男性赌徒之间因赌博而引发的恩怨是非、爱恨情仇。从叙事时间来看，情节的展开集中于 2008 年到 2012 年，笔锋直指社会现实，具有一定的时效性。从叙事空间来看，故事主要发生在澳门、北京、海口等现代化都市。作者通过“城市”这一文化符码将当下的社会现状和文化症候予以呈现。与之前更倾心于历史题材不同，严歌苓在新作中主要表达了自己对于当今社会现实的观察和反思。在她看来，“作家有权展示这个社会的生活面貌，也有义务为各种社会问题找到答案”②。

从性别视角观照小说中的人物不难发现这样一个现象——故事中的男性人物多为现代社会中的成功人士。例如，房地产大亨段凯文、艺术奇才史奇澜、电子企业老板卢晋桐等；而女性人物通常是成功男士的附庸，缺乏创造财富的能力。例如，以给赌场贵宾厅拉客户为生的“叠码仔”梅晓鸥、17 岁就跟着史奇澜私奔的杂记演员陈小小等。实际上，这种性别角色的设置不仅呈现出传统性别文化中男性本位的基本逻辑，更为重要的是隐

① 在本文中，性别以一种具体的研究方法存在，并非研究实体。其中，“性别（Gender）”系社会性别，并非指向作家或主人公的生理性别属性。实际上，它更倾向于一种社会关系，是“多重互不相同甚至相对抗的文化结构的交叉点，表示的是某种多因素所决定的多重主体位置”。参见苏珊·斯坦福·弗里德曼：《超越女作家批评和女性文学批评》，载马元曦、康宏锦主编《西方女性主义文学文化译文集》，广西师范大学出版社，2008，第 88 页。

② 田超：《〈妈阁是座城〉：严歌苓的新“魔幻现实”》，《江南时评》，2014 年 2 月 12 日。

含了现代文明的性别表述以及表述背后的权力关系，即男性是现代文明的主体、创造者和享用者；作为“他者”的女性则需借由男性主体的身份完成现代性的转型。吊诡的是，小说中作为现代文明主体的成功男士同时也是沉迷于赌博、撒谎成性的大赌徒，而反抗、惩戒赌博的角色则由相对“落后”的女性来完成。于是男性与女性、主体与他者之间的置换与悖论构成了小说内在的叙事张力，呈现在男性形象的塑造之中。在物欲横流的当代社会，那些代表着现代文明成果的男性精英在这座“欢迎人造孽”① 的城市——妈阁中，又上演着怎样的人生闹剧？在他们沉沦的生命形态背后又隐含着作者对于社会、时代怎样的思考？

（一）性别置换与美男计

在人类文明的长河中，女性往往以工具化的性别身份参与到历史的建构之中。在这过程里，女性的身体和气质已经脱离了性别主体，沦为意识形态权力运作的砝码。昭君出塞、貂蝉献身、赛金花救国等故事不断重复着“以身救国”的故事原型，同时操演着性别政治的“伦理剧”。在严歌苓的创作序列中，也不乏对于女性身体工具属性的书写。例如，《天浴》中渴望回城的知青、《金陵十三钗》中对抗日本兵的妓女、《少女小渔》中渴望绿卡的小渔等。然而在《妈阁是座城》中，作者却将千百年来“美人计”的性别角色进行了改写——在人性沦落的赌博游戏中，那些仪表堂堂却负债累累的成功男士，终于让出了至高无上的男性权威，出卖男色，以求继续苟且生存的赌资。正如小说中梅晓鸥的内心独白：“女人往往用女色办成不少难办的事，男人也用男色”，有所不同在于，“他们动用男色还像是施舍你，仿佛你巴不得捧出自己让他们吃豆腐，仿佛你给他们吃豆腐是你的福分”。

2008 年，十一黄金周，一个颇具时代精神的时间里，房地产老总段凯文登陆妈阁，并在机场与“叠码仔”梅晓鸥相遇，小说的现实叙事由此开

---

① 严歌苓：《妈阁是座城》，人民文学出版社，2014，第 32 页。本文所引原文均出自此版本，以下不另注。

始。此后，梅段二人之间相继发生的赌博、交往、欠债、追债、欺骗、争执、逃跑等情节也成为小说叙事的主要线索之一。其中，段凯文人性中的矛盾和多变也使得小说在叙事层面迷雾重重、悬念迭生。抛开该人物设置在叙事技巧层面的意义，其所代表的高级赌徒形象本身便颇具象征意味。与一般印象中嗜赌如命的贪婪鬼形象不同，严歌苓笔下的段凯文优雅而高贵、深沉而低调，甚至拥有"一副僧侣的远淡"，即便输掉所有家产，亡命美国，仍"像个爵爷一样贵气持重"。当然，也正是这种"大丈夫"的品质深深地吸引着梅晓鸥——赌桌上的沉着冷静、打扮上的低调奢华、交往中的体贴浪漫、工作中的果敢霸道。这样一个"完美男人"不得不让梅晓鸥刮目相看、甚至萌生暧昧的情愫。因此，上了"美男计"的梅晓鸥总会轻信段凯文的种种借口、托词，即便丑态毕露，沉迷"美色"的她也期待着"浪子回头"。然而光鲜亮丽的"男性魅力"背后是谎话连篇、肆意造假、软硬不吃、嗜赌成性的真实的段凯文。为了获取赌资，他挪用公款，伪造文件；为了赌博，他抛妻弃子，出卖友情；为了满足贪婪的欲望，他甚至不惜铤而走险，使出了连赌徒们都不齿的行径——"抽老千"。最终，丑陋的灵魂溢出了山东好男儿的皮囊，罪恶的肉身也受到了法律的制裁。

就这样，大丈夫的风流倜傥与出卖色相以求安身的奴性嘴脸交织成了小说中的赌徒形象，主体的沦落与辛辣的反讽构成了文本叙事和文化表达两个层面的悖论式张力。实际上，对于人物内心丰富性和多变性的探索是严歌苓小说创作一直以来的追求。早期从事移民题材创作时她就指出"人在非常环境中会有层出不穷的意外行为，而所有行为都折射出人格深处不可看透的秘密"。① 具体到《妈阁是座城》中，所谓的"秘密"不仅是人性深处的贪婪与欲望，同时也是性别身份倒置导致主体失落的具体表现。这种存在于当代社会的主体失落感又是后发现代性国家——中国在现代化急速

① 严歌苓：《主流与边缘（代序）》，《扶桑》，上海文艺出版社，2002，第 1 页。

发展过程中不可避免的悲剧性产物。

（二）身体伦理与苦肉计

对于赌博题材小说而言，赌博本身的类型、规则、方式等通常是作品所要着力描写的对象。然而与一般同等题材作品不同，《妈阁是座城》中对赌博的描述更倾向于进行形象化或拟人化的处理，即通过对参与者的神情、动作、身体的细腻描摹衬托出赌博本身的特性。换言之，赌博对于赌徒（男性主体）的损害是通过对其身体所进行的控制和戕害呈现出来的。此时的身体已经不再“先于文化铭刻存在”①，而是受制于特定环境下（赌博）权力秩序的组织和编码。

赌桌上，赌徒们的身体与理性逐渐分离，一切喜怒哀乐都消解在游戏本身，仿佛没有灵魂的躯壳，日以继夜地重复着简单的动作。于是，“不管那几个男人生活习惯、卫生标准有多大差异，此刻口腔里发出的是同样的坏疽恶臭，再加上他们肠胃里消化不良的食物渣子，加上恐惧和兴奋使他们热汗冷汗迭出，不断发酵又不加以洗浴……一群活着的人，都快招苍蝇了”。身体的变化反映出赌徒精神状态的变化，也折射出赌博对于参与人的伤害。这些平日里干净、得体的男性精英此刻就如同行尸走肉，可憎而又可怜。

如果说对于上述这些身体变化所进行的描述中多少还保留着些许同情的话，那么对于赌徒们表演的自戕、自残的行为，严歌苓则给予了无情的讽刺。在作品中，与赌博相伴而生的是赌徒们无穷无尽的谎言与骗局。有多少戒赌的“誓言”，就有多少赌博的借口。或是为了求得家人原谅，或是骗取继续的资本，或是缓解欠债的压力，或是准备一走了之，赌徒们一次次地痛改前非、挥刀断指，而又一次次的重上赌场、深陷难拔。赌博变成了巨大的黑洞，吸引着人性中的卑劣；身体成为谎言的舞台，展现着人生

① 朱迪斯·巴特勒：《性别麻烦——女性主义与身份的颠覆》，宋素凤译，上海三联书店，2009，第170页。

的荒诞。此时，救赎一般的自残行为就变成了“演苦肉计”，“为晓鸥和家人演，也为他自己演”。“戏子”们固然全神入戏、深情款款，局外人却常常一语道破——“还是人家中国人的戏好看”、“晚期赌徒的自裁方式跟晚期癌症的疗法一样，就那么几招”、“他还剩九根手指，还够他演九出苦肉计”……血腥而惨烈的“断指”明志伴随着旁观者的熟视无睹，生死沉重对照轻身一跃，一重一轻间，讽刺之意溢出笔端。

巴赫金在研究小说中的讽刺时认为，讽刺不仅仅是一种文学性的修辞，同时也具有一定的社会性。“作为创作者对其所写现实的一种独特态度”，“讽刺是对当代现实各个不同方面的形象性否定”①。那么，严歌苓笔下所讽刺的种种丑态背后有着怎样的社会文化原因？是什么样的力量让这些谦谦君子浑身散发着恶臭？又是怎样的魔咒安排着手起刀落的惨痛与淡漠？难道“人对自毁从来有一种暗暗的神往，人的飞速进化本身就包含隐隐的自我灭绝”？试想，如果脱离了“赌博”这个具体的情境，自残以及对自残行为的冷漠是否与人的基本伦理道德相符？实际上，这样有悖于常理的叙事逻辑恰好体现了权力对身体规训的一个基本前提，即具有确定的空间关系。因为在具体的空间内，“权力关系总是直接控制它、干预它、给它打上标记，训练它、折磨它、强迫它完成某些任务、表现某些仪式和发出某些信号”②。值得注意的是，其中的“驯服”，“不仅是一种顺从，而且是俘获和收押，是一种对主体的安置，一种主体化”③。就这样，长期占据性别文化主体地位的男性不得不在身体的损伤中被重新定位。

身体作为社会生活的一个重要表征，是在具体的社会秩序中被塑造和

---

① 巴赫金：《巴赫金全集·第四卷》，钱中文译，河北教育出版社，2009，第 22－23 页。

② 福柯：《规训与惩罚》，杨远婴、刘北成译，读书·生活·新知三联书店，1999，第 27 页。

③ 朱迪斯·巴特勒：《身体之重——论“性别”的话语界限》，李钧鹏译，上海三联书店，2011，第 11 页。

建构的。从某种意义上来说，“我们的身体就是社会的肉身”①，任何身体上的变化都可能隐含着十分复杂的社会文化原因。具体到小说中，赌徒们所钟情的“苦肉计”不仅是赌博对于人在肉体和精神上的伤害，同时也是现代文明对于传统秩序中男性主体地位冲击后所产生的“阉割焦虑”② 的隐喻性呈现。在以理性、计算为核心的现代社会中，经济关系取代了传统的权威型统治，男性的主体位置不再是“天赋神权”，同样需要相应的物质基础。在这样新型的关系下，梅晓鸥可以成为债主，而段凯文、史奇澜等人也可能沦为负债人。可见，当代社会物质欲望空前膨胀的原因之一便是权力关系不稳定所造成的现代焦虑，“以在致富时就难免带有紧迫感、危机感，也难免短视，急功近利”③，而这种带有病态的金钱欲望也势必倾向于诉诸畸形的敛财方式——赌博。

早在 1997 年，严歌苓就曾写过一篇关于赌博的小说——《拉斯维加斯的谜语》。作品通过讲述一位中国教授——老薛沉迷于老虎机的故事，呈现出赌博对于人性的戕害。而在《妈阁是座城》中，我们看到面对同样题材的严歌苓显然已经不再满足于对于赌博本身的描写，而是借助“妈阁”这个典型的城市空间、赌博这项特殊的娱乐活动以及来自各行各业的赌徒来透视当今中国社会的现状。总之，不论是性别置换后的“美男计”，还是新身体伦理下的“苦肉计”，男性形象背后的主体身份在作者的反讽中全面沦落，对于现代文明的反思也借由这样的性别表述予以了呈现。

---

① 约翰·奥尼尔：《身体形态——现代社会的五种身体》，张旭春译，春风文艺出版社，1999，第 17 页。

② 阉割焦虑（Castration Anxiety）是由弗洛伊德所创用的心理学术语，指男性对失掉阳具的担忧或恐惧。弗洛伊德认为，男孩在成长过程中会因为对母亲产生爱恋而感受到来自父亲的现实危险，即阉割或是割势。此后，他又将这个惩罚所带来的启示推广到物种发展史之中，阐释了其中的文化意义。参见弗洛伊德：《精神分析引论新编》，高觉敷译，商务印书馆，2009，第 122 页。

③ 严歌苓：《妈阁城的谜语》，《文艺报》2014 年 5 月 9 日。

二、历史叙事的意义与悖论

在活跃于当今华语文坛的女作家中，严歌苓是为数不多的既擅长历史叙事又精于人物刻画的小说家。对于重大历史事件、历史时期的呈现和把握几乎涵盖了其各个阶段的所有长篇创作。开始从事写作时，严歌苓便将自己的成长经历和生命体验融于虚构的文字世界，聚焦动乱年代（“文革”）的军队文工团，创作了诸如《一个女兵的悄悄话》《雌性的草地》等反映知青生活的军旅题材小说。移居美国后，她又完成了反映十九世纪旧金山华人艰辛的生存史、奋斗史的长篇小说《扶桑》，并一举成名①。21 世纪以来，《一个女人的史诗》《第九个寡妇》《金陵十三钗》《陆犯焉识》等本土题材作品相继问世，严歌苓凭借着极强的讲故事天赋娴熟地驾驭了诸如抗日战争、土改、反右、“文革”等宏大的历史事件。这些复杂的历史因素不仅为叙事提供了具体的文化背景，同时也为作者提供了更为广阔的想象空间。毫不夸张地说，历史的魅影始终盘旋在严歌苓文学世界的上空，使其原本可能流于庸常、俗套的故事充满了怀旧的格调、传奇的神韵、苍凉的繁华。

《妈阁是座城》这部以现实生活为描写对象的小说同样不乏精彩的历史记忆。祖奶奶梅吴娘的故事既是小说叙事的起点，也作为“历史之镜”参与到了小说的完整叙事结构之中。以性别视角考察，不论是历史叙事的主人公梅吴娘，还是促成历史与现实对话的梅家传人梅晓鸥，都具有女性身份，并作为男性赌徒的对立面而存在。她们或是以“杀子绝后”的方式斩断赌的血脉，或是凭借女“叠码仔”的身份“以毒攻毒”。总之，原处弱势的她们用自己的方式惩戒赌徒、对抗赌博。如果说光怪陆离的现代文明为

① 严歌苓的文学创作始于 80 年代，当时国内学界对其鲜有关注。在移居海外并创作了一系列移民题材小说后，严歌苓的名字才逐渐成为人所熟知。2000 年前后，随着《扶桑》《少女小渔》等畅销之作频繁摘得各类文学奖项并被搬上电影屏幕，严歌苓逐渐成为华语文坛举足轻重的作家之一。

男士们提供了一个释放力比多的“赌博战场”的话，那么女人们则敲响了教训的警钟，让历史的梦魇成为现实情景中宿命般的结局。

（一）雌性的消失与表达的复调

与《小姨多鹤》开篇中多浪村村民“集体自杀”的血腥场面相似，《妈阁是座城》在进入主叙事之前，同样为读者讲述了一个颇具戏剧性的残酷往事。梅吴娘因痛恨丈夫沉迷赌博而先后将“三个男仔溺死在马桶里”，因为在她看来只有囡才能“不赌、不嫖、不抽、不喝”，保持道德层面的纯净。就这样，一个母亲杀害亲生骨肉的故事反复出现在严歌苓“漫不经心”的讲述中，尤为触目惊心。

纵览严歌苓不同时期、不同题材的小说，其笔下的女性形象都有着十分相似的类型特征——雌性。不论是忍辱负重、只为生存本身的妓女扶桑，还是在政治风云中苦守爱情的冯婉瑜；不论是沦为生育机器的日本女子多鹤，还是誓死守护公公的寡妇王葡萄；不论是以个体情欲铸就“史诗”的田苏菲，还是深明大义、维护家庭的“母亲”朱小环……我们都可以在这些女人身上看到那种接近动物性的原始生命力和传统印记。欲望、交欢、生育成为这些女人至高无上的人生信条和生命哲学，她们身上始终“带有一种历史的陈旧色彩”①，诉说着渐行渐远的蒙昧与魅惑。然而《妈阁是座城》中的梅吴娘却主动放弃了原生的雌性，披上了道德的外衣，上演了杀子复仇的一幕。此时，严歌苓笔下常常出现的“地母形象”不见了，取而代之的是“美狄亚”式的复仇女神。

故事中，梅吴娘只杀儿子不杀女儿的行为，不仅是对沉迷赌博的丈夫的报复，同时也是对于重视子嗣的传统性别文明的有力一击。实际上，作为女性的梅吴娘正是要通过“杀子”的这一惊世骇俗之举，颠覆传统的菲勒斯中心，建构自我的主体。只不过这种建构本身也是病态心理的产物，

① 严歌苓：《雌性的草地》，陕西师范大学出版社，2013，第282页。

受制于特定的叙事空间——赌博。赌博对于参与者的毒害不仅限于赌徒本身，也必然殃及家人。面对无法挽回的家庭和丈夫，面对难以言说的疼痛与无奈，梅吴娘只能选择这种极端的方式进行绝望的反抗，以免悲剧再次上演。

小说中设置的主要人物“不仅仅是作者议论所表现的客体，而且也是直抒己见的主体”①。梅吴娘的故事不仅增强了整部小说在叙事层面的艺术性，同时也是作者抒发价值观念、文化认同的象征性存在。在梅吴娘身上，我们可以清晰地看到作者对于赌博本身的道德评判和情感态度。正如严歌苓自己所言：“我特别痛恨赌博”，“我以女主人公的心理活动来展现我的探讨”②。此时，梅吴娘的角色语言与作者的潜语言便构成了表达的“复调”，呈现在惊心动魄的历史演义之中。

（二）历史与现实的对话

海德格尔曾说“历史是生存着的此在所特有的在时间中发生的历事”，“在相互共在中‘过去了的’而却又‘流传下来的’和继续起作用的历事”③。在这个过程中“过去”对于“此在”所绵延的作用恰恰是历史之于现实的意义所在。梅吴娘故事所支撑起来的历史叙事与梅晓鸥身处的现实生活之间的交织与对话构成了小说在叙事层面的一大特色。其中，将历史与现实联系起来的便是小说的主人公——梅晓鸥。

作为小说的“前奏”，作者在讲述梅吴娘故事的同时也穿插着梅晓鸥在机场等待段凯文的场景——时而是百年前梅家惊心动魄的生死离别，时而百年后是梅晓鸥在机场的步履匆匆。整个故事在历史与现实、激烈与舒缓的对照中绽放出别致的魅力，主人公也在古今的夹缝中出场。尤其值得玩

---

① 巴赫金：《巴赫金全集·第五卷》，钱中文译，河北教育出版社，2009，第 5 页。

② 严歌苓：《中国男性在赌博面前的起伏跌宕》，杭州晓风书屋（公众号），2014 年 6 月 26 日。

③ 马丁·海德格尔：《存在与时间》，陈嘉映、王庆节译，生活·读书·新知三联书店，1987，第 446 页。

味的是这段叙事的结尾：先人梅大榕在输光所有积蓄后，投海自尽，完成了赌徒典型的命运走向；此时，梅晓鸥却在妈阁海滩上打捞起的尸体中仿佛看到了“阿祖梅大榕的模样”。古今的参照、命运的轮回就这样交织成梅晓鸥当下的际遇。正如“引子”的最后一段所言：“假如梅大榕的遗腹子不是让梅家老人及时营救，就不会在二零零八年十月三日这天存在着一个玉树临风的梅晓鸥了。”同理，假如没有梅晓鸥，梅家的故事也不会在百年后的生活中继续着它的演绎。

在作品中，梅晓鸥是一个相当复杂的人物形象，她既是现代社会的畸形产物，又是历史宿命中的“通灵人”。作为梅家传人，她实际上继承了祖先的两重血脉——一方面继承梅吴娘，视赌如仇；一方面继承梅大榕，参赌恋赌。在梅晓鸥的人生中，她既以“自毁”的形式报复曾经的初恋卢晋桐，当了“叠码仔”；又因赌博爱上新的赌徒史奇澜、段凯文。她既通过赌博谋取利益、获得生存的资本，又坚决反对自己的爱人、儿子参与赌博。她既拉拢一个又一个的中国男人走进赌博的深渊，又一次次劝慰深陷赌博不能自拔的浪子们回头是岸。总之，历史记忆中“梅吴娘杀子”和“梅大榕投海”的两种命运如同鬼魅始终缠绕在梅晓鸥的扭曲的人生中。最终，现实的挣扎不敌历史的定律，作为参与者、抗争者的梅晓鸥只能眼睁睁看着生命中来来往往的男人们一次次重蹈梅大榕的覆辙，而留下孤苦的自己。故事的最后，当得知自己的儿子也染上了赌博的恶习之后，梅晓鸥疯狂地将所有赌资付之一炬，企图对不变的历史轮回进行最后一次反抗。然而她何尝不知“这是报应”，“她以为干上叠码仔的行当是报复卢晋桐，是替梅吴娘报复梅大榕，现在她自己也得到报应了”。就这样，历史与现实经由梅晓鸥的人生悲剧实现了延续与轮回。小说通过古今“对话”的叙事方式所呈现的“深刻与特别”，显然是“独白型的艺术视角所无法企及的”①。

① 巴赫金：《巴赫金全集·第五卷》，钱中文译，河北教育出版社，2009，第356页。

（三）历史的断裂与悬置

在《妈阁是座城》之前，严歌苓曾创作同样反映当下社会问题的小说——《赴宴者》。作品借下岗工人董丹假冒记者“混”宴会的故事，讽刺了存在于官场、媒体、艺术圈等领域的种种不正之风。尽管小说写得生动、犀利，形成了严式“冷面幽默”①，然而却因为执着于对社会面貌的呈现，造成了叙事的简单化。到了《妈阁是座城》中，作者开始挖掘当下生活之外的质素，将历史叙事与现实叙事相结合，力求避免对现实生活平面化的认知和表达。这种叙事模式的价值与意义是毋庸置疑的。但是值得关注的是，小说中穿插的历史叙事实际上也在一定程度破坏了线性叙事的结构链条，造成了叙事的混乱。我们知道“过去本身没有叙述结构——叙述结构只发生在叙事的过程中”②。具体到本部小说，经过艺术加工后的历史叙事在与现实对接的过程中出现了一定程度的断裂，历史因而被悬置起来，从而形成了作品中几处难以解决的叙事悖论。

其一，道德的“二律背反”。在小说中，历史如同一面高悬的明镜，“审判”着现代社会中同样迷失于赌博的丑恶灵魂。即便沧海桑田，沉沦的人们却在历史的定律面前殊途同归般地悲剧收场——段凯文锒铛入狱，卢晋桐身患癌症，史奇澜苟且为生，梅晓鸥孤独度日。在这个叙事逻辑中，作品除了传递出宿命的神秘感之外，也凸显了历史中至高无上的道德感。赌博为恶的道德信条构成了历史对现实审判的基本准绳。因此，梅吴娘杀子、梅大榕投海在一定程度上便具备了道德的合法性。只是，这种借道德之名的杀戮是否真的合理？既然梅吴娘恨赌杀子是道德的，那么梅晓鸥为了抚养儿子而去做“叠码仔”是否也有一定的合理性？康德曾说，当有理性的人“考虑到灾难是如此沉重地压迫着人类而又（看来好像是）毫无好

① 严歌苓：《赴宴者》，陕西师范大学出版社，2012，第 285 页。

② F. R. 安克施密特：《叙述逻辑——历史学家语言的语义分析》，田平、原理译，大象出版社，2012，第 89 页。

转的希望的时候”，“都感到一种忧伤，这种忧伤很有可能变成为道德的沦丧”①。那么对于“忧伤”的梅吴娘和梅晓鸥而言，她们的行为本身究竟是道德的还是道德的沦丧？在这种二律背反的道德交锋中，现实叙事中的命运走向究竟是基于历史的必然性还是现实发展的结果？实际上，梅晓鸥没有因为赌博的丈夫而杀害自己的儿子，赌徒们没有因为输光积蓄而选择真正的自杀。此时，历史的道德感已经退出了现实生活的叙事逻辑，被束之高阁。

其二，客观现实与景观化历史之间的对立。对于善于编故事的严歌苓来说，远去的历史所留下的巨大阐释空间无疑是其驰骋文学想象的最佳场域，而客观的现实则因为充斥着太多可感知的既定事实而难以言说。总体而言，严歌苓的历史叙事能力是远远高于其对于现实生活的表达的。这种叙事的差异投射到小说中便是传奇的历史叙事与平淡的现实叙事之间无法弥合的裂痕。21世纪的中国社会舞台上满溢着现代文明的财富与恶果，日常琐碎建构了生活本真，梅吴娘、梅大榕的传奇往事早已被遗落在过往的记忆之中，留下的不过是梅晓鸥日复一日的生活起居、为人处事。因此，在小说的后半部，历史的痕迹实际上已经远离了叙事主体，残留的不过是主人公触景生情的祖先追忆罢了。此时，历史对于作家而言不过是“一种乌托邦的幻想、寄托和检讨”②。

其三，二元对立的定律与盲区。较之单线条的叙事而言，将历史叙事拉入到现实题材创作无疑增强了叙事本身的繁复性。“至于叙事的繁复，则是一种理解的伦理：让自己陷入多维关系网，充分理解生活世界的多层面和多面性”③。然而，严歌苓在处理小说中具体的权力关系时，却扩大了二元对立的思维模式——男性与女性、现实与历史、赌徒与审判者之间的对

① 康德：《历史理性批判文集》，何兆武译，商务印书馆，1990，第77页。

② 王德威：《世事（并不）如烟——“后历史”以后的文学叙事》，《文艺争鸣》2010年第19期。

③ 刘小枫：《沉重的肉身》，华夏出版社，2012，第149页。

立构成了小说的思维定律。现实中的男性赌徒便是道德沦丧者，历史上女性审判者则成为复仇的英雄。此时，历史与现实之间不过是简单的对立关系，是彼此想象的参照。于是，历史叙事原本可能促成的叙事的繁复性也在这样简单化的思维秩序中失去了可能性。历史与现实之间交织而成的无限广阔的空间则在这样的分庭对立中成为了“盲区”。

三、迷失的爱情与文明病

除了历史与现实之间的对抗与纠缠，“爱情”显然是《妈阁是座城》所要表现的又一重要主题，同时也是将小说中男女人物联系起来、推动故事发展的重要叙事模式。那么对于严歌苓而言，爱情究竟是什么？爱情在《一个女人的史诗》中是一个人一生永不放弃的执着；爱情在《陆犯焉识》中是一个人黑暗记忆中温暖的守候；爱情在《小姨多鹤》中是跨越民族仇恨的生死相依；爱情在《赴宴者》中是贫贱夫妻的不离不弃……在严歌苓笔下，爱情是可歌可泣的赞歌，是热情似火的欲求，是跨越时空的永恒。然而到了 21 世纪的妈阁赌场，爱情又将会是什么？

（一）城市空间的爱情戏

与严歌苓此前小说中那些跨越时间、空间、种族、性别的旷世爱恋不同，《妈阁是座城》中的爱情总是要依托在固定的城市、固定的地点，一旦所处的具体空间发生了变化，爱情也将岌岌可危。

梅晓鸥与卢晋桐的爱情只能躲在美国的拉斯维加斯，“小三”的身份让她与国内的妻子“像一条繁华的大街和街下面的下水道”平行存在，不得相交。梅晓鸥与史奇澜的爱情只能发生的“史公子”落难的柳州鹿寨镇，因为那里的老史才是艺术家的老史、不赌的老史。伴随着木器加工厂里木头散发的阵阵清香，“梅晓鸥投入了不赌的老史的怀抱”。然而，回到妈阁后，儿子的厌恶、陈小小的出现最终还是拆散了这对互爱互怜的情人。至于梅晓鸥与段凯文之间那段暧昧的情愫，甚至只能存在于妈阁海滩上的那次浪漫的送别。正如小说中所言“他和她的角色关系是妈阁确定的，没有老妈阁提供的戏台，他俩压根没有台本，更别提唱念做打，更没有现在这段过门。海边的过门是他俩跳出角色即兴发挥的一段”。即兴演出结束后，他们便回到了各自的人生轨道，仿佛一切都不曾发生。就这样，现代社会中孕育的爱情一旦脱离具体的城市空间便脆弱得不堪一击。

在这样的叙事逻辑中，爱情已经不是超越时空的具有普世价值的人类情感，而是特定时空的特殊产物。因为只有在特殊环境中的偶然相逢，才能萌发此时此刻的内心悸动，才能够安抚现代人内心无尽的孤独。在这个充斥着欲望与欺骗的都市里，现代人对长久爱恋的绝望以及对当下纵情的迷恋深刻地体现在他们的婚恋观念之中。在这里，城市空间不再是主体赖以生存的客观环境，而是参与人类情感生活的文化实体。此时，“城市不是人脑中二维的地图，它是一个包含生活、爱和历史的复杂的立体”①。在城市这座文明的舞台上，爱情的逢场作戏和假戏真做或许正在上演。

（二）科技与虚拟恋爱

在小说中，除了赌桌上的赌徒们依然还在进行着面对面的“交流”外，人和人之间的沟通和联络基本上是依赖现代化的通信工具完成的。电话、短信、Email、微信等通信方式按照现实中的时间次序先后出现在小说的叙事结构之中，并且在情节推动和人物塑造上发挥了不可替代的作用。例如，梅晓鸥与史奇澜之间关系的暴露是靠陈小小的一通长途电话完成的；梅晓鸥和段凯文之间“欠债”“追债”的欺诈与博弈则是通过的手机短信实现的；“微信”出现后，梅晓鸥和老刘之间的交流则变成了一来一往的语音留言。此时，“技术为人性的发展造就了这样一个物理空间，在此空间里，人与宇宙的交往呈现出一种全新的、不同于它在民族和家庭中所具有的情

① 迈克·克朗：《文化地理学》，杨淑华、宋慧敏译，南京大学出版社，2003，第66页。

形”① ——传统的口耳相传、眉目传情变成了空气中物理电波的起起伏伏。

更值得关注的是，小说中的爱情主角们同样需要依托这些通信设备进行交流、表达爱意，一场数字化的“虚拟”恋爱在科技飞速发展的当下，拉开了序幕。在小说的爱情故事中，梅晓鸥可以在一封普通的电子邮件中激发无限的幻想与情欲。从邮件配图中看到史奇澜的手，继而想到他的才情、他的风流、他的放荡，并最终落到她与老史同为天涯沦落人的自怜自爱中。同样，梅晓鸥也可以在这样的符号世界中，用 MSN 直接抒怀一句：“这些天常想到你!”此时，爱情的炙热与冲动变成了一个个冰冷的字符，人类正常的喜怒哀乐也被“图片表情”所取代。孤独的现代人在这虚无的赛博空间内，凭借着幻想和猜测与同样孤独的原子化个体谈着一场似有似无的虚拟恋爱。

科技的发展拓宽了人与人之间交流的渠道，方便了快节奏的都市城市，这是现代化发展的必然结果。然而科技终究不过是“现实对客体世界征服的手段或工具，它本身并不具有本体论的地位”②。如果将人类原生的情感——爱情完全依托于技术，那么势必会被技术的工具理性所规训，主体的存在形式也将被客体的工具属性所取代。正如马尔库塞对于“单向度的社会”所进行的表述“一种舒舒服服、平平稳稳、合理而又民主的不自由在发达的工业文明中流行，这是技术进步的标志”③。尽管表面看似“舒服、平稳”，然而其“不自由”的本质却在技术与心灵的对抗中暴露无遗。将爱情建立在这种虚妄的技术上，也便注定了其悲剧性的结局。因而，主人公梅晓鸥也不禁感慨道“有了手机、MSN、短信、微信等帮助交谈的设备，人和人其实早就停止了真正的交谈”。

---

① 瓦尔特·本雅明：《单行道》，王涌译，译林出版社，2012，第 104 页。

② 周宪：《文化表征与文化研究》，北京大学出版社，2007，第 251 页。

③ 赫伯特·马尔库塞：《单向度的人——发达工业社会意识形态研究》，刘继译，上海译文出版社，1989，第 3 页。

（三）物质化的情感交易

金钱的交易是赌博活动的本质所在，也是《妈阁是座城》在叙事过程中着重刻画的环节。输钱、赢钱之间的跌宕起伏、紧张刺激；欠债、追债中的斗智斗勇、百般周旋成为小说叙事中颇具戏剧性的场景。事实上，赌博不过是当下物欲膨胀的社会现实的缩影之一。那些所谓的纯粹的、高尚的爱情在严歌苓笔下同样不过是金钱交易的把戏。此时，强烈的物质欲望诉求构成了小说中婚恋叙事的又一重要特色。

在物质爱情的交易中，梅晓鸥可以以十万块的价格委身于姓尚的男人，史奇澜可以因欠下的一千三百万赌债而吃上两年的"软饭"。小说中所有的爱情和婚姻都紧紧系在物质的绳索上，一旦绳索断裂，所谓家庭也将名存实亡。因为"赌徒的爱情或婚姻时不时会以婚姻一方的失踪而结束"，段凯文、卢晋桐、史奇澜的家庭无一不在物质的丰腴中建立、匮乏中消亡。在这样的婚恋故事里，责任与情感永远处于"缺席"的位置，金钱成为唯一可靠的保障。

既然是交易，固然有买卖双方。如果一方是金钱，那么另一方是什么？是长久的婚姻？还是浪漫的爱情？其实，金钱能够买来的只是短暂的感官愉悦、性欲激情。在现实生活中得不到稳定婚姻的现代人通常需要在短暂的性关系中寻求片刻的满足。性爱冲动成为物质爱情中唯一的目的。在两个孤独的灵魂进行着近乎动物性的交欢之时，这不过是一场"想买就买的"疯狂爱情。只是，"'疯狂的爱情'，从本质上来讲是脆弱的，因为它总是与过分的要求，与'疯狂'联系在一起，而且不断受到利己主义计算的复发或习以为常的简单作用所引起的危机的威胁"①。于是，因物质利益走到一起的性爱伙伴又在物质的计算中分道扬镳，正如梅晓鸥人生中来来往往的男人们。

① 皮埃尔·布尔迪厄：《男性统治》，刘晖译，中国人民大学出版社，2012，第163页。

在城市化、技术化、物质化等多重社会文化的挤压下，扭曲的爱情戏剧最终纷纷悲剧收尾。妈阁城的婚恋故事里，爱情不过是在特定空间的逢场作戏、是虚拟交流中的自欺欺人、是世俗社会的情感交易。

《妈阁是座城》通过“赌博”和“赌徒”所构成的灰色地带，完成了对于当今社会生活的呈现，同时也将现代文明飞速发展中暴露的种种社会问题予以了形象化的表达。身居海外多年的严歌苓曾说：“在我缺席的二十年里，祖国改变非常大，所以我也会有找不着位置的感觉”①。正是这种“找不着位置的感觉”让她开始重新关注中国、关注当下。这种对于现实生活的关注逐渐成为近年来其小说创作的新的转向，恰与当下文坛火热的“非虚构”叙事形成互文。从这个角度来看，《妈阁是座城》固然有其特殊的价值和意义。

① 严歌苓：《寄居者》，陕西师范大学出版社，2011，扉页。

第二节　革命爱情的反思与重构：解读张洁的《无字》

2002年，女作家张洁经过长期的积累与写作，推出了80万字长篇小说《无字》（三卷本）。该小说不仅成为张洁创作史的又一力作，而且也让她继《沉重的翅膀》之后再次斩获“茅盾文学奖”。《无字》以恢宏的文本架构和错乱的时间顺序讲述了墨荷、叶莲子、吴为、禅月四代中国女性的命运和人生。其中，叙事主要围绕着母亲叶莲子和顾秋水的婚恋，女儿吴为与胡秉宸、白帆的情感纠纷展开，涉及军阀混战、九一八事变、长征、西安事变、皖南事变、“抢救运动”、解放战争、反右、“文革”等诸多历史事件和毛泽东、周恩来、董必武、林彪、陈毅、张作霖、张学良等众多真实历史人物。小说所蕴含的历史信息量，可见一斑。然而，《无字》不仅以四代女性的婚姻爱情生活勾连起中国波澜壮阔的20世纪历史，更重要的是，它通过描写革命对中国人的家庭生活、两性关系、情感表达等方面的影响反思了革命与爱情的关系。

一、创作史中的“文学与爱情”

爱情与革命是张洁创作生涯中难以分割的两个关键词。只是既有研究常常关注前者而忽略后者。1979年，张洁发表《爱，是不能忘记的》，讲述了一个“痛苦的理想主义者”的爱情故事。小说内容因涉及婚外恋而引发社会热议。其实小说中，钟雨对老干部的爱意不仅源自个体情感冲动，更在于她对老干部革命事业和革命精神的崇拜，正如女儿读过母亲日记后的推测。

现在回想起来，他准是以他那强大的精神力量引动了母亲的心。那强大的精神力量来自他那成熟而坚定的政治头脑，他在动荡的革命时代的出生入死的经历，他活跃的思维，工作的魄力，文学艺术上的素养……①

可见，是革命时代出生入死的传奇经历吸引着崇尚革命的钟雨，从而萌发了一段不求回报的精神爱恋。从这个角度来说，共同的革命信仰（马克思主义）和纯爱的追求是张洁早期文学创作中理想爱情必不可少的两个条件。例如，在《沉重的翅膀》中，郑子云和夏竹筠婚姻的失败就在于两人不能达成一致的革命理想和人生追求。作为改革派的郑子云，他具有高度理想化的精神世界，致力于改变祖国重工业的现状，他的妻子却是不问政治、只顾贪图享乐的官太太。与他们的情况相对，陈咏明和郁文丽之间的温馨和谐的爱情是基于文丽对丈夫改革事业的支持和“执着女学生式”② 的信任。

随后出现的《祖母绿》《方舟》等作品虽然将写作视角对准了光怪陆离的现实社会，但仍然隐含着此前的爱情理想。如戴锦华所言“在张洁那里，爱是对历史与生命的唯一拯救”③。革命更多是以隐性的精神资源残留在小说中，并成为职业女性们追求事业和精神独立的原因之一。张洁对于爱情的理想化认知与 80 年代的新启蒙思潮形成了一定程度的共振，凸显了其所具有的文学史、社会史意义。

1989 年出版的《只有一个太阳》预示着张洁的转型，她不仅关注爱情的诗意和美好，同时开始凝视人性的丑恶与肮脏。此时，张洁笔下的爱情不再是钟雨笔记本上的纯洁和无私，而是坠入生活的琐碎和贪婪欲念后的落寞。90 年代陆续发表的《上火》《红蘑菇》《她吸的是带薄荷味儿的烟》等作品中所描写的一个个失衡、丑陋、卑鄙的爱情故事，更是进一步表明张洁

① 张洁：《爱，是不能忘记的》，《北京文艺》1979 年第 11 期。
② 张洁：《沉重的翅膀》，《十月》1981 年第 4 期。
③ 戴锦华：《“世纪”的终结：重读张洁》，《文艺争鸣》1994 年第 4 期。

于80年代所建构的爱情理想的崩塌。

不论是热情地追寻爱，还是愤怒地抵制爱，小说中的情感因素总是高于理性的思考，这也是张洁作品的优势和不足。一方面，张洁创造了一种她所特有的具有强烈女性意识的抒情式表达，浓郁且寓意绵长；另一方面，过度的抒情和议论又容易打破叙事的连贯性，呈现出文本的支离破碎。于是，张洁呈现了这样一种小说形态，破裂的叙事版图的缝隙中流淌着她炙热的情感之流。张洁真正开始在文学创作中融入一定的理性反思，实现从“一位情者张洁蜕变为一位智者张洁”① 实际上是从《无字》开始的。张洁在接受媒体采访时坦言“我觉得真正的写作是从《无字》开始的，以前所有的写作都是为它做的准备。这是我竭尽全力写就的一本书”。②

二、革命事业对于爱情的负面影响

在《无字》中，革命历史不仅是人物的生活背景，更直接影响了他们的生活与情感。例如，年轻的叶莲子原本要去教堂当修女，但九一八事变的爆发让她还未来得及计划未来生活就“跟着在张大帅队伍当差的父亲”开始了“十多年的大逃亡苦旅”③，她的人生也因此发生了重要转折。可见，战争、革命等一直是决定小说中人物命运的重要因素。

在张洁笔下，家庭成员投身革命对于婚姻有一定的破坏性。左翼文学传统中的革命加恋爱模式通常凸显爱情对革命事业的阻碍，这种革命本位的历史观在50—70年代的革命历史小说中得以延续。与之相对，《无字》是从婚姻中人（女性）的立场讲述革命事业如何造成爱情的悲剧。为不重蹈母亲的覆辙，叶莲子通过自由恋爱选择了丈夫顾秋水，成功地逃离了家庭。

---

① 贺绍俊：《从〈无字〉看现实主义在当代的发展》，《南方文坛》2005年6期。

② 吴立英．张洁：《写作是“以血为墨”的生命需求》《南方日报》2005年6月11日。

③ 张洁：《无字（第一部）》，北京十月文艺出版社，2002，第165－166页。引文均出自此版本，后不另注。

这段恋爱慰藉了幼年丧母的叶莲子，让她对未来充满期待。16 岁就“为军阀卖命”的兵痞顾秋水却并不珍惜家庭和过于老实的妻子，爱情更是满足性欲的途径。参加革命为他的不负责任找到了合理且无法反驳的理由。所以，我们看到的这个乱世中的爱恋总是聚少离多，特别是经过 1937 年的“北平之别”和 1944 年的“宝鸡之别”，两个人的爱情所剩无几，家庭成为顾秋水的累赘。为了尽快结束那段婚姻，他对千里寻亲的母女二人大打出手。最终，他们的爱情以一场决绝家书画上了句号：“你不要再盼着我们还会相逢，我要远走高飞了，哪儿死哪儿埋”。与之类似的还有胡秉宸和表姐绿云的爱情。尽管绿云是他一生最中意的女人，他们拥有灵与肉结合的最完美的性爱，但毕竟表姐家没有白帆娘家那样的“政治亲和力”。为了政治前途，胡秉宸以“神圣的革命大义”和“严酷的组织纪律”之名“破灭了他那一腔恋火”。[①] 在《无字》中，我们看不到同一时期出版的迟子建的《伪满洲国》中王小二对吉来姑姑的痴情、看不到胡二因爱情而浪子回头，更看不到王金堂和老伴 14 年的生死相约，能看到的爱情往往抵不过时空，耗不过现实。张洁所刻画的经过历史碾压的爱情，没有浪漫的承诺，没有长情的厮守，只有利益的计算。

除了将原本可能相爱的人分开，革命还可以将两个并不相爱的人硬凑在一起，搭建一段没爱情的革命婚姻。例如，白帆和胡秉宸。当初他们因地下工作而走到一起时就有点“饥不择食”的冲动和“无可选择”的无奈。经过所谓的“革命的潇洒”的年代，他们各自的偷情更是让不稳固的爱情摇摇欲坠。基于政治前途的考虑，他们还是维持着表面的“模范家庭”。不过，维系他们关系的并不是爱情，而是组织的需要，正如书中所写：“如果不是组织出于工作考虑进行干预，如果不是地下工作的秘密性质所限，如果他们不是忠诚于无产阶级革命事业的共产党员，他们早就分道扬镳了”。

---

① 张洁：《无字（第二部）》，北京十月文艺出版社，2002，第 41 页。引文均出自此版本，后不另注。

白帆和胡秉宸接近晚年、婚姻再次出现危机时，组织仍然在他们的婚姻生活中扮演着重要的角色。他们的家庭纠纷总是需要组织出面才能平息。革命身份也与家庭身份混为一谈，例如白帆会认为："胡秉宸真要和我离婚？……我？我是谁？一个为争取民族解放、人民自由和妇女解放奋斗了四十多年的老革命，竟被人休了，真是天大的屈辱和笑话，我能屈服吗？……"① 可见，白帆不愿面对的或许是"离婚"所带来的对其政治身份的否定，而非爱情的消逝。

不论是因革命而斩断的旧情，还是通过革命事业滋生的新爱，爱情终究还是因为革命而丧失了些本真的滋味。

三、革命对女性身体的征用与分享

革命者对于女性身体的想象和占有一直是革命题材中常见的内容，它甚至成为革命号召时最为朴素的动员策略。例如，萧军的《八月的乡村》中关于革命的解读："革命？革命就是把从祖先就欺负我们的那些臭虫们，全杀了；把现在东三省的日本兵全赶跑了，剩下田地我们自己种。我们不再纳粮，纳租，养活那些白吃白喝的臭虫，懂了吗？比方没革命以前，富人们有三个五个十个八个老婆，你现在三十多岁了，还没有娶起一个老婆呢；革命以后，一个钱不花，你就可以有个老婆！"② 又如《红旗歌谣》曾收入一篇辽宁地区的民歌《过去和今天》：过去"姑娘不愿当村嫁，十个小伙有七个光棍汉。"革命后的今天"山下姑娘往这嫁，青年都结了好姻缘。"③ 可见，"娶老婆"是革命价值重要的民间话语转型。

《无字》关于革命对女性身体的征用和分享主要集中在对延安生活的描

---

① 张洁：《无字（第三部）》，北京十月文艺出版社，2002，第 245 页。引文均出自此版本，后不另注。

② 萧军：《八月的乡村》，人民文学出版社，1980，第 129 页。

③ 郭沫若、周扬：《红旗歌谣》，红旗杂志社，1959，第 73 – 74 页。

写里。在张洁笔下，典型的“延安婚姻”就是老干部们纷纷与原配夫人离婚然后在抗大找个女学生组成新的“革命婚姻”。于是，在中国妇女解放运动历史上颇有影响力的女子抗大也被戏谑成为“二五八团”挑老婆的地方。当然，小说不是对这一现象的简单表达，或是关于革命圣地的后现代式的解构，而是利用小说人物之口指出了女体分享背后的权力关系。

基于国共合作的历史背景，顾秋水几经周折来到了延安，刚到不久便与女大学生刘彩云热恋起来。然而，自身“老东北军”的身份却不能获得恋爱的权利，因而被组织“棒打鸳鸯”。受到不公正待遇的顾秋水“怪话连篇”：“没想到到这儿连男人的鸡巴也分等级”。与顾秋水一样，胡秉宸也曾在延安遇到“一见钟情”的爱情，但知识分子出身与“二五八团”的规定相差很远，从此胡秉宸对于爱情也不再抱有过多的幻想，如书中所写：“经过延安的胡秉宸，对女人的概念已经相当具象。”不仅恋爱的资格与阶级身份紧密关联，甚至连“肆无忌惮、以虚代实、画饼充饥畅谈男欢女爱”也只是“出身红色”“享受诸多豁免权者”的“永恒话题”。通过这些例子，小说似乎传递出，革命时代对于女性身体的分享是交织着革命与性别两种秩序的压迫。

值得一提的是，《无字》不是通过女体分享的情节批判男性对女性单方面的压迫，而是力图通过具体人物的不同表现还原复杂的历史面貌。比如，小说用十分犀利的语言讽刺了那些轻浮、势利、为了物质生活甘于“献身”的革命女青年以及她们的虚伪。

> 说起来实在令人汗颜，与那些真正为生计所迫不得不对男人巧笑倩兮的女人相比，一个炒肉片或西红柿炒鸡蛋，就能让一些革命女青年对顾秋水这个军阀的乏走狗、老走狗不但秋波频送，甚至为嘴伤身。可这并不妨碍她们日后道貌岸然地斥责成了“包二奶”的女人是建立在金钱基础上的两性关系。

这种具有一定情绪偏向的表达和超越性别立场的思考和批判是《无字》

文学叙事的重要特点。在这里，它既批判传统性别秩序中的男性统治者，也控诉协助秩序的女性。但基于叙事者个人经验（男性革命者指向胡秉宸，革命女青年指向白帆等）的情感宣泄也经常阻碍小说叙事的情节发展和文学表达的深度。

四、革命化人格与情感表达

作为历史事件的革命不仅能够促成看得见的社会变革和政治更替，同时影响看不见的心理结构和情感结构。20 世纪 50—70 年代的革命历史小说倾向于描写宏观的历史演变和具体的革命斗争形式，较少关注人物的内心世界。80 年代后，文学开始关注革命对于人物角色人格或心理的影响，集中在创伤性心理和扭曲性心理两种模式，典型的例子是《芙蓉镇》中的胡玉音和李国香。张洁的《无字》可以说是在此基础上的进一步探索，思考受到革命影响的人格和心理状态如何继续影响人们的情感表达和婚姻爱情。

从小说一开篇将女主人公的结局设定为“疯了”，并将疯狂的原因理解为“从小到老，一言一行，总不符合社会规范”即可看出作者对于社会心理的关注，这也是福柯所说的“疯狂”背后的文明枷锁。

相应地，小说的男主人公胡秉宸也经历了社会文化转型所带来的心理调整。他没有和吴为一样选择特立独行，而是顺应了革命事业的规范。大学未毕业就参加革命的胡秉宸一开始并不那么符合其所在的革命集体，比如他精细的生活习惯、桀骜不驯的性格，恃才傲物的公子哥风度便与革命队伍粗糙简陋的生活环境、严格的组织纪律以及激烈的斗争精神相违背。经过延安生活的洗礼，他的一些行为习惯发生了变化，他开始飙脏话，吃臊子面发出很大的声响，并开始以革命集体事业为重压抑个人的情感。此时的他坚毅执着又粗鲁残暴，睿智勇敢的同时也精于算计，总之革命因素微妙地作用于他的性格和行为处事。而后他将这样的性格特征带入了婚姻生活。例如，他和白帆的婚姻总是夹杂着革命式的交流和针锋相对的斗争；又如，他与吴为结婚后常显露出粗鄙的一面，“不时对吴为当头一喝‘你这个烂女人’”等。可见，小说解析了人物性格改变背后的社会历史因素，如王蒙所说《无字》的优点是“没有囿于男男女女、床上床下的恩怨情仇”，而是“从历史的动荡与扭曲来分析那些本来应该可爱的男人的变形与冷酷。”①

不过，小说的落脚点却并非只有男性。张洁同样塑造了诸多因革命而扭曲的女性角色，如白帆、“某领导”和“延安一枝花”等。这些女性都参加过革命并掌握权力，是革命秩序的高端。她们与逆来顺受、忍气吞声、没有任何政治头脑的叶家女性形成对比，并被认为这就是“革过命和没有革过命的女人的不同”。拥有革命化人格的女性又常将战斗精神和政治手法运用到家庭生活。例如，面对婚变的白帆，先是联合老战友和胡秉宸的政治对手对他施压，随后“发动了一个由三十八位夫人组成的‘白胡婚姻保卫团’，为捍卫白帆而战”。又如“延安一枝花”因为吴为的婚恋问题不停给其单位领导汇报，甚至经常使用特权逾越法律的程序，恰如作者的议论“女人一旦有点权，绝对比男人穷凶极恶”。总之，经过革命化人格影响的个人离婚案逐渐演变成了一场各路力量的政治对决：“部里部外若干个正副部级”纷纷为此“大动干戈、调兵遣将”。与此同时，“匿名信，以革命的名义如雪片飞来，辱骂轰炸加恐吓，塞满了吴为的信箱”。

这种革命化人格还常常导致其爱情和婚姻的失败。小说中，胡秉宸和白帆的婚姻关系可谓不幸。其根源就在于他们都以革命战斗精神来经营爱情。白帆在性爱高潮时，总是“像指挥鼓动战士冲锋陷阵、不断‘顶住，顶住！’的喊叫”，从而让胡秉宸“略感败兴”。而在他们的婚姻出现破裂之时，他们不是修复情感，而是使用革命手段向彼此“宣战”。白帆使用当年“破译国民党电台密码”的手法来监视丈夫的一举一动。丈夫“仍旧像当年

① 王蒙：《极限写作与无边的现实主义》，《读书》2002年第6期。

地下工作时策划的那样周密稳妥”，并在关键时刻给予对方致命一击，将写满白帆家暴、出轨等私生活罪状的检举信寄给了中央领导。

历史作为一种完成时态的事件或时代，可以通过“人”的心理和行为机制延续它的痕迹和特征。这是小说塑造“革命遗老”形象所表达和揭示的历史之于人的意义和影响，也是人性发展的惯性规律。于是那些“经历战争、尝尽人间疾苦、看遍史上疮痍”的人其实并不相信“人性”，他们坚信的是“你不杀他，他就杀你”的“生死搏斗”。当然，小说也表现了历史注定要新陈代谢、不断发展的另一面。于是，在接近尾声时，作者不仅感慨尽管20世纪中国蕴含了太多的悲欢离合和难以分辨的恩怨，但革命以及革命者终究要退出历史舞台，“二十世纪，终于过去了”。这是历史的无情和客观规律，也是对那些执着于生死爱恨的“革命者”的释怀与同情。

五、革命秩序与家庭暴力

《无字》中有大量关于家庭暴力的书写，其中包括婆婆对儿媳、丈夫对妻子、妻子对丈夫、父亲对孩子等多种情况。特别是叶莲子母女去香港寻亲的那些日子，小说用了十几页的篇幅来专门书写家庭热暴力和冷暴力。并且，小说中的家庭暴力不仅是个体家庭的私事和具体人格的呈现，也关乎传统文化、性别、革命等诸多因素。例如，墨荷在叶家所遭受的虐待和因不吉利不能入土为安的命运便是传统文化对于妇女的压迫，婆婆对媳妇的刁难和苛责是千百年来中国家庭文化秩序的陋习。而小说中最为常见的丈夫对妻子的殴打和抛弃则暗含了性别秩序对两性的规范。

较为特别的是，小说中的家庭暴力经常借用革命之名来证明其存在的合理性。如顾秋水多次以此为借口抛弃叶莲子母女二人，其实是为满足一己私欲。对家庭的不负责因加上革命的光环不仅免于被谴责，甚至可以成为舍小家为大家的革命模范。而且，革命正义性的幻想不仅促使施暴者毫无愧疚地对亲人拳脚相加，甚至受虐者自身同样编织革命事业的梦想，为自己被虐待、被遗弃找一个可以接受的理由。当叶莲子母女如同“啃剩下的酸枣核”被即将奔赴延安的顾秋水丢在宝鸡时，叶莲子仍然“以为顾秋水是在进行一番伟大的事业，想到因伟大的事业不得不被遗弃的自己，也算是间接做了贡献”。这样看来，叶莲子被打得满脸是血、年幼的女儿被吓得尿裤子，也都成了为革命事业的“献身”。可悲的是，顾秋水一到延安就开始了和女学生的恋爱。这样的革命逻辑在 1949 年后的婚姻中依然继续着，吴为因生下没有父亲的私生子而被划定为“坏分子”，韩木林对她的家暴有了更为合理的理由。不仅如此，对她实行“专政”的群众同样仇恨这样的坏女人，叫嚣着“打，这样的女人还不该打？打都轻了”。

夫为妻纲的传统性别秩序为丈夫殴打妻子提供了特定时代的文化支持，这是《无字》中最普遍的家庭暴力。但男女两性一旦进入革命秩序，性别关系就可能出现反转。比如，白帆和胡秉宸。“20 世纪的中国挑选了急风暴雨式的革命。以暴易暴成了历史新陈代谢的方式。”① 受其影响，富于革命化人格的白帆在处理家庭事务时显得格外暴力。特别是抓住了身为党干部的胡秉宸的生活作风问题后，她更是掀起了武力革命的高潮——“扇耳光”“用燃着的香烟头戳烫他的身体”“将滚烫的茶水泼在他脸上”，颇有一种翻身妇女痛打恶霸的风范。此时，家庭暴力所遵循的不再是性别秩序，而是革命话语体系内的秩序规范和暴力原则。毕竟“革命不是请客吃饭，不是做文章，不是绘画绣花”②，对于革命家庭而言，革命就是对“背反者”的专政和暴力。布尔迪厄在《男性统治》一书中提出：“如果说妇女因为服从于有贬低、否定她们的倾向的一种社会化作用，学会了克制、顺从和沉默的消极道德，那么，男人也是统治表象的囚徒和暗中的受害者。”③ 从这个角

① 南帆：《后革命的转移》，北京大学出版社，2005，第 18 页。

② 毛泽东：《湖南农民运动考察报告》，载《毛泽东选集（第一卷）》，人民出版社，1991，第 17 页。

③ 皮埃尔·布尔迪厄：《男性统治》，刘晖译，中国人民大学出版社，2012，第 71 页。

度来看，在超越性别秩序的权力规则中，不论男性还是女性都是秩序所管制的对象，都是受害者。由此反观张洁对家庭暴力的描写会发现，不论男性还是女性都需要遵循既定的革命规范。

六、理想爱情与英雄幻影的人性黑洞

如前所述，80年代张洁所建构的理想爱情总是与革命相关。尽管整部《无字》都透露出吴为对胡秉宸（张洁对孙友余）的憎恨、厌恶甚至鄙夷，却不可否认胡秉宸曾是一个智勇双全，为革命事业出生入死的优秀地下工作者。多次和死亡擦肩而过的斗争经历，让这个“俊美”的富家子变成了“英俊、坚卓”的英雄。正因如此，吴为才会不顾一切地爱上他。如小说叙事者的反复剖析。

> 1. 年轻时代的吴为，向往革命生涯，崇拜各种英雄，惋惜自己不曾有过献身革命的机遇……
>
> 2. 她后来对胡秉宸的迷恋，和胡秉宸的革命经历有很大关系。……对吴为来说，胡秉宸则是她终生的英雄。
>
> 3. 吴为总是把男人的职业和他们本人混为一谈：把干过革命、到过革命根据地的那种人，当做革命……

革命英雄所造成的完美幻想掩盖了人性的复杂和丑陋。当吴为爱屋及乌地爱上老革命胡秉宸时，与其说是爱上这个人倒不如说是爱上了他的传奇经历和革命精神。然而，叱咤风云的英雄进入婚姻后却呈现出另外一副样貌。小说通过对胡秉宸婚姻日常生活的描写消解了此前建构的英雄神话。在与白帆的婚姻中，胡秉宸看似忍气吞声，对白帆打不还手骂不还口，但却背地里搜集白帆丑闻的证据，并在关键时刻对其进行刺激和挖苦，显现出阴险、刻薄的一面。到了与吴为的婚姻中，他更是丑态百出。例如，自私的他怕引火烧身想借用吴为外国女婿的名义发表历史著作；吴为得了传染病，他不仅不照料还刻意躲起来。在日常生活中，他对吴为百般挑剔和侮辱，体现出唯我独尊的霸道。不过最让吴为难以忍受的是胡秉宸将爱情等同于做爱，甚至在吴为还未从丧母的悲恸中缓过来就强迫与其发生性行为……从小接受革命教育的吴为没有想到自己崇拜的革命英雄竟然也有自私、狡猾、虚伪、懦弱的一面。从这个角度来看，吴为最后的疯狂不仅在于婚姻的失败、母亲的离世，也包含了多年革命理想所建构的美好愿景的坍塌。

综上，《无字》通过描写 20 世纪中国几代女性的婚姻爱情生活，对现代革命与爱情的关系进行了深刻反思。尽管小说在艺术形式上存有诸多瑕疵，比如时间线索混乱、语言的重复、作者情绪过度影响行文等，小说看似与历史、与男性展开对抗，但复义叙事又能避免单一的女性视角，挖掘更为广阔的社会文化意义和更为深刻的人性本质，这是《无字》的特点，也是对此前创作的延续和发展。而从作家的创作生涯来看，张洁实现了对革命由崇拜到讽刺再到反思的演变，其中历史观的转变具有一定的普遍意味①。

① 实际上，很多活跃于 80 年代文学的女作家，都经历了这样的创作转型，呈现出从热烈推崇现代化到对现代性展开反思，如铁凝完成了从《哦，香雪》到“三垛”再到《笨花》的“三跳”；迟子建搭建了《秧歌》《伪满洲国》《额尔古纳河右岸》的创作变迁；王安忆经历“雯雯系列”、《纪实与虚构》、《天香》的转变等。

第三节　精神原乡与文化探源：解读葛水平的《河水带走两岸》

海明威曾在《流动的盛宴》中写道："假如你有幸年轻时在巴黎生活过，那么你此后一生中不论去到哪里她都与你同在，因为巴黎是一席流动的盛宴"①。对于当代作家葛水平而言，她的创作与人生中同样拥有这样一席"流动的盛宴"贯穿始终，宛如骨肉，难以割舍，那便是滚滚而逝的沁河、沁河哺育下的故乡、故乡中至真至诚的人与事，以及点滴人事中渐行渐远的魅性文化。

2011 年 10 月，葛水平带着难以名状的情愫沿着沁河行走，寻访它所流经的村落、古镇，寻找那些即将淹没于历史洪流中的传统文明与古老技艺，一路行走、一路哀歌，一走便是一年有余，直至凝结其旅行感悟的散文集《河水带走两岸》亮相于世。这本散文集分为四辑，总共收录彼此独立的散文作品 46 篇。在作品中，葛水平秉持着一贯的民间立场，通过真挚哀婉的情思和细腻淡雅的笔触，为我们记录了这一路的风光见闻、所思所感。行文中，作者时而直面现实的萧瑟，时而轻抚历史的尘埃，时而追忆旧时光中的故人轶事，时而呈现历史洗礼中的苦难与消亡。别有情趣的石雕木刻、繁华一时的街巷庙宇，旖旎的弦乐、质朴的土炕，农民的沉默与倔强、历史的喧嚣与凋零，山水之性、神灵之魅等共同构成了作品的主干，同时亦交织成一幅融合了壮丽风光、传统技艺、质朴人情以及历史变迁的沁河文化图景。然而透过作品言语表层，这些记录和呈现的背后又承载着怎样的文化诉求和精神指向？言语之外，又有怎样一番天地？

---

① 欧内斯特·海明威：《流动的盛宴》，方华文译，译林出版社，2018，第 5 页。

一、民间手艺的书写

沁河的水奔腾不息，恰如巨浪翻滚的历史洪流，将旧时光中的人与事统统抛到了时间之外，传统的农耕文明之精髓亦在这样的进程中渐渐衰落，显得瘦骨嶙峋，然而“手艺是时间留在人世的信物”①，于是，一个个“藏着岁月的味道”的工艺品便成为传统文明遗留在沁河两岸的蛛丝马迹，这自然逃不过葛水平敏锐的艺术洞察力和真挚的念想，正如她在回答行走沁水动机之时所说：“我要在两眼炯炯有神时走过沁河两岸，看看那些村庄和即将消失的手艺”②。然而，葛水平的意义绝非这般草草地“看看”，而在于其浸着深情的记录，同时更在于记录过程中赋予这些即将消失的手艺以全新的生命。

在《要命的欢喜》中，作者主要描述了旅行途中发现的“一张清中期富家小姐的闺床”。“闺床”不过是旧时代留下的一个物件，本身固然无生命可言，然而在作者笔下则不同。首先，作者通过对闺床上精致的木格花雕的描述，引出了匠人那双“美丽、绵长”的手，进而又置身床上联想出“许多人生幻景”，不禁由床入梦，又在历史追忆中体味到了床之艺术的繁复与丰腴，并在此基础上挖掘出床所具有的“人性解放”和“身心舒畅”的功效，最后便是在酣畅的睡眠中得到“要命的欢喜”。从这样的叙述中，我们可粗略得出这些叙述线条：床→梦→想象→艺术→人生→欢喜。于是，通过层层铺陈，“床”被赋予了全新的生命形式，而古老的手艺也似乎在这样的描述中复活。真可谓“意象欲出，造化已奇”（《二十四诗品》）。

一路行走，一路观望，跟着葛水平的笔端，我们看到百态千姿、活灵活现的“石雕”正在诉说着石匠们的“高贵心智”与“创造世界”（《寻常

---

① 葛水平：《河水带走两岸》，北岳文艺出版社，2013。引文均出自此版本，后不另注。

② 吴炯：《作家葛水平走沁河》，《山西日报》2013 年 9 月 4 日。

中别有趣味》)。步入高地，看到阳光下熠熠生辉的“五彩琉璃”正传递着神灵的箴言，“以简单大气横行民间”(《高于大地的庙脊》)。深入街巷，我们看到了建筑之间豁然的蓝天，以及“麻雀飞离树梢”的装点(《繁华深处的街巷》)。此外，我们还听到“叮叮当当”的打铁声于“文明喧嚣”中的呐喊(《风把手艺刮进了天堂》)，听到了“与时间抗衡”的二胡之音铺满大地(《旖旎的弦乐铺满大地》)。总而言之，在历史上，“他们用自己的手艺繁华了沁河”，如今，它们又在作者的笔下重新绽放了生命的光鲜与亮丽。

在沁水，手艺和匠人是传承传统文明的重要载体，背负着过往时代的种种记忆。然而现代文明的飞速发展已迫使它们濒临灭亡，“曾经的手艺，消失得比风还快”，面对这样的局面，又怎能不让葛水平痛心，于是，她选择一边凝望着传统技艺走向衰亡的背影，一边用灵动的笔墨使得业已消亡的手艺渐渐复活。就这样，沁河的历史与神秘在尘封多年之后，被重新赋予了生命之光，静谧的传统技艺以最饱满激情丰盈着葛水平的文学世界及其一意孤行的文化探索。

二、乡土道义的坚守

“如果一个人出生在乡村，童年也在乡村，一辈子乡村都会给他以饱满的形象”，而乡村就是葛水平“生死不移的眷恋与诱惑”(《我有理由知道她的美丽》)。农民、乡村、民间，是葛水平文学世界的高频词，也是其创作不竭的源泉。在作品中，作者用情最深的一笔便呈现在对于故乡生活的回望中。行走在沁河两岸，破败的乡村图景暗示出曾经的人事早已在岁月更迭中远去，所有“催人泪下的故事，都在时间的流逝中消失了”，那样自然而又那样轻易，甚至不曾有过丝毫的“挣扎”“难过”，而如此残忍的现实却恰恰触及了葛水平心底最敏感的那条神经，进而辗转成了其笔下的回忆与纪念，“动人心魄”、悲恸哀婉。然而深情脉脉的追忆并非仅仅是作者个人情感的流露与表达，更深层的意义则在于葛水平对于沦落在现代化进程中的乡土道义、传统伦理的坚守与认同。

在《黄昏的内窑》中，作者叙述了祖母王月娥遵循着乡土世界的伦理道德，“寒窑苦守”四十多年，只为等待祖父从军归来的故事。在这样的守候中，祖母历尽坎坷，受尽屈辱，却无怨无悔。26 岁就开始守活寡的祖母，纵然“年华如梦”，却始终能够“心静如水”，“她因传统而忠心于祖父，她因本分而体恤关心族人，从未滋生杂芜之念”。即便面对红卫兵的侮辱与拳脚，仍不卑不亢，因为她坚信“只要葛启顺还活着，就有我王月娥的一天”。如果按照现代实用主义的逻辑去分析，王月娥所作所为显然是蒙昧的、原始的；在激进的女性主义观念来看，她的一生都浸透着男权文化的苦难；即便是在同样质朴的乡亲心里，也会不禁感慨，此般磨难，究竟图个啥？但是在葛水平看来，她却用沉默、坚强与执着，书写了一个大地女人的传奇，弥漫着难以言说的美感与忧伤，正如文中所言“春日和风使枣树抽枝开花，秋日萧飒使枣儿泛红透甜，一样的时空流变中，美丽的景致就这样保持了一生预约的守候”。

在现代化、城市化狂飙突进的当下，人们纵情于欲望的狂欢之中，却忘记了生活本身，特别是乡村生活依然充满了艰辛与苦难，那些埋葬在时代喧嚣中沉睡千年的悲恸，怎能不让葛水平惊愕与悲伤？在《好生活着》一文中，作者并没有书写“活着”的欢愉与喜乐，却无情地为我们呈现出死亡的阴冷与感伤。红红的妈妈要供养两个孩子上学，不肯花钱医病，最终在病痛的百般折磨中吃安眠药死了，死得那么突然，那么轻盈，历史不会为这样普通农妇的离世而掀起半点涟漪，那么在至亲的孩子心中，这样一位伟大的母亲又是如何？“孩子们知道妈妈没了，但是，哭不出来，红红爸照着孩子们的脸甩耳光，红红和哥哥忍着悲愤，依旧哭不出来。……红红妈过世半个月后红红和哥哥的泪来了，夜晚用被子蒙着头，闻着肥皂味道哭，闻着阳光味道哭”，这又是怎样的一种伤心？母亲就是他们的天地，无尽的泪水便是献给母亲的歌。乡土世界中的人常常缄默不语，然而真情一旦流出，便如奔腾的黄河，一路怒吼着翻滚。

此外，不论是诚恳逼真、自然野性的父亲还是质朴无华、勤勤恳恳的起富，不论是刚强的书林还是充满幻想的说书盲人，他们都在各自平凡的生活中，创造着属于自己的民间传奇。他们倔强、朴素，令人心痛，他们的人生充满苦难与辛酸，然而却在苦难面前迸发出最强劲有力的生命之音。所有这些携带了泥土芬芳的人性之美便是葛水平所崇尚的乡土道德与传统文明。因此，即便“时间迅疾而过”，河流带走了两岸的世事纷扰，然而“亲情、友情、爱情，终于待在了一个安全的地方，那个去处直叫人呼吸到了月的清香、水的沁骨”（《河流带走与带不走的》）。时间的洪流看似将一个个鲜活的生命席卷而去，然而终究无法带走那些生命中饱含的魅力与激情。

柔情中带着那么点儿倔强，博大中夹杂了那么点执念，深情脉脉中坚守着乡土世界的道德与传统，这就是葛水平。

三、农村问题的关注

散文一直是葛水平文学创作的重镇，在《河水带走两岸》之前，葛水平已经出版了《心灵的行走》《走过时间》《今生今世》等散文集。与此前创作略有不同，该书中增加了对于宏大历史和社会事件的记录与书写，葛水平也走出了“今生今世”的“爱、孤独、旅行、无奈与热闹”①，纵身跃入历史巨浪之中。抗日战争、土地运动、人民公社、大跃进、朝鲜战争、城市化、工业化等一系列重大的历史事件浮于笔端，成为作品的主要构成。然

① 葛水平：《今生今世》，文化艺术出版社，2010，第1页。

而作为乡土逻辑的坚守者，葛水平的历史抒怀更多是来自满目疮痍的乡村现状，来自于历史留下的沧海桑田，因而历史话语之外包含了更多的隐性文化指向，即当代农民的焦虑与困境。

在葛水平笔下，城市化不断倾轧着乡村的生存空间，“丰收是一个昨日的词”，而在此过程中，“天下叫农民的人，从此式微”，取而代之的是“农民工”。面对着现代化的发展，农民自身的身份焦虑也迫使葛水平带着困惑与期许探宗溯源，然而一番彷徨之后，却终究未能在历史的记录中得出明确的答案，于是也只能继续行走在现代文明与传统复归这样两种文化欲望交织的道路上，显现出“浮动着的”焦虑①，任其飘落在当代繁复的文化语境之中。在《当政治延伸到日常生活中》一节里，新型的阶级划分对于当时的农民而言，显然是难以理解的，“地主、富农、中农、贫农、雇农”，这些历史的修辞性符号成为质朴农民在那段岁月中的精神困境与生存枷锁，最终，善良的农民为此付出了生命的代价。但是，作为农民的身份焦虑却并未斩断于历史之中，而延宕在整个现代化的进程里。又如在《一份资料上的“共产主义”》中，盲目的政治热情，促使整个乡村一时间进入了充斥着热闹、欢腾、激越的历史氛围里，然而几十年过了去，沁河两岸的凋零和萧条却与喧闹的历史形成了一种极具讽刺性的比照。这恰恰是因为“往往我们对于细节的荒疏，把社会的进步视为社会的必然进程而忘记了其中的挣扎”（《被荒疏了的日记》）。葛水平所做的便是再现历史中的“挣扎”。在作品中，我们看到作者与农民一同站在历史的悬崖，背负着时代赋予他们的悲剧与困惑，顽强地进行着最后的抵抗。

对于社会历史和政治文化的洞悉与解读，或许并非葛水平之所长，然而她却以最为质朴的情怀和最为坚定的民间立场，再现了历史对于传统农耕文明的戕害，以及在这样的戕害中，农民的彷徨与无助。因为“民族和

① 弗洛伊德：《精神分析引论》，商务印书馆，1984，第 314 页。

国家绝对不是大概念，它有时能具体到个人情感的最细部，让你脆弱的神经背起一段民族或某个历史时代，让你在不堪重负里体验生存的代价”(《曾经的风姿绰约》)。看着乡村留守儿童的双眼、看着凋敝零落的乡村、看着几近枯竭的沁河、看着渐行渐远的手艺，葛水平不得不为农民的身存而担忧、而焦灼。

任何时代，但凡有良知的作家都不会放弃对于人类生存困境的探索和描摹。悲悯乃是周身时代赋予每一位作家最生动的创作原料与生命体验。在技法上，葛水平或许还有很长的一条路要走，然而那份沉甸甸的真诚，却弥足珍贵。

四、农耕文明的回望

西城村、端氏古镇、老马岭、定林寺、雨井山、西文兴村、武陟，一路的行走、一路期许，却终成空梦一场。在河水的尽头，葛水平猛然发现所有流光溢彩的旧日繁华不过是残留在人们梦中的幻影，而现实中的河流早已被生活垃圾的阵阵恶臭和工业废料的肆意倾泻而覆盖、掩埋，沁河早已“不见流动”，而此时的作者也成为这世上“一只悲伤的鸟”，用杜鹃啼血般的哀鸣，呐喊道：“那些主宰河流命运的手们，请缩一缩你们的贪婪欲望，用减法的形式找回幸福，好吗?”（《我几乎看不见流动》）现代化进程对于生态环境、农耕文明和传统文化的破坏，也在作品的结尾处以极其饱满的情感奔涌而出。此时，沁河不过是“远行人的眷念”，而河水荫庇中的故土，也只不过是“远行人的精神原乡”。

与葛水平的小说不同，其散文创作少了小说中的那种野性与冲击力，呈现出一副温婉中透露着睿智、知性中饱含着激情的书写姿态。行走在沁河两岸，每每抵达一个地方、遇见一个物件，葛水平都会追溯它的前世今生，并用博大的笔触书写那些远去的历史繁华。这种寻根探源的写作手法不仅使得作品显得厚重丰满，同时因其“类民族志”的属性而颇具文化价值。例如，在《老马岭上走过强人》一文中，从战国末年的长平之战到万历年间的强人出没，从崇祯年间的饥民造反再到20 世纪 90 年代的最后一个强人。历史跨度惊人，内容颇为丰满。不动声色的叙述历史上的繁华，追忆河流两岸的人间沧桑，这便是葛水平在面对颓败现实之时做出的选择。

在现代与传统彼此对抗、博弈正酣之时，在经济发展与环境保护陷入两难处境之时，《河水带走两岸》则为我们呈现出一种“天人合一”（《山水有过自己的声誉》）的宇宙气度。在葛水平笔下，沁河的文化传统总是对自然心存敬畏，万物平等。于是，人可以和动物称兄道弟，那是“庄家人给予牲畜的爱”，是“大自然所具的那种永恒、自在、单纯、朴素的性格，培植出了庄家人的善良”（《驴是兄弟》）。有时，人们甚至相信自然中的物甚至拥有超越人力的非凡，“那个年月，村庄里孩子的爹娘常常把自己的孩子许给一棵树、一条河或一块石头，乡下人相信自然的力量比人大，也相信人是永远改变不了自然的”（《秋苗和石碾碌干大》）。

然而，“天人合一”的价值理念最终还是指向了那即将远去的古老文明，敬畏神灵的信仰才是对深陷现代化泥潭中的人们所进行的真正救赎。马克斯·韦伯将现代化解读为“理性化”“祛魅化”的过程，而葛水平则在文中表达了与之背道而驰的坚守，形成一种“返魅”的文化诉求。在作者看来，“敬畏神灵的日子里，我始终认为人是幸福的，也是艺术的”，这些神灵“如繁星散落在穷乡僻壤，默默地闪烁着性灵之光，贫困和苦难如影相随，神们却报答给敬奉他的人们温暖的未来”，同时“给予人们深厚的历史情感和丰富的精神指向”（《我们周围的神灵》）。因此，在作者看来，这种类宗教的情怀与信仰，恰恰是当今这个欲望膨胀的人性荒原中所急需建立起的精神家园。

现代化的洪流带走沁河两岸的历史沧桑，带走了心灵对于生命的敬畏，同时也带走了农耕文明时代的神灵信仰。于是，“我看到繁华露出瘦削刚硬的筋骨，肃静的沁河与壮阔的秋风，无限扩大了村庄两岸衰落后的萧瑟，我不能够欢喜”（《沁河给了我天籁的声音》）。正是这样的哀伤，激发了葛水平行走的步伐。在这场精神的旅行中，作者不仅剥离了现代文明魅影下虚幻而空洞的繁荣，将传统文明濒临灭亡的哀歌演奏给世人，同时也仪式性地完成了自我的精神原乡，在看似温和实则决绝的文字中表达了自己鲜明的文化诉求。

葛水平这类对家乡文化的深度探寻并非是新世纪女性散文独有的特点，而是此前“女性文化散文”的延续与发展。90 年代，女性同样参与民族文化之根的寻访，特别是体现在散文创作中，其中代表性文本有王英琦的《不该遗忘的废墟》、马丽华的《走过西藏》（包括《藏北游历》《西行阿里》《灵魂像风》三部）、素素的“独语东北”系列散文、唐韵的《我们的蜗居与飞鸟》、巴荒的《阳光与荒原的诱惑》等。相对于男性的同类题材创作，这些文本女性文化探秘的特质清晰可辨。同是写西藏，马丽华着力展现高原民族坦然面对苦难的强大生命力和悲悯情怀；唐韵极力书写西藏带给她的精神自由与灵魂飞升，思维的触角直指人类的来路和去径；冯秋子写蒙古民族对于苦难生活的超越，豪爽而沉郁；素素则从一个女人的角度描写东北文化因子中的匪性、霸性，还有母性，使东北文化的丰富性得到比较全面的展示。此外，筱敏的《无家的宿命》、廖华歌的《缘的脚步》、戴厚英的《佛缘》、梅洁的《泪雨霏霏干一杯》、苏敏的《初次学禅》等作品表现出对生命的虔诚和鲜明的宗教文化色彩。作者以女性激扬的生命感悟边地山水的魂脉，以冷峻的现代理性精神反思传统文化和中原文明，关注人的异化和生存困境，从而避免了新时期以来散文与政治主题和社会学主题的过分纠缠，凸现了“寻找精神家园”这一超越性的文化意蕴。相比起来，葛水平新世纪的散文创作则淡化了这种性别意识，以一种超越性别的姿态书写了更为广阔的世界。

总之，言语之外，是葛水平更为宽广的精神维度。

余论　男性文本：女性主义批评不该忘却的话语场地

20世纪80年代，尤其是进入90年代以来，一方面，女性写作日益繁盛，场面的壮观是前所未有的；另一方面，男权对女性书写也以新文学以来前所未有的态势呈现，从新时期伊始等待在农家女儿手中22双痴情的布鞋（李国文《月食》），到男性精英骄傲地断喝“女人永远得不到她所创造的男人”（张贤亮《男人的一半是女人》），再到寻根文学中作为男人之间利益交换和雄性展演场所的女人的身体，新历史小说中病态、奇艳专供把玩的成群姬妾，最后到90年代争相向文化名人自荐枕席的住在现代古都里的女人们（贾平凹《废都》）和世世代代渴望强奸“活得又苦又贱”的“水做的女人们”（张宇《疼痛与抚摸》）……这一切无疑为商业和大众传媒对女性形象的文化消费提供了充分的质料。在学术领域，女性主义不仅作为一种思想、文化思潮“浮出历史地表”，而且已然成为一门“显学”。女性文学批评、研究的队伍日益壮大，论文专著汗牛充栋，仅现当代文学研究领域，每年都有好几部20世纪女性文学研究专著问世，论文更是如潮涌水漫，但这一切并不足以形成与男性批评对话的局面。仅就文学史写作而言，按照文学发展的规律，文学研究与文学批评的成果将生成新的文学观念、思想，最终成为修正与重写文学史的基本依据。虽然在90年代这样一个“重写文学史”的年代里，所有“重写”的20世纪文学史不管是平庸还是优秀的，都会给女性文学留下专门的章节（这是80年代以来女性主义文学实践最辉煌的业绩），文学史家争相在自己体例恢宏的王国里慷慨地划出一块地盘，让“写作女性”去“浮出历史地表”，但在更广阔文学史本文腹地，那些“被写作”的女性依旧暗哑在地表之下，她们依然在最古老的意义上被阐释着。迄今为止，还没有一部20世纪文学史将女性主义纳入自己的“重写”理论配方，哪怕占上很少的份额来考察被作为文学史经典的男性本文。似乎形成这样的一种局面，女性主义批评只限于用来解读女性本文。女性文学史著作虽然也不断地涌现，但始终处于一种边缘、自说自话地带。从来就没有人将其看成是“重写文学史”这一时代文化景观的一部分，甚至除了从事这一领域研究的女学者、女硕士、女博士外根本无人知晓。这一切都说明了当下中国女性主义批评的无力，它根本无法影响象征能指系统中意义的再生产。当然，造成这一状况的原因是多元的，但女性主义批评自身的局限却是我们不得不面对的现实。

一、“女性主义批评”与“女作家批评”

伊莱恩·肖瓦尔特在《走向女性主义诗学》一文中，将女性主义批评分为两种不同的类型。第一种涉及作为读者的女性，研究的对象是关于女性的话语，即对男性本文的重新解读；第二种涉及作为作者的女性，研究的对象是女性话语即对女性写作的研究。① 但90年代以来，特别是90年代中期以来的中国女性主义批评一直偏重于第二种类型，男性作家创作基本上在批评视野之外，女性主义批评被女性文学研究或者说是“女作家批评”所取代。最近这十多年来出现的不下20部这一领域研究专著和大量的论文

① 伊莱恩·肖瓦尔特编《新女权主义批评》，兰登书屋，1989，第128页。

基本上都是局限在这一研究视域内。仅 2000—2002 年上半年现当代文学领域女性主义批评的文章就有一千多篇。其中，只有不到十篇的文章是针对男作家的文本，其余的全是对女作家文本与创作的研究。这些研究的文化目标是挖掘女性的文学传统，寻找或深或浅地隐藏于历史或当下的女性文本中的女性意识，确认女性作为独特的性别主体存在的文化意义。这对女性文化建构当然是非常有意义的，但是“孤立地研究女性，会强化这样的信念，男性的历史与女性的历史毫不相干”。① 主体是历史文化建构的结果，没有脱离历史文化纯粹的女性自我。

再者，完全撇开男性文本，就女性写作论女性写作，未免陷入“只缘身在此山中”的困境，“因为差异的存在，意义不可能真正独立存在，意义不过是通过潜在的不断指向其他缺席能指的过程建造出来的”。② 男性写作实际上为女性写作意义的阐释提供了重要的语境。比如，徐坤的女性主义批评专著《双调夜行船》（1999 年）就通过比较张宇的《疼痛与抚摸》和林白的《一个人的战争》两个文本中对女性所谓“渴望强奸”情结书写的差异来指认林白书写的意义。在林白的文本中整个事件从头到尾充满了荒诞、戏谑的喜剧色彩，并且很快地被主人公彻底否定。而张宇的书写过于当真——“隆重而庄严地复沓书写”，暴露了男性书写对性暴力的迷恋。③ 当然这本书主要是研究 90 年代的女性写作的，只是在最后一章简单地评析了几个男性文本。

正如我们在文章的开头所罗列的，在语言符号系统中女性的被书写、被阐释的命运不仅是历史的、历时的，更是现实的、共时的，它构成女性书写（包括创作和批评）的文化潜本文/文化先在。对这一潜本文的清理与反思对女性文化的建构是至关重要的。省略这环节，女性主义文化建构不

① 琼·斯科特：《性别：历史分析中一个有效的范畴》，载李银河主编《妇女，最漫长的革命》，生活·读书·新知三联书店，1997，第 156 页。

② 转引自陈顺馨：《中国当代文学的叙事与性别》，北京大学出版社，1995，第 38 页。

③ 徐坤：《双调夜行船》，山西教育出版社，1999，第 184－185 页。

仅如沙上建塔而且还将迷失方向。但这一项研究却一直没能得到很好的展开。

当然，女性主义批评论著中也出现了像陈顺馨的《当代文学的叙事与性别》（1995 年）、刘慧英的《走出男权传统的藩篱——文学中的男权意识的批判》（1996 年）等将大量男性文本收入批评视域的论著。陈顺馨的研究将论域定在当时的女性主义批评几乎从未涉足的“17 年文学”领域，将性别纳入叙事分析中，在互文性的语境中比较男性文本与女性文本的叙事差异（同时陈顺馨并没有机械地按照创作主体的生理性别来区分叙事的性别），不一般性地停留在对“17 年”文本社会性别表述的批判上，而是探寻“17 年小说”社会性别表述所隐含的权力的关系，并进一步指认这种权力关系与当时意识形态的同构性。从某种意义上说，陈顺馨的研究开启了大陆女性主义批评向性别研究方向发展的学术路径。但这种研究思路似乎并未引起女性主义文学批评、研究界太多的注意。这里应该特别提到的是孟悦的论文《性别表象与民族神话》（《二十一世纪》，1991 年第 4 期），将性别研究与民族国家主体、阶级权力动作相联系来考察“17 年”与“文革”文本。刘慧英的论著更多的是从批判文学中的男权意识入手来挖掘女性意识。她将男性创作主体对女性的想象归为三种类型：才子佳人、诱奸故事和社会解放。刘慧英论著不仅批判男性文本中的男权意识也批判女性文本中的男权意识，注重女性文化的自审，观点新锐、激进，在当时产生较大的影响。但刘慧英的研究也存在一些不足，首先是文本选择上的随意性，古今中外，信手拈来。事实上古今中外的男权文化秩序是有很大的差异的，将这些文本抽离出历史语境一般地、笼统地描述、批判它们对女性的异化想象，便无法更进一步追问创作主体为何要这样想象女性？在性别文化符码背后折射出怎样的一种时代文化精神样态；其次，在文本分析中不太注意区分真实作者与隐含作者以及文本中人物的性别倾向之间的差异、联系，经常将他们看成是一回事。这些不足之处在女性主义批评论著中具有相当的普泛性。

二、对女性主义批评之本土话语资源的反思

事实上，造成上述80年代以来女性主义批评局限的原因，在这一话语生成之初就已宿命般的决定了。对当代中国女性主义话语资源的研究做得较多的是对来自西方的理论资源的清理，囿于一种“被动性影响”的研究模式，而对本土的话语资源的耙梳相对比较匮乏。事实上任何一种外来文化都必须在本土文化资源中找到契合点，其影响才能发生。本土性别话语资源包括儒家伦理框架中关于社会性别的话语、五四启蒙语境中妇女解放话语、50—70年代“男女都一样”的妇女解放话语以及新时期人道主义性别关怀话语。这些话语系统之间的区别与联系以及这种区别、联系是如何构成我们面对西方形形色色女性主义理论的接受视野？这一切又是怎样地制约80年代以来文化想象中的社会性别表述？对这样宏大的课题作充分、展开的研究显然不是这篇小文章所胜任的。这里，仅提供一些对50—70年代的妇女解放话语与新时期人道主义语境中的性别关怀话语之间的差异与关联的反思。

50—70年代的妇女解放话语在一定程度上决定了20世纪后半叶的社会性别现实与想象状况，这是新时期女性主义话语的一个理论先在（Pre - Given）。由于操持这一话语的主要是男性文化精英（女性知识分子曾是这一话语的坚定的同盟者），所以70年代末80年代初，在社会象征能指系统首先要恢复的便是男性的性别。张贤亮的《男人的一半是女人》《绿化树》等文本正是其文化表征。

性别认同是构成个人认同的基本内容，但在中国文化框架中个人的认同往往是由个人的社会位置来决定，五四语境中个人的解放并不像西方文艺复兴时期那样是抽象的哲学、宗教问题，而是实实在在的生存问题，个人生存与民族生存（80年代初何世光小说《乡场上》典型地反映了个人认同

与社会位置——经济地位之间的关系）。因此，男性性别的文化内涵是由它在传统父权制文化秩序中所占的位置来决定的。这一位置在 1949 年之后已为国家、政党的权威所动摇，尽管国家、政党这一权威具有“父性”特征，但是作为个体的男性实际上并不能分享这一权威的份额。李准的小说《李双双小传》中，李双双每每在与丈夫喜旺的冲突中都要搬出村老支书或乡党委罗书记的权威来弹劾丈夫。“17 年”文本中几乎所有的正面的女性人物背后都站立着这样的非血缘父亲形象，妇女借助“党父”“政父”的权威对抗夫权，使后者不得不让渡对妇女的所属权（这种让渡客观上为妇女由家庭模式走向社会模式提供了必要的前提，这必然导致男性的“性别焦虑”）。《李双双小传》典型地体现了这一男性“性别焦虑”。因此，新时期针对“极左”意识形态的人道主义话语，首先要赎回的便是男性这一性别的文化内涵，而这一内涵的修复无疑有赖于女性的性别文化意义重建。让女人活得像女人样，有女人味，或者按当时的命名叫“女性气质”，这是 80 年代人道主义思潮中的社会性别目标。但这“女性气质”与传统的男权秩序对女性的文化定位之间到底是一种怎样的关系并没有得到及时的反思，相反，前者在相当程度上挪用了后者的一些文化表象。

这里必须指出的是，新时期人道主义话语与五四人道主义话语在一脉相承的同时又有自己的独特性。五四人道主义所针对的是儒教伦常纲纪，五四先驱是以妇女问题为突破口争取个人权力，妇女解放理所当然成为五四人道主义思潮重要的组成部分。新时期人道主义话语所针对的是“极左”意识形态“革命伦理”，它在一定程度上更倾向将 50—70 年代的妇女解放话语指认为是“极左”意识形态的重要组成部分，80 年代人道主义语境中的性别关怀是建立在对 50—70 年代妇女解放话语的反思的基础上的。这是 20 世纪知识分子精英话语第一次反感妇女解放这一命题。

除了针对 1949 年以后抹杀性别差异的妇女解放话语外，新时期性别话语还与人道主义对人性的抽象的理解密切相关，人性更多的是基于生理、心理自然层面上被理解与表述。因此，性别差异在80年代语境中得到特别的强调。但性别差异是一把双刃剑，它既可以是女性群体借以建构不同于男性的性别群体意识、自我意识的基础，却也可能为男权对女性的规约与压抑提供新的合法性依据。强调性别差异的负面意义在相当长的时间内并未引起理论界足够的注意。在当时的文化语境下，女性主义学界尚无法对性别差异做出知性解释（事实上这个问题也一直是西方女性主义理论内部纷争不息的问题），80年代初的许多女性本文都反映了解放了的女性在“性别差异”这把双刃剑的宰割下的挣扎与陷落。事实证明，性别差异的正面与负面的文化意义在80年代以来文化想象中都得到了淋漓尽致的展现。这一切构成80年代知识界面对裂岸涌来的形形色色的西方女性主义理论的接受视野。

60年代，美国女权运动曾猛烈地冲击性别的“生理决定论”（正是性别的生理决定论支持了对女性的低劣文化定位）。但她们对社会性别的文化养成的强调最后却导致完全无视性别形成的生理因素。也许是出于对这场矫枉过正的“冲击”的修正，西方女权主义内部又有人开始质疑这种生理性别与社会性别的二元对立，认为过分强调社会性别而忽视了生物学上的男女差别是对女性身体的否定，这是性别歧视，不是妇女解放。于是，70年代后半叶，一些女权主义者又开始从正面强调女性的生理特质，推崇建立在此基础上的女性文化和价值观。这一思潮被称为“文化女权主义”。显然，80年代以来的中国知识界对西方女性主义理论的接受很大程度上是在这一思想框架内。① 作为80年代女性主义话语核心能指的“女性意识”这一概念正反映了这样的性别文化诉求。

① 王政：《“女性意识”、“社会性别意识”辨析》，《妇女研究论丛》1997年第1期。

三、社会性别分析：女性主义批评话语的深化

虽然“女性意识”这个概念在它的提出者——80 年代以李小江为代表的女性学人那里是有着明确的“所指”，即指“女性作为一个独特性别群体的社会主体意识”（李小江的原话是“做女人，做全面发展的人”），但在 80 年代以来尤其是 90 年代以来的文化语境中，“女性意识”更多地被理解成是“对自然性别差异的意识”（毕竟我们曾经有过太漫长的无视人的自然存在的岁月），女性的独特性得到了强调而社会主体意识则往往被忽略、湮没。随着社会商品化的过程，尤其是进入 90 年代以后“女性意识”这一“能指”愈来愈与其原初“所指”分裂，恶性膨胀，为新的男权规约制造合法性。与此同时，这一“能指”在产生之初针对非人性的“极左”意识形态所拥有的批判力度却日益萎缩，其身上所附着的负面的文化含义及其给 90 年代以来的女性文学创作、批评与研究带来消极的影响日益彰显。比如，女性意识被缩减为独特的女性体验，特别是身体的体验；将女性意识抽离出具体的历史语境进行建构、分析；将女性主义文学批评、研究局限在从女性文本中寻找、挖掘女性意识等。

为此，我以“社会性别”代替“女性意识”作为话语的核心能指将会给女性主义批评/研究带来更加广阔的话语空间。“社会性别”是英文 Gender 的意译，也有人将此词翻译成“性别”。Gender 一词原指语言中名词和代词的阴性与阳性。前面我们提到了 60 年代美国女权运动对性别的生理决定论的冲击，将性别区分为生理性别与文化性别（社会性别），70 年代上半叶，美国女性主义理论界开始用 Gender 专门指称女性的文化性别/社会性别，即“由社会文化形成的对男女差异的理解，以及社会文化形成的属于

女性或男性的群体特征和行为方式”。[①] 而生理性别指从解剖学角度证实的男性与女性的差异。当然，这并不意味着抹杀生理性差异对社会性别差异的影响，而只是意味着更多地将性别看成一种社会文化身份。随着女性主义对社会性别的发现与强调，社会性别研究成为女性主义理论发展的深化和当下主要的文化脉络。它不仅是西方当下妇女理论的中心内容、女性主义学术的核心概念，而且也是西方学术界重要的普适性的分析范畴（分析域）。90年代中期（世妇会前后），社会性别这一分析域被引入中国的女性主义学界，用来取代原来的“女性意识”，它很快被史学界与社会学界所接受。文学研究界对它的接受相对比较滞后，有些论著虽然题目冠以“社会性别”，但实际上并未真正将它作为一个分析域运用于研究，更多的文章依然将“女性意识”这一概念作为研究的“中心能指”。

美国著名的女性主义理论家盖尔·卢宾（Gayle Rubin）提出性/社会性别制度的概念，“性/社会性别制度是社会将生物的性转化为人类活动产品的一整套组织，这些转变的性需求在这套组织中得到满足”。[②] 琼·斯科特（Joan W. Scott）在80年代末的那篇著名的论文《社会性别：历史分析中一个有效的范畴》中也指出，“性别是组成以性别差异为基础的社会关系的成分；性别是区分权力关系的基本方式。社会关系组织的变化总是与权力关系的变化同步进行，但变化的方向不尽相同。”[③]

因此，将社会性别作为一个分析范畴引入文学研究意味着：首先我们应当跳出就女性论女性的研究局限，将作为社会表意系统的文学想象（不论是男性的想象还是女性的想象）中的女性形象作为一个谱系来考察，检

---

① 谭晶常、信春鹰主编《英汉妇女与法律词汇释义》，中国对外翻译出版公司，1995，第145页。

② 盖尔·卢宾：《女人交易——性的政治经济学初探》，载王政、杜芳琴主编《社会性别研究选译》，生活·读书·新知三联书店，1998，第24页。

③ 廖炳慧：《新历史观与莎士比亚研究》，载张京媛主编《新历史主义与文学批评》，北京大学出版社，1993，第253页。

视社会性别想象的多元样态及其文化象征意义，将社会性别作为研究社会文化精神的分析工具。

既然社会性别是一种社会关系/制度，那么，对它的考察必须是历史的、具体的，而不能是超社会历史的本质主义的。无论是对男性文本还是对女性文本中的社会性别想象的考察都不能将它抽离出历史语境作一般地、笼统地否定或者肯定，而应当进一步追问这些创作主体为何要这样想象社会性别？这其中不仅有一再被指认的社会文化的原因（比如，封建传统男权意识），更有一再被忽视的社会结构、权力分配（包括对物质资源和象征意义资源的控制与支配）的原因。事实上，对 20 世纪后半叶的社会性别想象与这一历史时段的政治、经济结构之间关系的研究一直未得到充分的展开。比如，我们只是一再地指认 50—70 年代的妇女解放话语对性别差异的无视，却没有看到，50—70 年代或从更早的革命战争年代开始，意识形态系统事实上呼应了以性别上的支配——从属关系为特征的男性话语，但是，当时的妇女解放话语却一直无法对这一具有父性特征的文化和体制结构形成一种改造的力量，相反，更多的是对这一结构的体认。

也许是出于对庸俗化的社会历史批评的反感，新时期以来文学研究界一直忌讳这种批评方式。因此，对性别权力赖以产生的社会结构性因素的认知一直未能进入女性主义批评的视域。在一定程度上存在着将女性主义批评非历史化的倾向。事实上，社会性别研究是一种文化研究，要求语境式研究与文本研究相结合，而语境研究是在新历史主义的理论平台上提出的。新历史主义强调“结合历史背景、理论方法、政治参与、作品分析，去解释作品与社会的互动的过程”,① 关注“写作语境”“接受语境”“批评语境”的研究，这不难看出受社会历史批评方法的影响。我们大可不必因噎废食，完全唾弃这种古老而成熟的批评方法。

① 琼·斯科特：《性别：历史分析中一个有效的范畴》，载李银河主编《妇女，最漫长的革命》，生活·读书·新知三联书店，1997，第 168 页。

当然，社会性别研究还关涉到主体身份的认同（建构）。认同问题是一个重要的现代事件——“在人类生存的社会丛林中，没有同一感（即认同感——笔者注）也就没有生存感”。① 寻求自我身份认同，事实上是整个20世纪中国文学最重要的关切。个人与自然、社会、国家、民族、家庭、性别及其他群体的复杂关系构成中国现代认同的重要内容。自我的建立必须借助他者的参与，而两性关系无疑为认同提供最基本的“他者”体系。因为社会性别是表示权力关系的基本的途径和场所，权力的分配（包括对物质资源和象征意义资源的控制与支配）经常以社会性别观念为参照；文化本文中的社会性别想象往往承担着社会本文的“能指”功能，文化表述中的性别焦虑常常是政治、经济、文化焦虑的“移位”。正如我们前面提到的“17年”文本中的性别焦虑正是个体身份焦虑的“移位”，因此，社会性别无疑提供了一个考察20世纪这一独特历史时间里的个人认同的有力的分析域。

总之，社会性别研究将意味着女性主义批评的一个更加广阔的话语前景。

---

① 埃里克·H·埃里克森：《同一性：青少年与危机》，浙江教育出版社，1998，第115页。

后 记

本书是国家社科基金重大项目“百年中国文学女性形象谱系与现代中华文化建构整体研究”（项目批准号：19ZDA276）阶段性成果。由王宇、景欣悦合作完成。具体分工如下。

本书的绪论，第一章的第一节，第二章的第一节、第二节，第三章的第一节、第二节，第四章的第一节、第二节、第四节，第五章的第一节、第三节以及余论由王宇执笔。本书另外的章节由景欣悦执笔。

感谢广东高等教育出版社，感谢责任编辑陈佩芬老师无比认真负责的工作。

王 宇

2021 年 11 月 19 日